BÜZZ

© 2023, Lucy Gilmore
© 2024, Buzz Editora

Título original: *The Lonely Hearts Book Club*

Originalmente publicado nos Estados Unidos pela Sourcebooks Fire, um selo da Sourcebooks, LLC.
www.sourcebooks.com

Publisher ANDERSON CAVALCANTE
Editoras DIANA SZYLIT E TAMIRES VON ATZINGEN
Editor-assistente NESTOR TURANO JR.
Analista editorial ÉRIKA TAMASHIRO
Preparação GABRIELE FERNANDES
Revisão LETÍCIA NAKAMURA E BÁRBARA WAIDA
Projeto gráfico ESTÚDIO GRIFO
Assistente de design JÚLIA FRANÇA
Capa e ilustração SANDRA CHIU

Nesta edição, respeitou-se o novo Acordo Ortográfico da Língua Portuguesa.

Dados Internacionais de Catalogação na Publicação (CIP)
(Câmara Brasileira do Livro, SP, Brasil)

Gilmore, Lucy
 Clube de leitura dos corações solitários / Lucy Gilmore
 Tradução Lígia Azevedo
 São Paulo, Buzz Editora, 2024. 352 pp.

 Título original: *The lonely hearts book club*
 ISBN 978-65-5393-318-7

 1. Ficção norte-americana os I. Título

24-205842   CDD -813

Índice para catálogo sistemático:
1. Ficção: Literatura norte-americana 813
Tábata Alves da Silva, Bibliotecária, CRB- 8/9253

Todos os direitos reservados à:
Buzz Editora Ltda.
Av. Paulista, 726, Mezanino
CEP 01310-100, São Paulo, SP
[55 11] 4171 2317
www.buzzeditora.com.br

LUCY GILMORE

CLUBE DE LEITURA DOS CORAÇÕES SOLITÁRIOS

Tradução Lígia Azevedo

*Este livro é para Mary.
Arthur e Sloane pertencem tanto a você quanto a mim.*

Todas as grandes coisas estão relacionadas com todas as pequenas coisas.
ANNE DE GREEN GABLES

CLUBE DE LEITURA DOS CORAÇÕES SOLITÁRIOS

título	nome
[1]	Sloane

1

O dia que conheci Arthur McLachlan foi absolutamente comum. Acordei no horário de sempre. Comi minha tigela de mingau de aveia debruçada sobre as últimas páginas de *A parábola do semeador*, emprestado da biblioteca. Não lembro o que eu vestia, mas tenho certeza de que era uma roupa confortável e que dava para lavar na máquina.

Tudo no meu armário era confortável e dava para lavar na máquina, não por escolha minha. A regra número um da bibliotecária é: todo dia você vai sair do trabalho parecendo que travou uma batalha com uma liga de escribas antigos, então é melhor se adaptar rápido e sempre, ou a conta da lavanderia vai acabar com você.

Quando Arthur entrou na minha vida sem pedir licença, eu estava na seção de ficção, devolvendo à estante livros que as pessoas tinham pegado só para fazer graça na internet. A nova moda no TikTok era ir a livrarias e bibliotecas e escrever frases combinando o título de obras. Ignorando a parte em que *eu* tinha que guardar tudo, até que era interessante.

Quem é você, Alasca? A parte que falta.
Mentirosos sob o céu do nunca.
Eu não sei quem você é. Não sou ninguém.

Eu ainda ria da última quando ouvi alguém pigarrear com irritação atrás de mim.

— Você está bloqueando a seção de história romana, jovenzinha.

Os anos de prática me fizeram recuar de imediato, com um pedido de desculpas nos lábios. Enquanto tirava o carrinho de livros do caminho, notei que era um senhor de óculos de armação metálica na extremidade do nariz e blazer de tweed com protetores de cotovelo camurçados. Ele andava com o auxílio de uma bengala, cuja ponta era dourada e que parecia ser do tipo que continha uma espada fina.

— O senhor busca algum título específico? — perguntei, já que havia um longo caminho a percorrer até as estantes de não ficção. — Gosto de tudo de Tom Holland, mas prefiro recorrer a Mary Beard quando se trata de história. É impressionante como ela tem uma abordagem sensível.

Ele deu uma risadinha desdenhosa.

— Típica baboseira sentimental.

Olhei-o com surpresa, perguntando-me o que poderia ter dito para ofendê-lo.

— Hum... como é que é?

Ele bateu a bengala no chão.

— Emoções não têm lugar na história. Emoções devem se restringir à pieguice da literatura infantil. Você deveria saber disso, *Poliana*.

Fiquei surpresa, porém não espantada, com seu tom beligerante. Por mais estranho que pudesse parecer, tínhamos regras na biblioteca a respeito daquele tipo de visitante. A ordem era apaziguar e desarmar. Deixá-los em um estado de espírito melhor do que o da chegada. E nunca, em circunstância nenhuma, dar trela.

— O senhor não precisa ler nada que não deseja — afirmei, com um sorriso cuidadoso. — Mas meu nome não é Poliana. É Sloane.

Em vez de aceitar minha oferta de paz, Arthur inclinou a cabeça para me avaliar. Algo nos olhos cinza e inteligentes por trás dos óculos chamou minha atenção.

— Você sabe o que eu quis dizer — ele falou, apontando um dedo para o carrinho de livros. De fato, havia um exemplar da amada obra juvenil de Eleanor Porter no topo. Um dos adolescentes tivera a audácia de relacioná-la com *Tempo de matar*, de John Grisham.

Peguei os dois livros e dei risada.

— Não me culpe — eu disse. — É *Tempo de matar Poliana*.

Ele não pareceu entender.

— É uma brincadeira — expliquei. — Os jovens formam frases com os títulos dos livros. Algumas são bem boas. Talvez eu mesma devesse tentar. — Em uma tentativa de aliviar a tensão, usei o primeiro título que me veio à mente. — *Prazer em conhecer Poliana.*

— Os jovens são uma praga no sistema público de bibliotecas — ele declarou, olhando feio. — E estou começando a pensar o mesmo de você.

Eu não tinha resposta para aquilo. Bem, para ser sincera, *tinha* uma, sim, porém sabia que era melhor me controlar. Uma das minhas maiores habilidades — e alguns diriam ser a única — era a de ser inofensiva. O truque era parecer insípida, agir de maneira ainda mais insípida e não dar nenhuma opinião. A parte de parecer insípida já estava resolvida, com meu cabelo castanho e arrepiado e minha pele ligeiramente sardenta se misturando ao plano de fundo de tal maneira que às vezes eu me sentia um vaso de planta. Também não tinha dificuldade de agir de maneira insípida. Podia passar dias abrindo a boca apenas para dizer "Sim, claro" e "Não, você tem razão" sem que ninguém achasse aquilo estranho.

A parte das opiniões era mais difícil. No entanto, trabalhar em um espaço público como a biblioteca Coeur d'Alene havia me ensinado o valor do tato.

— E então? — ele perguntou. — Não vai dizer nada?

Dei de ombros, desejando — não pela primeira vez — ser mais parecida com minha irmã Emily, que saberia *exatamente* como lidar com aquele velho rabugento. Eu não sabia se fora por crescer rodeada de médicos ou se era um charme natural, mas ela conseguia fazer com que até os mais azedos seguissem suas ordens. Antes de Emily ficar tão doente e não poder mais passear pelo bairro comigo, frequentávamos uma sorveteria a alguns quarteirões de casa. Não importava quantas marcas de dedos deixássemos no vidro do freezer ou quão exasperada a pessoa atendendo ficasse com nossos pedidos para experimentar sabores, minha irmã sempre saía de lá com pelo menos uma bola de sorvete de brinde.

O que Emily faria?

— Deve dar para fazer a brincadeira com história romana também, se quiser — eu disse, pensando na casquinha de Emily com uma pilha de bolas de sorvete. Ela nunca conseguia tomar tudo, mas não importava. Era da sensação de *triunfo* que minha irmã gostava. Nos anos seguintes à sua partida, eu não triunfara sobre nada.

Ou sobre ninguém. Nem sobre mim.

Sem pensar muito, peguei um exemplar de *Amada*, de Toni Morrison, e o mostrei a ele.

— Que tal *Amada Cleópatra*? O senhor tem que admitir que chama atenção.

Poderia jurar que as narinas de Arthur dobraram de tamanho.

— Então é assim que vai ser, é?

Eu não sabia ao certo como é que *ia ser*, porém àquela altura não tinha mais volta. Talvez não fosse sair daquela história com um sorvete, mas sentia que Emily teria ficado orgulhosa de mim.

— *O triunfo romano* de *ratos e homens*? — sugeri, pensando em títulos de livros sobre Roma tão rápido quanto podia. Estalei os dedos quando a inspiração finalmente me veio. — Ah! Já sei. *Eu, Cláudio,* numa *viagem ao fim da noite.* Gostei desses. Eu deveria estar anotando.

Alguma coisa semelhante a respeito começava a surgir nos olhos de Arthur.

— Você parece conhecer muitos livros sobre a Roma antiga — ele comentou, de má vontade. — Por quê? Planeja apunhalar alguém pelas costas?

Não hesitei em responder:

— Só se o cara estiver merecendo.

Ele deixou escapar algo entre um latido e uma risada.

— É sua maneira de dizer que César recebeu o que merecia? É isso que sua querida Mary Beard acha?

— Não exatamente — fui forçada a admitir.

Se a conversa continuasse assim, eu teria que admitir muito mais: por exemplo, que nem de longe eu sabia tanto sobre história romana quanto aparentava. Assim como qualquer bibliotecária, eu era mais multiúso que uma estudiosa do que quer que fosse.

Conhecia vários títulos aleatórios e podia citar a primeira frase de praticamente qualquer clássico da literatura, porém só conseguia discursar de maneira inteligente sobre um assunto por cerca de três minutos antes que meu conhecimento a respeito se esgotasse.

— Rá! — ele quase gritou. — Foi o que pensei. Você não sabe nada sobre César além do texto na quarta capa de algum livro.

Aquele era o ponto em que eu deveria me curvar e me despedir da conversa com elegância. Já tinha quebrado a regra de não dar trela àquele tipo de cliente, desorganizado o carrinho de livros e dito coisas inimagináveis a um homem com idade para ser meu avô.

Pela primeira vez na vida, no entanto, não me curvei. Estranhamente, a ideia nem me ocorreu.

— Isso não é verdade — eu disse, enquanto devolvia o exemplar de *Poliana* à estante. — Só acho que qualquer pessoa com tantos inimigos quanto César deveria ser mais cuidadosa. Se o cara não viu a punhalada a tempo, a culpa foi dele. Meu único inimigo é a impressora que fica perto da janela ao sul da biblioteca, e sei muito bem que não devo acreditar quando ela diz que tem tinta no toner.

Foi então que aconteceu. Não sou uma escritora boa o bastante para descrever, porém pareceu que Arthur decidira, naquele instante, que eu era uma adversária à altura.

— Já esqueci mais sobre história romana do que você um dia vai saber — ele declarou, apontando-me a bengala.

— Isso deve ser verdade — admiti.

— E li tudo o que Mary Beard escreveu.

— Isso é impressionante — falei.

Arthur não pareceu gostar do meu retorno à submissão. Apertou os olhos e disse:

— E, quando eu quiser recomendações de leitura de uma Poliana de segunda categoria que não reconheceria um bom livro nem se ele lhe caísse no colo, pode deixar que peço.

Aquilo doeu mais do que Arthur imaginava. Encontrar prazer na leitura — me *perder* em uma história — era a única coisa que eu sabia fazer.

— *A arte de correr na chuva* — falei.

Arthur piscou e deu um passo para trás, como se até mesmo o título daquela — como ele havia chamado? "Baboseira sentimental"? — o ofendesse.

— O que você disse?

Abri um sorriso apenas em parte falso. Arthur não poderia ter ficado mais ultrajado nem se eu lhe contasse que queimávamos livros perto do lago pelo qual nossa cidadezinha era famosa.

— Se quer uma recomendação de leitura, acho que deve levar *A arte de correr na chuva*. É o que sugiro a todos os visitantes recorrentes. Sei que tem fama de ser triste, mas...

A chama em seus olhos se tornou quase belicosa.

— Nem hoje, nem nunca. Nem que fosse o único livro que restasse no mundo. Se eu quisesse me afundar nos disparates sem sentido e comodistas de outra pessoa, ouviria podcasts.

Mantive o bico calado. Por acaso, eu adorava aquele livro. E adorava podcasts, principalmente porque não gostava de ficar sozinha no silêncio do apartamento. Havia uns podcasts muito legais de leitura de clássicos da literatura em tom monótono para ajudar a pegar no sono. Quem nunca dormira ao som de Proust sendo lido sem qualquer emoção não conhecia a verdadeira paz.

Depois daquilo, Arthur foi embora, murmurando baixo sobre conquistas romanas, abominações literárias e bibliotecárias que deviam guardar as opiniões mal-informadas para si mesmas.

Tudo o que fiz foi sorrir, como se tivesse comido umas doze bolas de sorvete.

— Não consigo acreditar que você encarou Arthur McLachlan e sobreviveu para contar a história — disse uma voz profunda e melodiosa atrás de mim. Eu me virei e deparei com Mateo, outro bibliotecário, olhando-me com admiração.

Gostava dele. Todos gostavam. Pela voz, qualquer um diria que tinha mais de dois metros, no entanto ele era tão pequeno e magro quanto eu. Também tinha cabelo desgrenhado e preto como tinta, que o fazia parecer um integrante de boy band, e ria de tudo — inclusive de si. Era impossível *não* curtir a companhia do cara.

— Você sabe quem é ele, né? — Mateo perguntou.

— Não — respondi, com a testa franzida enquanto via a bengala com a ponta dourada e os protetores de cotovelo sumirem na seção de filosofia alemã. — Deveria? Nunca o tinha visto por aqui.

— Isso porque Arthur vem logo cedo e só deixa Octavia ajudar. Ele diz que a mera proximidade com os outros exaure os neurônios dele. — Mateo fez *tsc-tsc*. — Você nunca abre a biblioteca, então nunca o viu reduzir os funcionários a uma poça de medo. Em geral, a gente deixa o esfregão à mão.

Pensei na chama nos olhos de Arthur, que só se intensificava conforme eu retrucava, e balancei a cabeça.

— Ele não é tão ruim assim. Talvez um pouco rabugento, mas...

— Ah, é — Mateo me interrompeu. — Mark Twain era rabugento. Ebenezer Scrooge também. Arthur McLachlan é o avô do demo. Uma vez, até tirou uma ou duas lágrimas de Octavia. Ele é ruim nesse nível.

— Sério?

Aquele aviso soou mais sinistro do que Mateo imaginava. Octavia era a melhor bibliotecária da Coeur d'Alene — e a mais impetuosa. Mateo acabara na biblioteca porque era o mais distante possível de trabalhar em um hospital, e eu, porque ler era a única coisa que eu sabia fazer, mas Octavia era uma profissional raiz. Tinha mais anos de experiência do que eu de vida e sabia a classificação decimal de Dewey de cor. Tipo, *inteirinha*.

Sabe quando as pessoas entram numa biblioteca e pedem o livro de capa azul com letras estranhas? Octavia sempre sabia qual era. Nunca errava. Eu queria ser que nem ela quando crescesse.

— Acredite em mim, Sloane — Mateo disse, então me olhou de alto a baixo, cheio de compaixão. — Se quiser continuar empregada, é melhor se manter longe dele. O cara vai acabar com você... e o pior é que ele vai gostar de fazer isso.

***

As palavras de Mateo acabaram se provando mais verdadeiras do que ele próprio imaginou.

Não a parte sobre eu me manter no cargo — aquele trabalho era tudo para mim —, mas a da determinação de Arthur a me reduzir a uma *poça de medo*. Nas semanas subsequentes, ele sustentou uma campanha de que o próprio César ia se orgulhar.

— Bom dia, Sloane — Arthur me disse no dia seguinte ao nosso primeiro encontro. Fiquei tão surpresa em revê-lo, e usando o mesmo blazer com protetores de cotovelo, que quase derrubei os dois quilos e meio de *Cryptonomicon* que guardava. — Tem mais algum historiador dolorosamente óbvio para sugerir que eu leia hoje?

Mateo deu um gritinho e se escondeu atrás do computador mais próximo, mas eu não ia deixar que Arthur vencesse tão fácil. Ainda mais com Neal Stephenson para me proteger.

— Não, mas acabou de sair a lista de leitura do clube do livro da Reese Witherspoon para o verão. Ficarei feliz em reservar qualquer um que for do seu interesse.

Os olhos de Arthur se arregalaram tanto que fiquei com medo de que uma veia importante pudesse se romper.

— Nunca repita isso para mim, jovenzinha.

— O quê? — retruquei, animada. Meu charme de Poliana de segunda categoria estava a toda, mas só porque eu tinha certeza de que Arthur ficaria decepcionado com menos que aquilo. — Reese Witherspoon? Ou clube do livro? Espero que não seja a segunda opção. Sempre quis começar um clube aqui na biblioteca, mas nunca consegui convencer Octavia a reservar fundos para isso.

— Que bom. Eu sabia que gostava dela por algum motivo.

Inclinei a cabeça e fingi pensar a respeito.

— Se eu buscar um formulário para voluntários, o senhor me ajuda a criar um clube? Podemos nos reunir para discutir os livros do John Green tomando chocolate quente.

— Que disparate!

A partir de então, Arthur aparecia na biblioteca todo dia no mesmo horário: às dez e meia, exatamente meia hora depois que eu entrava. A precisão não me passou despercebida — nem a Mateo, que sempre fugia assim que via sinal do agente de sua ruína.

— Falei com a sua chefe — Arthur disse ao passar por mim, batendo os pés e a bengala de maneira marcada no carpete azul. — Avisei que, se você tentar criar um clube do livro, vou escrever uma carta à prefeitura e fechar este lugar. Sou capaz disso, fique sabendo.

— Minha nossa, sr. McLachlan — declarei, ignorando a pilha de papéis que vinha separando para reciclagem e abrindo um sorriso fofo para ele. — Vai impedir o público de ter acesso a livros? O que vem depois? Fechar ONGs que doam alimentos? Proibir arco-íris de surgirem no céu?

— *Argh!*

Ao fim de dois meses, Arthur McLachlan perdera todo o seu poder sobre mim. Quando Mateo o via chegando, ainda corria — ou, neste caso em especial, agachava-se atrás de mim — para se esconder, mas eu não. Eu era mais durona... e, o mais importante, tinha passado a *gostar* daquele senhor.

— Se você me entregar àquele bode velho, eu juro, não vou servir para nada pelo restante do dia — Mateo avisou no dia em questão, segurando-me com as mãos quentes e manchadas de tinta. Provavelmente ambas deixariam marcas na minha saia amarela preferida, o que não era novidade.

— Os sacrifícios não são feitos aos bodes. Os bodes é que são sacrificados.

— Você me entendeu — ele disse. — Não sei como aguenta o jeito que esse cara te trata. Sempre que Octavia te chama na sala dela você chora. Às vezes chora mais de uma vez.

Era verdade, mas só porque raras vezes Octavia me dizia algo bom. A reunião daquele dia fora pesada, e meus olhos continuavam ardendo por conta das lágrimas que eu havia acabado de conter.

— Não consigo explicar — falei, porque era verdade. Ou pelo menos não de um jeito que Mateo pudesse entender. Eu mesma mal entendia. Tudo o que sabia era que tinha passado a gostar das discussões com Arthur McLachlan. Sua língua era ferina e seu tom era ácido, porém ele nunca ultrapassava o limite. E sempre parecia feliz em me ver, ainda que não fizesse questão de demonstrar.

— Outro lindo dia, não acha? — falei assim que Mateo foi bem-sucedido na fuga estratégica. — O sol está brilhando, a lombada de seus

19

livros deprimentes de filosofia alemã preferidos continua íntegra e tem meia dúzia de bibliotecários se escondendo do senhor em cantos escuros.

— Hoje, não, Sloane — Arthur disse, mantendo a cabeça baixa ao passar por mim e arrastando os pés, o que não era de seu feitio.

Parei no meio do corredor, com a mão sobre um exemplar de *A princesinha* que planejava incluir em sua pilha de livros quando ele não estivesse olhando. Eu havia passado a maior parte da semana anterior bolando um plano diabólico o bastante que levasse nossa estranha amizade ao próximo nível, e aquela me parecera a melhor opção.

— O que foi? — perguntei. — Aconteceu alguma coisa?

— Só quero ver alguns livros em paz hoje, se você permitir — ele retrucou, com uma raiva genuína na voz. — Não preciso que me siga como uma criança perdida, questionando cada movimento meu.

— Não quis... Ou melhor, não estou... — A frase se dissipou com a ferroada quente que senti na pele. Àquela altura eu deveria enfiar o rabo entre as pernas e me mandar, porém algo me paralisou. Talvez minha perplexidade diante da mudança de personalidade de Arthur, mas desconfio que teve mais a ver com a expressão em seu rosto. Em vez de parecer que achava graça ou que estava ultrajado, como de costume, Arthur só parecia... *desolado*.

— Sinto muito que não esteja num bom dia — falei. Então, porque não consegui parar, acrescentei: — Se ajuda um pouco, o meu também não está lá essas coisas.

Minha confissão pareceu reavivá-lo.

— Por quê? Qual é o problema? — Ele se virou e me lançou um olhar crítico por cima dos óculos. — O que aconteceu?

— Nada de catastrófico — respondi, fazendo uma careta ao relembrar a reunião com Octavia. — Tinha uma vaga aberta no conselho de aquisições da biblioteca, mas não fui selecionada. Minha chefe me contou há alguns minutos.

Ele apertou os olhos e me avaliou, com o lábio superior franzido.

— Por que não?

Em vez de responder, dei de ombros. Um homem como Arthur McLachlan não compreenderia a verdade — que Octavia achava que eu fosse sentimental demais para o trabalho. Tudo na lista de leitura dele envolvia temas melancólicos. Os volumes filosóficos pesados, as biografias de guerra, o suspense horripilante ocasional... Se um livro não reforçasse tudo o que havia de errado com a humanidade, Arthur não tinha interesse.

— Diga logo o que fez — resmungou, apoiando o peso do corpo na bengala. Desconfiei que não fazia bem a Arthur passar tanto tempo de pé, mas sabia que não deveria ajudá-lo a se sentar. — Vamos. Marcou com dobra as pontas das páginas de todos os livros de faroeste? Pronunciou errado uma palavra durante a contação de histórias?

Não consegui segurar o riso diante daquelas atrocidades inventadas.

— Como ousa, sr. McLachlan? — brinquei. — Que tipo de pessoa acha que sou?

A tentativa de brincadeira e camaradagem se provou um erro. Com o tempo fechando e uma nuvem começando a se formar acima da cabeça de Arthur, ele me pareceu tão assustador quanto Mateo o pintara de início.

— E então? — ele perguntou. — Qual é o seu problema?

Fiz um último esforço para manter as coisas leves.

— O senhor está com tempo?

Para minha surpresa, Arthur soltou uma risada curta e afiada. Ou pelo menos o que eu *achava* ser uma risada. O pigarro envolvido não depunha a favor.

— Me deixe adivinhar — começou. — Estão procurando alguém menos inocente.

Pisquei, impressionada com a precisão do comentário. Octavia não usara a palavra "inocente", porém chegara perigosamente perto daquilo.

— Não sou inocente — eu disse, porém até aos meus ouvidos o protesto pareceu fraco. — Sei das coisas. Leio bastante.

No fundo, sabia que não dizia aquilo só para Arthur McLachlan, e sim para o mundo em geral, mas não importava. Ele acreditava em mim tanto quanto o dito mundo.

— Rá! — Virou-se e seguiu rumo aos fundos da biblioteca. — Ler sobre a vida não é o mesmo que viver. Seu conhecimento do mundo real caberia na ponta desta bengala.

— Não é verdade — falei para as costas dele, que já se afastavam. E não era. Não era mesmo. Eu ainda não havia riscado todos os itens da minha lista, mas eu estava só com vinte e sete anos. Tinha um diploma universitário e um trabalho remunerado. Estava noiva. Tais coisas podiam não significar muito para um velho rabugento que adorava comprar briga, mas, para mim, sim.

Eram *importantes*.

Arthur parou e se voltou para mim.

— Quando foi a última vez que você ficou tão preocupada com algo que nem conseguia comer? — perguntou. — Ou dormir? Quando foi que sentiu o fogo da vida arder tão forte que chegava a queimar? Quando foi que se deu ao trabalho de *lutar* por algo que amava?

Como não respondi na mesma hora, Arthur deu uma risada desdenhosa.

— Foi o que eu pensei. Agora me deixe. Não sou seu bicho de estimação nem a mascote da biblioteca. E *com certeza* não sou seu amigo.

Todo o ar pareceu deixar meus pulmões.

— Enxergo quem você é — acrescentou. — Está escrito na sua testa tão claramente quanto palavras em uma página.

Eu não deveria ter feito a pergunta a seguir. Nada de bom podia resultar de se colocar na frente de uma pessoa e pedir a verdade, principalmente quando se é alguém como eu.

Ainda assim, perguntei.

— E quem sou eu?

— Uma imitação barata sem nada e sem ninguém que possa chamar de seu — Arthur anunciou, sem rodeios. Ficou claro que já pensara sobre o assunto. — Um disfarce amistoso. Um sorriso vazio. Uma menina assustada sem opinião própria que se agarra à vida melhor e mais brilhante dos outros porque não está disposta a viver a sua em plenitude.

Seria difícil dizer quem de nós ficou mais chocado ao fim daquilo. Seu rosto estava cinza, os ombros tremiam de um jeito que parecia consumir todas as suas forças. Eu tinha certeza de que estava com a mesma aparência.

— Arthur — falei, ofegante.

— Não... — ele disse apenas, deixando-me sem saber o restante. *Não comece a chorar? Não me leve a sério? Não fique achando que vai me ver de novo aqui?* Antes que qualquer outra palavra pudesse ser dita, Mateo passou um braço por cima dos meus ombros e me guiou rumo à segurança, deixando Arthur ali, olhando feio para o nada, até dar meia-volta e sair marchando.

— Avisei que isso ia acontecer — Mateo declarou enquanto me conduzia. — Essa gente é assim. Só fica feliz com todos em volta na pior. Minha mãe é igual. A sua também, agora que estou pensando a respeito.

— Sua mãe é a mulher mais fofa do mundo — eu disse, mas não adiantava. Principalmente porque Mateo parecia determinado a me ver atrás do balcão da seção de obras de referência, longe de perigo e de Arthur. — E não estou chateada por causa dele. Não de verdade. Foi um longo dia, só isso.

— Sloane, faz menos de uma hora que você chegou.

— Tá. Então foi uma longa semana.

— É segunda-feira.

Suspirei e afundei na cadeira de rodinhas decrépita reservada a quem quer que tivesse o azar de ser colocado naquela seção. Não fazia ideia do porquê o pior mobiliário sempre parava ali. Na era dos dicionários digitais e da Wikipédia, as pessoas não faziam mais pesquisa como antes.

— Isso tudo é por causa da vaga em aquisições, né? — Mateo arriscou. — E da reunião com Octavia mais cedo? É isso que está te incomodando?

Se normalmente as notícias se espalhavam fácil, em uma biblioteca pública se espalhavam na velocidade da luz.

— Você já sabe disso?

Seu sorriso torto era toda a resposta de que eu precisava.

— Se é tão importante para você, posso recusar — ele disse. — Lincoln estava querendo me levar para sair hoje em comemoração, mas...

— Espera. — Fitei Mateo surpresa, sentindo os olhos irritantemente úmidos. — Você ficou com a vaga?

Ele sorriu e assentiu, e foi como se seu corpo inteiro se iluminasse.

— Acredita nisso? *Eu*. Octavia disse que sou bom em identificar o que tem dentro do coração das pessoas.

Se aquilo fosse minimamente verdade, Mateo perceberia o quanto aquelas palavras *destroçavam* meu coração e ficaria quieto no mesmo instante. Fazia anos que eu estava atrás daquele trabalho, vinha me preparando e ganhando tempo enquanto esperava que uma vaga abrisse. Estar no conselho de aquisições não era apenas uma oportunidade de ajudar a selecionar os livros que a biblioteca compraria, embora aquilo fosse o que a maioria das pessoas pensasse. Para mim, no entanto, seria uma maneira de transformar a comunidade, de ir além e realmente fazer a diferença na vida das pessoas. *A protetora da sabedoria. A fada bondosa da literatura*. Eu me arrepiava toda só de pensar.

Sendo totalmente honesta, também seria uma maneira de provar que eu era mais que apenas uma imitação barata, porém não admitiria aquilo em voz alta. Não enquanto Arthur McLachlan ainda estivesse ali.

— Mateo, isso é fantástico! — Enxuguei os olhos e enlacei-lhe o pescoço. Como eu, ele cheirava a tinta de impressora e álcool em gel. — Você devia ter me contado antes. Parabéns.

Ele ficou tão contente que seu corpo inteiro parecia vibrar.

— É sério? Fiquei com um pouco de medo de contar, mas uma hora você ia descobrir. Você deveria comemorar com a gente hoje à noite. Lincoln sempre fica feliz em te ver.

Aquilo era verdade. O namorado de Mateo ficava *realmente* feliz em me ver, mas isso porque ficava feliz em ver qualquer pessoa. Lincoln fazia esculturas com motosserra, ou seja, passava a maior parte do dia em sua loja, transformando toras em criaturas decorativas. Ele era um amor.

— Valeu, mas vou jantar com a família de Brett depois do trabalho — eu disse. — As irmãs dele vão. *Todas* elas.

O alívio deixou Mateo ainda mais compreensivo.

— Não foi à toa que você deixou aquele velho ranzinza te afetar. Da última vez que jantou com suas futuras cunhadas, passou três dias prostrada. — Ele sorriu e me passou uma pilha de revistas para dar baixa antes de descartar. — Seu problema, Sloane, é que você sempre atrai gente com personalidade mais forte que a sua.

Embora a intenção fosse boa, as palavras de Mateo me atingiram em cheio. Era quase como se Arthur estivesse sentado em seu ombro e tirasse as palavras dele o cutucando com a bengala.

— Acha mesmo? — consegui dizer, forçando um sorriso. Eu era boa naquilo. Tinha adquirido prática.

Mateo me deu uma piscadela.

— Além disso, ainda estou para conhecer alguém que não te faça sair correndo para as colinas. Talvez esteja na hora de começar a se acostumar.

2

Acredite ou não, eu estava noiva de um doutor. Na verdade, de um quiropraxista, porém tinha aprendido no começo do relacionamento que apresentá-lo de outra maneira que não fosse "dr. Marcowitz" acabaria em uma enorme confusão.

Como um dos meus principais objetivos de vida era evitar confusões de todo tipo — e ainda mais as enormes —, adaptei-me rápido. Brett podia não ser médico, mas tinha doutorado, o que era mais do que suficiente. Ele era bom naquele tipo de coisa. Todos o tratavam com respeito, porque ele se recusava a aceitar menos. Simples assim.

— Brett disse que vai se atrasar. — Sua mãe, uma mulher rotunda com bochechas rotundas e um cabelo também rotundo que mais parecia um capacete e quase tão determinada quanto o filho, desligou o celular e suspirou. — Você vai ter que se acostumar com esse tipo de coisa, Sloane, se vai ser esposa de um médico.

Ignorei a mensagem subliminar ali — se, se, *se* — e abri um sorriso.

— Tenho certeza de que os pacientes de Brett valorizam a dedicação dele. O que aconteceu?

Ela me fitou com surpresa, os olhos espelhando as formas arredondadas por toda parte. Era como se a mulher tivesse sido tirada de um livro didático de ensino fundamental.

O retângulo era um retângulo. O quadrado era um quadrado. Francine Marcowitz era um círculo. Tudo isso era verdade incontestável.

— O que aconteceu é que meu filho é o melhor quiropraxista em um raio de quinhentos quilômetros.

Viu? *Raio*. Os círculos estavam até em sua fala. Era impressionante.

— Ele anda muito requisitado ultimamente. Do jeito que as coisas estão indo, vai ser sorte Brett aparecer no casamento. — Riu como se aquela fosse uma piada ótima. Cutucando o marido com o cotovelo, a única parte do corpo que não se encaixava no molde esférico com que fora feita, a mulher acrescentou: — Não seria diferente, Stan? Um noivo em fuga? Já ouviu falar em algo do tipo?

Stan nunca ouvira falar, claro. Sempre que a esposa e as filhas se reuniam sob o mesmo teto por um tempo razoável, na verdade, ele não ouvia nada. Se não fosse advogado especialista em direito imobiliário, poderia ter sido um excelente diplomata.

— Deixe a pobre garota em paz — ele murmurou, olhando-me como quem pedia desculpas. — Não vê que a está constrangendo?

— Não tem problema — eu disse depressa, e era verdade. Não tinha mesmo. Qualquer constrangimento que eu pudesse sentir era abrandado pelo afeto efervescente que sentia sempre que abria aquelas portas. — Tenho orgulho de Brett por saber quais são as prioridades dele. E podemos ter um jantar agradável mesmo sem ele.

Já *aquilo* era mentira. Embora a casa colonial de dois andares tivesse tudo para ser agradável, as pessoas nela não o eram nem um pouco. As três irmãs de Brett... bem, não eram redondas. Eram altas, como ele. Eram confiantes, como ele. E tinham por mim uma preocupação esquisita e incansável que eu não era capaz de entender.

Assim como ele.

— Aí está você, Sloane, e *tão* maravilhosa que nem consigo acreditar. — Tabitha, a irmã mais velha, que também gostava de ser chamada de doutora, embora fosse dentista, entrou pela porta e segurou meu rosto. — Onde encontra roupas assim? No Magazine dos Bibliotecários?

Como eu ainda estava com a saia amarela manchada de tinta, o comentário não chegava a ser absurdo.

— Oi, Tabitha — eu a cumprimentei, enquanto as outras irmãs entravam atrás dela na sala de estar. Os Marcowitz eram fãs de servir coquetéis antes do jantar, o que significava encher o caneco de gim-tônica até que houvesse tanto líquido no estômago

27

que eu nem conseguia comer. Assenti para as duas. — Oi, Rachel. Oi, Rosalie.

— Eu sou a Rosalie — a irmã da direita falou, então indicou com a cabeça a irmã ao seu lado. — Dá para reconhecer a Rachel pelas pontas duplas.

Rachel, que tinha vinte e dois anos e era a imagem cuspida e escarrada de Rosalie, apenas dez meses mais velha, mostrou a língua. Embora já tivesse visto fotos das duas bebês e soubesse que não eram gêmeas, não conseguia de jeito nenhum diferenciá-las. Ambas tinham olhos cinza lindos e bem grandes, lábios bem desenhados e cabelo castanho-avermelhado brilhante no qual eu tinha quase certeza de que nunca vira uma ponta dupla.

Como eu disse, a semelhança familiar era notável. Brett era igualmente bonito. Às vezes, olhá-lo me fazia questionar como um ser humano tão lindo podia querer algo comigo.

— Você só está com ciúmes porque meu cabelo cresce duas vezes mais rápido que o seu. — Rachel se jogou no sofá ao meu lado e entrelaçou os dedos com os meus. — Tenho boas notícias, Sloane. Falei com minhas amigas do time e todas toparam.

Encarei-a, confusa. Equilibrar o gim-tônica em uma mão enquanto a outra estava envolvida na sua, de jogadora de rúgbi, era difícil, mas eu sabia que não devia tentar me soltar. No cabo de guerra com os membros do meu corpo, as irmãs Marcowitz sempre levariam a melhor.

— Toparam o quê? — perguntei.

— Ah, boa! — Tabitha não se deu ao trabalho de considerar minha pergunta. — Juntando nós três e a prima Dora seremos... quantas, oito?

— Se Brett escolher mais um padrinho, como está ameaçando, vamos precisar de outra, mas damos um jeito. Você não disse que tinha uma amiga em mente, Sloane? Alguém da biblioteca que poderia te fazer um favor?

A compreensão me atingiu com quase tanta força quanto o gim no meu estômago vazio.

— Ah. Vocês estão falando das minhas madrinhas.

— Podemos comprar um vestido extra agora e ajustar mais perto de outubro. Não tem problema, né, mãe? — Rosalie perguntou. De todas as Marcowitz, era ela a que mais me assustava. Estava com vinte e três anos e já comandava três franquias de um hotel. Tinha certeza de que ela não ia parar até comandar todas.

— Não vejo por que teria. É só acrescentar ao pedido. Perdido por cem, perdido por mil.

Stan franziu as sobrancelhas.

— Por cem mil, está parecendo. *Meus* cem mil.

— Não seja mão de vaca. — Francine acertou o marido com o braço. — É o casamento do seu filho. Se quisermos igualar o número de padrinhos e madrinhas, vai ter que ser assim. Você sabe que o círculo social de Brett é amplo.

Tentei disfarçar todo o desconforto que aquela conversa me trazia. Quando Brett me pedira em casamento, eu visualizara uma cerimônia tranquila na praia. Reservada e simples, o mais rápida possível. A ideia de ficar na frente de uma igreja enorme em um vestido branco e armado — logo *eu* — me parecia ridícula. Falar em público nunca tinha sido meu forte. Tampouco vestidos armados, mesmo quando eu tinha cinco anos e ainda ficava bem neles. Nas fotos de infância, eu sempre parecia a menina de *Os pioneiros*.

Infelizmente, o círculo social de Brett era mesmo amplo. Havia gente demais que se importava com ele — incluindo eu — para uma mísera cerimônia na areia.

— É muito legal da parte de vocês, mas...

— Mas nada. — Rachel finalmente soltou meus dedos. O sangue levou um segundo para voltar a circular, mas o fez com força. — Você é da família agora, Sloane. É o mínimo que podemos fazer.

— Total! — gritou Tabitha.

— Um brinde a isso — sugeriu Rosalie.

— Quando a união civil for assinada, não haverá volta — Francine murmurou baixo.

Depois de uma manifestação daquelas, não tive coragem de dizer que Mateo era mais um conhecido que um amigo, e que provavelmente não concordaria em usar um vestido de madrinha.

As Marcowitz haviam ficado horrorizadas quando eu confessara que não tinha nem *uma* amiga próxima que pudesse ser madrinha, quanto mais oito, e se voluntariaram com a mesma intensidade para preencher as vagas.

Eu desafiaria quem quer que fosse a encontrar melhores futuras cunhadas que elas. Sinceramente. Alguns ossos das mãos quebrados eram um preço baixo a pagar por aquele nível de aceitação sem questionamento.

— Tenho certeza de que consigo arrumar alguém antes do casamento — falei, com a voz falhando só um pouco. Como faltavam quatro meses para eu me juntar oficialmente ao clã dos Marcowitz, ainda tinha esperança de cumprir tal promessa.

Afinal, fazer amigos era algo fácil para pessoas normais. Elas participavam de equipes esportivas e conheciam pessoas aleatórias em cafés. Trocavam figurinhas na fila do departamento de trânsito e viajavam juntas no aperto do banco de trás do Uber Juntos.

Não me importava estar chegando aos trinta sem ter uma Diana Barry ou Charlotte Lucas para chamar de minha. De verdade. Eu havia tido uma, mas a perdera.

O "era uma vez" sempre fora o bastante para mim.

3

A diferença entre a recepção calorosa, ainda que um pouco excessiva, recebida na casa dos Marcowitz e a que recebi na casa dos meus ancestrais uns dias depois pareceu algo tirado de um conto de fadas perverso.

    Chamar de "casa dos meus ancestrais" também é um exagero. Meus pais moravam ali fazia apenas alguns anos, depois de terem vendido tudo o que tinham conseguido carregar — e várias coisas que não conseguiram — para comprar um apartamento à beira do lago, com dois quartos, terraço e academia disponível vinte e quatro horas por dia. Até onde eu sabia, eles nunca puseram um pé no terraço, e ainda não estava totalmente convencida de que a academia existia, mas meus pais mantiveram sua decisão.

    — Ah, que bom. Você está aqui. Pode, por favor, dizer ao seu pai que preciso que ele chame um encanador para ver o triturador de lixo?

    Minha mãe abriu a porta e saiu, os passos fazendo o chão tremer. Embora não fosse uma mulher grande, e sim uma versão minha mais velha e ligeiramente desbotada, andava como se carregasse o peso do mundo nos ombros.

    — E pode, por favor, dizer à sua mãe que não sou telefonista? Se ela quer que um encanador venha, é só ligar. — Com certo atraso, meu pai deu um beijo na minha testa. Seus óculos de armação preta e aros redondos escorregaram pelo nariz e se mantiveram ali. — Oi, querida. Você parece cansada.

— Sinceramente, James... Não é algo que se diga a uma mulher.

— Se a mulher em questão for minha filha, posso dizer o que eu quiser.

— Você gostaria que ela entrasse pela porta e mencionasse que seus implantes capilares estão começando a cair?

— Eles não estão caindo. A natureza cura. É tudo parte do processo.

Uma batida na parede dos fundos indicou que o casal de vizinhos ao lado, como eu, não estava curtindo aquela discussão. Em geral, por covardia, eu evitava me envolver nas brigas dos meus pais — ou seja, evitava visitá-los até que houvesse uma emergência ou até que um dos dois não estivesse presente.

Tecnicamente, daquela vez não se tratava de uma emergência, mas depois do jantar com os Marcowitz estava chegando perto.

— Vocês ainda têm aquela caixa com minhas coisas da faculdade? — perguntei antes que os dois pudessem prosseguir. — Lembro onde ficava na casa antiga, mas não sei se vocês jogaram fora ou deixaram no depósito quando vieram para cá.

— Coisas da faculdade? — Minha mãe se virou para mim e refez os passos pesados. Desde a mudança, três famílias diferentes haviam morado no apartamento de baixo. Àquela altura, só conseguiam alugá-lo no Airbnb. O lugar fora classificado como "mal-assombrado" para que quem se hospedasse lá considerasse os gritos e os quadros balançando nas paredes algo encantador em vez de assustador. — Você quer isso pra quê? Não está pensando em fazer *outra* faculdade, está? Ah, meu Deus. Brett terminou com você? Eu disse que não ia durar, James. Lembra? Disse que era impossível um homem daqueles...

Respirei fundo e cravei as unhas na palma das mãos, lembrando-me de que os comentários da minha mãe eram apenas ligeiramente mais cáusticos que os de Francine Marcowitz — e que eu dissera a mesma coisa para meu próprio reflexo no espelho incontáveis vezes.

— Achei que pudesse encontrar o contato das minhas antigas colegas de quarto, só isso — respondi, em um tom tão animado quanto me foi possível. — Preciso de madrinhas. Não consegui encontrar as meninas no Facebook, então vou tentar à maneira antiga.

— Precisa de madrinhas? — minha mãe repetiu.

— Se guardamos esse tipo de porcaria só pode ter sido no depósito — meu pai respondeu ao mesmo tempo.

— Sloane, por favor, diga ao seu pai que suas lembranças queridas de infância não são *porcaria*.

— Sloane, por favor, diga a sua mãe que se ela tiver algo a dizer pode falar na minha cara.

Aquilo era tudo de que meus pais precisavam para recomeçar. Peguei a chave do depósito pendurada à entrada e saí, o alívio superando em muito a culpa. Posso soar insensível, mas não fazia sentido ficar ali, suportando a violência daquele ressentimento mútuo. Eu havia aprendido aquela lição da maneira mais difícil.

"Até que a morte nos separe" parecia bem mais sinistro quando se testemunhava aquilo em ação por tanto tempo quanto eu. A maioria das pessoas — das pessoas *normais* — teria se divorciado muito antes, mas os Parker não eram bons em morar sozinhos. Como os animais da arca de Noé, passávamos a vida em pares. Vovô e vovó. Mamãe e papai. Sloane e Emily.

E depois só Sloane.

Não seria tão ruim poder contar com meus pais para abrandar a dor de meu estado solitário, porém não era o caso. Nenhuma parte deles — as discussões ou o afeto, a preocupação ou a curiosidade — estava disponível para mim. Ambos estavam envolvidos demais consigo mesmos para se preocupar comigo. De certa maneira, era tocante aquelas duas pessoas que viviam, respiravam e brigavam juntas, que todo dia encenavam sua versão deturpada de final feliz.

Ninguém falava sobre essa parte do "felizes para sempre". Às vezes, não havia o tal "felizes". Em outras, não havia o tal "para sempre". Tudo era um grande "pós". Eu sabia daquilo mais do que ninguém. Tinha sido no "pós" que eu vivera a maior parte da vida, que não chegava nem perto da promessa de conto de fadas que eu alimentava na infância. A literatura era cheia de mentiras daquele tipo.

Sabe aquela história do Tennyson de que é melhor ter amado e perdido do que não ter amado? *Balela*.

Sabe aquela história do Dostoiévski de que, quanto mais escura a noite, mais brilhantes as estrelas? *Até parece*.

Nem mesmo a J. K. Rowling acertou. "As pessoas que amamos nunca nos deixam de verdade, Harry. Há coisas que a morte não pode tocar." *Errou feio, J. K. Assim como em relação a tantas coisas*.

Era por isso que eu estava determinada a encontrar mais uma madrinha, mesmo que aquilo me levasse à morte — o que, a julgar pelo estilhaçar de um vaso atrás da porta, podia muito bem acontecer.

— *Vou* me casar com o dr. Brett Marcowitz — eu disse em voz alta, e as palavras me deram a força necessária para atravessar o corredor e apertar o botão do elevador rumo ao porão. — *Vamos* ter o casamento perfeito. *Vamos* viver todos os dias de nossa vida em pacífica e tranquila harmonia.

E se um certo alguém rabugento, com óculos de armação de metal, uma bengala com a ponta dourada e um buraco no lugar do coração achava que aquilo me tornava inocente, que fosse. Outras pessoas podiam ter uma vida grandiosa e iluminada.

Eu me contentava com muito menos.

***

Eu mal conseguira enfiar a chave na ranhura do painel para ter acesso ao porão quando o elevador começou a descer, chamado por alguém. Assim que virei a chave para a direita, a porta se abriu e entrou um homem alto e de ombros largos que fazia meus pais parecerem os Cleaver. Ele exalava irritação de uma maneira que me fez endireitar as costas e ficar em alerta máximo.

— Quinto — ele disse enquanto a porta se fechava. Franzindo a testa, acrescentou: — Não suporto mais um minuto que seja.

— Ah, hum, já virei a chave.

— Que chave?

Eu a mostrei para ele.

— A chave que leva direto ao porão.

— Quê? — O cara se virou e começou a apertar botões aleatórios ao ver que nenhum se iluminava. — Não dá pra parar?

Balancei a cabeça e encostei no canto do elevador com as mãos atrás das costas. Algo na minha postura — submissa e encolhida, enquanto eu tentava me tornar ainda menor — o forçou a respirar fundo e deixar a carranca de lado.

— Desculpe, eu não quis assustar você — ele falou enquanto coçava o maxilar, com uma barba por fazer comprida o bastante para produzir ruído. — É o casal que mora no apartamento em cima do lugar que aluguei. Nunca ouvi tanto barulho. Eu estava indo lá pedir silêncio.

Mesmo com a expressão mais branda, havia algo naquele cara que me intimidava. Ele devia ter mais ou menos minha idade e usava roupas relaxadas e discretas, mas eu soube na hora que se tratava do tipo de pessoa que era incapaz de entrar em um cômodo sem chamar atenção.

Mateo era assim. Os Marcowitz também. Era um dos muitos atributos que me fascinavam e repeliam em igual medida. Sob nenhuma circunstância eu queria atrair aquele tipo de atenção, porém não conseguia evitar me perguntar como seria. Marcar presença, fazer parte do mundo de tal maneira que não restava escolha a ele a não ser abrir espaço para você. Eu era do tipo que rastejava como um lagarto correndo em direção à água, determinado a não provocar ondulações.

Aquele cara de testa franzida, cabelo castanho-escuro comprido em excesso e nariz que parecia ter sido quebrado mais de uma vez provocava, sim, ondulações.

— Não vai adiantar nada — falei assim que o elevador parou no porão. A porta se abriu, deixando entrar uma lufada de ar úmido e bolorento que cheirava exatamente ao que era: a névoa dos pertences indesejados. — Eles não vão parar. Com o barulho, digo. Você está falando do 512, né?

O homem estendeu o braço acima da minha cabeça para segurar a porta do elevador aberta. Então baixou os olhos castanhos para mim, em um escrutínio que os fazia brilhar. Algo neles me pareceu familiar, embora eu não soubesse identificar o quê.

— Você conhece os moradores?

— Todos no prédio conhecem — falei. Não era mentira, portanto minha consciência não pesou. — Por que acha que o apartamento estava tão barato no Airbnb?

— Por causa de *fantasmas* — ele murmurou, soltando a porta.

Meu coração bateu mais forte, em um alarme inesperado, quando ele saiu e entrou comigo no porão. Talvez o cara só quisesse terminar a conversa, mas eu já lera suspenses o bastante a ponto de surgir na minha imaginação — hiperativa, na melhor das hipóteses — uma história convincente no mesmo instante. Havia vários bons esconderijos lá embaixo, e ele não pareceu notar que eu segurava a chave entre os dedos com a ponta para fora. No entanto, ainda assim eu não estava gostando nada daquilo.

— Você não acredita em fantasmas? — perguntei, porque parecia a reação mais lógica.

O homem soltou uma risada curta e áspera, que me pareceu quase tão familiar quanto a chama em seus olhos.

— Claro que não. Mas acredito que os condôminos devem pelo menos tentar não fazer barulho. Provavelmente estão atirando pratos agora.

Eu não ficaria surpresa. Meus pais nunca tinham machucado fisicamente um ao outro, mas gostavam demais de destruição para abrir mão da ameaça. Motivo pelo qual eu não gostava de barulho. Ou de trovões. Ou de ficar presa em um porão com um homem que também parecia estar acostumado com destruição.

— Uma hora eles param — prometi.

— É o que todos dizem.

Como o cara não demonstrava nenhum sinal de que me deixaria a sós, comecei a recuar devagar. Meu calcanhar bateu em uma caixa vazia, e titubeei.

Só então me notou — quer dizer, *de verdade*. Um pouco nervosa, muito tímida e com uma chave apontando em sua direção. Ele deu uma olhada em mim e soltou um xingamento baixo que teria deixado Arthur McLachlan orgulhoso.

Eu já tinha um pedido de desculpas na ponta da língua, mas o cara não permaneceu ali por tempo o bastante para que as palavras saíssem. De maneira tão abrupta que me deixou tonta, virou-se e retornou por onde tínhamos vindo. O elevador o engoliu depressa, e eu fiquei sozinha, com muito mais adrenalina no sangue do que era capaz de lidar.

— Então tá — falei para mim mesma, sentindo-me aliviada e *meio tola* por essa sensação, torcendo para que o som da minha própria voz trouxesse alguma normalidade de volta à cena. Não foi o caso, e eu não era do tipo que desistia de causas perdidas. — Até que correu tudo bem.

Hesitei, meio que esperando uma resposta, porém nenhum som se seguiu. Éramos só eu e o eco dos meus passos. Eu e o barulho da grade do depósito sendo aberta. Eu e o baque das caixas empoeiradas que continham todo o meu passado.

Não demorei muito para encontrar o que procurava. O relacionamento dos meus pais podia ser zoado, mas os dois eram certinhos nos demais aspectos da vida. Meu apartamento era um desastre, com roupa e louça suja e muito mais quinquilharias do que qualquer pessoa com menos de oitenta anos deveria ter. Brett o odiava e mencionara algumas vezes que eu não poderia continuar sendo uma acumuladora depois do casamento. Não sabia como explicar para ele que *precisava* daquela bagunça à minha volta.

A bagunça significava que eu vivia. Não *bem*, claro, e não de uma maneira que despertaria inveja entre os entusiastas da decoração, mas o bastante para que houvesse provas da minha existência. Até mesmo a menor e mais reles dona de casa romana deixou para trás cacos de cerâmica.

A caixa com as coisas da faculdade era menor do que eu recordava e consistia basicamente em livros velhos e desgastados e moletons com o logo da Universidade de Washington. Na época, minha dieta equivalia a ficar no quarto, de fone, lendo todos os clássicos escritos por homens brancos e mortos que conseguisse. Eu me divertia com Sylvia Plath e me vestia com todo o esplendor da srta. Havisham. Eu *tinha* alguns amigos de verdade, vivos, motivo pelo qual fiquei feliz ao encontrar minha antiga agenda no fundo da caixa, contudo não passava com eles nem metade do tempo que me ocupava com os habitantes de East Egg.

Foi então que eu vi.

A princípio, achei que o lampejo roxo fosse um truque das luzes fluorescentes no teto, porém minha mão se fechou em torno do broche antes que eu me desse conta. A esplêndida ametista e o bronze brilhante que a sustentava davam a impressão de que se tratava de algo pesado, mas eu sabia que o bronze não passava de doze camadas de caneta metálica no plástico e a pedra era velha e começava a ficar opaca.

— Oi, Emily — eu disse, ajoelhando para ver melhor o broche.

Tal como meu amigo grandalhão e intimidador do elevador, eu não acreditava em fantasmas. Tentara acreditar, de verdade. Tinha me hospedado em quartos de hotéis assombrados, passado por todos os túmulos do cemitério de Coeur d'Alene após a meia-noite e até comparecido a uma sessão espírita que depois se revelara um esquema para vender um conjunto de panelas e frigideiras que prometia "durar a vida toda... e além". Nada disso havia me aproximado um pouco que fosse da vida após a morte — ou da pessoa que eu mais desejava encontrar lá.

Ainda assim, isso não me impedia de tentar. Como disse, quando se tratava de causas perdidas, São Judas Tadeu e eu estávamos em uma disputa acirrada para ver quem chegava primeiro.

— Achei que mamãe e papai tivessem jogado ele fora anos atrás.

Virei o broche e notei que o fecho continuava inteiro, embora o alfinete estivesse meio torto, então o coloquei no colarinho com babado da minha blusa florida. A seda nunca mais seria a mesma naquele ponto, e o plástico leve era o bastante para repuxar o colarinho, mas não importava.

— "Um broche perfeitamente elegante" — afirmei, tocando-o com um sorriso no rosto. — "Como eu achava que diamantes fossem. Muito tempo atrás, quando nunca vira um."

Enquanto citava aquele trecho em voz alta, passei ao sotaque levemente inglês que tanto eu quanto Emily adotávamos sempre que encenávamos *Anne de Green Gables*. Não sabia muito bem de onde tínhamos tirado aquilo, mas imaginava que de alguma maneira nosso cérebro jovem acreditava que todos os eventos ocorridos antes de 1950 fossem um pouco britânicos.

Nós duas amávamos aquele broche velho e idiota. Na verdade, amávamos toda a comunidade da Ilha do Príncipe Eduardo — incluindo os vizinhos intrometidos, as senhorinhas de mente fechada e tudo o mais.

"Você vai ver, Sloane", Emily dissera tarde da noite, quando estávamos escondidas debaixo das cobertas com o livro e a lanterna, a visão turva da falta de sono. Indo contra as ordens médicas, mantivemos alguns ritos de passagem da infância mesmo quando se vivia com uma bomba-relógio no peito. "Um dia, vamos embora daqui e encontraremos um lugar igual a Green Gables. Um lugar onde — *TUM* — um cuida — *POF* — do outro e ninguém — *COMO VOCÊ PÔDE* — fica bravo."

Eu tinha acreditado nela. Não chegara a ser difícil, com nossos pés quentinhos, as pontas dobradas das páginas do livro da biblioteca testemunhas de quantas vezes o havíamos lido. Com os braços de Emily à minha volta e os batimentos de seu coração problemático em compasso com os meus, nada no mundo era tão terrível quanto parecia. Então o dia nascera — e com ele a realidade. Emily sempre fora boa em ignorar os sinais de levante emocional que jaziam espalhados pelo chão da sala na manhã seguinte. Eu... não.

Deixei o broche na blusa, batendo de leve contra meu esterno enquanto eu guardava o restante das coisas na caixa e a devolvia a seu lugar. A sensação não era igual à dos batimentos cardíacos suaves e erráticos da minha irmã me colocando para dormir, porém chegava perto.

Tão perto quanto eu consegui chegar nesta vida, pelo menos.

Com a agenda firme debaixo do braço, tranquei o depósito e refiz o caminho até o elevador. Agora que tinha um plano de ação concreto, já me sentia melhor em relação às chances de conseguir uma madrinha. As pessoas adoravam casamentos — ou pelo menos adoravam a *ideia* de um casamento, o que dava no mesmo. Alguém da faculdade sem dúvida acharia romântico...

— Não grite.

A agenda caiu de baixo do meu braço quando dei um pulo para longe do elevador, um grito entalando na garganta diante da ordem daquele homem. Eu sempre fora excelente em seguir ordens; era praticamente a personificação do sonho de qualquer sequestrador.

— Não é o que está pensando. Não vou te machucar.

Ele se levantou, com as mãos erguidas. Aquilo deveria me acalmar, porém parecia impossível quando os punhos da pessoa em questão eram do tamanho de pequenas peças de presunto.

— Você ficou esse tempo todo sentado aqui? — perguntei, com a histeria da voz só se revelando no fim, o que já era algo. — No chão do elevador?

— Acho que preciso da sua chave para voltar — ele falou, à guisa de resposta. — Apertei todos os botões, inclusive os de emergência, mas o elevador não saiu do lugar.

Como me mantive parada, em estado de confusão mental, ele engoliu em seco e deu um passo para trás.

— Você não precisa subir comigo. Só tenho que usar a chave para fazer um desses... botões infernais funcionar.

Ele disse "infernais" como se aquilo fosse estranho para ele. Só então notei sua postura. De um homem preparado para fugir ao som de uma palavra dura — não porque tivesse medo de mim, mas porque tentava desesperadamente garantir que *eu* não tivesse medo dele.

— Infernais? — repeti.

— Malditos? Filhos da mãe? — Um leve rubor cobriu-lhe as bochechas. — Desculpa. Não sou muito bom nisso. O que posso fazer para te convencer de que não sou um assassino?

Não disse a ele que eu já estava convencida, em grande parte porque não era muito boa em falar com desconhecidos. Ainda mais com aqueles que preferiam ficar dentro de um elevador a assustar uma bibliotecária sensível e com pouco bom senso.

— Você deveria ter me chamado — falei, enquanto passava por ele para entrar no elevador. — Fiquei uns vinte minutos lá.

— Vinte e cinco, pelas minhas contas. — Em vez de se juntar a mim, o cara se abaixou para pegar minha agenda. Então a ofereceu a mim e acrescentou: — Pensei em procurar a escada, mas não queria que você achasse que eu pretendia te emboscar.

Peguei a agenda e inclinei a cabeça em um sinal para que entrasse. Ele entrou, porém dando uma passada exagerada que o levou ao outro lado do elevador, onde ficou recolhido a um canto. Percebi que notou meu broche, no entanto nenhum de nós teceu comentário a respeito.

— Qual andar? — perguntei com educação enquanto virava a chave. Como ele não respondeu de pronto, apertei o botão do quarto, que o levaria de volta ao apartamento alugado. — Não recomendo um confronto com o pessoal do 512. Não vai terminar do jeito que espera.

— Eu não ia entrar em confronto — ele disse, com o rubor retornando à pele, agora das orelhas. Pensei, ainda que não tenha dito, que da próxima vez que ele quisesse que uma mulher se preocupasse menos com a possibilidade de ser morta e ter o corpo escondido em um depósito, tudo o que precisava fazer era corar assim. — Só ia pedir com toda a educação que parassem de fazer barulho.

— Isso também não terminaria do jeito que espera. — O elevador chegou ao destino com um solavanco. — Eles não são pessoas ruins. Só...

A frase se dissipou, porque eu não sabia bem o que queria dizer. Bom, na verdade eu sabia *exatamente*. Fazia décadas que as palavras estavam dentro de mim. Duas décadas, para ser sincera. Os vinte longos anos em que fui forçada a tolerar as emoções dos meus pais sozinha.

— Eles são infelizes. Muito infelizes. Estão tão envolvidos na antipatia um pelo outro que nem notam o mundo ao redor. — Sorri e mantive a porta aberta, esperando que ele saísse. A noção de que aquele homem só estava ali temporariamente, e de que depois de uma estadia daquelas não voltaria, era o que me permitia falar. — Você poderia passar a vida inteira tentando fazer com que te ouvissem e nada mudaria. Para eles, você não tem importância. Nunca teve e nunca vai ter.

— Isso é... bem específico.

Não tive chance de me explicar melhor. A porta do elevador já começava a se fechar.

— Vou falar com eles por você, mas te aconselho a ficar em um hotel — falei.

E o mais longe possível deste lugar.

4

Nem me dei conta do horário até que Octavia cutucou meu ombro com um lápis e me mandou ir almoçar.

— Vai. Come. Respira um ar fresco.

Ela desceu o lápis pela minha blusa branca. Usar branco era sempre um risco, e aquela blusa era a minha preferida, porque se mantinha esvoaçante e etérea mesmo depois de várias horas de uso. Também ficava bonita com o broche de ametista que eu prendera no colarinho. Desde a visita ao porão do prédio dos meus pais, não conseguira ficar sem ele. Ainda não criara coragem de entrar em contato com minhas amigas da faculdade, o que não surpreenderia ninguém.

— Quer saber? — Octavia prosseguiu. — Você deveria me trazer algo com chocolate. De preferência um bolo.

Tirei os olhos da impressora, que estava com papel atolado.

— Você quer bolo? Que horas são?

— Meio-dia e meia. Já está mais do que na hora de você ir almoçar. — O rosto de Octavia se iluminou com um sorriso. — Ah, você deveria dar uma passadinha na padaria do outro lado da rua. Espera, vou pegar minha bolsa.

Permaneci ali mais ouvindo do que observando. Octavia era uma mulher de texturas, a maior parte das quais vinha de camadas de roupas que farfalhavam conforme se movimentava. Eu já tinha levado uns bons choques ao tocá-la, por conta da sua eletricidade estática.

— Meio-dia e meia... — repeti, sem expressão. — Meio-dia e meia.

Foi só quando olhei para o relógio que percebi a importância daquilo.

— Cadê o sr. McLachlan? — Passei os olhos por toda a biblioteca, sem deixar passar uma cadeira que fosse. — Por que ele ainda não chegou?

Não sabia ao certo por que uma inquietação tomava conta de mim tão rapidamente. Considerando como o sr. McLachlan fora cruel da última vez que havíamos nos falado, estava com medo de reencontrá-lo. Mateo achava que eu devia ignorá-lo, mas eu não tinha ideia se conseguiria. Era possível ignorar um carro descendo a rua a toda velocidade na sua direção? Era possível ignorar um urso rugindo para você na floresta?

Claro que não. Quem sabia o que era melhor para si caía fora.

— Só tenho cinquenta. — Octavia agitou a nota para mim, alheia ao fato de que uma cédula graúda daquelas chamava atenção em uma biblioteca pública. — É melhor comprar um bolo inteiro. Podemos colocar na sala de descanso para dar uma animada no pessoal.

O que ela queria dizer, embora tivesse o tato de não ser direta, era que podíamos colocar na sala de descanso para *me* animar. Eu sempre fora do tipo que comia para esquecer.

— Você viu o sr. McLachlan hoje? Ou qualquer dia desta semana? — perguntei, sem pegar o dinheiro. Se eu ia comer um bolo inteiro por autopiedade, ia comprá-lo com meu próprio dinheiro. Eu tinha meus limites. — Estava ocupada com o evento virtual daquela escritora hoje de manhã e nem reparei. E nos últimos dias tive o treinamento sobre o software novo. Não vi se ele esteve aqui ou não.

— Hum. — Octavia deixou a mão cair e seu farfalhar encontrou um fim abrupto. A curva do sorriso fúcsia se desfez. Ela quase sempre pintava os belos lábios escuros com batons que eu nem olharia, muito menos compraria. — Agora que mencionou, faz uns dias que não o vejo. Estranho.

— Espero que não seja por causa da nossa discussão — falei, voltando a passar os olhos pela biblioteca para confirmar que nada me passara despercebido. Um casaco abandonado em uma cadeira, por exemplo, ou uma bengala misteriosa em um canto. Andava lendo muitos livros de mistério aconchegante, por isso sabia melhor que ninguém o que devia ter acontecido para que uma bengala fosse abandonada. Seria uma pista inegável de um assassinato. — Acha que o magoei? Acha que ele não vai querer mais voltar?

Pelo modo como os lábios de Octavia estremeceram, ficou óbvio que Mateo contara tudo sobre o desentendimento — e que a opinião geral era que eu não havia saído vitoriosa dele.

— Não vamos tirar conclusões precipitadas — Octavia sugeriu. — Ele só deve ter tirado alguns dias de folga para fazer compras ou saiu de férias. Tenho certeza de que logo vai voltar.

Balancei a cabeça, incapaz de aceitar aquelas desculpas. Arthur McLachlan usava o mesmo blazer com protetores de cotovelo todo dia, independentemente do clima, e seus sapatos sempre exibiam o lustro que indicava a pretensão de fazê-los durar décadas. A última coisa a que ele devia dedicar tempo era fazer compras. E quanto a férias... bem. Meu instinto me dizia que Arthur não era do tipo que curtia tomar sol e beber um drinque tropical na areia.

— Não, Sloane. Proíbo você.

Pisquei, sobressaltada ao deparar com Octavia me olhando com toda a força de seus trinta anos de experiência em bibliotecas — e mais alguns anos de experiência de vida só para garantir.

— O que foi? Eu não disse nada.

— É contra as regras da biblioteca. É contra as *minhas* regras. Vá comprar o bolo e depois volte a trabalhar na vitrine de ornitologia. — Ela enfiou a nota no meu bolso da frente. — Vou até te deixar escolher os livros que vão ficar em destaque.

Aquela era uma concessão muito maior do que poderia parecer. Escolher os livros que ficariam com a capa à mostra não era algo que ela permitia com frequência. Não a mim, pelo menos.

— Mas eu não ia fazer nada — protestei.

— Me traga um latte gelado também, por favor — disse, mudando de assunto. Então olhou por cima do ombro e acrescentou: — Com bastante gelo.

Enquanto Octavia se afastava, com a blusa se enrugando e o náilon sibilando à distância, percebi que ela estava certa. Eu *ia* mesmo dizer algo, e *ia* mesmo fazer algo, e nem um caminhão de lattes gelados poderia me impedir.

Aguardei até que ela se distraísse com o grito de alguém avisando que o banheiro estava inundando — outra vez —, corri para trás do balcão e fiz login no computador mais próximo. Não precisava que Octavia me lembrasse das regras e dos regulamentos ou que reforçasse que alguns limites não deviam ser ultrapassados.

Entre todos aqueles traçados por ela — e eram vários —, a privacidade dos frequentadores da biblioteca era o único em tinta permanente. Principalmente no caso de Arthur McLachlan, que recusava toda oferta de ajuda e virava a cara para qualquer sorriso. De acordo com Octavia, bibliotecas eram o último bastião do mundo civilizado, o único lugar que restava onde se podia matar o tempo sem gastar dinheiro. As pessoas iam até lá para aprender, claro, mas também para se esconder. E era nosso trabalho garantir isso.

No entanto, o que Octavia não percebia era que o ritual que eu e Arthur havíamos iniciado dois meses antes fora forjado em aço e vinha se sustentando como uma verdadeira campanha militar. Desde nosso primeiro embate, Arthur não falhara em comparecer no mesmo horário, pronto para a batalha. Para ele faltar não apenas *um* dia, mas vários seguidos...

Então eu lembrei. A tosse catarrenta de que eu desconfiara. O passo arrastado. A expressão diferente no rosto, o olhar vazio, terrível e desolado.

Eu conhecia aquele vazio. Já o *sentira*. Nos dias mais difíceis, como aniversários, naquelas manhãs frias em que eu acordava de sonhos povoados por Emily e constatava que minha irmã tinha mesmo partido, o tal vazio retornava com tudo.

Eu *sabia* que deveria deixar Arthur em paz. Tinha *certeza* de que havia uma explicação perfeitamente razoável para essa ausência.

Seus dados surgiram na tela antes que eu pudesse mudar de ideia.

— Só vou dar uma olhada nele — eu disse em voz alta, enquanto anotava seu endereço num papel. — Para confirmar que está tudo bem. Octavia não precisa saber. O que os olhos não veem o coração não sente.

— Ah, sente, sim. E você vai sentir ainda mais.

Virei-me e deparei com Octavia com um desentupidor na mão e uma expressão sinistra no rosto. Como havia me pegado de surpresa, apesar de cada passo seu lembrar o sacolejar do chocalho de uma cascavel, estava além da minha compreensão.

Estendendo o desentupidor para mim, assentiu brevemente a cabeça uma única vez.

— Já chega. Nada de bolo. Você conhece as regras, Sloane.

Engoli em seco e peguei o desentupidor.

— Tá, mas...

— Não. Uma vez na vida, por favor, direcione o foco e as emoções corretamente. As duas cabines sanitárias precisam de você, diferente de um homem que não vai gostar de vê-la na casa dele por puro capricho.

— Você quer que eu direcione minhas emoções para uma privada entupida?

Embora Octavia não tenha achado graça, sua expressão não era insensível. Talvez fosse sensível até demais. *Eu compreendo*, aquela feição dizia. *Conheço suas fraquezas, o que não é pouco, considerando quantas são.*

— Levando em conta o estado do banheiro quando saí de lá, sim — ela disse, e sinalizou para que eu fosse até lá. — Vai fazer bem tanto para você quanto para a privada.

***

— Você nem tocou no jantar.

Brett pegou um pão da cestinha no meio da mesa e passou manteiga com vontade. Então o deixou na beirada do meu prato e acenou com a cabeça, incentivando-me a comê-lo. Levei-o à boca, mas só consegui mordiscá-lo.

— Desculpa. — Deixei o pão de lado com um suspiro. — Não estou com fome.

— Pronto. Tragam minhas coisas. Chamem a ambulância. Avisem o necrotério. É o fim. Sloane Parker está recusando um carboidrato.

Consegui abrir um sorrisinho, mas não fui muito convincente.

— Olha, Sloane. Já pedi desculpa por ter perdido o jantar com minha família. Sei que foi de última hora e que você odeia ficar sozinha com eles, mas...

Levei a mão à dele e balancei a cabeça.

— Não é isso. Eles foram ótimos. Sério.

— Ficaram enchendo o saco de novo por causa das madrinhas? Já pedi que parem de insistir, mas você sabe como minha mãe é.

— Amorosa? Do tipo que apoia? Preocupada com a felicidade da família? — Meu sorriso saiu um pouco menos forçado. Francine Marcowitz era uma força da natureza, porém eu escolheria uma dúzia de mulheres como ela em vez da minha própria mãe sem hesitar. — Juro que não tem nada a ver com sua família.

— Então o que foi? — Seus olhos se estreitaram. — Por que parece que alguém acabou de botar fogo no seu livro preferido?

Tentei me fazer de indignada, porém Brett não se deixou enganar.

— Não é o lance da biblioteca, é? — ele perguntou. — A promoção à qual você não estava apta?

As palavras de Brett me atingiram em cheio, mas eram irrefutáveis, portanto fui em frente e procurei aceitá-las. Só havia ido à clínica dele como visitante, mas imaginava que aquela fosse a maneira como ele chegava ao fundo dos problemas de todos os pacientes. Com uma bondade implacável e certa condescendência.

— O que você faria se um paciente faltasse? — perguntei. Antes que ele pudesse responder do modo mais óbvio, dizendo que pediria a remarcação da consulta, acrescentei: — Não estou falando de qualquer paciente, e sim de um que você acompanha há anos. Um que mora sozinho. Que poderia ter ficado doente ou caído da escada e não tem nem um gato que possa buscar ajuda.

***

— Gatos não serviriam para nada numa situação dessas — Brett disse, fitando-me com seriedade. — Talvez desse para colocar uma mensagem na coleira, mas não daria para confiar que eles fossem ao lugar certo. Fora que alguns gatos nem têm como sair de casa, o que...

Não consegui conter o riso. Brett se recostou na cadeira, parecendo receber aquilo como uma afronta, e enfiou o garfo no frango à parmegiana.

— Não sei qual é a graça. Você que perguntou.

— Verdade. Desculpa. — Como oferta de paz, enfiei metade do pão na boca. — Quis dizer que ele não deve ter nenhum animal de estimação com que se preocupar. Duvido que já tenha amado um ser vivo. Mas, se você estivesse preocupado com a segurança desse paciente, o que faria? Esperaria para ver o que acontece? Ligaria para a polícia? Passaria na frente da casa dele de carro uma ou duas vezes buscando sinal de vida lá dentro?

A última parte me levou a prender o fôlego enquanto aguardava o conselho de Brett. Em geral, ele reduzia os maiores problemas a soluções simples, mesmo que fossem principalmente do campo da quiropraxia.

— Depende — Brett disse, com cautela. — Quando foi o último alinhamento de coluna dele?

Aquilo era demais. Engasgando com o pão, ri tanto que a mesa toda tremeu. Nossas taças de vinho — um chianti meio gelado — se sacudiram até eu começar a me sentir um pouco tonta. Brett me encarou e puxou minha taça para seu lado da mesa.

— Sinceramente, Sloane, quantas dessas você tomou?

— Desculpa — repeti. — Não é o vinho, eu juro. Só estou muito preocupada com um cara que frequenta a biblioteca. Isso está me deixando meio esquisita.

Brett soltou um suspiro longo e sofrido — mas também compreensivo. A segunda parte era importante para mim. Com exceção da minha irmã, e talvez de Arthur McLachlan, ninguém me entendia tão bem quanto aquele homem. Não havia um único defeito meu que Brett não tivesse destacado, examinado e considerado aceitável em uma futura companheira de vida.

— Vamos pedir a conta, então.

— Quê? Por quê?

Meus olhos se apressaram a procurar os dele.

— Conheço você, amor. Mais do que você mesma. Não vai conseguir dormir hoje à noite se não passar pela casa do cara e se certificar de que está tudo bem.

***

Quando passamos pela casa de Arthur McLachlan, constatamos que estava tudo bem mesmo.

O bairro em que ele morava não era como eu esperava. Por mais que odiasse presumir coisas com base na aparência das pessoas, as calças bem passadas e a maleta de couro de alça transpassada sugeriam um homem com padrões impecáveis. Sempre o imaginara morando em uma daquelas ruas perfeitinhas, onde todas as casas tinham a mesma fachada de tijolinhos vermelhos e os gnomos de jardim não podiam ter mais de vinte e dois centímetros e meio de altura.

A rua em que entramos era asfaltada, mas muito mal preservada, com vários sulcos profundos indicando que ninguém com alguma influência na prefeitura morava ali havia um bom tempo. Alguns jardins exibiam canteiros de flores coloridas, porém em igual quantidade havia dentes-de-leão malcuidados balançando ao vento.

— Viu, Sloane? — Brett parou o carro, um Tesla tão silencioso que um gatinho ronronava mais alto que ele, na frente da casa. — Parece tudo normal.

— O que está fazendo? — Embora os vidros fossem filmados e estivesse escurecendo, abaixei a cabeça para que nenhum passante pudesse me identificar. Não sabia se temia mais a ira de Octavia ou a de Arthur, porém meu coração palpitava de qualquer maneira. — Não se pode parar bem na frente da casa que se está vigiando. *Nunca* leu um livro de espionagem?

Brett riu, sem tirar o carro do lugar.

— Não é ilegal estacionar na rua. Temos todo o direito de estar aqui.

Aquilo podia estar de acordo com as leis do norte de Idaho, contudo não fazia com que eu me sentisse nem um pouco melhor em relação à perspectiva de ser pega ali. Não discuti com ele, no entanto. Se tinha uma coisa em que todos os bibliotecários se saíam bem era na gestão do tempo. Convencer Brett de que em *alguns* lugares era melhor não chamar atenção levaria muito mais tempo do que eu tinha disponível.

Encolhida no carro, não conseguia distinguir tantos detalhes quanto gostaria, porém parecia que as luzes estavam acesas dentro da casa revestida de ripas de madeira. Também dava para ver a sombra de alguém se movendo.

— Feliz? — Brett perguntou. — Não poderia pedir uma prova de vida melhor do que essa.

Ele tinha razão. Luz, movimento e o que lembrava muito Doris Day cantando emanavam do cômodo à frente, todos sinais de que Arthur McLachlan estava lá, tocando a vida. Na verdade, aquela aparentava ser uma das casas mais acolhedoras da rua, o que me preocupou. Nada naquele homem me parecera acolhedor antes.

Os invasores de corpos. Mulheres perfeitas. A hospedeira.

Eu tinha lido os livros. Sabia o que estava acontecendo. Possessão era um problema real no mundo literário.

— Tem algo errado — eu disse, desafivelando o cinto. — Vou entrar.

— Sloane, não... — Brett começou a dizer, mas não teve chance de terminar. Assim que estava livre uma batida forte na janela me arrancou um grito.

Virei-me e deparei com uma desconhecida de sorriso tão largo no rosto que quase chegava às orelhas. Não era um sorriso desprovido de atrativos — tampouco ela era uma mulher assim —, porém algo no modo como gesticulou para que eu baixasse o vidro me fez manter a guarda alta.

— Olá! — ela falou tão logo uma fresta se abriu. — Estão perdidos?

— Perdidos? — repeti.

— Ah, é um Uber? Desculpa. É que não vemos muitos carros desse tipo aqui na nossa rua.

Algo em sua simpatia declarada me fez relaxar. E o fato de que Brett estava bem ao meu lado, claro. Ele não era tão grande ou intimidador quanto o cara do elevador, mas eu confiava que podia garantir minha segurança.

— É um Tesla — Brett explicou, o que não era necessário. — Modelo S.

Parei um pouco e respirei fundo a fim de avaliar a mulher. Era mais velha do que eu pensara a princípio, tinha uns quinze ou vinte anos a mais do que eu, porém estava claro que preferia não chamar atenção àquilo. O cabelo loiro demais para ser natural estava preso em um coque alto e bagunçado, e o corpo, vestido da cabeça aos pés com roupas de academia caras que não pareciam ter sido muito usadas.

— Meu ex está sempre falando em comprar um desses, mas acho que nunca vai puxar o gatilho. No sentido figurado, claro. Ele não atira nas pessoas de verdade. — Ela fincou os dentes no lábio inferior. Com uma risada nervosa, acrescentou: — Bom, ele atirou uma vez, mas foi sem querer. Era uma despedida de solteiro.

Brett e eu olhamos perplexos para a mulher, que pareceu não perceber. Enfiando a cabeça na janela, ela deu uma conferida no interior do carro.

— Então isso significa que não é um Uber?

— Não, não é — eu disse, lutando contra a vontade de lançar um olhar acusatório a Brett. Era por aquele motivo que não se devia estacionar bem na frente da casa que se espionava. Para um homem com todas as respostas, ele não era muito bom nas perguntas.

— Ah! Então vocês devem ser amigos de Arthur. — A voz dela se reduziu a um sussurro conspiratório. — Pobrezinho. Deviam ter visto todas aquelas ambulâncias. Três. Bem, duas e um caminhão de bombeiros. Tiveram que contê-lo para colocá-lo na maca, e o escândalo que ele fez... Minha nossa. Nunca ouvi nada igual. Vieram fazer uma visita?

— Sim — confirmei.

— Não — Brett disse no mesmo instante, decidido.

De repente, o tom despretensioso de Doris Day foi superado por um grito alto e furioso de homem. Nós três nos viramos na direção da casa. Um estrépito e um baque surdo foram seguidos quase de imediato por vidro se estilhaçando.

Nem mesmo Brett se conteve depois daquilo. Seu cavalheirismo era do tipo que aguardava a *certeza* do desastre para vir à tona. Na sequência, no entanto, não podia ser controlado. Uma vez, eu o vi entrar em um rio congelante para salvar um adolescente sendo arrastado. Não haveria necessidade daquilo se ele tivesse me deixado chamar ajuda no instante em que eu vira a mancha sendo puxada pela corrente, no entanto Brett não queria se intrometer no que poderia ser um mergulho agradável no rio Spokane em pleno inverno.

Nos meses seguintes, os jornais o tratavam como um herói local. As testemunhas falavam em uma façanha sobre-humana. A família do adolescente achava que fosse um milagre.

Ninguém pedira minha opinião.

Brett desligou o carro e se preparou para o resgate. Já estava à porta quando a mulher o impediu ao dizer:

— Não. Espere. Ainda não.

Ela parecia mais curiosa do que preocupada, o que me obrigou, como naquele dia no rio, a ficar parada observando os desdobramentos.

"Desdobramentos" é uma palavra branda para o que aconteceu a seguir. Desdobramentos envolvem intenção e cautela, um esforço para manter as coisas intactas. Eu deveria saber que não podia presumir que algo envolvendo Arthur McLachlan pudesse ser brando.

A porta da frente se abriu. Uma mulher mais ou menos jovem, usando roupa de hospital cor-de-rosa, apareceu à porta com postura belicosa. A voz de Arthur surgiu de dentro da casa.

— Quando *eu* quiser que alguém reorganize minha coleção de literatura modernista, peço. Ou, melhor ainda, faço uma pilha com os livros no quintal e queimo tudo. Considerando a maneira como você tratou os volumes, provavelmente precisarei fazer isso mesmo.

A mulher não aceitaria aquilo pacificamente.

— Oferecia *risco de incêndio*, seu corvo velho e miserável. Eu poderia perder o emprego se deixasse daquele jeito.

— Parabéns. Você o acabou perdendo de qualquer maneira.

A porta se fechou com tudo, fazendo as cortinas se sacodirem como se a casa toda compartilhasse da ira de Arthur.

— Minha nossa — a mulher à janela do carro murmurou. — Ela é a segunda só hoje.

— A segunda o quê? — questionou Brett.

Eu não era especialista, mas tinha minhas conjecturas.

— Enfermeira — disse, olhando-a em busca de confirmação. — É isso o que ela é, certo? Uma enfermeira contratada para cuidar dele?

A mulher assentiu com a cabeça.

— O primeiro enfermeiro ficou tão abalado que o irmão teve que vir buscá-lo. As coisas que ele disse ao pobre sr. McLachlan... Tenho uma filha adolescente, mas não entendi metade daquelas palavras. Por isso, imagino que tenham sido bem pesadas.

— Não, Sloane. — Brett estendeu o braço para me impedir de sair do carro. — Ele não vai te agradecer por isso.

— Como sabe o que vou fazer? — perguntei. Era a segunda vez que aquilo me acontecia no mesmo dia: alguém antecipava meus pensamentos quando meu próprio cérebro ainda não conseguira absorvê-los. Eu era ao mesmo tempo uma criatura metódica e uma neurótica que pensava demais, porém preferia imaginar que ainda reservava algumas surpresas.

— Porque é o que você sempre faz. — Brett revirou os olhos para a mulher e sorriu pretendendo encantar e tranquilizar na mesma medida. — Ela não consegue evitar. Acha que tudo pode ser resolvido com uma xícara de chá e uma boa conversa sobre análise literária.

— Eu não ia fazer chá — protestei. — E parei de tentar falar com Arthur sobre literatura há semanas. Ele sempre dá um jeito de resumir tudo a Schopenhauer.

A mulher e Brett ficaram confusos, mas não me dei ao trabalho de explicar. Teríamos que deixar aquela conversa sobre o aspecto desolador do realismo alemão para depois.

— Será que vão mandar outra pessoa? — perguntei, tentando não parecer tão ansiosa quanto me sentia. Profissionais da área médica sempre despertavam aquilo em mim. Não importava quanto tempo passasse, eu era incapaz de ver roupas de hospital sem voltar a ser a menininha que não podia fazer nada além de segurar a mão da irmã enquanto a agulha entrava. — Para substituir essa enfermeira?

— Claro — Brett garantiu.

— Eles não têm escolha — a mulher disse por cima dele. Depois baixou a voz para acrescentar: — Arthur só pôde sair do hospital porque concordou em contratar um serviço de home care.

O olhar de alívio de Brett deixava claro que aquilo encerrava a discussão que nenhum de nós dois gostaria de ter.

— Querem que eu avise que estiveram aqui? — ela perguntou, depois olhou ansiosa para a casa e engoliu em seco. — Posso dar uma passada depois, quando ele tiver esfriado um pouco a cabeça...

Assenti, porém não sem antes segurar sua mão e a apertar de maneira calorosa.

— Obrigada, mas não precisa. Passo outra hora para ver como ele está.

A mulher retribuiu a pressão da minha mão de tal maneira que fiquei com medo de que meus dedos quebrassem.

— Faça isso, meu bem. Ele tem sorte de poder contar com uma amiga para ficar de olho. É isso que você é, certo? E não uma... neta?

Se eu estivesse sozinha no carro, talvez mentisse. Uma neta tinha muito mais direito de estar ali do que uma pessoa aleatória e intrometida da biblioteca. E a última coisa que eu queria era que aquela mulher me achasse maluca.

No entanto, Brett só falava a verdade, o que significava que eu também — outro motivo pelo qual ligar minha vida à dele era uma ideia tão boa. Brett me obrigava a ter bom senso e a ser honesta, e me impedia de incomodar pessoas na casa delas ao cair da noite.

— Sou mais uma conhecida — falei. — Arthur McLachlan não me parece ser do tipo que tem amigos.

A mulher abriu um sorriso que deixava nítida sua aquiescência.

— Ninguém discorda disso.

5

Antes de trocar de roupa, esperei até que o carro de Brett não fosse mais visível do meu apartamento.

Depois da tentativa malsucedida de espionagem, não queria repetir os mesmos erros. Vesti uma camiseta e uma calça capri pretas — minha única calça dessa cor —, torcendo para que as meias longas e também pretas compensassem os centímetros a menos de tecido. Uma malha cinza-escura que eu mesma tricotara (e que portanto tinha várias falhas na trama) e uma boina preta completavam o visual.

No geral, não estava tão elegante quanto gostaria. Além disso, preto era a única cor que eu não usava muito. Fazia com que me sentisse uma impostora, uma estranha na própria pele. Pessoas que vestiam preto eram importantes. Profundas. *Vividas*.

Como Octavia e Arthur McLachlan tinham feito questão de apontar, eu não era nenhuma daquelas coisas.

Por sorte, meu carro — um Kia azul-escuro, e não um daqueles legais — era muito mais discreto do que o de Brett. Passaria despercebido — algo com que eu contava enquanto enfiava algumas barrinhas de cereais na bolsa e saía noite adentro.

Não sabia bem o que me levava de volta à rua de Arthur e mantive os faróis apagados até parar diante de uma casa a algumas portas da dele. No entanto, desconfiava que tinha a ver com a promessa que eu fizera à vizinha simpática. Se eu era o mais próximo de uma amiga que Arthur McLachlan tinha, então ele precisava de toda a ajuda possível.

Brett seria o primeiro a dizer que eu estava sendo ridícula. E Octavia... bem. Ela provavelmente me demitiria na mesma hora — e com razão. Minha ação teoricamente poderia ser considerada como a de perseguir.

Contudo, não estava arrependida. Todas as luzes estavam apagadas na casa de Arthur — o que não impressionava, porque já passavam das dez, mas me deixava levemente preocupada. Não havia nenhum carro estacionado na rua que pudesse ser de alguém da equipe de enfermagem. Talvez só viessem no dia seguinte, de modo que parecia uma boa ideia ficar por ali até que a pessoa em questão chegasse. Não queria que Arthur passasse a noite sozinho.

Sabia que, se examinasse em um microscópio ou em uma das radiografias digitais de Brett meus motivos para estar ali, não gostaria do resultado. Havia pouco a fazer por Arthur daquela distância. Eu não era parente ou mesmo uma amiga próxima, e como fora apontado à exaustão ele era o último homem na Terra que valorizaria a aparição de uma boa samaritana na porta.

— Ainda bem que não sou uma boa samaritana — murmurei enquanto me acomodava com a garrafa térmica cheia de café e um livro para fazer companhia.

Eu só ficaria de olho. Ao longo de dois meses, Arthur marcara presença no meu dia — algo pelo qual eu ansiava, algo que me divertia. Podia não fazer muito sentido à maioria das pessoas, mas fazia para mim.

Às vezes, a única coisa que se podia oferecer a alguém era a companhia debaixo das cobertas para ler até tarde da noite.

Por ora, isso teria que bastar.

***

— Aqui. Te trouxe um sanduíche de café da manhã.

A voz da mulher na janela me arrancou um grito. Também me fez derrubar o livro — um mistério reconfortante que se passava em uma cidade pequena e trazia receitas ao fim de cada capítulo — no chão do carro, onde a garrafa de café pela metade já sujara o tapetinho.

— Ah, nossa. Você estava dormindo, não é?

Confusa, enxuguei a baba que escorria pelo rosto e olhei pela janela, piscando. Eu a havia entreaberto depois da meia-noite na esperança de que o ar fresco revigorasse minha mente, no entanto estava claro que o plano falhara. Em vez de me manter vigilante em minha perseguição, eu tinha ferrado em um sono profundo e sem sonhos de tal maneira que aparentemente acabara com torcicolo.

— Desculpa. Costumo acordar cedo, então nem prestei atenção nas horas. — A mulher do dia anterior, outra vez vestida como se estivesse indo a um estúdio de ioga de alto padrão, sorriu para mim. — Também fico acordada até tarde, então notei sua chegada. Tenho um sanduíche de linguiça e um vegano de pasta de abacate. Não tinha nada sem glúten em casa, mas posso ir ao mercado caso seja celíaca ou algo do tipo. Você é?

Minha desorientação por ter acordado em um lugar desconhecido sob o olhar atento daquela mulher ainda não passara.

— Se eu sou celíaca? — perguntei, confusa.

— É difícil se lembrar de tudo, né? — Mostrou-me os dois sanduíches embrulhados em papel. — E então? Qual prefere? Eu fico com o outro.

O aroma de carne debaixo do nariz fez maravilhas pela minha clareza mental.

— Hum, o de linguiça parece ótimo.

— Ah, que bom. — Em vez de só me entregar o sanduíche, ela deu a volta até a porta do passageiro e entrou. — Estava torcendo para você comer carne. Bacon é um presente dos deuses, e devemos tratá-lo com o merecido respeito. — A mulher ergueu o sanduíche para tocar no meu, no que reconheci como um brinde. — Saúde. Sou Maisey, aliás. Maisey Phillips. Não perguntei seu nome ontem. Ou o daquele pedaço de mau caminho com quem você estava. Era seu namorado?

Retardei a resposta dando uma mordida no sanduíche, que estava tão delicioso quanto cheirava bem. A linguiça estava quente e salgada, o pão caseiro parecia recém-saído do forno. A julgar pelo relógio do painel ainda eram 7h22; Maisey deveria estar de pé desde bem antes do nascer do sol.

— Bom, né? — Ela soltou um suspiro satisfeito. — Eu ia levar um para o cara que também anda de olho na casa de Arthur, mas ele não apareceu hoje. Espero que esteja bem. Não deve ser fácil ser forçado a acompanhar o sofrimento de um ente querido do outro lado da rua.

Aquele comentário despertou tantas perguntas que quase me engasguei com a comida.

— Tem mais alguém de olho na casa? — perguntei.

— Ah, sim. Ele tem passado a semana toda. Ficou um pouco ali, e pensei que fosse algum tipo de segurança contratado para proteger os enfermeiros. — Ela deu de ombros. — Não mandaram ninguém desde que você foi embora. Acho que desistiram.

O sanduíche se juntou ao livro e ao café no chão do carro.

— Espera. O sr. McLachlan está sozinho lá dentro? *Ainda?*

Ela olhou nervosa para a varanda da casa.

— Uhum. A menos que o cara finalmente tenha criado coragem de entrar. Não vi ninguém chegar.

Quando percebi, já tinha saído do carro. Minhas roupas pretas estavam amarrotadas e eu não queria nem pensar no estado do meu cabelo. No entanto, uma força muito além do meu controle me conduzia.

Imagens de Arthur McLachlan me passaram pela cabeça, cada uma mais preocupante do que a anterior: ele desmaiado na cama, as pernas pendendo da beirada; caído ao pé da escada, a bengala fora de alcance; rastejando devagar, desesperado para que alguém o ajudasse antes que fosse tarde demais.

A última imagem me fez subir os degraus e abrir a porta sem bater. Aquele era o motivo pelo qual eu sempre fora inútil em emergências: em vez de manter um distanciamento frio e avaliar a situação nua e crua, deixava a imaginação correr solta — e, beleza, as *emoções* também. Naquele caso, entrei na casa de Arthur McLachlan sem sequer me importar com minha intrusão.

Assim que abri a porta, deparei com uma pilha de livros quase caindo sobre o piso de taco do vestíbulo. Não tinha dúvida de que, se verificasse alguns, constataria que se tratava daquela coleção modernista sob ameaça de incêndio que fez a última enfermeira fugir dali.

— Sr. McLachlan? — chamei, a princípio hesitante. — O senhor está aqui?

Como não houve resposta além do tique-taque do relógio antigo pendurado torto na cornija da lareira, meus chamados se tornaram mais frenéticos.

— Sr. McLachlan... Arthur. Diga alguma coisa, por favor, Arthur. Não sei onde...

Interrompi a frase assim que deparei com outra pilha de livros. Eram volumes enormes e empoeirados, perto da escada. Depois me dei conta de que vários deles *eram* os degraus. O degrau inferior devia ter sido destruído por cupins, mofo ou ambos, deixando um buraco tapado pela velha muleta de Arthur, Schopenhauer — quem mais?

— Sério? — falei enquanto derrubava os livros com os pés para formar uma pilha mais decente. Se no começo estava inclinada a ficar do lado de Arthur, agora começava a tender fortemente para a enfermeira. — O que acontece se alguém precisa descer a escada à noite?

Foi então que ouvi um ruído. A princípio, achei que fosse um rangido da casa se desfazendo sob o peso daquela biblioteca extensa e caótica, porém depois se revelou sem dúvida um grunhido humano. Humano *e* irritado.

— Arthur? — voltei a chamar, enfiando a cabeça em um cômodo.

Meus ouvidos identificaram um xingamento murmurado baixo que me era demasiado familiar. Era o tipo de palavrão de um homem erudito. Eu o reconheceria em qualquer lugar.

— Estou entrando — eu disse para a porta de carvalho de onde parecia vir o barulho. Não tinha maçaneta, só um painel de metal onde ela devia ter estado, por isso precisei empurrar para abri-la. — Espero que esteja vestido.

Tecnicamente falando, Arthur McLachlan estava vestido, porque todas as partes do corpo que deveriam estar cobertas assim estavam. No entanto, qualquer pessoa de carne e osso perceberia que ele estava péssimo. Cheio de manchas e de respingos de sangue, parecia que qualquer brisa poderia derrubá-lo.

— Pobrezinho. — Corri até ele. Na biblioteca, Arthur McLachlan sempre tinha a aparência de um homem resistente, cujo corpo era conduzido nem tanto por força, mas por décadas de experiência e determinação férrea. Naquela cozinha de papel de parede rosa, enquanto ele se apoiava na pia com uma mão e os joelhos começavam a ceder, era como se eu o visse de outro patamar. — Vamos colocar o senhor em uma cadeira. Devo ligar para alguém? A equipe de enfermagem? Amigos? A emergência?

A última sugestão imbuiu Arthur da força que até então lhe faltava. Lançou-me um olhar fulminante, endireitou o corpo e me dispensou com um gesto.

E isso foi um erro por vários motivos, talvez o mais importante deles sendo o fato de que da mão em questão jorrava o sangue. Eu, que já era inútil em emergências, senti que começava a fraquejar.

— Não preciso de uma ambulância, sua tola. Ou de uma cadeira. O que eu preciso é...

— De um pano nessa mão, antibiótico e provavelmente um ou dois pontos. Mas Super Bonder deve bastar. O senhor ficaria surpreso em saber quantos dos machucados de infância da minha filha foram fechados assim. — O som da voz animada e firme de Maisey à porta me deixou tão aliviada que agora eram os *meus* joelhos que ameaçavam ceder. — Por que não acompanha Arthur até a mesa enquanto busco meu kit de primeiros socorros?

— Se eu quisesse a ajuda de vocês, pediria — Arthur murmurou, mas notei que não desdenhara da oferta do kit. Aproveitando a oportunidade, puxei uma cadeira e o conduzi devagar até ela, tomando o cuidado de não encarar o dedo dele. Uma olhada rápida para a tábua na bancada, onde havia algumas fatias de maçã mal cortadas e uma faca que parecia tirada de um filme de terror, bastava para dar uma ideia. O modo como ele cambaleou ao se sentar explicava o restante.

— Aguenta aí — Maisey disse enquanto me passava várias folhas de papel-toalha. — Já volto.

A porta se abriu e se fechou atrás de mim, porém não tirei os olhos de Arthur conforme estancava o sangramento. Ele parecia...

mal. Eu não era especialista, mas todos na biblioteca precisavam fazer o curso anual de reanimação cardiorrespiratória. A respiração pesada e ruidosa e o modo como seus olhos não se fixavam em nada não eram bons indícios.

— Típico — Arthur murmurou enquanto eu continuava aplicando pressão no ferimento. — Não fico um dia livre de você. Para onde quer que eu vire, lá está, tentando me convencer a ler um livro romântico.

— Hum, já faz alguns dias que não me vê — comentei, começando a ficar preocupada de verdade. Se além de tudo ele estava perdendo a noção do tempo, então o estado era muito pior do que eu imaginava. — E quando foi que sugeri ao senhor uma leitura romântica?

Sua cabeça começou a pender.

Como não tinha ideia de quanto tempo Maisey levaria para encontrar a Super Bonder — ou se aquilo impediria o homem de desmaiar nos meus braços —, fiz a única coisa em que consegui pensar para reavivá-lo.

— Mas ler algo com uma história de amor embutida não mata ninguém. Como *O morro dos ventos uivantes*. Ou qualquer livro do Nicholas Sparks. Todo mundo adora Nicholas Sparks.

Seu grunhido ultrajado pareceu devolver um pouco a cor ao seu rosto, portanto prossegui:

— Já eu prefiro livros com um "felizes para sempre" de verdade. Morreria sem os meus da Nora Roberts e da Beverly Jenkins. Acho que o senhor gostaria da Jenkins. Ela leva jeito pra cenas de amor.

— Preste bem atenção. — Arthur levantou a cabeça. Seus olhos brilhavam enquanto buscavam os meus. — Não preciso que venha me falar de *romance*.

— Esse é o momento em que o senhor vai me lembrar de que minha vida não tem valor fora da biblioteca? Que minha inocência e minha... como era?... visão Poliana me impedem de compreender como o mundo real funciona?

— Eu nunca disse isso.

— Até onde o senhor sabe, escrevo romances nas horas vagas. — Fiz o meu melhor para manter aquela historinha. Arthur estava melhorando, tinha certeza. Naquele homem, o cuspe começando a

61

se acumular nos cantos da boca era um importante sinal de vida. — Talvez eu escreva romances eróticos. Talvez até ganhe prêmios.

— Não ouse mencionar romances eróticos para mim, jovenzinha.

— Por quê? Deixam o senhor constrangido?

Ele soltou uma risada ao mesmo tempo de desdém, ultraje e triunfo.

— Por favor. Minha geração cresceu lendo Henry Miller e Marquês de Sade. Você não sabe nada sobre literatura erótica se não leu...

— Está se sentindo melhor? — A entrada de Maisey interrompeu Arthur antes que ele chegasse à parte boa. E isso era uma pena, porque eu estava genuinamente interessada em ouvi-lo falar sobre o pai do sadismo. Em contrapartida, o kit de primeiros socorros sob o braço de Maisey era um colírio para os olhos. — Que bom, porque o senhor não vai gostar da próxima parte. Pode segurar a outra mão dele, meu bem, enquanto dou uma olhada no machucado?

Não pude segurá-la porque ele a escondeu imediatamente atrás das costas.

— É o maldito remédio que estão me dando — Arthur disse enquanto Maisey abria o kit e começava a trabalhar. Nem ele nem eu ousávamos olhar. — Faz tudo nesta casa girar.

— Que remédio o senhor está tomando? — perguntei, esperando que minha voz soasse desinteressada.

Ele fungou, indignado.

— Um diurético idiota. Não importa. Como disse ao pessoal da enfermagem que vivem mandando, em poucos dias estarei bem. Se aguentei até aqui longe de um leito de hospital, vou aguentar mais alguns anos. Arthur McLachlan não vai ser derrubado tão facilmente.

Eu acreditava nele. Ninguém podia acusá-lo de ser alguém *fácil*.

Suas palavras seguintes só serviram de prova.

— Cuidado para não grudar um dedo no outro, sua tola. Eu sei onde você mora.

Aquilo era algo tão inacreditável e estranhamente cativante de se dizer que não contive um sorriso. Também notei que ele perdia o ímpeto, o que o fazia parecer ainda menor e mais esgotado que antes.

— Não é o ideal, mas deve dar conta — Maisey disse enquanto terminava de enfaixar o dedo dele. — Quer que o ajudemos a se deitar ou...?

— O que eu quero é ser deixado em paz — Arthur resmungou, sem muito entusiasmo. — Não batam a porta ao sair.

Os olhos de Maisey procuraram os meus por cima da cabeça de Arthur. Eles pareciam tão calorosos e compreensivos, em uma expressão de camaradagem, que não pude evitar corar.

— Vou garantir que o sr. McLachlan fique bem — falei. — Tenho certeza de que ele só precisa de um tempinho para se recompor.

Desconfiava que ele precisasse era de assistência médica profissional e sedativos para mantê-lo inconsciente até o mês seguinte, mas não diria aquilo em voz alta.

— Então tá. A gente se vê. Tchauzinho!

Cada uma das frases de despedida animadas de Maisey foi acompanhada por um sorriso meu e um aumento da ira de Arthur McLachlan. O que era bom, porque esse sentimento era a única coisa que o mantinha de pé enquanto eu o conduzia até a sala.

Havia um leito hospitalar a um canto, porém pelo lençol intacto dava para ver que não era ali que Arthur repousava. O sofá meio bege com vários livros espalhados em cima parecia muito mais provável. Levei-o gentilmente até lá.

— Certo — eu disse enquanto o colocava reclinado, com a cabeça apoiada no encosto. Resisti à vontade de cobri-lo com uma manta de crochê, mas foi por pouco. — Agora um lanchinho e um chá, depois os remédios. Você mencionou um diurético?

Arthur abriu um olho e o voltou para mim. Havia tanto poder naquele olhar que eu só podia agradecer por ele não ter energia para abrir ambos.

— Não preciso de enfermeira.
— Claro que não.
— Posso cuidar de mim mesmo.
— Claro que sim.

Suas palavras seguintes se perderam em meio a um acesso de tosse seca e curta que devia doer.

— Chá vai ser bom — Arthur admitiu assim que parou. A voz saiu tão fraca que tive dificuldade de ouvi-lo.

Sem dizer nada, fui à cozinha preparar o chá prometido. Também aproveitei para limpar a carnificina em que terminara a tentativa de Arthur de preparar o café da manhã. Não tive coragem de esfregar o sangue da tábua, mas a deixei de molho na pia e joguei fora as fatias de maçãs ensanguentadas e causadoras de tudo aquilo. Uma olhadela na geladeira revelou uma parca oferta de frutas meio murchas e uma cartela de ovos com prazo de validade questionável. Além disso, encontrei pão no congelador e, mesmo com minha falta de habilidades culinárias, poderia improvisar uma torrada.

Enquanto esperava a chaleira esquentar e o pão tostar, fiz uma busca rápida no Google com o celular e descobri qual estado de saúde poderia exigir um diurético. Os resultados passavam longe do ideal. Pedra nos rins, hipertensão, uma quantidade excessiva e perigosa de líquido no pulmão... A última opção reunia vários dos sintomas de Arthur, os quais não me agradavam em nada.

Dificuldade de respirar. Vertigem. Insuficiência cardíaca. Completo colapso do sistema pulmonar. Os sites médicos pareciam felizes em me fornecer os piores cenários, a maioria deles acompanhada de anúncios otimistas de comprimidos para um melhor desempenho sexual masculino.

A torrada pulando da torradeira quase me matou de susto. Dei um gritinho, mas ou Arthur estava longe demais para ouvir, ou estava acostumado com mulheres indefesas gritando na cozinha. Coloquei um saquinho de camomila na água quente, cortei a torrada em triângulos, arranjei-as num prato e levei para a sala.

Arthur não demonstrou alegria ao me ver.

— Você não deveria ter vindo — resmungou enquanto eu colocava o café da manhã na mesa de centro. Entreguei-lhe a xícara de chá e fiz uma careta ao ver que suas mãos tremiam a ponto de fazer o líquido quente respingar por todos os lados.

— Eu sei.

— Você poderia ser presa por invasão de propriedade.

— Eu sei.

— O chá não está na temperatura certa. Chá de ervas deve ser feito na fervura.

— Eu sei.

Dava para ver que as respostas monossilábicas o irritavam, mas tive medo de que minha voz falhasse se eu falasse mais. Arthur parecia tão exausto que eu sofria só de olhá-lo.

Sentei-me na poltrona diante do sofá e entrelacei as mãos entre os joelhos, aguardando que ele tomasse um gole de chá e desse uma mordida na torrada para falar.

— Significaria muito para mim se me deixasse ficar — eu disse, mantendo os olhos fixos nos seus. — Sei que não tenho o direito de pedir isso e compreendo se quiser que eu vá embora, mas gostaria de lhe fazer companhia. Só por um tempo. Até eu ver que está tudo no jeito.

Ele desviou os olhos antes de mim.

— Imagino que pense que lhe devo isso.

Precisei de um momento para compreendê-lo.

— Por causa das coisas horríveis que me disse na biblioteca?

Conforme as sensações daquele dia voltaram com tudo, senti algo denso e enfastiante no fundo da garganta. Conseguia respirar, mas falar era impossível. Por sorte, não importava, porque Arthur suspirou, deixou o chá de lado e passou as mãos nos olhos.

— Sim — ele afirmou. — Droga.

Tomei aquilo como permissão para permanecer ali — e lá fiquei tão silenciosamente e por tanto tempo que apenas ao ouvir o ruído gentil do ronco de Arthur me dei conta de que ele pegara no sono.

— Resolvido — murmurei, cedendo ao impulso de colocar a manta sobre suas pernas. Não fazia ideia da duração daquelas sonecas, mas ainda me restavam algumas horas antes de entrar no trabalho.

Além do mais, eu tinha o bastante com que me ocupar até que ele acordasse. A biblioteca pessoal de Arthur precisava desesperadamente de alguém que a organizasse, e não lhe faltavam livros — incluindo os do Marquês de Sade.

Ao me acomodar para ler sobre as provações e as tribulações de várias donzelas oriundas da infelicidade de terem nascido no século XVIII, fui relaxando. Se não fosse pelo velho ranzinza que eu morria de medo de que parasse de respirar enquanto dormia, uma manhã tranquila com um bom livro era o mais próximo do paraíso que eu provavelmente chegaria.

6

— Meu Deus, Sloane. Você está aqui. Viva.

Mateo pulou no meu pescoço no segundo que passei pela porta da biblioteca.

— Tem ideia do que fez a gente passar? — ele perguntou, arrastando-me para dentro. Apesar da minha echarpe nova chamada Mateo, o gelo do ar-condicionado exagerado fez meus pelinhos se arrepiarem. — Não, não responda. Não responda a nenhuma pergunta sem a presença de um advogado. Octavia está furiosa.

— Sei que cheguei atrasada, mas...

— *Aí* está ela. — De trás do balcão de retirada, Octavia se virou para me encarar. Furiosa ou não, sua expressão era inescrutável. A da mulher ao seu lado, no entanto, era tão fácil de ler quanto, bem, um livro.

— Sloane, você matou a gente de preocupação! — Rachel Marcowitz deu uma olhada em mim e irrompeu em lágrimas. — Brett passou pelo seu apartamento hoje de manhã e você não estava lá. Então ligamos sem parar, e ninguém atendeu. Aí...

Ela olhou em volta, desvairada. Notei que havia pelo menos meia dúzia de funcionários reunidos como se estivessem num funeral. Incluindo Ian, do TI, que quase nunca saía do porão para tomar um ar.

— Mateo, por favor, ligue para a polícia e avise que encontramos a desaparecida — Octavia pediu, em um tom tão perigosamente monótono que fez meus pelinhos se arrepiarem ainda mais. — Pegue os folhetos que imprimimos e jogue no lixo reciclável.

— Polícia? — repeti, perplexa. — Folhetos? Gente, não é nem meio-dia. Cheguei, tipo, uma hora atrasada.

— Achamos que estivesse morta — Rachel falou. — Ou no mínimo que tivesse sido sequestrada. Não viu nossas ligações?

Fiz uma careta ao recordar que deixara o celular no silencioso para não acordar Arthur. O cochilo não melhorara muito sua aparência ou seu humor, porém eu ainda estava feliz por ele ter dormido um pouco. E acho que Arthur também.

— Não, nem peguei o celular. Sabia que estava atrasada, então só entrei no carro e vim o mais rápido que pude. Desculpa.

Como se só agora me notasse, Mateo estreitou os olhos e os passou pela minha roupa.

— Por que está vestida como se fosse roubar um armarinho?

O soluço de choro de Rachel se transformou em uma resfolegada. Ela procurou disfarçar cravando os dentes no lábio inferior e se afastando devagar.

— É melhor eu avisar Brett que a equipe de busca pode ser desfeita. Minha mãe vai ficar decepcionada. Faz um século que não consegue arrastar todo mundo para a igreja.

— Não estou entendendo, Octavia — eu disse, porque não tinha o menor sentido minha chefe surtar com o atraso. Uma vez Mateo passara três turnos seguidos sem aparecer depois de ser atingido por um disco descontrolado em um jogo de hóquei e ter uma concussão, e o comentário das pessoas se resumira à sorte de o crânio dele ser tão duro. — Sei que deveria ter ligado e peço desculpas por ter chegado tão tarde, mas...

— Onde você estava? — Octavia perguntou.

Fitei-a com surpresa, porque não esperava aquele ataque repentino. Certamente seu alívio por eu estar viva deveria durar mais alguns minutos.

— Hum... dormi demais?

— Não. Seu despertador interno toca meia hora antes do despertador real. Tente outra vez.

Ela tinha razão. Não importava o horário programado no despertador, eu sempre acordava irritantes trinta minutos antes que ele tocasse. Gostava de pensar que era por causa da minha sintonia com a natureza e com o movimento cíclico do sol, mas era principalmente minha ansiedade se recusando a me deixar baixar a guarda um centímetro que fosse.

— Tive consulta — respondi, pensando rápido. — Vou ter que tomar diurético.

Minha menção a um remédio fez Octavia pensar duas vezes.

— Por quê?

— Pedra nos rins — menti. Sempre soubera que meu costume de pesquisar tudo no Google viria a calhar um dia. Só não tinha noção de *quando*.

Como a resposta foi precisa e rápida o bastante para que Octavia não pudesse questioná-la, eu me arrisquei.

— Não sei por que Brett pirou assim. Falei que tinha consulta hoje de manhã, mas ele deve ter esquecido. Você sabe como os homens são... entra por um ouvido e sai pelo outro.

— Brett jurava que você não tinha nada marcado, Sloane. — Rachel retornou à conversa antes que eu pudesse tirá-la do caminho. — Ele estava com medo de que tivesse voltado à casa do velho rabugento e estivesse morta.

Então, descobri outra grande mentira literária. A vida de uma pessoa não passava diante de seus olhos apenas nos momentos que antecediam a morte; afinal, a minha passou *naquele instante*. Pega mentindo e encurralada, notei que todos me encaravam com expectativa, esperando uma explicação razoável. Infelizmente, não havia nada que eu pudesse dizer, nenhuma mentira que pudesse contar, que me libertaria daqueles olhares, e meu cérebro estava muito consciente disso.

— Bem. Hum. É. — Suspirei. — Opa...

— Não me venha com "opa", como se tivesse acabado de derrubar uma pilha de livros devolvidos em atraso — Octavia disse. — Estou falando sério, Sloane. Estou brava demais com você para deixar que me enrole.

— Não estou te enrolando — protestei. — Estou tentando pensar em uma mentira crível.

Octavia não achou graça naquilo.

— Não adianta. Não vou acreditar. Você foi à casa do sr. McLachlan hoje de manhã?

Vários pares de olhos ansiosos se viraram para mim. Fiz o movimento para engolir saliva, contudo minha boca estava completamente seca.

— Sim?

— Depois de eu ter dito diretamente para não fazer isso?

— Sim?

— Você entrou na casa? O sr. McLachlan sabe que foi atrás dele?

Antes mesmo que Octavia terminasse de falar, captei sua real dúvida: *Ele pode abrir uma queixa contra a biblioteca e colocar nosso emprego em risco?*

— Posso reivindicar o direito de permanecer calada?

— Já chega. Fora daqui.

A princípio, achei que Octavia estivesse *me* mandando embora, que eu estava prestes a ser tirada à força do melhor lugar no mundo. No entanto, ela se virou para a pequena multidão que nos observava. Pontadas de desconforto me atingiram de todos os lados.

— Desculpa — falei, embora não tivesse ideia de com quem me desculpava. Ou, sendo sincera, de por que me desculpava. Se tivesse a chance de reviver aquela manhã, ainda a passaria na sala de Arthur McLachlan, certificando-me de que ele comesse a torrada fria e tomasse o chá ainda mais frio. — Por favor, não me obrigue a sair. Não assim.

— Ah, pare de agir como se eu estivesse fazendo você caminhar para um precipício — Octavia resmungou. Talvez eu só estivesse sendo esperançosa, mas pensei ter detectado um toque de humor em sua voz. — Eu me informei depois que você foi embora ontem. É só uma suspensão.

— Espera. Você se informou. *Ontem à noite?*

— Claro que sim. Acha que sou tonta? Sabia que ia passar na casa dele antes mesmo que você soubesse. — Ela soltou um suspiro tão cansado quanto eu. — Preferia que tivesse um pouco de bom senso, para variar, mas pau que nasce torto nunca se endireita.

— Estou me sentindo pessoalmente atacada.

— Porque está sendo mesmo. — Octavia acenou com a cabeça na direção de sua sala, que na verdade era uma das baias enfileiradas à parede oposta. — Venha. Eu estava sem afazeres, então adiantei a papelada da suspensão.

— Continuo me sentindo *mesmo* pessoalmente atacada.

Octavia me lançou um olhar maternal. Ou pelo menos o que eu imaginava que fosse um olhar desse tipo — com um afeto exasperado que nem o tempo, nem decisões ruins podiam extinguir. Fazia um bom tempo que minha própria mãe só era capaz de oferecer um olhar irritado.

— São duas semanas de licença não remunerada, mas você pode usar dias de férias, se ainda tiver. Não é o ideal, e vamos ter que chamar alguém para cobrir sua ausência, mas não vou te demitir. *Desta vez.*

— Duas semanas? — repeti. — Mas é...

— Não é nada comparado com o que vai acontecer caso eu pegue você fazendo algo assim outra vez.

Meus ombros caíram, e eu a segui até a parede de baias, arrastando os pés como se fossem chumbo. Prisioneiros caminhando pelo corredor da morte demonstravam mais dignidade, contudo não conseguia me controlar. Aquele trabalho era a única coisa em que eu me saía bem.

— Aproveite o tempo livre para relaxar — Octavia disse, como se me oferecesse um prêmio de consolação. — Tirar o atraso na leitura. Planejar seu casamento. Não me interessa o que vai fazer, só deixe o pobre sr. McLachlan em paz.

Parei na entrada de sua baia e me apoiei.

— Espera. Como assim?

Ela deixou o corpo cair na cadeira com um farfalhar antes de colocar os óculos de leitura na ponta do nariz.

— Você me ouviu. Se e quando o sr. McLachlan voltar a frequentar a biblioteca, quero que fique longe dele. Entendido? Mateo vai atendê-lo a partir de agora. Ou uma das garotas do processamento. Tanto faz, desde que você tenha o mínimo de contato com esse homem.

— Octavia, não posso simplesmente *abandoná-lo*.

Ela me olhou por cima dos óculos, agora de um modo bem menos maternal.

— Você pode e vai. Isso não está em negociação, Sloane.

Balancei a cabeça, embora me doesse ver a rigidez de seu maxilar. Uma das coisas que eu mais gostava em Octavia era de como era molenga — em forma física e sentimento. Odiava ser a causadora da alteração desse estado.

Mesmo assim, insisti.

— Prometi a ele que voltaria assim que meu turno terminasse.

Mantive os olhos nos tijolos expostos alguns centímetros acima da cabeça de Octavia. Era um truque que eu aprendera anos antes, em um seminário sobre autoconfiança. Segundo o palestrante, o mais importante ao confrontar alguém era olhar nos olhos e dizer o que o coração mandava.

Depois de seis horas exaustivas de treino e um desconforto que eu queria apagar da memória, o cara havia decidido que no meu caso era melhor escolher um ponto aleatório onde focar.

— Ele está sozinho em casa e se recusa a deixar qualquer pessoa da enfermagem entrar — prossegui, mirando os tijolos. — Tem uma mulher insistente que mora do outro lado da rua e *talvez* consiga levar um sanduíche para ele e dar uma olhadinha, mas não é certeza. Prometi levar comida chinesa para o jantar.

Octavia passou sessenta segundos sem falar.

— Sei que parece que estou ultrapassando o limite, mas não é isso. Ele não tem *ninguém*, Octavia. Ninguém está nem aí se o sr. McLachlan está vivo ou morto. Se eu não o ajudar, quem vai?

Pensei no outro carro que Maisey dissera ter visto estacionado ao lado da casa de Arthur. Havia chance de que a pessoa dentro dele se importasse o suficiente para tentar ajudar, porém nada era garantido. Nem neste mundo, nem com aquele homem.

— Tem pessoas que se importam com você, Sloane — ela disse, tão baixo que precisei me arriscar a me aproximar para ouvir direito.

— Eu sei — falei. — Aí é que está. Arthur está totalmente sozinho.

— Você não está sozinha.

— *Eu sei*. Você está me ouvindo? — A frustração me ajudava bastante com aquele lance de confrontação. Ainda não a encarava, porém mantinha os olhos fixos em sua testa. — O sr. McLachlan tem edema pulmonar. É quando uma quantidade perigosa de água entra nos pulmões. A medicação o deixa tonto e desorientado demais para cuidar de si mesmo. Ele precisa que alguém...

— Sloane. — Octavia se levantou tão de repente que quando me dei conta meus olhos estavam na fivela de seu cinto. — Você *não* é Arthur McLachlan. Quero ouvir você dizendo isso.

Franzi o nariz e tentei controlar a ardência nos olhos, o que não era fácil. Principalmente com o significado do que Octavia dizia me atingindo em cheio.

— Não sou Arthur McLachlan — eu disse. — Tenho quem se importe comigo. Não estou sozinha.

Era tudo mentira, claro. Motivo pelo qual a ardência nos olhos vencia a batalha. No entanto, não recuei nem mesmo quando as lágrimas começaram a rolar.

Sabia que Octavia tinha boas intenções. Ela queria que eu admitisse que era uma jovem no início da carreira e da vida, com o mundo todo à disposição. Quando eu saísse por aquela porta, ia me juntar a meu noivo e sua família generosa e seria embalada por seu calor coletivo pelo tempo que precisasse para me reerguer. Eu não era um velho ranzinza que expulsava as pessoas de casa — e, independentemente de quão horrenda minha vida ficasse, nunca seria.

Só que eu era, sim.

Tá, no caso eu não expulsava as pessoas de casa e gostava de pensar que era mais irritadiça do que ranzinza, contudo Arthur era o único que me via como eu realmente era. Na verdade, ele me resumira tão bem que eu não tinha nenhum acréscimo a fazer.

Uma imitação barata sem nada nem ninguém que possa chamar de seu. Um disfarce amistoso. Um sorriso vazio.

Ali estava. A verdade resumida de maneira impenetrável, um segredo enterrado tão fundo no meu coração que eu achava que nunca seria descoberto.

Não amava Brett Marcowitz nem sua família. Não amava meus pais. Nunca amara nenhuma das minhas colegas de quarto da faculdade, e os amigos atuais estavam mais para conhecidos do trabalho.

Desde o dia da morte de minha irmã, cuja vida fora abreviada por um orifício no coração que nenhuma cirurgia fora capaz de consertar, eu não amava ninguém que existisse fora de um livro. Àquela altura, nem tinha certeza de que ainda saberia *como* amar.

— Tenho que ir, Octavia — eu disse, passando as mãos pelas bochechas e endireitando a postura. — Ele está contando comigo. Se tiver que me demitir por isso, que seja.

Octavia jogou as mãos para o alto. Deveria ser um gesto frustrado meio que de brincadeira, porém eu sabia o que significava. A paciência dela havia se esgotado.

— Não estou fazendo ameaças vazias — Octavia alertou. — Vou mesmo demiti-la se desobedecer às minhas ordens. Não vou perder meu emprego por conta disso.

— Não quero que perca — falei. — Mas não tenho escolha.

— Você tem, sim. Todo mundo tem escolha.

Balancei a cabeça. O que eu não conseguia fazer Octavia compreender era que meu destino sei lá por que havia se emaranhado ao de Arthur, de uma maneira impossível de desfazer. Desde o dia em que ele entrara naquela biblioteca e recusara todas as minhas sugestões de leitura e ofertas de amizade, sabia que aquilo significava algo — que *ele* significava algo para mim.

Se Octavia tivesse ideia de quão insípida e vazia minha vida fora ao longo dos anos, de quão desesperada eu vivia para restabelecer alguma conexão humana, entenderia. Não podia dar as costas a Arthur McLachlan tanto quanto não poderia ter dado à minha própria irmã.

Ela provavelmente interpretou de forma correta meu silêncio, porque seus lábios se tornaram uma linha reta e sua testa se franziu.

— Então é isso? Você vai sair? Simples assim?

— Vou — concordei, com a voz tensa e um aperto no peito. — Vou sentir muita saudade de vocês.

Gostaria de poder dizer que, depois disso, fui embora com toda a graciosidade, mantendo a cabeça erguida e um ar imperturbável, porém não foi o caso. Chorei e juntei minhas coisas em uma caixa pequena. Sem querer, roubei um exemplar do mais recente livro de poesia de Amanda Gorman, que eu mantinha no fundo da lancheira para um momento de necessidade. Também descobri, tarde demais, que deixara a chave do carro na mesa de Octavia.

Por fim, decidi pegar o ônibus e voltar para buscar o veículo depois. Ninguém deveria ter que passar por certas provações à luz do dia.

Incluindo retornar com o rabo entre as pernas ao único lar que eu já conhecera.

CLUBE DE LEITURA DOS CORAÇÕES SOLITÁRIOS

título	
	nome
[1]	~~Sloane~~
[2]	Maisey

7

Sabe como às vezes basta um olhar na pessoa para que a gente descubra tudo a respeito dela?

O carteiro, por exemplo. Não o habitual — que estava sempre ao celular quando colocava a correspondência na caixa de correio, ocupado demais com a própria namorada para se dar conta do que fazia. Estou falando do outro. Aquele que o substituía às vezes e deixava digitais engorduradas nos meus catálogos da Victoria's Secret.

Eu *conhecia* aquele cara. Já *tinha saído* com aquele cara.

Modo de dizer, claro. Um homem que nem *tentava* esconder que passava o horário do almoço sujando de maionese a coleção Dream Angels era sempre o mesmo, em qualquer lugar. Em um beco. Espreitando do lado de fora de uma casa noturna. Espiando pela abertura da caixa de correio na esperança de te ver passando aspirador pelada depois de ler um artigo sobre como deixar a vagina abafada aumenta a incidência de infecção urinária.

Uma vez. Eu havia feito aquilo uma vez, e até notar os olhos azuis úmidos me secando tinha me sentido muito bem.

De qualquer maneira, aquele era um dom meu. Uma espécie de sexto sentido. Bastava uma olhada e eu sabia se a pessoa seria minha amiga ou inimiga.

Sabe a garota fofa de cabelo enrolado e broche roxo que passou a noite toda do lado de fora da casa de Arthur McLachlan? Que depois entrou lá sem aviso e convenceu aquele homem horrível a me deixar enfaixar-lhe o dedo?

Seria minha amiga. Eu simplesmente sabia.

— O cara esteve aqui de novo.

Deixei a porta de casa e fui até ela, que tentava descer do ônibus carregada de sacolas de comida. Era o mesmo que Bella costumava pegar para voltar para casa depois do trabalho na lanchonete, porém aquele não era o motivo pelo qual eu o vigiava.

Ou pelo menos não era o *único* motivo.

A pobrezinha estava com cara de quem tivera um dia péssimo. Continuava com as roupas da véspera, o broche dependurado da gola de tão pesado, e os olhos estavam vermelhos. Não perguntei nada. Reconheço um coração partido quando estou diante de um.

— Que cara? — ela perguntou quando peguei uma das sacolas de comida e acenei para a motorista com a mão livre. Magda era ótima: sempre me avisava quando Bella perdia o ônibus, por isso fazia questão de ser simpática. As mães têm que se ajudar, sabe?

— Aquele que estava de olho em Arthur antes de você — expliquei. Como a garota parecia estar tendo dificuldades com a outra sacola de comida, eu a peguei também. Eu tinha colocado um ensopado no forno para aquecer caso ela voltasse com fome, mas podia ficar para o dia seguinte. O que quer que tivesse naquelas sacolas exalava um cheiro divino. — Ofereci um lanchinho, mas ele parece não gostar tanto da minha comida quanto você. Vieram talheres ou quer que eu pegue em casa?

— Ah. Hum. Não sei.

A garota me encarou confusa, com os olhos ainda vermelhos, como um cãozinho perdido, e fiquei tentada a ligar para aquele homem maravilhoso do Tesla para que viesse buscá-la.

Não passei da tentação, no entanto. Tinha algo esquisito nele. Quase dava para sentir o cheiro no carro.

— Se a comida é para Arthur, é melhor pegarmos garfos. — Com o joelho, indiquei a porta da frente de casa. — Pelo pouco que vi da cozinha dele hoje de manhã, não comeria usando os talheres de lá nem que me pagassem. Vou pegar meu kit de primeiros socorros também, caso a gente precise trocar o curativo.

A garota pareceu consternada.

— Ah, não. Isso significa que não veio ninguém substituir a enfermeira?

— Não. Mencionei isso para o cara, esperando que ele pudesse ligar para alguém, mas tudo o que fez foi ficar me olhando antes de sair daqui em disparada.

Deixei a comida na mesa de casa e comecei a reunir tudo o que achava que a garota fosse precisar se planejava passar a noite com Arthur McLachlan.

Pratos. Garfos. Guardanapos. Uma armadura de aço e armas para se defender.

Haha! Os últimos dois são brincadeira. Mais ou menos.

— O que acha de vinho tinto? — Minha mão pairou sobre o porta-garrafas da Ikea fixo à parede. Minha casa era tão pequena que quase tudo nela precisava ser guardado na vertical. — Ou quer algo mais forte? Tenho uma garrafa de vodca no congelador para emergências, mas...

Ela franziu o nariz.

— Acho que ele não vai beber, por causa dos remédios.

— Claro. Não sei o que eu estava pensando. — Como eu não fazia ideia de quais remédios Arthur tomava ou mesmo do que motivara a frota de ambulâncias da outra noite, acrescentei: — E, hã, qual é exatamente o problema dele?

Para minha surpresa, a garota riu. Precisei de um segundo para me dar conta de que ela estava me convidando a me juntar à risada — o que era bom, porque era uma risada contagiante. Leve e suave, além de totalmente *sincera*, ou seja, dava para sentir que essa moça não faria mal a ninguém.

— Em termos médicos, a melhor explicação é um edema pulmonar. Quanto ao restante... — Ela deu de ombros. — Solidão, imagino.

Assenti, tentando encontrar uma resposta que equilibrasse sabedoria e empatia. Apesar de seu ar frágil e assustadiço, não parecia lhe faltar inteligência. Tampouco a Arthur McLachlan, o que provavelmente explicava por que ele a deixara entrar na casa. Antes de se aposentar, era professor de inglês no ensino superior.

Eu, infelizmente, nunca fora acusada de ser inteligente demais. Inquisitiva demais? Sim. Insistente demais? Claro. Um pouco demais? *Sempre.*

— Faz quase dez anos que moro nesta rua e nunca o vi receber visitas — falei. Sabia que aquilo devia dar a impressão de que eu era uma mulher amalucada que espionava os vizinhos, mas era isso mesmo. — Nunquinha, nem nas festas de fim de ano. Já tentei falar com ele, mas...

— Ele não foi receptivo — ela arriscou.

— As pessoas não foram feitas para viver sozinhas daquele jeito. — Tentei não parecer tão insegura quanto me sentia. Se a garota prestasse atenção à casa em volta, notaria os sinais: um único porta-copos na mesa, uma única caneca no escorredor, esperando o café da manhã seguinte. — Os vizinhos se envolviam, tirando a neve da calçada em frente à casa no inverno, indo ver como ele está quando acaba a luz, esse tipo de coisa. Mas ele não gosta de intromissão.

— Não — ela concordou. — Ele não gosta.

Eu estava louca para perguntar sobre sua ligação com Arthur. No entanto, antes que pudesse fazê-lo, a garota olhou para a porta, hesitante.

— Acho que é melhor eu levar a sopa para ele antes que esfrie.

Como não fez nenhuma menção de sair, peguei as sacolas e cumpri aquele papel.

— Então vamos — eu disse. — Imagina só um cara daqueles com fome.

Ela deixou uma risada escapar.

— Fome não faz bem para ninguém. — A moça hesitou antes de me estender a mão. — Meu nome é Sloane, aliás. Sloane Parker. Acho que não me apresentei antes.

Estendi a minha e apertei a dela. Sua palma estava quente e úmida, o que não me incomodava. Se eu conhecia Arthur McLachlan — e eu conhecia —, uma recepção calorosa e pegajosa era muitíssimo melhor do que aquela que provavelmente receberíamos do outro lado da rua.

***

— Não consegui tirar uma foto do cara, mas anotei a placa e o modelo do carro. Além disso, fotografei algumas marcas de pneu deixadas quando ele foi embora pisando fundo.

Peguei o celular e passei pelas minhas selfies até encontrar o que procurava. Arthur McLachlan pigarreou e se recusou a tocar o aparelho, porém notei que na verdade estava impressionado. Ou era isso, ou receava que pudéssemos ir embora se passasse dos limites. Eu poderia jurar que ele havia ficado quase *feliz* em nos ver quando Sloane entrara pela porta com a comida e um sorriso determinado.

— Ai. Devo perguntar o porquê disso? — Sloane passou pelas fotos em questão, então balançou a cabeça e me devolveu o celular. — Não reconheço o carro, mas confio em você. Parece saber de tudo o que acontece por aqui.

Tentei não parecer tão envergonhada quanto me sentia. As fotos das marcas dos pneus talvez tivessem sido demais, mas eu já estava lá, com o telefone na mão. E aquele tipo de coisa sempre se provava útil em *CSI*.

— Não é tão ruim quanto está pensando — garanti. — Sou uma mulher solteira que mora sozinha em uma cidade em que sessenta por cento da população têm uma arma. Gosto de pensar que estou sempre preparada.

— Ah. — Sloane olhou-me surpresa. — Achei que tivesse uma filha adolescente.

— Eu tenho — falei, depois fechei a boca. Qualquer pessoa que me conhecesse acharia aquilo difícil de acreditar, Maisey Phillips de boca fechada. No entanto, havia coisas de que eu não gostava de falar. E meu relacionamento com Bella era uma delas.

— Não sei por que estão se dando o trabalho — Arthur disse enquanto tentava se levantar. Dava para ver que Sloane estava louca para ajudá-lo, e eu também estava, porém ambas nos contivemos.

O fato de que estávamos sentadas na casa de Arthur McLachlan já era estranho o bastante. Que tivéssemos acabado de jantar com ele parecia ainda mais estranho. Que ele tivesse se oferecido para fazer um café e nos convidado para ficar mais um pouco então...

De jeito nenhum nós iríamos balançar aquele barco. O pobrezinho claramente se encontrava muito pior do que deixava transparecer.

— Não preciso de babás nem de uma "vizinhança solidária" enxerida fotografando todos os entregadores que aparecem na rua. Estou *bem*.

Sloane e eu trocamos um olhar carregado de significado. Aguardamos até que Arthur desaparecesse atrás da porta vaivém da cozinha antes de nos inclinarmos uma na direção da outra.

— Não podemos deixá-lo sozinho esta noite — ela sussurrou. — Notou a cara dele quando chegamos? Nunca vi tamanho alívio.

— Eu queria poder ficar, só que entro cedo amanhã no trabalho — me desculpei, com uma careta. — Posso ligar dizendo que estou doente, mas...

Sloane balançou a cabeça em uma negativa, o que fez os cachos balançarem junto. Quanto mais tempo passava com ela, mais inveja tinha desse cabelo — que parecia se esticar e avolumar a cada movimento. O meu próprio era fino e ralo, e só piorava com a idade. Tudo o que eu podia fazer era juntá-lo no alto da cabeça e torcer para que ninguém notasse quão pouco me restava.

— Por favor, não faça isso — ela disse. — Uma de nós perder o emprego já é ruim o bastante.

— Espera. Você perdeu o emprego? — De repente, os olhos vermelhos e as roupas da véspera pareceram muito menos relacionados a problemas no relacionamento. — Porque passou a manhã com Arthur?

Ela assentiu e passou a mão pelo olho direito de maneira automática. A alguém desatento, poderia dar a impressão de que prendia um cacho solto atrás da orelha, porém eu sabia que não era o caso. Tratava-se de uma pessoa que aprendera, fazia muito tempo, a chorar disfarçadamente.

— Bom, nunca ouvi nada mais cretino. Como eles vão se virar sem você?

Sloane se surpreendeu tanto com meu comentário que se esqueceu de enxugar a lágrima do outro olho.

— Como sabe onde trabalho?

— Não sei — admiti. — O que não significa que não tivessem sorte de poder contar com você. Aposto que é a melhor instrutora de arteterapia...

— Hum, não sou instrutora de arteterapia.

— Professora do ensino fundamental?

— Está esquentando.

Estalei os dedos.

— Ah, já sei! Bibliotecária.

Sloane deu risada, e o som conseguiu me animar bastante. Ela também pareceu mais animada.

— Nada mal — ela disse. — Você sempre acerta?

— Praticamente — admiti. Não era ótima apenas em distinguir amigos de inimigos, mas também em identificar problemas em relacionamentos, profissionais e qualquer outra coisa de que eu pudesse tirar vantagem.

Sabia que isso soava terrível. E *era* mesmo. Só que todos precisavam ganhar a vida de alguma maneira.

— É de lá que conhece Arthur? — perguntei. — Da biblioteca?

— É. Eu, hã, bom... — Ela parou de falar e olhou para a porta da cozinha. — Não podemos usar o sistema da biblioteca para pegar informações pessoais sobre os frequentadores. Quando Arthur ficou alguns dias sem aparecer, fiquei preocupada e peguei mesmo assim. Minha chefe não teve escolha a não ser me demitir.

— Melhor pra você, querida.

Ela ficou me olhando, surpresa, porém não teve chance de perguntar o que eu queria dizer com aquilo. Arthur voltou da cozinha, carregando uma bandeja com dificuldade.

— Eu carrego para o senhor. — Sloane se pôs de pé e, depois de uma breve disputa, conseguiu tirar a bandeja da pegada determinada de Arthur. Dizia muito sobre ela que só tivesse derramado metade do café no processo. Apesar da aparência frágil, era firme quando se tratava daquele homem.

— Ainda não estou morto — Arthur resmungou. — Posso transportar um bule de café pela minha própria sala.

— Por outro lado, *eu* pesquisei os efeitos colaterais da sua medicação — Sloane disse. — O senhor não pode carregar nada, muito menos bebidas fumegantes.

— Ah, então além de bibliotecária, você é médica?

— Sei ler um rótulo. Ninguém precisa de um diploma de médico para saber que o senhor precisa ir com calma. — Ela apoiou a bandeja e começou a abrir espaço para Arthur. — Agora se sente e fique quieto. Não quero ter que te amarrar ao sofá.

— Você e que exército? — ele retrucou, mas se sentou, sem necessidade de qualquer contenção física.

De repente, a inspiração me veio. Aquilo acontecia às vezes, não como se um raio tivesse me atingido na cabeça — mais para um taco de beisebol.

— Então está resolvido — falei.

— O quê? — os dois perguntaram. O fato de que me olhavam com a cabeça na mesma posição e com os olhos arregalados de surpresa confirmou minha decisão. Nunca existiram duas pessoas mais perfeitas uma para a outra.

— Sloane vai ser sua nova cuidadora. — Antes que qualquer um dos dois pudesse protestar, algo que eu *sabia* que aconteceria, a julgar pela maneira como a boca deles se abriu ao mesmo tempo, fiz aquilo que fazia de melhor: falei sem parar. — O senhor não deve saber, mas ela foi demitida da biblioteca hoje — contei a Arthur. Sloane me lançou um olhar repreensivo, que fingi nem ver. — Ela não tem mais emprego, e o único culpado é o senhor.

— Não foi exatamente... — Sloane começou a dizer, mas eu já estava pronta para aquilo, e prossegui.

— Arthur deu chilique com todos que entraram nesta casa na última semana. Se eu não tivesse chegado com você, ele provavelmente teria atirado aquele vaso na minha cabeça.

— Aquele vaso é herança de família. Teria jogado o mancebo.

Os lábios de Sloane se franziram como se ela tentasse reprimir uma risada. Percebi minha vantagem e me aproveitei dela.

— Estão vendo? Precisa haver *alguém* aqui para que o sr. McLachlan tome os remédios na hora certa e não se machuque tentando preparar as refeições. E Sloane não tem como pagar as contas sem um salário. É a solução perfeita. Vocês devem isso um ao outro.

Eu não sabia se aquilo tudo era verdade. O jovem do Tesla passava a impressão de que podia pagar as contas de Sloane, e Arthur McLachlan poderia acordar no dia seguinte com a saúde perfeita. No entanto, dizer às pessoas o que elas queriam ouvir era uma espécie de superpoder que eu tinha.

Quem falou primeiro foi Arthur.

— A última coisa de que preciso é uma sonhadora de olhos brilhantes tentando me ensinar como administrar minha própria casa.

As palavras duras arrancaram uma careta de mim, porém pareceram fazer Sloane endireitar a coluna.

— E a última coisa de que *eu* preciso é ficar de enfermeira de um velho azedo incapaz de agradecer.

Por um momento, receei ter perdido os dois. Ambos olharam feio um para o outro, a ponto de soltar faísca, parecendo prontos para sair correndo ao menor sinal de fogo. Então Arthur voltou a falar.

— É claro que se você quisesse catalogar meus livros poderia ser de alguma ajuda para mim.

— O senhor quer que eu catalogue seus livros? Jura?

Sloane deu uma passada rápida de olhos ávidos na sala, onde livros de todas as formas e tamanhos praticamente transbordavam. Meu ex fazia aquilo com vinis. Metade deles era de bandas de que eu nunca ouvira falar, mas ele tratava a porcariada como se fossem relíquias.

Considerando o que lhe renderam no fim das contas, ele não estava errado.

— Você é bibliotecária, não é? — Arthur perguntou. — De que outra maneira passaria o dia todo? Lendo contos de fadas para mim?

Sloane me lançou um olhar desamparado, todavia fiz questão de me ocupar em servir o café e morder a ponta da língua. A última coisa de que os dois precisavam era dos meus conselhos. Seriam *bons* conselhos, claro, e eu estava louca para oferecê-los, no entanto algumas situações exigem autocontrole.

— O senhor parece mesmo ter um bocado de livros jogados ao acaso — Sloane comentou. — Imagino que o andar de cima esteja igual.

— É uma tentativa de xeretar o restante da casa?

— Se vou cuidar da sua biblioteca pessoal, terei que xeretar *um pouco*. Como já começou a dividir a seção modernista, vamos ter que descobrir que tipo de taxonomia mais lhe agrada. Gênero e sobrenome podem funcionar em bibliotecas menores, mas no caso de uma volumosa assim é melhor entrar em nichos.

Sloane pegou um livro de cima de uma pilha e começou a folheá-lo. Eu não entendia metade do que ela dissera, porém Arthur parecia impressionado.

— Não posso ficar aqui o tempo *todo* — Sloane disse, procurando ajuda outra vez. Depois que assenti para encorajá-la, prosseguiu: — Mas talvez dê para dormir hoje, para a gente discutir algumas questões. Depois volto ao longo da semana em horários regulares...

Entreguei uma xícara de café a ela antes de servir uma para Arthur. Ele deu uma olhada no redemoinho de creme branco no centro e me dirigiu um sorriso de escárnio.

— Eu sabia que você era do tipo que coloca creme no café — Arthur declarou, como se dois terços da população não fizessem o mesmo. Então voltou a me ignorar e se concentrou em Sloane. — Não vou te pagar nem um centavo acima do salário mínimo. E sei exatamente quais dos meus livros valem mais, portanto se tentar fugir com um deles...

Em vez de ficar ofendida — algo que seria justificável —, Sloane riu.

— Não ousaria, sr. McLachlan. É contra o código de honra dos bibliotecários.

Soube que tinha dado certo quando o velho rabugento deixou o café de lado e manteve os olhos fixos em Sloane. Ele também era suscetível àquela risada fofa dela. Claro.

— Pode me chamar de Arthur — ele disse, tão baixo que tivemos que nos inclinar para ouvir. — Se vai ficar à espreita na minha casa, mexendo em meus pertences, não quero saber de "sr. McLachlan isso" e "sr. McLachlan aquilo".

    Sloane abriu um sorriso tão feliz e reluzente que foi a *minha* vez de fingir que prendia uma mecha de cabelo atrás da orelha. Satisfeita por ter feito minha boa ação do dia, levantei-me do sofá.

    — Espera... Você está indo? — Sloane perguntou, já começando a separar os livros a seus pés em duas pilhas diferentes.

    — Passo pra ver vocês dois amanhã, depois do trabalho — prometi, pensando no ensopado. Se eu fizesse um horário de almoço mais longo, provavelmente teria tempo de assar uma torta de mirtilo para acompanhá-lo. — Com certeza vocês têm muito o que conversar sem mim.

    Saí antes que qualquer um dos dois pudesse fingir um protesto. Se havia algo que eu tinha aprendido na vida era: é muito melhor ser a pessoa que vai embora. Mesmo quando a festa ainda está rolando, quando não há nada esperando você a não ser uma casa escura e uma pia cheia de louça, é importante não passar do ponto.

    Ou então aumentam as chances de você não ser convidada na próxima.

8

— Pela última vez, sr. Davidson, *não* vou lhe dizer o que estou vestindo. Se esse é o tipo de ligação que busca, posso lhe sugerir muitos outros números.

Com um suspiro, ajeitei o fone de ouvido e arrisquei uma olhada rápida para o relógio acima da minha mesa. Tinha a forma de um gato, e os minutos se passavam no novelo multicolorido que tinha nas patas. Não pela primeira vez, pensei que precisava de algo mais simples. Ainda que o gato fosse fofo, eu era incapaz de determinar se a pata estava no quatro ou no cinco, não importava o quanto me esforçasse.

— Tá — a voz do outro lado da linha resmungou. — Mas é uma pergunta justa. Não vou pagar para receber conselhos amorosos de uma dona de casa qualquer usando legging.

As palavras não me machucaram tanto quanto ele pretendia. Sabia coisas *demais* sobre a vida daquele homem para levar seu julgamento em conta. Mesmo que eu fosse uma mulher qualquer usando legging.

— Foi por causa dessa sua fixação na aparência que essa confusão toda começou, sr. Davidson — falei, com a voz um pouco mais rouca, só para garantir. A 3,99 dólares o minuto, ficava cada vez mais difícil manter os clientes na linha. — O que uma mulher veste é muito menos importante do que aquilo que o coração dela tem a oferecer, lembra?

— É, é, eu lembro. — O sr. Davidson ficou em silêncio por um momento. — Isso significa que meu encontro hoje à noite vai ser bom? É isso que está vendo?

Eu podia quase jurar que as patas do gato estavam andando para trás.

— Vejo oportunidade e empolgação — falei, com total sinceridade. — O encontro de hoje é uma tela em branco, uma chance de ser sua melhor versão diante de alguém novo. — Fui menos sincera quando acrescentei: — Há uma grande mudança no horizonte. Qual caminho vai escolher para alcançá-la depende exclusivamente do senhor.

— Uma tela em branco — ele repetiu. — Uma mudança no horizonte. Tem razão.

Tive que me esforçar para não suspirar. Não havia nada de novo no horizonte do sr. Davidson. Fazia mais de dois anos que ele era meu cliente, e nada do que eu dizia o afetava. Não importava quantas vezes sugerisse que arranjasse um hobby, fizesse voluntariado ou *o que quer que fosse* para se tornar mais interessante e atraente ao sexo oposto, o sr. Davidson se encontrava sempre na mesma posição.

Falando ao telefone com uma vidente e implorando por uma mudança que nunca viria.

— Acho que talvez seja ela — afirmou, com o otimismo tornando sua voz quase infantil. Éramos proibidos de procurar os clientes na internet e fuçar suas redes sociais, regra que eu sempre infringia. O sr. Davidson era um corretor de seguros vivaz de cinquenta e três anos, com um corte de cabelo ruim e um rosto cansado que passava o mais longe possível de "infantil". — Obrigado, Maisey. Desta vez você ajudou bastante.

Ele não tinha como me ver assentindo, o que não me impedia de fazê-lo. Como presente de despedida — e porque o timer indicava que aquela ligação telefônica lhe custaria mais de cento e cinquenta dólares —, falei:

— Aliás, estou usando o que sempre uso quando contemplo os mistérios do universo: sapato de salto gatinho e um vestido de baile. Os espíritos não aceitam nada menos que isso.

Então desliguei, antes que uma risada me traísse.

Como no fim das contas a pata do gato estava no cinco, e não no quatro, mal tive tempo de correr até o forno para tirar a torta antes que queimasse. A crosta estava bem escura, e o sumo da fruta escor-

89

rera de uma maneira que deixava invisível o padrão de folha que eu desenhara, porém pelo cheiro ainda dava para comer.

Ou era o que eu esperava. Aquele era meu único passaporte para a casa de Arthur McLachlan, portanto precisava dar certo. Fazia tanto tempo que vinha observando aquele pobre homem em seu buraco negro solitário que me sentia profundamente envolvida com ele. Nunca perderia os desdobramentos agora que Sloane entrara em cena.

Coloquei a torta em uma caixa, junto com o ensopado do dia anterior, e saí.

— *Toc-toc!* — Minhas mãos estavam ocupadas, por isso o grito para anunciar a chegada. — Trouxe presentes. Presentes *pesados*.

— Ah, graças a Deus. — O rosto de Sloane apareceu à porta. — Estava torcendo para que você chegasse logo. Tem certeza de que não se importa em sacrificar seu fim de tarde?

— Sempre tenho tempo para os amigos — falei.

Sloane recuou ao ouvir aquela palavra — *amigos* —, o que não me surpreendeu, porém ela era uma pessoa legal demais para comentar. Eu não era tão sem noção quanto parecia; *sabia* ser necessário mais do que alguns encontros casuais na rua para uma amizade começar, só que eu tinha muito mais em comum com o sr. Davidson do que parecia à primeira vista. Meu otimismo sempre encontrava uma maneira de se manifestar.

— O que ele fez desta vez? — perguntei, passando a caixa apoiada de um lado do quadril para o outro. Sloane inspirou profundamente assim que sentiu o cheiro da torta, então pensei em fazer uma horinha ali. — Se envolver lesão corporal ou um esfregão, pode contar comigo. *Livros*, no entanto...

Sloane balançou a cabeça em aviso enquanto eu entrava na casa, que parecia a mesma do dia anterior, coberta de poeira e bagunçada. A única diferença era o trinado de tenor ao fundo, que lhe emprestava um ar mais alegre.

— É Arthur? — perguntei. — Cantando? Uma *canção de musical*?

— Você. — Ele irrompeu pela porta, com a carranca de sempre. Mancava um pouco e respirava mal, porém não deixava que aquilo o detivesse. — A intrometida do outro lado da rua. Você tem que me salvar.

Como a cantoria continuava, concluí que havia mais alguém na cozinha. Considerando que Arthur estava prestes a se atirar nos meus braços, imaginei que não fosse alguém de quem gostasse muito.

— Você é boa em se livrar de visitas indesejadas? — ele perguntou. Então deu risada, sem esperar resposta. — Por que estou perguntando? Nem precisa, basta começar a falar que qualquer pessoa sã sairia correndo. Depressa, Sloane. Quais são os assuntos que mais incomodam aquele tolo? — De novo, Arthur não precisou de resposta. Ele apontou para mim. — Conte a ele o enredo da sua novela preferida. Deve funcionar.

Como novelas eram *literalmente* especialistas na arte de contar uma história de modo a deixar as pessoas com gostinho de quero mais, aqueles insultos não me afetaram. Arthur McLachlan não era um homem capaz de reconhecer uma boa novela com pano de fundo envolvendo amnésia nem se ela o mordesse na...

Ele deu uma olhada na caixa que eu carregava e grunhiu.

— E esconda essa comida. O que quer que seja está com um cheiro delicioso. Só vai fazer com que ele fique mais tempo aqui.

A caixa foi tirada das minhas mãos, e me vi sendo empurrada para a cozinha. Sloane ensaiou um fraco protesto, porém, assim que pisei no linóleo rachado, reconheci minha missão tão claramente quanto as janelas agora limpas da parede dos fundos.

— Tesla modelo s! — exclamei, animada. — Não vi seu carro lá fora.

O homem que acompanhara Sloane na primeira noite se virou ao ouvir minha voz, o que fez a canção de Gershwin que ele cantava morrer em seus belos lábios. A julgar pela maneira como as mangas de sua roupa estavam arregaçadas até os cotovelos e pelo cheiro de vinagre no ar, fazia tempo que se dedicava à limpeza das janelas.

— Ah — ele disse, olhando-me de relance. — É você.

Estava pronta para aquela reação. Em meus quarenta e quatro anos no planeta, nunca fora o tipo de mulher que fazia o salão se acender ao entrar. Aos vinte e poucos, era bonitinha, em parte porque mergulhara com tudo no estilo de vida e no guarda-roupa das fãs de pós-hardcore, mas principalmente porque *todos* eram bonitinhos aos vinte e poucos anos. Bastavam duas décadas de vida dura e pele enrugando para perceber.

— Para começo de conversa, você é a mulher que meteu Sloane nesta confusão — o cara continuou falando, sem emoção na voz. — Quem a fez topar ser cuidadora do velho.

— Isso mesmo — eu disse, sem deixar de sorrir. — E *você* está limpando as janelas do jeito errado. Papel-toalha deixa marca. Você precisa de jornal amassado.

— Sei como limpar uma janela, muito obrigado.

Dei de ombros.

— Só estava tentando ajudar. Quer uma mão?

Ele me olhou com certa desconfiança, depois me passou o borrifador que segurava.

— Veio para ocupar o lugar de Sloane esta noite? Esse acordo parece bastante irregular. Na verdade, a situação *toda* parece. No meu consultório, nunca deixaríamos os cuidados de alguém tão ao acaso.

— Você é médico. *Claro que é* — falei, mais para mim mesma do que para ele. O corte de cabelo caro, o Tesla, o fato de usar luvas cirúrgicas para aplicar uma solução de vinagre no vidro... tudo apontava para aquilo. — Me deixe adivinhar. Dermatologista? Não. Radiologista?

Bati a unha nos dentes e invoquei os poderes do universo — ou, no caso, o fato de que eram seis horas e ele não só já encerrara o expediente de trabalho como parecia incrivelmente descansado para um profissional da área de saúde. Estalei os dedos ao me dar conta.

— Você é quiropraxista, não é?

— Sloane contou, foi?

Aquilo me fez tomar uma decisão. Mesmo que me custasse a vida, mesmo que eu tivesse que recordar uma década de novelas até encontrar o enredo mais lento e ridículo de todos, tiraria aquele homem da casa de Arthur. Ele deveria pelo menos ter *fingido* se impressionar com minha clarividência.

— Conheci um quiropraxista certa vez — eu disse, borrifando a solução de vinagre na janela mais próxima e começando a limpar. Ficou manchado, exatamente como eu disse. Não importava o quanto a pessoa se esforçasse: papel-toalha sempre deixava resíduo. — Ele tinha três esposas e nenhuma delas sabia das outras. Não tinha filhos, graças a Deus, embora a segunda esposa fosse louca para tê-los. Depois de um tempo, ela ficou tão desesperada que começou a colocar um travesseiro embaixo da blusa para aparentar estar grávida. E isso veio a calhar, porque participou de um assalto a banco que deu errado e o travesseiro salvou sua vida. Acha que devemos abrir as janelas para ventilar?

Uma risada resfolegada fez com que eu me virasse. Arthur estava a alguns passos de distância, com o corpo curvado sobre a bengala, como uma vírgula.

— Deixem fechadas — mandou. — Gosto de cheiro de vinagre.

Aquilo me pareceu um pouco óbvio *demais*, no entanto o quiropraxista só fez uma leve careta. Claramente não era um homem de quem fosse fácil se livrar.

Para seu azar, eu tampouco era uma mulher assim.

— A segunda esposa teve que fazer uma cirurgia de emergência, mas conseguiram salvá-la — prossegui. — Só que o sangue da transfusão vinha de alguém com uma condição rara que causava gravidez instantânea e espontânea.

O cara pareceu indignado.

— Isso não existe.

— Existe, sim — Arthur retrucou, sem perder tempo. — Minha falecida esposa tinha. Precisávamos tomar muito cuidado com a alimentação dela. Quem sabe com quantos filhos teríamos terminado?

— Você está inventando. Os dois estão.

— Acredito que seja uma forma de porfiria — Arthur prosseguiu. Voltou os olhos para mim e explicou: — Muitas fontes literárias relacionam porfiria aos primeiros relatos de vampirismo. O conceito teve bastante influência sobre Browning, especialmente.

Assenti, como se compreendesse do que ele falava. Os únicos vampiros da literatura que eu conhecia eram os da saga Crepúsculo — que, para ser sincera, tiveram bastante influência sobre mim. Havia um motivo para eu ter dado o nome de Bella à minha filha.

— Não entendo o que vampiros têm a ver com essa história — o cara disse, irritado.

— Pois é — concordei. — Essa história só surgiu alguns anos depois. Acho que os roteiristas andavam meio preguiçosos.

O comentário foi a gota d'água para o coitado. Primeiro olhou para mim, depois para Arthur, compreendendo com a clareza de uma janela limpa com solução de vinagre.

— Isso que você está me contando é *ficção*? É um livro?

— Na verdade, é de *Chamas do mundo* — falei, dando de ombros como quem pedia desculpas. — Não leio tanto quanto deveria.

Não sei o que teria acontecido se naquele momento Sloane não tivesse se juntado a nós na cozinha. O quiropraxista deu-lhe uma olhada e seguiu imediatamente para a saída mais próxima.

— Sloane, meu amor, é melhor a gente ir — afirmou, tirando as luvas com eficiência e jogando-as no lixo. — Meus pais estão nos esperando às 19h. Minha mãe disse que convidou minha prima Dora para apresentar vocês duas.

Uma expressão de sofrimento passou pelo rosto de Sloane tão rápido que só alguém prestando atenção perceberia.

E eu estava — sempre alerta, a eterna espectadora, com o rosto colado no vidro. Assim como Arthur, pelo que parecia. Em uma cena dramática digna de *Chamas do mundo*, ele teve um acesso de tosse tão exaustivo que até mesmo o quiropraxista se dispôs a ajudar.

— Está tudo bem — Arthur disse, entre duas inspirações profundas e barulhentas. — Posso ficar sozinho à noite. Não quero impedi-la de conhecer a prima Dora.

— Você deveria estar suplementando oxigênio — o rapaz declarou. A testa se franziu, e a expressão de repente severa disse muito sobre o que Sloane via nele. Além do dinheiro e da boa aparência, claro. Aquela era a feição de um Homem que Resolvia as Coisas, um homem que se encarregaria de tudo, mesmo quando preferisse literalmente fazer qualquer outra coisa.

O pessoal da gestão de emergências tinha aquela cara. Quem construía e consertava telhados tinha aquela cara. Pais de múltiplos tinham aquela cara.

— O senhor precisa de travesseiros de apoio na cama. Sloane, você não deixou que ele dormisse de costas ontem à noite, deixou?

— Hum... deixei... — Ela fez uma careta. — Não sabia que não podia.

O quiropraxista soltou um suspiro pesado.

— Claro. Porque você não é enfermeira. Ou auxiliar de enfermagem. Eu não *disse*?

Sloane lançou um olhar acusatório para o velho.

— Desculpa. Não recebi instruções de como deveria posicionar Arthur.

— Ah, então se eu morrer a culpa é minha?

— Um pouco. — Ela se virou para Arthur, com as mãos na cintura. — Como vou saber dessas coisas se o senhor não me diz?

— Pode perguntar a esse jovem tão refinado. Ele parece ter muitas opiniões sobre o que é melhor para cada um.

— Esse jovem tão refinado é *doutor*. Sabe o que é um doutor? Tipo as pessoas que salvaram sua vida? Que disseram para não sair do hospital exatamente por esse motivo?

O jovem tão refinado observava aquela interação com a testa cada vez mais franzida.

— O que está fazendo, Sloane? Você não pode gritar com um paciente.

— Não estou *gritando* com ele — gritou a moça. Então corou e acrescentou: — E ele não é meu paciente. Não de verdade. Estou aqui para catalogar os livros, lembra?

— Lembro — o rapaz assentiu, a voz tão baixa que precisei me esforçar para ouvir. — O que digo à minha mãe sobre hoje à noite?

Sloane suspirou. Peguei Arthur pelo braço e o ajudei a ficar de pé. Era muito mais pesado do que parecia, a fragilidade compensada pela determinação em não se deixar mover até que o desejasse, mas ainda assim fui bem-sucedida ao tentar.

— Vamos, hum, dar alguns minutos a vocês dois.

Puxei-o para o cômodo ao lado. O velho ranzinza queria ficar e escutar o veredito em relação à prima Dora, claro, mas podíamos muito bem colocar um copo na parede para ouvir. Sinceramente, ninguém o ensinara a bisbilhotar?

— Sloane, se é uma questão de dinheiro, você sabe que fico feliz em... — ouvi o cara dizer enquanto passávamos pela porta.

— Não é. Ou, pelo menos, não é *só* isso — foi a resposta rápida da garota.

Consegui levar Arthur para a sala de estar antes que se soltasse. A tosse falsa devia ter cansado seus pulmões, porque a respiração se tornou mais dificultosa e ele se deixou cair no sofá puído.

— Quanto tempo faz que ele chegou? — perguntei, sentando-me na poltrona em frente. Pilhas de livros certinhas formavam um arco em torno dela, de modo que concluí que a base de operações de Sloane devia ser ali.

— Faz só uma hora, mas parece uma vida. Saiu do trabalho mais cedo e veio atrás de Sloane. *Para ver como ela estava*, segundo disse. Algumas pessoas simplesmente não enxergam que não são bem-vindas.

Seu olhar cortante não era necessário: eu sabia muito bem ler nas entrelinhas. Porém, não ia me levantar daquela poltrona com tanta facilidade. Ninguém deveria subestimar o poder de permanência de uma mulher que literalmente não tinha mais aonde ir.

— Você não se saiu mal na cozinha, aliás — comentou, tão a contragosto que não pude evitar sorrir. Na eventualidade de que eu tivesse a ideia errada, Arthur estreitou os olhos e acrescentou: — Embora ainda fale demais.

— Eu sei.

— E não te convidei para entrar.

— Sei disso também.

— Se não fosse por Sloane, mandaria alguém te tirar daqui.

— Justo.

Arthur pigarreou, claramente insatisfeito por eu não morder a isca. Até queria mordê-la, no entanto sempre tinha sido capaz de ver as coisas com uma nitidez dolorosa.

Eu falava demais. Não fora convidada. E, se pessoas como Sloane Parker não tivessem pena de mim, nunca seria.

***

— Por que você tem tantos exemplares do mesmo livro?

Algumas horas depois, com a travessa vazia e o companheiro de Sloane tendo partido havia muito, encontrava-me sentada de pernas cruzadas na sala de estar de Arthur, segurando o exemplar de um livro chamado *Os vestígios do dia*. Emaranhados de poeira se formavam a cada rajada de ar, e o sistema de organização de Sloane parecia consistir basicamente em tirar os livros das estantes e alinhá-los em pilhas desordenadas, porém eu tinha a barriga cheia demais de torta para me mover.

— Devolve isso — Arthur soltou. — Preciso deles.

— Você precisa de cinco exemplares do mesmo livro? — Virei o volume na minha mão e passei os olhos pela descrição da quarta capa. Um livro sobre um mordomo na Inglaterra pós-Segunda Guerra parecia tão seco quanto possível. Não sabia quem era Kazuo Ishiguro, mas ele podia ter acrescentado alguns vampiros para animar as coisas. — O que vai fazer com todos eles?

— Sloane, por favor, tire aquilo dela antes que ela o estrague.

Sloane desviou a atenção do volume encadernado em couro que parecia pesar tanto quanto ela.

— Tirar o quê? — Assim que ela viu o que eu tinha na mão, fez *tsc-tsc* e balançou a cabeça. — Não seja mesquinho, Arthur. Deixa com ela. Eu planejava descartar os volumes repetidos, de qualquer maneira.

— Você não ousaria jogar um livro perfeitamente bom fora.

Ela deu risada.

— Bom, pensei em levar a um sebo ou a algum dos projetos de distribuição de livros gratuitos que existem na cidade, como deve saber. Não precisa ser tão dramático.

— Dramático? *Eu?* Não fui eu quem trouxe um cavaleiro branco todo altivo à casa de um desconhecido...

97

— Está tudo bem — interrompi depressa. Não *achava* que Sloane fosse se afetar com a língua afiada de Arthur, mas não correria o risco. — Na verdade, não quero o livro.

Ninguém podia me culpar pela cautela. Sloane havia saído da cozinha mais cedo parecendo uma boneca de pano que fora atirada ao vento. Seu namorado — que depois descobri que era noivo — não parecera muito melhor. No fim das contas, eu não conseguira botar o copo na parede, mas a julgar pelo estado do rapaz ao ir embora, todo rígido e frio, imaginei que a conversa não tivesse saído como ele gostaria.

E isso não surpreendia. Ele não era o tipo de homem que estava acostumado a ser confrontado. E, a menos que eu estivesse muito enganada, Sloane não era o tipo de mulher que confrontava quem quer que fosse.

— Como assim, você não quer o livro? Já leu? — Arthur perguntou.

— Não.

— Então leve. Leve dois. Acho que pode ajudar.

— Ajudar com o quê? — questionei.

Ele fez um gesto amplo na minha direção, tomando minha legging preta empoeirada e meu coque caído como insultos pessoais.

— Não faça isso — Sloane avisou. — Uma vez perguntei o que ele achava de mim e não terminou nada bem. Arthur foi cruel.

Fiquei louca para ouvir o tipo de coisa que o velho rabugento teria a dizer sobre uma garota tão doce e inofensiva, e que fazia tanto por ele. No entanto, ninguém se deu ao trabalho de me contar.

— E falei sério — Arthur disse a ela, teimoso. — Agora que conheci aquele jovem estou ainda mais convicto.

Pela primeira vez, Sloane pareceu sentir a ferroada dos insultos.

— Como assim? O que Brett tem a ver com a história?

— Você sabe *exatamente* o quê. Por favor, menina. Não pode estar realmente pensando em se casar com aquele cepo ambulante e falante.

— Ele parece legal — comentei, mas daria no mesmo se fosse invisível, considerando a atenção que me davam.

— Por que não me casaria com ele? Brett é bonzinho. Generoso. Veio até aqui e limpou a cozinha, fora que mediu sua pressão e sua oxigenação. O que mais se pode pedir de alguém?

Aquela resposta eu sabia. Pessoas como Arthur McLachlan normalmente não telefonavam para videntes — por motivos que nem preciso explicar —, porém às vezes o faziam. Em geral, quando estavam desesperados atrás de alguém com quem discutir, a necessidade de contato humano tão forte que se dispunham a pagar quatro dólares o minuto só para poder gritar com outra pessoa. Não nos chamavam de nada que já não tivéssemos ouvido centenas de vezes e que não nos disséssemos diante do espelho toda manhã, contudo costumavam ter bastante a dizer.

— Quer saber? Acho que *vou*, sim, ficar com o livro. — Dei uma folheada nele. Vários trechos estavam destacados em amarelo, no entanto passei por eles sem ler. — Não sei muita coisa sobre a Segunda Guerra... ou sobre mordomos... mas fico sempre feliz em aprender.

Como eu esperava, Arthur transferiu a energia emocional de Sloane para mim.

— Não é nem sobre uma coisa, nem sobre a outra, sua néscia.

— Mas é o que diz aqui...

— São *dispositivos literários* — ele disse, com tanta ênfase que teve outro acesso de tosse. Em vez de partir no auxílio dele, Sloane se virou para mim, com as sobrancelhas arqueadas em interesse.

— Você quer mesmo ler? — perguntou. — *Os vestígios do dia* está na minha lista há anos, mas vivo adiando. Minha ex-chefe gosta que a gente se mantenha informado sobre as novidades do mercado editorial, então livros mais antigos acabam sempre ficando pra depois.

Eu não tinha quase nenhum interesse no livro, principalmente agora que sabia que usava *dispositivos literários*, porém aquilo não me impediu de agarrar a oportunidade com as duas mãos ávidas.

— Podemos ler juntas — sugeri, tentando não soar tão nervosa quanto me sentia. Imaginava que aquela devia ser a sensação de pedir alguém em casamento. — Tipo... um clube do livro?

— Rá! Essa é boa.

Tanto eu quanto Sloane ignoramos Arthur.

— Está falando sério? — ela perguntou. — Eu *adoraria*. Um dos meus projetos do coração era começar um clube do livro na biblioteca, mas, por conta de tempo e orçamento, nunca deu certo. Vai ser muito bom ter alguém lendo junto. Não tenho uma discussão literária mais aprofundada há séculos.

De repente, o livro em minhas mãos começou a parecer terrivelmente pesado. Não era longo, ou pelo menos não em comparação com alguns dos outros espalhados pela sala de Arthur, porém ler um trecho destacado foi o bastante para me fazer reconsiderar a sugestão.

— "Talvez seja de fato hora de começar a me dedicar à questão da galhofa com mais entusiasmo" — li em voz alta, franzindo o nariz. — "Afinal de contas, pensando a respeito, não é um capricho tão tolo a se satisfazer, em especial caso seja na galhofa que resida a chave do calor humano."

— Me devolva. — Arthur estendeu a mão para tirar o livro da minha tão depressa que o papel me cortou. — Você não pode ficar com ele.

— Ah, pelo amor de Deus — Sloane disse. — Você não precisa de cinco exemplares. Para de ser chato.

— Não preciso de cinco exemplares. Só quero este. — Arthur manteve o livro junto ao peito, segurando-o com tanta força que veias azuis e grossas se destacaram nas mãos. — Ela pode ficar com os outros, mas este é meu.

Aquilo só me fez querer o exemplar superimportante e todo grifado, porém sabia escolher minhas batalhas.

— Isso significa que vai se juntar a nós? — perguntei.

— Diz que sim, Arthur, por favor — Sloane pediu, reforçando meu convite. — Sei o que acha de clubes do livro, mas adoraria ouvir suas impressões sobre algo que não termina em tragédia e desespero.

Ele estreitou os olhos, em especulação.

— Achei que tivesse dito que não leu *Os vestígios do dia*.

— E não li.

— Então como sabe que não termina em tragédia e desespero?

Ela deu de ombros.

— Se preferir outro título, posso ir à biblioteca e pegar emprestados três exemplares de *A arte de correr na chuva*.

— Não faça isso, por favor — implorei na mesma hora.

— Rá! Sabia que você podia vir a ser útil. — Arthur estufou o peito para mim, com algo que chegava perto de aprovação no brilho duro de seus olhos. — Viu? Até uma dona de casa desmazelada não quer ler aquela baboseira sentimental.

— Não é isso — expliquei. — É que quando vi o filme, no ano passado, chorei tanto que até rompi um vasinho do olho. Ainda fico triste ao me lembrar da história.

Não fazia ideia de como provocara aquele efeito, mas, com base na gargalhada de Sloane e no ultraje de Arthur, soube que dissera a coisa certa.

9

— Ninguém me avisou que era um livro tão triste.

A primeira reunião do clube do livro Correndo na Chuva — nome ao qual Arthur se opusera com veemência e que, portanto, Sloane e eu só podíamos usar em segredo — foi realizada apenas dois dias depois. Ainda não conseguira ir longe na leitura, considerando o trabalho e tudo o que eu vinha cozinhando para manter os dois alimentados, porém a obra era muito mais interessante do que eu esperava. Comentei isso assim que todos nos sentamos na sala de Arthur.

— Cheguei à parte da galhofa — expliquei quando Arthur grunhiu. — Aquela que você destacou no seu exemplar.

— Não é o que está pensando — ele falou, no entanto seus olhos se moveram de maneira tão furtiva que soube que estava mentindo. — Este era o exemplar que usava para lecionar. Destaquei vários trechos pela importância literária.

— Você usava *Os vestígios do dia* nas aulas? — Sloane perguntou, com o queixo apoiado na mão. Apesar de seu progresso na biblioteca de Arthur, continuávamos cercados de torres de livros. Pelo menos a mesa de centro estava livre o bastante para as frutas e a tábua de queijos que eu levara. — Para falar sobre o quê?

— Narrador não confiável — ele respondeu, então me olhou de um jeito que eu tinha certeza que significava algo. — Quando não dá para acreditar que quem conta a história está sendo cem por cento honesto. Cabe aos leitores decidir o quanto daquilo é verdade e o quanto não passa de uma maneira de enganar ou *se* enganar.

— Por isso é tão triste — insisti. Talvez não soubesse a terminologia adequada, porém estava bastante familiarizada com o autoengano. Era literalmente como eu pagava as contas. Ninguém com uma visão clara da própria vida contatava uma vidente. — O narrador... Stevens... não é *mesmo* confiável, mas como ele mesmo saberia disso? Ninguém nunca se sentou com ele para contar o que estava acontecendo.

Arthur grunhiu.

— Ninguém pode dizer a um narrador não confiável que ele não é confiável.

— Não vejo por que não. As pessoas não podem aprender com os erros quando não sabem quais são eles. Se eu fosse escrever um livro, minha prioridade seria essa.

— Meu Deus do céu.

Reconheci a reação dele como um sinal para me calar, no entanto estava embalada.

— Tudo o que o coitado do cara quer é fazer um amigo. Por isso está tentando aprender a galhofar, embora não seja algo de que goste. Ou em que seja bom. Ele sente que precisa fazer *alguma coisa* para se conectar com as pessoas.

Sloane virou a cabeça para me olhar, com uma expressão não muito diferente daquela de um pássaro inquisitivo.

— Você está gostando do livro, né?

— Não é o tipo de coisa que eu pegaria para ler na fila do supermercado, mas consigo entender por que ganhou tantos prêmios — admiti, dando de ombros com certo desconforto. — Me conectar com as pessoas é meio o que eu faço no trabalho.

— Você trabalha? — Arthur perguntou.

— Claro que ela trabalha. — Sloane foi rápida em me defender. — De que outra maneira pagaria as contas? Acha que ela é secretamente uma herdeira ou algo do tipo?

— Não seria a coisa mais estranha do mundo.

Não consegui segurar a risada.

— Se eu fosse herdeira, moraria em um lugar mais glamoroso. Talvez Bali. Ou Veneza. No mínimo Boise. — Cheguei mais perto

103

de Arthur e apontei para a mão dele. — Me deixe ver sua palma, vou te mostrar.

Ele tirou as mãos do meu alcance tão rápido que devia ter distendido um músculo.

— De jeito nenhum. O que está querendo?

— É para ver seu futuro. Ou o mais perto que eu conseguir, considerando que nos conhecemos pouco. Não é nada de mais. Talvez você até goste. As pessoas me pagam um bom dinheiro por isso.

— *Quanto* pagam? — Arthur perguntou, avaliando-me com um olho enquanto estreitava o outro em descrença. — Nunca conheci uma charlatã.

— Arthur! Você não pode falar isso de Maisey.

— Ela é uma charlatã, por definição. Você a ouviu. Conta mentiras aos outros e depois cobra por isso. Como poderia ser diferente?

— Não conto *mentiras* — protestei. — Só converso com a pessoa por tempo o bastante para descobrir o que mais a preocupa, então a ajudo. Não é muito diferente de terapia, só não tenho um diploma universitário.

— Ou qualquer outra qualificação — Arthur completou.

Minhas bochechas começaram a queimar. Sloane virou a cabeça na minha direção.

— Quer dizer que você só fala coisas que o cliente já sabe? — ela perguntou. — Tipo um biscoito da sorte?

Ajeitei-me no lugar, desconfortável.

— Bom, não *exatamente* como um biscoito da sorte. O que faço é mais personalizado.

— Tipo um quiz do BuzzFeed?

— Isso.

— Tá. Então pode ler minha mão. — Sloane se virou para mim, a palma aberta. — Fiz um quiz hoje de manhã que revelou que minha profissão ideal é agente de viagens. E que a personagem da Disney que mais se parece comigo é o porco de *Moana*. Nem um nem outro tem cabimento.

— Sloane, você não vai deixar que ela leia seu futuro — Arthur disse, em tom mais de súplica do que de pergunta. — Você é uma mulher estudada. *Sensata.*

Não precisava que ele continuasse para concluir o restante: *diferente de Maisey Phillips.*

— Estudada, sim — Sloane admitiu, franzindo o nariz. — Sensata, não. Nunca fui muito sensata. Minha irmã que era. Eu era a sensibilidade e ela a razão; eu a Marianne e ela, a Elinor.

O ruído que Arthur produziu em seguida ficava entre a resfolegada e a tosse.

— Isso não é algo de que deva se orgulhar. Austen considerava Marianne uma tola. Uma tola melodramática e intensa, que só encontra a redenção ao final, quando todo o romance é sugado dela.

— Eu sei. — Sloane suspirou. — Isso sempre foi motivo de vergonha para mim.

De novo, sentia-me abandonada pelos dois na parte rasa da piscina — embora agora Sloane tivesse abrandado o golpe ao me dirigir um sorriso simpático.

— Vai em frente, por favor. Aposto que você é ótima nisso. Tem um jeito todo seu de fazer as pessoas ficarem à vontade.

Abri bem os olhos, abaixei a cabeça e avaliei rapidamente a palma de Sloane. Como antes, a mão estava um pouco suada. Talvez aquele fosse seu estado natural; talvez fosse um sinal de que ela possuía uma tendência a ataques de pânico.

Bella os tinha, então eu sabia como era. Quando pequena, costumávamos afastá-los soprando sacos de papel e cantando musiquinhas, o que deixou de ser útil para ela mais ou menos na mesma época que eu.

— Você não vai falar da minha linha do amor nem nada do tipo, né? — Sloane indagou enquanto eu examinava sua mão. — Porque não tenho certeza de que quero que entre nessa questão.

— Se você não quiser, não. Mas se desejar saber sobre trabalho, vidas passadas ou mesmo quais raspadinhas comprar, sinta-se livre para perguntar. — Fiquei em silêncio por um momento. — Bom, quanto às raspadinhas já é mais incerto. Nunca previ nenhuma premiada, mas sei quais são as mais divertidas. Gosto daquelas com palavras cruzadas.

Sloane deu uma risadinha.

— Obrigada, mas não preciso de nada disso.

Sentia os olhos de Arthur me vigiando, prestando atenção à minha técnica e pensando em insultos para me lançar depois. Era estranho fazer aquilo pessoalmente, em vez de pelo telefone, porém os princípios permaneciam os mesmos: ser simpática e aberta, conseguir que o cliente baixe a guarda e conte tudo aquilo que nunca colocaria em palavras sozinho.

Então dar o bote.

Não sabia ao certo quando descobrira aquele dom, porém era algo que qualquer pessoa poderia fazer, desde que estivesse disposta a interpretar o papel. E esse fato não me chateava — de verdade —, embora pudesse parecer o contrário. Comecei a ler tarô quando aquilo tudo ainda era um hobby, e não uma carreira, e havia uma carta que sempre aparecia quando o tirava para mim mesma, não importava quantas vezes embaralhasse: a do louco.

Imaturo e inexperiente, inocente, uma tela em branco.

A princípio, a ideia de que eu nunca seria nada além de alvo de piada dos outros me magoava. No entanto, os loucos são subestimados. Na companhia de um louco, as pessoas se sentem seguras. Param de se esforçar tanto.

— Hum, pensando melhor, acho que não me importaria de saber um pouco mais sobre a vida amorosa — Sloane admitiu. — Já que estamos aqui, por que desperdiçar a oportunidade?

Viu? Eu mal começara e estava recebendo informações. Nem tudo ia bem no noivado de Sloane — daquilo eu já tinha certeza. Depois que Brett aparecera, ela não o mencionara uma única vez por conta própria. Como no caso do meu silêncio quando o assunto era Bella, o nada dizia muito.

— Quase me casei uma vez. — Notei que a revelação pegou Sloane de surpresa. Eu ainda não estava pronta para soltar sua mão: o processo estava apenas começando. — Com o cantor de uma banda de rock. Você não *acreditaria* no tanquinho dele. Era perfeito, uma linha horizontal depois da outra e uma na vertical formando duas colunas perfeitas. Ele usava calça de couro. Até experimentei uma vez, mas não passou nem dos meus joelhos, de tão apertada. Quando ele a tirava, parecia que estava arrancando uma camada de pele descascando. Mas de um jeito sexy.

— Isso não pode estar acontecendo comigo — Arthur lamentou.

— Uau — Sloane soltou. — E por que vocês não se casaram?

Dei de ombros.

— Pelos motivos de sempre. Estrela do rock engravida fã. Fã consegue segurá-lo em casa por uns seis meses antes que tudo comece a ruir. É uma história bem chata, no fim das contas. Poderia citar outras três jovens que passaram exatamente pela mesma situação.

— E o que *qualquer coisa* nessa história tem a ver com quiromancia? — Arthur perguntou. — Acho que você devia exigir o dinheiro de volta, Sloane.

— Antes de saber mais? De jeito nenhum. — Sloane procurou uma posição mais confortável à minha frente. — Foi com ele que você teve uma filha, então? A que você mencionou?

Fiz que sim com a cabeça.

— Faz mais ou menos um ano que ela preferiu morar com ele. — O pai legal, que tinha todos os discos já gravados no mundo e que não passava o dia conversando com desconhecidos sobre a vida amorosa deles. — Ele se casou com uma mulher ótima e acabou sossegando. Até virou professor de violão. Fico com minha filha um fim de semana por mês.

— Ah. É bem pouco. — A expressão dela se alterou. — Sinto muito.

Voltei a baixar a cabeça, grata por me manter ocupada com a mão de Sloane.

— O que quero dizer é que sua história é diferente dessa. Você está partindo da estabilidade, em vez de percorrer o sentido contrário.

— Isso é pura baboseira. Cada palavra. Achei que estivéssemos aqui para discutir literatura.

— Mas *é* literatura — Sloane argumentou. — É a história da minha vida.

— Sua vida não...

107

— Eu sei. Minha vida não valeria o papel em que seria impressa. Só que é a única que tenho, então vou ficar com ela. — Com um movimento de cabeça, Sloane me incentivou a prosseguir. — Você acha que Brett é estável? É bom saber. Gosto de estabilidade.

— Não gosta, não. Você só tem medo do que acontece quando essa sensação acaba.

— Espera. — Sloane tentou puxar a mão de volta. — Do que está falando? Isso não está escrito na minha palma.

A garota tinha razão, não estava mesmo. Porém, *estava* escrito na maneira como ela aparecia ali todo dia, determinada a ajudar um idoso que não fizera nada para merecê-lo. Estava escrito na maneira como, em silêncio e com gentileza, Sloane tirara o noivo da casa, para não deixar que ele prejudicasse o equilíbrio delicado que ela conseguira alcançar. Estava escrito na maneira como sempre se sobressaltava um pouco quando alguém era legal com ela, como se aquilo pudesse se alterar a qualquer momento.

Sloane não era alguém que gostava de caos, mas que fazia todo o possível para manter as coisas sob controle.

— Você e seu noivo serão muito felizes juntos, vejo isso claramente. Mas ele não é a grande paixão da sua vida.

— Arthur, seu patife! — Sloane conseguiu arrancar a mão da minha e se virou para o sofá, onde o velho apertava os lábios, com cara de satisfeito. — Você é o responsável, não é? Você a convenceu a dizer isso.

Ele ergueu as mãos em um gesto de rendição.

— Sou inocente. Você sabe que eu teria escolhido uma ferramenta mais confiável para executar esse trabalho.

Tinha quase certeza de que aquilo era um insulto, porém não fiquei pensando a respeito — em parte porque estava muito satisfeita comigo mesma por ter acertado na mosca, em parte porque percebi que tivera minha primeira epifania literária.

— Você é bem parecida com Stevens. — Meus olhos se voltaram para o livro à minha frente, cheio de pontas de página dobradas. Arthur gemera ao ver o estado do meu exemplar, no entanto, considerando que o seu estava coberto de marca-texto, não o achava em posição de me julgar. — Stevens é tão obcecado por estabilidade que passou a vida toda servindo a um homem que não dava valor a isso. Ou ao próprio Stevens.

— Maisey! — Sloane protestou, mas era inútil.

— Eu estava certa — prossegui. — É um livro triste *mesmo*.

— Ora, ora... — Arthur baixou as mãos, e notei que seus olhos pareciam acesos de maneira diferente quando os voltou para mim. — Talvez a dona de casa não seja tão ruim quanto eu temia.

10

— Rápido, Bella. Preciso que você corra lá fora e aborde um desconhecido.

Eu atravessei o corredor às pressas e parei à porta da minha filha, diante da linha nada invisível que separava seu quarto do restante da casa. O pedaço de fita-crepe que ela colara no limiar estava muito sujo, porém eu sabia que não devia mexer nele.

Ou ultrapassá-lo.

— Afe, Maisey. Você não pode pedir a uma adolescente que faça isso. Não sabe nada sobre como o mundo funciona?

Meu corpo ficou rígido só de ouvi-la dizer "Maisey". Bella só me chamava pelo primeiro nome para me provocar, e isso não fazia com que doesse menos.

— Quis dizer que preciso que você corra lá fora e aborde um desconhecido sob minha supervisão atenta — me corrigi. — Na verdade, só preciso que faça o cara baixar a guarda. Se ele me vir chegando, vai fugir antes que possamos conversar.

Minha filha me dirigiu um daqueles olhares carregados de significado que só alguém de dezesseis anos era capaz de produzir. No caso, dizia: *Você é uma idiota. Nem consigo acreditar que me pariu. Talvez o homem fuja porque não quer saber de você.*

Pode parecer coisa demais para um par de olhos castanhos com tanto delineador que me obrigava a comprar fronhas novas a cada visita da minha filha, mas acredite em mim. Aqueles olhos eram muito comunicativos.

— Por favor, Bella. — Juntei as mãos em um gesto de súplica. O mesmo que ela usava quando era pequena e queria mais açúcar polvilhado sobre a rabanada; o mesmo que usara ao me implorar para não contestar o pedido de guarda do pai. — Sei que parece esquisito, mas não é para mim. É para uns amigos.

Aquilo chamou a atenção de Bella, que até tirou o fone de um ouvido. O som baixinho de um grupo de K-pop se espalhou pelo quarto.

— Que amigos?

Ela não perguntou de um jeito cruel. Ou pelo menos eu não achava que tivesse essa intenção. O único fim de semana do mês que Bella passava comigo não era o bastante para que nos mantivéssemos atualizadas quanto à vida social uma da outra, portanto aquilo podia ser uma demonstração sincera de curiosidade. Para ser justa, *eu* me mantinha bastante atualizada a respeito da vida dela, graças aos perfis no TikTok e no Instagram, embora consistissem principalmente em fotos de suas tentativas de fazer o delineado gatinho perfeito, mas a recíproca não era verdadeira. Minha última publicação só recebera duas curtidas: uma delas de um robô tentando me vender um seguro de vida.

— Você não conhece — falei, soando mais na defensiva do que gostaria. — São amigos novos.

— Eca. Você entrou em um aplicativo ou coisa do tipo?

— Não exatamente. — Dei uma olhada rápida por cima do ombro, com medo de que o homem que vigiava Arthur fosse embora antes que eu tivesse chance de mandar Bella atrás de informações. — Olha, você topa ou não? Tenho uma foto da placa, então se ele te sequestrar não vai ser difícil rastrear.

— Mãe!

Fiquei tão feliz em ouvir aquela palavra saindo de seus lábios que me esqueci de todo o restante.

— Viu, Bella? Você *sabe* dizer "mãe".

Ela saiu da cama, com os membros compridos e a graciosidade de uma adolescente que sabia que tinha todas as cartas na mão.

— Se eu fizer isso, você me deixa dormir na casa da Hilary, como eu queria?

111

Agarrei-me com tamanha força ao batente da porta que deu até para ouvir a madeira barata começando a ceder. *Não vou falar o que estou pensando. Vou ser forte. Vou sustentar este sorriso nem que isso me mate.*

— Hilary é a colega de trabalho que pega o máximo de turnos possível ou aquela que sempre se esquece de repor os guardanapos?

Meu sorriso começava a fraquejar nas extremidades, no entanto Bella estava surpresa demais com minha pergunta para notar.

— Como sabe do pessoal do trabalho? — perguntou.

Enfiei a mão livre atrás das costas e cruzei os dedos. Tinha prometido a mim mesma um bom tempo antes que nunca mentiria para ela, porém a vida tinha lá seu jeito de acabar até com as melhores intenções.

— Ah, você sabe. Seu pai deve ter mencionado as duas.

— Ela é a dos guardanapos — Bella disse, olhando-me com desconfiança. — Isso significa que posso? Gosto de ficar lá. Hilary é a mais velha de quatro irmãos, então sempre tem bastante coisa rolando na casa dela. Não é tão... vazia.

Assim que a palavra "vazia" saiu de seus lábios, ambas soubemos a resposta que eu daria. Contudo, só uma de nós se dava conta de a que custo.

— Claro que você pode ir, querida. Se é o que quer.

— Eba! — Ela tirou o fone do outro ouvido e começou a digitar animada no celular. Dedicando apenas metade da atenção a mim, Bella perguntou: — O que eu preciso fazer, então? Só dar oi pro cara?

Para ser sincera, já não estava mais muito empolgada com aquela história. Ainda queria saber qual era a relação daquele homem com Arthur, no entanto Bella acabara com a graça daquilo. Por um segundo, parecera-me algo que podíamos fazer juntas, uma experiência que nos uniria, como era com outras mães e filhas.

Todavia, Bella já estava fechando o zíper da mochila e pegando o carregador e a escova de dente — os dois principais sinais da sua presença em casa.

— Você não precisa fazer nada. — Entreguei a ela uma nota de vinte e uma passagem de ônibus que encontrei na bolsa. A experiência havia me ensinado que Bella não aceitaria uma carona minha até a casa da amiga. Não ia querer que me vissem no carro. — Te vejo amanhã ou você pretende ir direto pro seu pai?

— Vou direto pra casa — respondeu, dando um beijo distraído na minha bochecha. Por sorte, não notou minha careta ou o modo como meu corpo todo se encolheu ao som daquela palavra.

Casa, o lugar onde o pai roqueiro e a nova madrasta moravam.

Casa, o lugar onde ela se sentia mais confortável.

Casa, qualquer outro lugar que não comigo.

— Valeu, Maisey! — Bella gritou quando já saía pela porta e corria na direção do ponto de ônibus. — Você é demais. A gente se vê mês que vem!

Enquanto minha filha se afastava, eu sorria e acenava, e me mantive assim até muito depois que ela sumiu de vista. Qualquer pessoa que me espiasse da janela imaginaria que eu ficara maluca, porém ninguém nunca fazia isso, então tudo bem.

Ou era o que eu pensava, porque daquela vez tinha, *sim*, alguém me observando. Assim que pisquei, eu o vi: o cara no carro, o desconhecido à espreita, o homem que recusara todas as delícias que eu lhe oferecera. Ele desviou o rosto tão logo percebeu que eu o notara, no entanto era tarde demais. Sem pensar muito, atravessei o gramado e fui até onde ele estava estacionado — e sem nada de comer na mão, o que provava quão chateada eu estava.

— Gostou do showzinho? — perguntei, colocando a mão na janela para que o cara não pudesse fechá-la. Tampouco poderia fugir sem me arrastar junto, de modo que não tinha escolha a não ser me aguentar. — Já viu o bastante ou quer que eu chame a menina de volta para repetirmos tudo? Devo avisar que ela não aceitaria isso. Nem por um milhão de dólares. Nem que eu fosse a última pessoa no planeta.

— Olha, não sei o que você quer. — Ele fez menção de que ia subir o vidro, mas eu não tiraria a mão dali. — Não quero comer nada, não vim aqui para conversar e *definitivamente* não fiquei vendo sua filha fugir de você como o diabo da cruz.

A última parte foi a gota d'água para mim. Por cima do vidro, deslizei a mão para dentro, destravei a porta e a abri.

— Ei! Você não pode entrar...

— Então chama a polícia — eu disse enquanto me sentava no banco do passageiro, permitindo que meu corpo afundasse tanto quanto possível. — Tenho certeza de que eles vão ficar *muito* interessados no número de horas que você passa observando um velho moribundo e indefeso.

— Ele está *morrendo*?

Só então se virou para mim, com o rosto pálido, tendo perdido toda a vontade de brigar. Foi aí que notei a semelhança.

Não sabia bem qual parte dele lembrava Arthur McLachlan. Na verdade, nem tinha certeza de que alguma parte específica lembrasse. O nariz era grande demais, torto demais, como se ele já tivesse entrado em uma ou duas brigas de bar. Os olhos eram castanho-escuros em vez de cinza, o maxilar era mais quadrado, o corpo era mais de jogador de futebol americano do que de acadêmico.

No entanto, havia uma semelhança.

— Não... não. Ele não está morrendo, imagine. — Peguei sua mão e fiquei surpresa com quão fria estava. Era como se seu sangue tivesse literalmente gelado. — Só disse isso para que você reagisse de alguma maneira.

— Minha nossa. Funcionou. — E puxou a mão de volta, deixando uma impressão gelada para trás. Contrariando meu temor, o carro não arrancou na mesma hora. O rapaz deu uma olhadela para a casa de Arthur e perguntou: — Então ele está bem? Não está... doente?

Como eu tinha quase cem por cento de certeza de que se tratava de um parente de Arthur, deixei de lado qualquer receio.

— *Muito* bem, não. Mas a respiração está quase totalmente normalizada agora, a não ser à noite. E acho que Arthur recuperou um pouco da força, embora qualquer tarefa pareça lhe esgotar as energias...

— Você tem que me botar lá dentro.

Fitei-o, surpresa com a força de sua fala.

— Dentro... da casa dele? Já tentou bater à porta?

Para minha surpresa, o cara riu. Tal qual o trinado caloroso de Sloane, era uma risada que desarmava qualquer um.

— É claro que não tentei. Acha que estou desesperado? — Ele notou o próprio reflexo no retrovisor e fez uma careta. — Esquece isso. Não precisa responder.

— Você é neto dele?

Ele virou a cabeça para mim no mesmo instante.

— Como sabe disso?

— Não sabia que Arthur tinha filhos — falei, à guisa de resposta. Não havia sinal deles na casa, nenhum retrato de família, nenhuma fita-crepe marcando um limite que não devia ser cruzado.

— Não tem. Não mais. — E afundou no banco, com as mãos tamborilando em um ritmo nervoso no volante. — Você tem ido visitá-lo, né? Tem levado comida? Verificado se ele não está desmaiado no chão?

— Faço o meu melhor, mas quem fica com a maior parte do trabalho pesado é Sloane.

— Sloane? Quem diabos é essa Sloane?

O modo como ele questionou me lembrou tanto da rabugice de Arthur que precisei lutar contra um sorriso.

— A cuidadora temporária. Mas não fale em "cuidadora" na frente do seu avô, a menos que esteja interessado em praticar beisebol com os móveis. Teoricamente, o trabalho da moça é catalogar os livros dele. — Não pude evitar sentir certo orgulho quando falei: — Sloane também participa do nosso clube do livro. Vamos nos reunir hoje à noite, se estiver interessado.

Ele não teria parecido menos interessado nem se eu lhe oferecesse um prato de comida invisível.

— Vou ter que passar, valeu. Meu avô e eu não lemos o mesmo tipo de livro.

Aquilo talvez explicasse por que ele não saía de dentro daquele carro, mas eu duvidava.

— Também não leio o mesmo tipo de livro que ele — admiti. — Mas o que estamos lendo agora não é ruim. É sobre um mordomo obcecado pelo trabalho.

A expressão de aversão do rapaz representava tudo o que eu sentira ao abrir o livro pela primeira vez.

— Aqui. — Remexeu-se até tirar uma carteira do bolso de trás. — Como tem levado comida para ele e tudo o mais, quero te dar algum dinheiro...

— De jeito nenhum. — Afastei-me tanto que minha cabeça bateu no teto quando fui esconder as mãos nas costas para impedi-lo de enfiar um punhado de notas nelas. — Você não me deve nada. Fico feliz em ajudar.

Ele não parecia acreditar em mim.

— É sério — falei, e era mesmo. — Gosto dele.

— Até parece. Ninguém gosta dele. Arthur faz questão disso, merda. — Assim que o palavrão escapou-lhe da boca, ele fez uma careta e pediu desculpa. — Foi mal. Não queria que saísse assim.

Aparentou estar tão genuinamente arrependido que não pude deixar de amolecer.

— Posso te dizer uma coisa? — perguntei. — Algo que nunca disse a ninguém?

— Preferiria que não dissesse.

— Seu avô é a única pessoa que conheço que não finge sentir nada que não sinta de verdade. Tem ideia de quantas vezes ele me botou pra fora?

— Imagino que mais ou menos o mesmo número de vezes que te pedi para não me trazer café da manhã.

Sorri.

— Mais. *Muito* mais. E falou com sinceridade, aí é que está. Poderia ser assassinada e atirada em um lago, talvez nunca mais me vissem ou ouvissem falar de mim, e ele não notaria.

O rapaz só me olhou de esguelha. Devia estar a uns cinco segundos de bancar o Arthur McLachlan outra vez, mas pelo menos não estava mais tentando me empurrar dinheiro.

— Aonde você quer chegar com isso?

— No fato de que todos fazem o contrário — expliquei.

Eu não sabia muito bem *por que* estava contando aquilo a ele, porém a sensação de tirar tudo do peito era boa. Desconfiava que o livro estivesse começando a mexer comigo. Quanto mais o mordomo tagarelava sobre galhofa, dignidade e o fato de que seu patrão *não era* um nazista, embora estivesse na cara que era, sim, mais eu sentia necessidade de abrir o coração da mesma maneira.

Sem a parte do nazismo, no caso.

— Todo mundo sempre me diz as mesmas coisas. "Mandei o convite pelo correio, Maisey." "Vamos tomar um café um dia, Maisey." — Soltei um suspiro e tirei o cabelo da frente do rosto. Bella me convencera a tentar usá-lo solto, para que eu não parecesse tanto uma cebola descascada, mas ficara ainda pior. Meu cabelo consistia em tufos esparsos e mechas indóceis que às vezes eu achava que fossem aranhas. — Só que o convite *nunca* chega. E, não importa quantas vezes eu ligue, ninguém nunca tem tempo de tomar um café.

A testa do cara se franziu por um momento, no entanto ele não saiu correndo do carro, o que já era algo.

— Você gosta do meu avô porque ele não diz que vai te fazer convites?

— Seu avô já me chamou das coisas mais horríveis e verdadeiras em que conseguiu pensar. E de várias outras que não são verdadeiras, só horríveis.

Na noite anterior, por exemplo, dissera que eu era um teratoma com dentes e fios de cabelo. Na outra, que eu era a própria Mulher de Bath. Precisei pesquisar tudo no Google ao chegar em casa, porém sem muito esforço percebi que não se tratava de elogios.

— Isso não parece muito legal — comentou.

— Não é mesmo — admiti. — Mas, não importa o que diga e quantas vezes diga, seu avô sempre abre a porta quando bato. Aposto que, se fôssemos até lá, deixaria que você entrasse também.

O cara ficou em silêncio por um momento, e receei que pudesse tê-lo assustado. Se ele passara grande parte das últimas duas semanas sentado ali, tentando criar coragem para entrar na casa do avô, precisava de incentivo, e não de um quadro deprimente do que o aguardava do outro lado da porta.

No entanto, tinha sido sincera. Arthur McLachlan podia ter a mente e a língua afiadas, e havia uma boa chance de que destroçaria aquele jovem antes que conseguisse pôr um pé dentro da casa, porém, se o velho estava disposto a aceitar uma ninguém de meia-

-idade cuja própria filha não suportava vê-la, estava segura de que não mandaria o pobre neto embora.

Pronto, 3,99 dólares em experiência de vida.

— É. Tá. Valeu.

Era tão raro que eu ganhasse uma discussão que precisei de um momento para absorver a resposta dele.

— Você quer ir ver seu avô? — perguntei. — Agora?

Ele deu de ombros levemente. Só então me dei conta de quão grande era e do cuidado que vinha tomando para não parecer espaçoso no ambiente apertado que dividíamos.

— Se não estiver ocupada, claro. Não quero atrapalhar.

— É claro que não estou ocupada. Você viu o que eu estava fazendo agora há pouco.

— Era sua filha?

Fiz que sim com a cabeça, porque não sentia confiança para falar mais, todavia tinha a sensação de que, de algum modo, aquele jovem me compreendia. Principalmente depois que ele saiu do carro sem fazer mais perguntas.

— Aliás — acrescentei, caminhando pela calçada até a casa de Arthur —, caso seu avô jogue o mancebo em você, é melhor se agachar. Mas o vaso é herança de família. — Ele me olhou perplexo antes que eu completasse: — Então é melhor você conseguir segurá-lo.

11

— Já era hora de você chegar.

Entrei pela porta da frente de Arthur e deparei com ele sentado no primeiro degrau da escada, as tábuas quebradas em volta prendendo-o como um porta-retratos danificado.

— Não fique aí boquiaberta, mulher. Não está vendo que preciso de ajuda?

Fiquei ali, boquiaberta, por mais alguns segundos, até Arthur grunhir, irritado.

— Onde está Sloane? — perguntou, enquanto se esforçava para ficar de pé. — Ela tirou todos os livros da escada. Como vou me locomover sem eles aqui?

Fui empurrada do caminho sem delicadeza alguma pelo jovem, que entrava na casa. Não era daquele jeito que eu planejara o reencontro de avô e neto, porém uma das coisas que eu sempre dizia aos meus clientes era que só podíamos escolher o caminho que tomávamos até nosso destino. O que aconteceria ao longo dele ficava por conta do acaso.

O *acaso*, naquele momento, envolvia o corpo de Arthur McLachlan sendo carregado nos braços por um jovem que eu tinha cerca de oitenta por cento de certeza de que trabalhava na construção civil. Ou então era bombeiro. Não estava pronta para impressioná-lo anunciando sua ocupação diante de uma plateia, mas ia chegar lá.

— Está machucado? — o rapaz perguntou. Carregou o avô para a sala como se fosse um gatinho em vez de um homem crescido. — Quebrou alguma coisa?

— Greg? O que acha que está fazendo aqui? — Em vez de aguardar uma resposta, Arthur conseguiu liberar um braço para me apontar um dedo acusador. — Aquela mulher intrometida deixou você entrar?

Caso não tenha ficado óbvio, *aquela mulher intrometida* era eu. Arthur proferiu as palavras como se estivesse prestes a me amarrar a uma fogueira e tacar fogo nela. O que, odeio dizer, era uma ameaça destinada a mim com mais frequência do que seria de imaginar, considerando a época. Quando meus conselhos davam errado, ou — a maioria dos casos — justamente quando acertavam na mosca, as pessoas pareciam retomar a caça às bruxas na mesma hora.

Estava prestes a abrir a boca para me defender quando notei a expressão de Greg. O que vi ali — culpa, desespero e pânico absoluto, tudo junto e misturado — me imbuiu de uma coragem interior que não sabia ter.

— Sim, Arthur. Fui eu. — Levei as mãos à cintura e fiz minha melhor imitação de alguém quase pedindo para falar com o gerente da loja. — Ele não queria entrar, então eu disse que era uma questão de vida ou morte e que chamaria as autoridades para denunciá-lo por abandono de idosos se não fizesse como eu mandava.

— Quem você está chamando de "idoso"? — Arthur perguntou. Como se despejar seu mau humor sobre mim não fosse o suficiente, virou-se para o neto e acrescentou: — Me solta, seu tonto. Não há a menor necessidade de agir como o homem mais forte do mundo num picadeiro. Fiquei preso no degrau, não estava enterrado a sete palmos.

Tive que fazer força para não rir enquanto Greg transferia sua carga para o sofá, depositando Arthur em uma nuvem de travesseiros e o deixando ainda mais irritado.

— Melhor assim? — Greg perguntou, vendo algumas penas de ganso esvoaçarem.

Como Arthur não podia reclamar do fato de que o neto fizera exatamente o que ele pedira, a única resposta foi uma série de xingamentos murmurados. Foram o bastante, no entanto, para dar energia e vivacidade a um homem que parecia precisar desesperadamente daquilo.

— Quarenta e cinco minutos — ele disse, ao fim da sessão de palavrões. — Passei quarenta e cinco minutos naquele maldito degrau. Onde está Sloane? Foi ela que te fez vir aqui?

De novo, vi o que eu devia fazer com uma nitidez dolorosa. Algumas mulheres nasciam para liderar. Outras para inspirar a grandeza alheia.

E havia aquelas, como eu, cujo papel era servir de bode expiatório.

— Sloane não tem nada a ver com isso, então não vai descontar o mau humor nela. Ou em Greg. Ou na escada. A ideia foi *minha*, e não me arrependo dela. — Meu instinto me dizia que era hora de sair de cena, porém Greg me lançou outro olhar de súplica, o que fez com que me acomodasse na poltrona mais próxima. Havia uma boa chance de acabar sendo chamada de bruxa novamente, ou de algo pior. Se o passado havia me ensinado algo, era que nada de bom poderia vir de tentar ser a heroína daquela história em particular.

Ou de qualquer história, na verdade. Incluindo a minha.

— Por que não agradece a seu neto por ter vindo até aqui em vez de gritar com ele por tentar ajudar? — sugeri, acomodando-me. Aquela parte ia ser boa. — Vamos. Eu espero.

— Não vou agradecer a ele. Não pedi que viesse.

— Não pediu mesmo — Greg concordou, em um tom à altura da teimosia de Arthur. — E não ligou também. Tive que ficar sabendo da sua queda por meio do hospital.

— Rá! Você não sabe de nada. Eu não caí.

Greg olhou para a escada, que agora parecia ainda mais detonada do que antes.

— Não estou falando de *hoje* — Arthur resmungou. — E que direito o hospital tem de te contar o que quer que seja? Não coloquei você como contato de emergência.

— Estavam desesperados para encontrar um familiar, *qualquer* parente. Parece que é o que acontece quando um homem precisa ser contido para não arrancar o tubo de oxigênio e se matar.

Arthur cerrou bem a mandíbula.

— E o que eu deveria fazer? Iam me deixar morrer ali. Ligado a uma máquina. Amarrado a um leito. Sem...

Interrompeu-se tão de repente que eu soube exatamente o que se recusava a dizer. *Sem ninguém para testemunhar. Sem ninguém para segurar minha mão e me ver partir.*

Era um medo que eu compartilhava no âmbito mais profundo de meu ser, por isso não consegui encontrar palavras para preencher o silêncio nítido e repentino que tomou conta da sala de estar. E isso devia ser bom, porque um temperamento como o de Arthur precisava ser extravasado. Era melhor que recaísse no silêncio do que no neto.

— Era isso que você queria? — Arthur me perguntou. — Está se sentindo melhor agora que assistiu a esse feliz reencontro?

— Um pouco — admiti. — Querem que eu vá para a cozinha preparar alguma coisa? Acho que seria bom ter algo pra beliscar.

— *Não* — os dois praticamente gritaram ao mesmo tempo. Interpretando aquilo como um convite para ficar, em vez de uma crítica às minhas habilidades culinárias, obedeci.

— Você não pode ficar aqui — Arthur disse a Greg, com rugas de obstinação se formando em volta da boca. — Vai atrapalhar. Sloane está transformando o quarto de hóspedes na seção de não ficção.

A boca de Greg ficou igualmente rígida. Ambos pareciam esculpidos em pedra. A sala começava a parecer o monte Rushmore, só que, no lugar de presidentes, as esculturas eram de dois homens furiosos que por acaso eram parentes.

— Prefere livros à companhia do próprio neto?

— Sem sombra de dúvida.

— Tá. Que seja. Tenho certeza de que posso prolongar minha estadia no Airbnb. Ninguém mais vai querer ficar naquele lugar. — O rosto de Greg se contorceu no que pareceu um sorriso. — É assombrado.

Como vidente — mesmo que uma com headset na cabeça —, eu estava sempre interessada em barulhos noturnos, porém não tive chance de perguntar a respeito. Assim que abri a boca, a porta da frente se abriu também. A voz de Sloane nos saudou, acompanhada de uma de suas risadinhas.

— Sei que a gente só deveria ler até o capítulo cinco, mas não consegui parar ontem à noite — confessou, à guisa de cumprimento. — Terminei de ler de madrugada. Mal posso esperar para ouvir o que vocês acham de...

Ela parou de falar assim que viu Greg, e seus olhos se arregalaram.

— Você — Sloane disse. — O cara que me encurralou no porão.

— Você — ele repetiu, quase ao mesmo tempo. — A mulher que me deixou preso no elevador.

Eu não fazia ideia do que estavam falando, porém não foi difícil notar o rubor nas bochechas de ambos.

— Eu não deixei... Não sou... — Sloane se virou para mim, ainda um pouco corada. Aquilo lhe caía bem, como se ela fosse uma rosa desabrochando. Ainda não encontrara abertura para comentar, porém achava que Sloane ficava extremamente bonita quando estava animada, em geral sempre que colocava Arthur no devido lugar. Aquela expressão de surpresa e constrangimento tinha o mesmo efeito. — O que está acontecendo?

— Vejo que já conhece Greg, neto de Arthur — falei, feliz em aproveitar a brecha. — Greg, esta é Sloane Parker, a mulher de quem falei.

— Espera. *Ela* é a cuidadora do meu avô?

Contive um suspiro. Claro que ele ia mencionar a única palavra que eu dissera para evitar.

Arthur se esforçou para se sentar.

— Ela não é minha cuidadora, seu pateta. Sou um bebê, por acaso, para precisar de cuidados? Uma muda de planta? Um manuscrito antigo, que precisa ficar em ambiente controlado?

A última opção me pareceu chegar bem perto, porém de novo havia me tornado a pessoa menos importante na sala.

— Não, você é um velho teimoso que prefere passar horas enterrado sob uma pilha de livros a admitir que precisa de ajuda — Greg retrucou.

— Tem razão. Prefiro mesmo — Arthur declarou, fungando. — Livros são confiáveis como você nunca será.

— Nem mesmo todos os livros do mundo poderiam salvá-lo de si mesmo. Para isso seria necessário um exorcismo.

Enquanto observava a discussão progredir de maneira previsível, recuei até sair do fogo cruzado. Achei que Sloane fosse fazer o mesmo, mas não. Em vez de se encolher diante do clima de raiva, que quase chegava a ser palpável, ela pareceu ganhar forças.

— Já chega — Sloane disse, em um tom cortante que me fez perceber que ela devia ser uma ótima bibliotecária. — Arthur, se seu neto veio até aqui visitá-lo, apenas agradeça. Quanto a você... — Ela se virou para Greg, um pouco hesitante. Só um pouco, no entanto. Aparentemente se forçando a se lembrar do papel que atribuíra a si mesma, prosseguiu: — Gritar com seu avô não ajuda em nada. Ele passou por bastante coisa. O que Arthur precisa agora é de paz e tranquilidade, não de alguém capaz de provocar uma recaída toda vez que abre a boca.

Então o ar dela acabou. Ou a coragem. Ou ambos. Não que importasse. A mensagem fora transmitida de maneira alta e clara, fazendo com que Greg a fitasse como se ela tivesse acabado de atravessar-lhe o peito com uma espada. Arthur deu uma única olhada na expressão do neto e riu como se o diabo tivesse contado uma piada.

— Viu? — Arthur disse, quase alegre. — Falei que não preciso de você. Não consigo lidar com mais intrometidos do que já tem aqui.

***

— Não acha que deveríamos voltar para a sala? — Sloane perguntou, olhando ansiosa para a porta da cozinha, com o lábio inferior entre os dentes. — Está silencioso demais. E se os dois estiverem se matando lá?

Continuei dispondo a massa de lasanha na assadeira retangular à minha frente, enquanto o cheiro de alho e tomate assado se espalhava pelo ar. Cozinhar sempre me tranquilizava. Era uma maneira de expressar amor, como minha terapeuta tinha me dito uma vez, o que também explicava a epidemia de obesidade que os Estados Unidos enfrentavam. Não tínhamos durado muito, eu e a terapeuta. Ela jogava fora os biscoitos que eu levava quando achava que eu não estava olhando.

— Tenho um freezer no porão onde caberia tranquilamente o corpo de Arthur — falei, enquanto jogava punhados de queijo na assadeira. — Mas o de Greg precisaria ser esquartejado primeiro. Tenho uma faca elétrica que talvez dê conta. Ela destrincha o peru do Dia de Ação de Graças como se fosse manteiga.

Sloane se sobressaltou por um momento, antes de perceber que era brincadeira.

— Maisey, você não pode brincar com esse tipo de coisa! Estou emocionalmente vulnerável agora.

Eu sabia daquilo, por isso estava cozinhando e fazendo piadas sobre armazenamento de cadáveres no gelo.

— Tenho certeza de que estão se comportando. Você garantiu isso com a bronca que deu nos dois. — Abri um sorriso. Poucas coisas tinham me agradado tanto ultimamente quanto a breve discussão na sala de estar. — Você prendeu mesmo Greg no elevador? Eu não imaginaria que alguém tão fofa quanto você teria coragem.

Entreguei a Sloane um maço de orégano que arrancara da horta e gesticulei para que ela o picasse.

— A culpa não foi minha — disse a moça, pegando a faca e começando a trabalhar. Ela ia maltratar a pobre da erva, mas eu desconfiava que precisasse extravasar. — Ele me assustou.

Dei risada.

— Pareceu mais o inverso. Pelo que vi, Greg ficou *muito* mais assustado com você.

Sloane me encarou, a faca suspensa no ar.

— Não é verdade. Nunca assustei ninguém na vida. Muito menos um cara daqueles.

Decidi não responder àquele comentário. Sloane claramente não estava pronta para a força total da experiência sobrenatural de Maisey Phillips.

— Cuidado com a faca — foi tudo o que eu disse. — A última coisa de que precisamos é outro acidente que exija Super Bonder.

Ela aceitou a mudança de assunto, agradecida.

— O que acha que aconteceu para separar os dois assim? Não me dou bem com meus pais, mas *nunca* falaria com eles como Greg fala com Arthur.

— As únicas coisas que causam esse tipo de comportamento em *Chamas do mundo* são dinheiro e traição, mas sinto que não é o caso — falei.

— Então o que nos resta? Um caso amoroso que deu errado?

— Talvez você não esteja muito longe da resposta. — Duvidava que houvesse um caso envolvido, porém tinha certeza de que o amor desempenhara seu papel. — Não se esqueça de que vejo Greg no carro, espiando esta casa, desde o dia que Arthur voltou. Não importa como eu olhasse, ele sempre parecia...

— Furioso? — Sloane arriscou. — Agressivo? Bélico?

Balancei a cabeça.

— Solitário. Como se não houvesse tido um amigo a vida toda.

Ela parou e olhou para mim, com uma expressão difícil de ler. Quando falou, sua voz saiu ligeiramente alterada.

— "No crepúsculo fascinante da metrópole, às vezes sentia uma solidão perturbadora, e a sentia em outros também."

— Que bonito. É do nosso livro?

Ela fez que não com a cabeça.

— É de *O grande Gatsby*. Estava separando os livros da seção da Geração Perdida, que vai ficar no corredor dos fundos, e acabei me distraindo. Assisti a algumas aulas sobre Fitzgerald na faculdade.

Assenti, com um interesse que não era fingido. Ouvir Sloane e Arthur falando sobre livros era como escutar uma música em outra língua. A mensagem nem sempre era transmitida, no entanto isso não significava que não se pudesse desfrutar da melodia.

— Esse trecho estava destacado — Sloane acrescentou.

Aquilo chamou minha atenção.

— Como o exemplar proibido de *Os vestígios do dia*? Ainda acho que devemos tentar roubá-lo uma noite dessas. Aposto que Arthur só destaca as partes mais safadas.

Sloane deu risada, mas fora aquilo ignorou a sugestão.

— Arthur chegou antes que eu pudesse olhar mais, só que esse trecho em particular me pegou. Tive um professor no ensino médio que nos incentivava a fazer isso. Não riscar os exemplares da escola, claro, mas anotar trechos em um caderno. Quando encontrávamos algo que mexia com a gente ou parecia importante, escrevíamos num caderninho que ele deu. Ainda devo ter o meu em algum lugar.

— Por favor, não toque nesse assunto com Arthur — implorei. — A última coisa de que preciso é ele me passando lição de casa, além de todos os problemas.

Comecei a fazer a salada, embora o dono da casa tivesse me informado, com toda a determinação, que salada era "o que a comida comia". Se eu não lhe oferecesse um motivo para ficar bravo comigo, havia uma boa chance de que descontasse no neto, e aonde isso nos levaria?

Nem um pouco mais perto de descobrir a causa do drama familiar deles, com certeza. Podiam me chamar de curiosa, de intrometida ou — *tá bom* — de abelhuda, mas aquele era um mistério que estava determinada a resolver.

— Acha que devo sugerir que ele fique na minha casa? — perguntei enquanto descartava a casca das cenouras.

— O quê? Quem?

— Greg — falei, embora ela já soubesse. — Se ficar debaixo do apartamento dos seus pais é tão horrível quanto você diz...

Sloane fez uma careta.

— Pior que é.

— E se Arthur não quer receber o neto aqui...

A careta dela se intensificou.

— Ele não quer.

Abri as mãos, como quem não tinha alternativa.

— Então pronto. Claramente não foi fácil para o pobre coitado vir visitar o avô, e ele só pode estar querendo fazer as pazes. O mínimo que posso oferecer é um lugar onde possa ficar alguns dias. — Com aquela decisão tomada, cheguei ao argumento decisivo. — E quem sabe? Talvez ele até entre para o clube do livro.

12

Mandei uma mensagem para Bella e avisei que um desconhecido dormiria em sua cama por um tempo. Ela demorou duas horas para responder.

| credo

Só isso. Uma única palavra. Um único comentário. Não tinha nenhum interesse em saber quem ele era ou quais eram as chances de que eu terminasse assassinada sob meu próprio teto. Ou mesmo onde uma mulher que quase nunca deixava o conforto e a segurança de sua rua podia ter deparado com aquele homem — fosse ou não um desconhecido.

Estava prestes a perguntar como a amiga estava, se Bella precisava que eu levasse um pijama extra e se o laço entre mãe e filha não significava *nada* para ela. Greg, no entanto, pigarreou antes que eu conseguisse mandar o primeiro emoji.

— Eu não faria isso, no seu lugar — disse.

Minha mão pairou sobre o telefone.

— Como sabe o que estou fazendo?

Previ o que diria antes mesmo que abrisse a boca. O corpanzil de Greg preenchia todo o espaço da porta que levava para a sala de estar, e de lá ele tinha uma visão clara da garrafa de vinho pela metade ao lado do meu cotovelo. Aquilo só podia significar uma coisa.

— Ou você está escrevendo para um cara, ou para sua filha — declarou.

Como aparentemente estava na companhia de um colega vidente, passei o celular a Greg. Ao ver que me referia a ele como "um desconhecido", um sorrisinho surgiu em seus lábios.

Queria que Arthur pudesse ver aquele sorriso. Ou Sloane. Não importava quantas vezes eu tivesse tentado incluí-lo na conversa, Greg ficara em silêncio o jantar inteiro, sem verbalizar coisa alguma além de "por favor" e "sal". Pelo menos comera um pedaço de lasanha. Aquilo devia contar um pouco que fosse.

— Espere até amanhã de manhã e pergunte algo que não tenha a ver comigo — Greg sugeriu. — Algo que sua filha seja obrigada a responder. Como onde colocou um jogo de tabuleiro antigo que você não consegue encontrar ou se precisa de um caderno que você achou enfiado debaixo do colchão. Se não prolongar o assunto, ela vai ficar interessada.

Era um bom plano, porém não tinha certeza de que gostava daquilo.

— Você é um sedutor profissional ou coisa do tipo?

Greg deu risada e inclinou a cabeça de uma maneira que reconheci como uma pergunta. Afastei-me um pouco, abri espaço para ele no sofá e afofei uma almofada. Aquela era outra característica do rapaz que eu gostaria que Arthur e Sloane vissem — sua cortesia discreta e despretensiosa. Até que o convidasse a se sentar, ia se manter a respeitáveis dois metros de distância.

— Coisa do tipo — Greg disse enquanto se acomodava. Seu peso fez as almofadas afundarem. — Trabalho com crianças. A sinceridade não te leva a lugar nenhum com elas. Pelo menos não nessa idade. Elas resistem a tudo que lembra uma emoção real.

Hum... Apertei os lábios e o examinei de canto de olho. Começava a parecer que era hora de reconsiderar minha leitura original daquele homem; construção civil e combate a incêndios não eram exatamente convidativos a crianças.

— Que foi? — ele perguntou. — Por que está me olhando assim?

— Me dá sua mão.

No mesmo instante, ele tirou o braço do meu alcance de tal maneira que fui lembrada, outra vez, do quanto se parecia com o avô.

— Não seja infantil. — Apontei para o canto da sala onde a escrivaninha e o relógio do gato estavam. — É isso que faço. Ganho a vida prevendo o futuro das pessoas. Tentei com seu avô, mas a reação dele foi... intensa.

— Imagino que tenha sido. Nunca o vi reagir de outro jeito. — Identifiquei algo próximo de um sorriso em seus lábios. — Mas você não precisa ler minha mão para descobrir o que quer que seja. Conto tudo o que quiser saber.

Fitei-o com surpresa, sem reação. As pessoas *nunca* me contavam tudo o que eu queria saber. Mentiam e fingiam que tinham compromissos do outro lado da cidade. De repente, ficavam absortas no trabalho, em um livro, em qualquer coisa que não fosse uma interação humana genuína. Aquele cara, em particular, fugira de mim inúmeras vezes, pisando fundo no acelerador e se afastando tão rápido quanto o metal e a gasolina possibilitavam.

— Você literalmente vai me contar o que eu quiser? — perguntei.

Um toque de vermelho surgiu-lhe nas bochechas antes de subir para as orelhas.

— Não *tudo*, mas coisas normais. Coisas que um vidente saberia, pelo menos.

Decidi testá-lo.

— Com o que você trabalha?

— Oficialmente? Sou programador de uma empresa de tecnologia, mas falei de crianças porque sou voluntário num programa extracurricular de boxe. Fazemos musculação, exercícios e afins.

Tal resposta me satisfez em tantos níveis que não hesitei em fazer outra pergunta.

— Quanto tempo você teria ficado naquele carro, com medo de dizer a seu avô que veio até aqui para ver como ele estava?

— Semanas, provavelmente. Ou meses. Não sei. Fiz as malas quando soube do que tinha acontecido. Queria estar aqui caso... bom, você sabe. O pessoal do hospital fez parecer que era bem grave.

— Ah, nossa. — Aquilo me impactou. Não conseguia pensar em ninguém que estaria disposto a largar tudo e vir correndo se de repente eu sofresse um acidente. Bella *talvez* concordasse em ficar comigo no nosso único fim de semana juntas em vez de com as amigas, porém não apostaria nisso. — Mas vocês não são próximos, são? Você e Arthur?

— Acho que não dá para dizer que somos. — A boca de Greg era uma linha rígida. — Minha mãe saiu de casa no dia que se formou na escola. Mal tinha completado dezoito anos e estava grávida de mim. Vi meu avô algumas vezes quando pequeno, mas ele nunca tentou entrar em contato nem quis nada além de uma relação superficial. Estou aqui para tentar mudar isso.

De repente, eu não tinha certeza sobre essa abordagem brutalmente sincera. Pelo menos quando eu lia a sorte das pessoas, podia fingir que lhes dava um passado e um futuro... felizes. Eu duvidava que Arthur pudesse conceder *qualquer coisa* feliz a este homem.

— E por que não falou nada? — Essa pergunta saiu um pouco mais baixa que as outras. — Pro seu avô, digo. Você mal disse duas palavras a ele durante o jantar.

— Porque ele não se dirigiu a mim.

Recostei-me no sofá, de repente me sentindo sobrecarregada pelas informações — oferecidas sem qualquer condição ou emoção, e pela última pessoa que eu esperaria. A sensação me lembrou da primeira vez que levei Bella para ver o mar. Não me entenda mal, o lago de Coeur d'Alene era maravilhoso, e a praia da cidade era perfeita para passar o dia nadando e tomando sol, porém não tinha correnteza. A água do lago batia preguiçosamente na margem, pegando nos pés e se oferecendo como uma gentil companheira de brincadeiras. O mar, no entanto... era diferente. Bella correra até a beirada dele esperando reencontrar uma velha amiga, então se vira sendo puxada pela mão gelada de um desconhecido.

Greg devia ter captado um pouco de meus sentimentos, porque seu sorriso torto se intensificou.

— Desculpa se é mais do que você queria saber. É que prefiro contar a deixar que bisbilhote minha história por outros meios. Sem querer ofender.

— Não me ofendi — falei, embora as palavras tenham parecido distantes, automáticas. — Só não estou acostumada com isso.

Ele se levantou e acenou com a cabeça para meu celular, com uma expressão que não chegava a ser antipática.

— Pergunte sobre o jogo de tabuleiro, depois tente de novo em alguns dias. Se não funcionar, prometo que te ajudo a despertar o interesse dela de alguma outra maneira.

— Tipo com aulas de boxe depois da escola? — Fiz uma careta. — Sem querer ofender, mas Bella não é desse tipo. Não gosta de suar.

O rapaz soltou uma risada tranquila.

— Tenho certeza de que consigo pensar em algo que funcione. Posso não ser muito bom lidando com idosos, mas dou conta de adolescentes mal-humorados.

***

O conselho de Greg se provou muito mais eficiente do que eu esperava.

Não foi como se Bella tivesse me respondido na hora, ou mesmo no dia seguinte. No entanto, quando eu estava sentada diante de um prato de fettuccine ao molho alfredo light no horário de almoço alguns dias depois, ouvi o celular vibrar.

| encontrou meu tabuleiro ouija?? que você falou que sumiu?

Meus olhos se arregalaram diante daquela resposta, um evento sem precedentes na maioria das circunstâncias e simplesmente suspeito quando as últimas quinze mensagens que recebera da minha filha tinham sido monossilábicas.

— Tudo bem? — Greg perguntou, sentado do outro lado da mesa. Comia um dos meus famosos sanduíches de presunto, com queijo derretido escapando pelas laterais.

— É uma mensagem da Bella. Ela quer saber se encontrei o tabuleiro ouija. Antes que ria, é o único jogo que temos, por isso não tive escolha. Nunca fomos uma família que jogava *Banco Imobiliário*.

Um sorriso surgiu em seus lábios antes que ele desse outra bela mordida no sanduíche.

— Não falei? Funciona sempre.

— Como você responderia? — Por algum motivo, minhas mãos tremiam, o que era estranho. — Banco a descolada? Minto? Você não deve entender, mas Bella *nunca* me manda mensagem por vontade própria. Não se ela tiver qualquer outra opção.

Se ele notou minha voz falhando no fim, não demonstrou.

— Qual é seu objetivo? — Greg perguntou.

— Objetivo? — Olhei-o confusa. A resposta deveria ser dolorosamente óbvia: ter um relacionamento com minha filha. Para que ela passasse um fim de semana inteiro na minha casa em vez de correr como se a estadia lhe causasse dor física. — Não sei... Que ela responda, acho. E que *continue* respondendo.

Tive dificuldade até mesmo de dar uma resposta reducionista como aquela. Aquilo, no entanto, não parecia ter feito com que eu caísse no conceito de Greg.

— Então se certifique de que haja sempre uma brecha. De que ela não possa pôr um ponto-final na conversa. — Ele terminou o sanduíche com três mordidas rápidas. — Crianças são curiosas pra caramba, ainda que prefiram morrer a admiti-lo. Uma vez quebrei a tíbia durante o treino. Foi fratura exposta, era sangue por toda parte. As crianças fugiram da academia como se fosse contagioso. Mas adivinha só. Quanto mais a ambulância demorava a chegar, mais delas retornavam, pedindo para ver o machucado e querendo tirar fotos para o Instagram. Passaram semanas interessadas em mim só por conta disso, e eu mandava fotos da recuperação a cada tantos dias.

— Minha nossa. — Embora ele falasse do assunto com leveza, meus sentimentos maternais vieram à tona com tudo. — Deve ter sido horrível, Greg. Sinto muito.

— Eu não sinto. — Afastou-se da mesa e, como se para provar que sua saúde estava restabelecida, alongou-se com vigor. — A fisioterapia foi um saco, e sempre que há previsão de chuva sinto a fratura, mas ainda tenho contato com alguns daqueles garotos.

133

Bom, que hoje são adultos. A gente acabou se aproximando. A dor faz isso, mesmo que só uma pessoa a sinta.

Fiquei brincando com o celular, os dedos se movendo sobre o teclado em um padrão vazio.

— Acho que posso dizer que encontrei o tabuleiro, mas que Portia, a tia-avó dela, não falou nada sobre o dinheiro desaparecido quando tentei entrar em contato.

— É... uma escolha interessante. Esse dinheiro desaparecido *existe*? Ou essa tia-avó?

Dei risada.

— Portia foi uma mulher bastante real, mas não acho que tenha juntado nem dois centavos. Nem precisava. Era a irmã preferida do meu pai, uma daquelas mulheres mais bonitas, charmosas e impressionantes que todos querem por perto. Nunca vi alguém ter uma presença tão marcante como ela.

Ele balançou a cabeça como se aquilo fizesse todo o sentido.

— Que nem você.

Antes que eu pudesse fazer algo além de piscar diante daquele comentário surpreendente, seu rosto se contraiu.

— Falando em centavos, queria que me deixasse pagar pelo quarto. — Greg assentiu para o prato vazio. — *E* pela comida. Não parece certo tirar vantagem da sua hospitalidade assim. Ainda mais considerando tudo o que você está fazendo pelo meu avô.

Tirei nossos pratos com tanto vigor que lasquei o meu preferido, da Ikea.

— Não seja bobo. É o mínimo que posso fazer. Sloane é quem está tendo todo o trabalho. Era só para ela dar uma passada na casa do seu avô algumas vezes na semana, mas acho que ontem ela dormiu lá outra vez.

O sorriso de Greg foi impossível de ignorar.

— Dormiu mesmo. Fiz uma marca no pneu dela para ver se o carro saía do lugar.

Pela primeira vez, senti que tinha um rival na bisbilhotice.

— Você está espionando ela?

Um toque de vermelho cobriu-lhe as bochechas.

— Claro que não. Só fico com medo de que esteja fazendo muito mais pelo meu avô do que deixa transparecer. Ainda não entendo muito bem. Quem é ela exatamente? E o que quer com ele?

— Sloane é a bibliotecária dele — respondi. A voz acalorada do rapaz não tinha me passado despercebida. — E acho que está só sendo legal.

— Ninguém é tão legal assim. Só serial killers. — Ele ficou em silêncio por um segundo. — E aproveitadores.

— Acha mesmo que Sloane é uma *aproveitadora*?

O vermelho das bochechas subiu até a ponta das orelhas outra vez.

— Não foi o que eu disse.

— Uma mulher que tem um casaquinho de cada cor do arco-íris?

— Você está colocando palavras na minha boca.

— Uma mulher que fica sentada em silêncio enquanto ouve seu avô contar cada uma de suas teorias da conspiração sobre JFK?

— Algumas das teorias sobre a CIA são bem fundamentadas.

— Uma mulher que literalmente perdeu o emprego para se certificar de que ele não ficasse sozinho em casa por nem mais uma noite?

Meu último comentário fez Greg, um cão tão desesperado por um osso que qualquer coisa o deixaria satisfeito, dar o bote.

— É disso que estou falando. Quem faz isso? Ninguém é legal assim na vida real. A menos que tenha outros motivos.

Não pude evitar uma risada.

— Sloane não vai fazer mal a ele. — Hesitei um pouco, mas acabei acrescentando: — Ou a você.

Greg não poderia haver reagido com mais vigor nem se eu tivesse dado na cabeça dele com o tabuleiro ouija.

— Não sei do que está falando.

Claro que ele sabia, porém eu é que não ia insistir. Preferi mandar a mensagem para Bella, tomando o cuidado de não dar nenhum detalhe sobre a fortuna mítica de Portia. Ela nunca conseguiria resistir a uma caça ao tesouro.

— Se está preocupado com a qualidade dos cuidados de Sloane, então passe lá e dê uma olhada. — Diante da expressão sobres-

135

saltada dele, dei-lhe um tapinha no ombro. — Não se preocupe. Estarei do seu lado o tempo todo. Como alguém muito sábio me disse uma vez, posso não ser muito boa com adolescentes, mas de velhotes irascíveis dou conta.

13

— Como assim, ele precisa de um enfermeiro profissional? Arthur *teve* enfermeiros profissionais. Quatro deles. Todos foram embora correndo.

Assim que Greg e eu atravessamos a rua, deparamos com Sloane à porta, discutindo com uma mulher de terninho. Era um terninho de aparência profissional vestido por uma mulher de igual aparência. Nem uma coisa nem outra me passaram segurança.

— Desculpe, mas não cabe a mim decidir — a mulher disse. — Quando ele deixou o hospital, contrariando a recomendação médica, o Serviço de Proteção ao Adulto entrou com um pedido de...

— Pode falar baixo, por favor? — Sloane saiu de vez para a rua e fechou a porta atrás de si. Estava mais suja do que de costume e usava um lenço no cabelo como se tivesse acabado de voltar da colheita de maçãs no campo. O broche roxo sem o qual ela nunca saía mantinha o lenço preso na nuca. — Arthur acabou de pegar no sono, e só porque eu disse que ou ele dormia, ou teria que ouvir meu podcast preferido, no caso sobre como fazer sabão.

A mulher de terninho encarou Sloane perplexa.

— Ele odeia podcasts — a moça explicou. — E qualquer coisa relacionada ao ambiente doméstico. Na verdade, Arthur odeia quase tudo, incluindo enfermeiros profissionais e pessoas que tentam forçar a contratação deles.

— Ouça bem, minha jovem. Se está tentando me assustar para que eu não fale com o sr. McLachlan...

Tossi e cutuquei Greg com o pé. Até então, ele ainda não se pronunciara sobre os eventos se desdobrando à porta do avô.

— A única coisa que estou tentando é salvá-la de projéteis afiados. — Sloane não chegou a cutucar Greg, porém virou os olhos suplicantes para ele. — Me ajuda, Greg. Diga a ela que você é da família e que se recusa a forçar seu avô a receber ajuda profissional indesejada.

A mulher pareceu se animar, a caneta pairando sobre a prancheta com um ar jovial.

— Ah. Você é o parente mais próximo?

Greg levou um momento para responder. Quando o fez, pareceu mais que estava grunhindo do que falando.

— É. Sou.

A mulher entregou a ele um papel timbrado.

— Então você tem uma semana para encontrar um home care apropriado, ou não teremos escolha a não ser intervir. — Virou-se para nós três com um sorriso de quem estava exageradamente satisfeita com o dia de trabalho. — Não duvido das boas intenções dessa jovem, porém seu avô precisa de um rodízio de cuidadores profissionais até que a saúde dele seja totalmente restaurada. Para a segurança do paciente e a sua.

Abrimos passagem e a observamos trotar escada abaixo, despedindo-se com alegria antes de entrar num sedan azul discreto e partir. Dizia muito sobre o estado em que nos encontrávamos o fato de que nenhum de nós falou até a mulher virar a esquina e desaparecer de vista.

— Acha que ela consideraria um quiropraxista um cuidador profissional? — perguntei assim que senti que era seguro voltar a falar.

A careta que tomou conta do rosto de Sloane era toda a resposta de que eu precisava.

— Ah, meu bem — murmurei. — Ele não vai aparecer mais, não é? Depois que o expulsamos daqui?

— Quem? — Greg perguntou.

Era o máximo de vivacidade que eu via nele desde que tínhamos atravessado o gramado, por isso fui rápida em responder.

— O noivo de Sloane. Um dia ele passou para ajudar, mas Arthur e eu meio que conspiramos para mandar o cara embora.

— *Meio que?* — Sloane repetiu. — Vocês contaram toda a trama de uma novela e tentaram convencer Brett de que era uma história real.

Contive uma risada.

— Foi ideia de Arthur, e não minha. Tudo o que eu queria era ajudar o rapaz a limpar as janelas.

Sloane parecia disposta a prosseguir com a discussão, então soltou um suspiro pesado.

— Relaxa. Tanto faz. Duvido que fosse conseguir trazer Brett aqui de qualquer maneira. Ele não está... feliz com a maneira como estou lidando com as coisas.

Senti que era uma oportunidade de cutucar mais a ferida aberta daquele relacionamento, porém não queria fazer aquilo na frente de Greg.

— Será que ele não conhece enfermeiros que a gente possa contratar? — perguntei. Gostaria de conseguir me convencer de que lutava apenas por Arthur, porém aquilo não era verdade. Meu maior medo era o que aconteceria se o clube do livro terminasse antes que descobríssemos o fim do pobre mordomo.

Sem mencionar o que aconteceria quando Sloane, Arthur e Greg tocassem a vida. Não faziam ideia do quanto eu *precisava* daquilo: de pessoas para quem cozinhar, de quem cuidar. De alguém que ficasse triste em me ver partir caso eu acabasse em um leito de hospital, com a morte à espreita.

— Seu noivo deve ter uma agência para indicar ou conhecer enfermeiros precisando de uma grana extra — sugeri. Embora não estivesse em posição de ajudar quem quer que fosse financeiramente, acrescentei: — Se dinheiro for um problema, posso contribuir...

— De jeito nenhum — Greg disse, de maneira tão vigorosa que Sloane teve que recuar um passo. Ele pareceu imediatamente arrependido, e encolheu os ombros de modo que parecessem ter metade do tamanho normal. Em um tom mais moderado, acrescentou: — Você não vai pagar pelos cuidados médicos do meu avô, Maisey. Já está fazendo demais. — Greg lançou um olhar furtivo na direção de Sloane antes de desviar o rosto com a mesma rapidez. — Vocês duas estão.

Sloane suspirou.

— Bom, de qualquer maneira, duvido que qualquer enfermeiro que Brett conheça possa ser útil. Seria alguém acostumado com consultórios de quiropraxia, e não...

— Com o campo de batalha? — sugeri.

Greg soltou uma risada desdenhosa.

— Está mais para os portões do inferno.

— Não importa como vamos chamar. — Sloane ergueu um dedo. — Estamos esquecendo a parte mais importante.

— Você quer dizer... Deus? — arrisquei, hesitante.

Sloane riu e balançou a cabeça. O som fez todos nós nos sentirmos menos esquisitos quanto a estarmos ali de pé, discutindo o futuro de um homem que não nos agradeceria depois.

— Arthur. Mesmo que *achássemos* alguém disposto a assumir os cuidados dele, como conseguiríamos garantir que entrasse? Arthur acabaria com a pessoa em poucos minutos.

Aquele argumento era tão arrasador que ninguém conseguia pensar em uma resposta — o que, no meu caso, dizia muita coisa.

— Ela disse que temos uma semana — lembrei após um momento de silêncio. — Temos tempo para considerar nossas opções.

Como não havia muito que pudéssemos fazer para resolver aquele problema de imediato, entramos na casa, tomando cuidado para manter os passos leves e as vozes baixas. Greg foi o último, e parou para segurar a porta.

A princípio, achei que só estivesse sendo educado, porém seus olhos estavam fixos na nuca de Sloane. Ficou olhando para o broche que mantinha o lenço dela no lugar como se tentasse montar um quebra-cabeças.

Como as discussões literárias que eu nem sempre compreendia, aquele olhar não era algo que pudesse decifrar sozinha. Só reforçava um medo que crescia a cada dia que passava: o de que, embora aquele estranho trio não precisasse de mim para que as engrenagens de suas vidas continuassem girando, eu precisava *muito* dele.

Aquilo era mais aterrorizante que Arthur, Greg e, claro, Sloane juntos.

***

— Decidi convidar meu amigo Mateo pro clube.

Sloane fez o anúncio assim que terminamos nossa reunião — que, não me orgulho em dizer, girara principalmente em torno do fato de que eu descobrira que *Os vestígios do dia* tinha sido transformado em um filme estrelado por Anthony Hopkins e ninguém pensara em me contar.

Eu adorava filmes. Em especial os antigos. E *principalmente* os antigos que pudessem me ajudar a ter uma compreensão mais profunda de um livro que na maior parte do tempo eu não entendia. Aquela noite, tínhamos falado sobre como a obsessão de Stevens por dignidade era uma alegoria para as forças motrizes do dever e da obrigação na ascensão dos nazistas ao poder.

Com "tínhamos falado" quero dizer que Sloane e Arthur gritaram um com o outro enquanto Greg e eu ficávamos assistindo. Alegorias estavam bem fora da minha alçada.

Arthur fechou o livro na hora, sobressaltado.

— Quê? Por quê? Quem é esse tal de Mateo?

— Você sabe muito bem quem é Mateo. Ele trabalha na biblioteca.

Os olhos de Arthur se estreitaram em reconhecimento, embora tenha nos feito esperar trinta segundos inteiros antes de se dispor a admitir.

— O nome *talvez* soe mesmo familiar.

Sloane revirou os olhos.

— É o cara de origem filipina que se veste superbem e que se esconde toda vez que você passa pela porta. Acho que toparia participar do clube. Está sempre dizendo que gostaria de expandir os horizontes literários.

Algo na maneira como Sloane disse a última parte, como se fosse um discurso ensaiado mentalmente, levou-me a não dizer o que já estava nos lábios: *Sim! Claro! Quanto mais formos, fica mais difícil de o clube acabar!*

— Mas somos quatro — Arthur protestou. — Vocês já estão ocupando espaço demais. Passam o tempo todo respirando e comendo.

Considerando que havia um tanque de reserva de oxigênio a um canto atrás do leito hospitalar e que era eu quem providenciava a comida, não me parecia uma reclamação justa. No entanto, Greg se pronunciou antes que eu tivesse chance de falar algo.

— Não é por causa do clube do livro que estou aqui.

— Mas está respirando e comendo — Arthur apontou.

— Que nem você — Greg grunhiu em resposta.

— Mas não tanto quanto você — o velho retrucou. — Qualquer pessoa que se move dessa maneira preguiçosa e pesada com certeza consome muito mais que sua cota.

Como se tratava de um argumento desnecessário — e desnecessariamente cruel —, Sloane mostrou o celular.

— Nada disso importa, porque já mandei uma mensagem convidando. Mateo está tão empolgado que nem teríamos como conter o cara agora.

— Rá! — A risada de Arthur saiu desprovida de alegria. — Você não sabe de nada mesmo. É só a gente mandar Greg botar o rapaz para fora. De que adianta ter um grandalhão se...

Foi minha vez de interromper.

— Já escolhemos o próximo livro? — Imitando o movimento de Sloane, mostrei meu exemplar de *Os vestígios do dia*. — Só me faltam umas cinquenta páginas. Queria começar o outro em seguida. Ou pelo menos pesquisar a respeito na internet antes de nos aprofundarmos.

Sloane balançou a cabeça.

— Ainda não. Acho que devemos deixar Mateo escolher, visto que ele é novo.

— Meu Deus do céu. — Arthur soltou um gemido audível. — Já vi o que ele tira das estantes. Livros de mesa, escritos pelos ghost-writers de sub-sub-subcelebridades. Daria no mesmo se a gente lesse um livro de receitas.

Sloane se recostou, incapaz de impedir que os lábios se curvassem em um sorriso triunfante.

— O que foi? — Arthur perguntou. — Por que está sorrindo como se fosse o gato da Alice?

— Porque eu estava certa. Você sabe mesmo quem é Mateo.

***

— O que está rolando com seu amigo Mateo? — perguntei, assim que peguei Sloane a sós. Encurralá-la na saída do banheiro era um pouco arriscado, considerando que eu precisara deixar Arthur e Greg sozinhos comendo bolo, mas estava morrendo de curiosidade quanto ao que ela estava tramando. — Ele quer mesmo participar do clube?

— Não sei — Sloane disse, tomando o cuidado de evitar tanto meus olhos quanto seu próprio reflexo no espelho. — Não perguntei. Aquela história da mensagem era mentira.

— Quer que eu fale com ele? Posso ser bem persuasiva quando quero. O truque é convidar em um momento inconveniente. A chance de ouvir um "sim" de uma pessoa quando ela está atrasada para o trabalho ou na fila do departamento de trânsito é grande.

Sloane soltou uma risada daquele seu jeito todo especial, embora *teoricamente* eu não estivesse brincando.

— Maisey, você é uma graça, mas não. Preciso lidar com isso pessoalmente. Mateo morre de medo de Arthur. Vou precisar de todo o meu charme e possivelmente um suborno para fazer com que concorde.

— Hum... Tem certeza de que queremos que ele participe?

— Ah, queremos, sim. — Ela se inclinou para a frente, como se fosse me confidenciar algo. — Porque, antes de se tornar bibliotecário, Mateo trabalhava como enfermeiro. Um enfermeiro *certificado*.

— Não acredito. — Peguei as duas mãos de Sloane e apertei com muito mais força do que a situação exigia, porém o que mais poderia fazer? Nunca havia me sentido tão aliviada. — Por que não falou isso antes?

— Porque acabei de lembrar. — Ela fez uma careta. — Para ser sincera, tento evitar pensar demais na biblioteca.

Estalei a língua, numa demonstração automática de empatia.

— Você sente falta de lá?

— Tanto que chega a doer.

Sloane pareceu tão desconsolada que fiquei tentada a nos trancar dentro do banheiro para exigir mais informações. Mesmo que tivéssemos tempo, no entanto, não achava que fosse conseguir arrancar muita coisa dela. Greg talvez estivesse disposto a se sentar do meu lado e me contar sua história de vida só porque eu perguntara, porém Sloane era bem mais fechada.

Era engraçado, quando se pensava a respeito. Por fora, Sloane aparentava ser umas vinte vezes mais acessível que Greg. Era uma bonequinha, tranquila e doce, que parecia envolta em plástico-bolha. Quanto mais tempo eu passava na casa de Arthur, no entanto, mais me dava conta de tudo o que Sloane e Arthur tinham em comum.

Não eram pessoas fáceis. Liam muito e eram estudados e inteligentes de uma maneira que eu nunca seria. Contudo, nenhum dos dois passara nem perto de plástico-bolha na vida. Ambos tinham arame farpado enrolado em volta do corpo, com certeza. E, apesar das boas intenções, eu não seria capaz de me aproximar sem me machucar.

14

O som da voz de Bella me despertou pouco depois do nascer do sol.

A princípio, achei que estivesse sonhando — que fosse um daqueles sonhos quentinhos e líquidos que carregam a pessoa em uma onda de lembranças felizes. No entanto, quando ouvi uma voz masculina grunhir e gritar "Que diabos?", percebi que era mais do que meu subconsciente em funcionamento.

— Mãe! Mããe! Mãããããããe!

Saí da cama aos tropeços, parando apenas para enfiar os braços no meu robe preferido, de cetim cor-de-rosa, antes de disparar pelo corredor na direção da voz. Embora ainda estivesse um pouco atordoada de sono, não precisei de muito tempo para entender o que via.

Bella, recolhida a um canto, com um dedo apontado para o homem seminu e todo agitado envolto por um lençol.

— Tem um desconhecido na minha cama!

— Sim, meu amor. Você deve lembrar que umas semanas atrás mandei uma mensagem avisando. — Passei um braço por cima dos ombros trêmulos da adolescente e a conduzi até a porta. Com uma careta pesarosa para Greg, acrescentei: — Eu avisei mesmo, Greg. Perdão...

— Tudo bem — ele disse, com uma voz que não parecia nada bem. — A culpa é minha. Só preciso de alguns minutos e já libero tudo pra vocês.

— De jeito nenhum — protestei. — São seis da manhã. Pode voltar a dormir.

Assim que fechei a porta atrás de mim, com todo o cuidado, Bella desatou a falar:

— O que está acontecendo? Não achei que tivesse mesmo um homem aqui. Achei que você estivesse inventando.

— Por que eu inventaria isso?

— Sei lá... Pelo mesmo motivo que todas as outras mães tristes de meia-idade inventam.

Não fazia ideia de quem eram as mães tristes de meia-idade de que Bella falava, mas não importava. Quando saímos do corredor, me dei conta de que ela estava totalmente vestida e de que havia várias malas junto à porta da frente.

— Bella! — exclamei, sentindo que a salvação me aguardava naquelas malas. — Você brigou com seu pai? Veio pra ficar?

— Quê? — Ela olhou na mesma direção que eu e fez uma careta. — Nossa, *não*. O exato oposto. Quem é ele?

Como meu coração ainda não terminara de pousar depois daquele voo repentino de euforia, precisei de um momento para entender do que minha filha falava.

— Aquele homem? — perguntei. — Ah. O nome dele é Greg. É o neto de Arthur McLachlan.

— Eca. Você está dormindo com o *neto* de Arthur McLachlan? Isso não é, tipo, ilegal?

— Ele é um homem adulto, mas não, não estou dormindo com ele. Apenas lhe ofereci um lugar onde ficar enquanto Arthur se recupera. — Por mais que quisesse conversar sobre aquele assunto, não estava pronta para ignorar a questão das malas. — Fico sempre feliz em ver você, e é claro que vamos encontrar outro lugar para Greg enquanto estiver aqui, mas o que está acontecendo? Se você não brigou com seu pai...

Bella de repente pareceu muito interessada nas próprias cutículas.

— Ele não te ligou ontem à noite? Disse que ia ligar.

Peguei o celular, que estava carregando, e dei uma olhada. De fato, havia várias ligações perdidas e uma mensagem do meu ex.

— Ah. Acho que esqueci de ver se não tinha nada depois do clube do livro.

— *Você* se esqueceu de ver o celular?
— Sim.
— Você se *esqueceu* de ver o celular?
— Hum... sim?
— Você se esqueceu de ver o *celular*?
— Bella, amor. Enfatizar uma palavra diferente não vai me ajudar a compreender a situação.

Ela voltou a se interessar pelas próprias unhas.

— Já falei pra não me chamar de "amor". — Depois concluiu: — É melhor você ouvir a mensagem.

A última coisa que eu queria fazer era ouvir uma gravação da voz suntuosa e provocante que no passado me fazia tirar a calça em um segundo — e perder todo o bom senso. No entanto, aquela provavelmente era a única maneira de conseguir uma resposta. Sentei-me à mesa, apertei o play e fiz o meu melhor para não parecer tão agitada quanto me sentia.

Oi, Maisey. Sou eu. Cap. Pai de Bella.

Tive que lutar contra a vontade de revirar os olhos. Cap sempre fora péssimo em comunicação. Era capaz de cantar com o coração, porém eu nunca conseguira arrancar mais nada daquele órgão.

Bom, hã, não sei como dizer isso, então vou apenas dizer. Penelope recebeu uma oferta de trabalho incrível de uma agência de Los Angeles. Você sabe como isso é difícil... Ela vai começar com uma lista pequena de clientes e vai ter que se virar a partir daí. Está superanimada. E...

Reconheci a voz da esposa ao fundo, mandando Cap parar de enrolar e dizer logo. Como falei, ela era ótima, e mais ainda: era ótima para ele.

Tá, bem, resumindo. Encontramos uma casa. Vamos precisar de algumas semanas pra empacotar e mandar tudo, mas já vimos a escola de lá e é ótima. Bella entregou a papelada da transferência e vai poder começar lá no próximo ano letivo. Penelope acha que ela vai gostar de Los Angeles. Tem sol, areia, oportunidades... vai ser bom pra ela. E pra nós. E pra você, acho. Né? É, é.

Ele repetiu tantas vezes aquilo que a coisa começou a se confundir na minha cabeça. É. Não é. É. Não é.

Não é. *Não é.*

— Por favor, não diga nada, Maisey. — A voz de Bella soou quase irreconhecível, com um cansaço e uma tensão repentinos. — Não posso ter essa discussão agora. Tenho coisas demais para preparar. Mal vamos ter tempo de empacotar tudo para o caminhão de mudança.

— Não estou entendendo — falei, porque não entendia mesmo. Nem um pouco. Cap queria levar nossa filha a mais de mil quilômetros de distância? Ele não precisava ter falado comigo antes? — Quando foi que isso aconteceu?

Bella não olhou nos meus olhos.

— Está rolando há algum tempo, mas não quisemos dizer nada antes que fosse certeza. Sabe como você fica.

Eu tampouco entendia aquilo. Como o jeito que eu ficava era diferente do jeito que literalmente qualquer outra mãe no planeta ficaria se a filha não quisesse saber dela? E que jeito era aquele? Protetor? Preocupado? *Triste?*

— Tá — eu disse, lembrando a mim mesma de respirar. Era engraçado que fosse possível esquecer algo como aquilo. Minha vida toda, meus pulmões tinham se saído muito bem sozinhos: entra e sai, enche e esvazia. Agora, no entanto, pareciam tão chocados quanto o restante do meu corpo. — Imagino que eu tenha que tomar algum tipo de medida legal, mesmo com a alteração no regime da guarda. Precisarei consultar meus advogados e...

— Ai, meu Deus. Eu sabia. *Sabia* que você ia agir assim. — O lapso momentâneo de cansaço passou. Tudo o que restava era a Bella que eu conhecia bem. Angustiada e irritada, sendo desagradável comigo. — Uma vez na vida você pode, por favor, agir como uma pessoa normal, Maisey? É a Califórnia, e não a Lua, e eu *quero* ir. Tenho dezesseis anos! Não sou uma criança que você pode vestir e carregar por aí como uma boneca.

— Apenas quis dizer que precisamos atualizar o acordo... — comecei a argumentar, porém não adiantava. Bella estava em pé de guerra comigo. Sendo totalmente sincera, ela estava assim havia um bom tempo, totalmente determinada a se opor a mim, não importava de que lado eu estivesse.

— Só vim buscar minhas coisas, tá? — Ela tirou o cabelo da frente do rosto. — Não quero conversar sobre os velhos tempos. Não quero fofocar enquanto tomamos um café, como uma mãe sem vida própria que você forçou a ser sua amiga.

— Bella, eu não...

— Moro com papai e Penelope agora. Pais de verdade. Pais *normais*. Do tipo que não precisam que eu segure a mão deles noite e dia porque têm medo de ficar sozinhos. Quanto antes você aceitar isso e tiver vida própria, melhor pra todos nós.

— Mas Greg está no seu quarto... — continuei tentando falar.

— Já me arrumei. Ela pode entrar agora — ouvi a voz de Greg dizer atrás de mim, fraca. Não tinha ideia de quanto tempo fazia que ele se encontrava ali ou do quanto ouvira, mas, a julgar pela expressão gentil que fazia questão de exibir, tinha sido o bastante. Vestira uma camiseta, porém Bella não deixou passar o fato de que era jovem e estava descalço e todo amassado da noite de sono.

— Eca — ela murmurou ao passar por nós dois, puxando a maior de suas duas malas atrás de si.

Com o coração apertado, eu a vi entrar no quarto, as súplicas contidas tão pesadas na minha língua que podia até sentir o gosto — um gosto amargo, o que não surpreenderia ninguém.

Greg foi para a cozinha, sem dizer nada. Eu o segui porque queria sair daquele corredor, nem tanto por desejar companhia. Algo na maneira como ele começou a preparar o café me tranquilizou. Greg permaneceu em silêncio, seus pés se movendo tão discretamente pelo chão da cozinha que parecia mais um fantasma do que um homem de verdade. Era o exato oposto do que eu faria numa situação daquelas — tagarelar sem interrupção para esconder a dor —, porém funcionava. Quando me entregou uma xícara fumegante metade café e metade meu creme de caramelo preferido, já estava me sentindo muito mais calma.

— Tá, acho que peguei tudo. — A cabeça de Bella surgiu à porta, com os lábios franzidos. — Já não tinha mais muita coisa minha aqui. Só algumas roupas de inverno e um organizador de colares.

— Não quer levar seu álbum de fotos? — perguntei, incapaz de me segurar. — Ou seus pôsteres?

— Afe. São, tipo, de cinco anos atrás. Não gosto mais de *Haikyū*.
— Ah. Tá.

A coisa mais digna a fazer seria lhe dar um abraço e deixar que partisse, sem oferecer nada além de meu apoio incondicional pelos próximos meses, porém não conseguia. Simplesmente *sabia* que, no segundo que abrisse a boca, as emoções extravasariam. Por isso, incorporei Greg e dei um gole no café, esperando que ela desse o primeiro passo.

No entanto, não foi Bella quem quebrou o silêncio tenso.

— Encontramos o tesouro da sua tia-avó — Greg disse, em um tom que tinha o propósito de instigar. — Caso esteja se perguntando. Estava no sótão.

Escondi um sorriso atrás da xícara de café e esperei para ver se Bella mordia a isca. Mesmo agora, depois que havia visto e ouvido o quanto ela queria se desassociar de mim, Greg ainda estava disposto a tentar. A fim de mantê-la fisgada e oferecer uma abertura que sempre lhe permitisse voltar para casa.

— Da minha tia-avó? — Bella ecoou. Por um longuíssimo momento, pensei que ia funcionar. Que ela ia se aproximar, baixar a guarda e se despedir de uma maneira que não partisse meu coração. No entanto, tudo o que fez foi franzir a testa, sem nenhum interesse. — Por que eu me importaria com ela?

15

— No fundo, é uma história de amor.

Sloane estava sentada no lugar de sempre, aos pés de Arthur, com as pernas cruzadas e uma xícara de chá ao lado do cotovelo.

— Rá! Claro que você ia achar isso. — Os lábios dele se franziram. — Me deixa adivinhar. Você queria que Stevens e a antiga governanta vivessem felizes para sempre e rumassem juntos para o pôr do sol. Ela foi o amor que o mordomo deixou escapar, a alma gêmea que estava destinada a ele.

— Não estou falando de uma história de amor entre *os dois*, e sim entre Stevens e o trabalho. De muitas maneiras, ele trata o cargo de mordomo como a grande paixão de sua vida. Ama-o cegamente e sem questioná-lo. Dedica-se de corpo e alma a algo que acredita ser maior que ele mesmo. O que é isso se não o amor que tentamos vender aos casais no Dia dos Namorados?

Arthur fez parecer que o termo "Dia dos Namorados" lhe causava dor física.

— Se acha que uma grande paixão envolve se recusar a ver as falhas de alguém, então não tem ideia do que é amor de verdade. Não se trata de um jogo de faz de conta. É complicado, confuso e... — Arthur interrompeu-se, aparentemente preferindo apontar para mim. — O que tem de errado com a dona de casa? Ela não disse mais de duas palavras a noite toda.

— Pela última vez, o nome dela é Maisey. Se não se der ao trabalho de usá-lo, não vamos convidá-lo para a próxima reunião do clube.

— Está bem. O que tem de errado com *Maisey*? — Ele me lançou um olhar acusatório. — Você não terminou de ler, não foi? Claro que não.

A resposta estava na ponta da língua — eu havia, *sim*, terminado o livro, e ainda me sobrara tempo para fazer uma quiche tão delicada que praticamente derretia na boca —, contudo não encontrava a energia necessária para discutir. Nos dias anteriores, tudo o que fizera fora comer e dormir, para continuar dando às pessoas o benefício dos meus conselhos.

Estranhamente, o livro ajudara. Em dias normais, teria mergulhado em reprises de *Chamas do mundo* e na garrafa de vodca gelada, mas fora bom passar um tempo com aquele mordomo velho e lúgubre.

— E então? — Arthur insistiu. — Não vai nos iluminar com sua profunda sabedoria mediúnica?

— Para. — Do pé da escada, onde passara a última meia hora consertando os degraus em silêncio, Greg levantou a cabeça. Vinha fazendo o mesmo na minha casa, tampando buracos nas paredes e lubrificando dobradiças com uma determinação que beirava a obsessão. — Deixa a Maisey em paz.

— Ah! Então agora está falando conosco? Vai participar do clube do livro? O que te fez mudar de ideia?

Greg deu de ombros com indiferença.

— Os últimos dias foram difíceis pra ela, só isso. Seja legal.

Sloane pareceu chateada na mesma hora, porém Arthur só estreitou os olhos para me avaliar.

— O que pode ter acontecido com ela? — perguntou. Virando-se para mim, abriu um sorriso cheio de dentes e não muito agradável. — Ah, não. Roubaram um pacote da Amazon da sua varanda? A organização da venda de biscoitos começou a ficar exigente demais?

— Chega — Greg exigiu, agora com uma voz muito mais dura. — Você não tem ideia do que está falando.

— Ela parece mesmo bastante pálida. — Sloane levou uma mão firme ao meu antebraço. Sua pele estava tão quente em comparação com a minha a ponto de parecer quase sobrenatural. — Talvez você devesse ir se deitar um pouco em casa, Maisey. Podemos remarcar a reunião.

A ideia de voltar para a casa e a cama vazias, de passar horas olhando para o teto até que o peso esmagador do sono recaísse sobre mim, não me agradava nem um pouco. Agora que Greg lubrificara as dobradiças, não havia nem mais o rangido incessante para me reconfortar.

— Sloane tem razão — eu disse, forçando-me a voltar a me concentrar no livro em discussão. — *É* uma história de amor. Uma tragédia. Como *Romeu e Julieta*, só que sem as mortes no fim.

Sloane apertou meus dedos com os seus, surpresa.

— Quanta bobagem — Arthur soltou.

Os olhos de Sloane se arregalaram.

— Arthur!

— O quê? Dei aula sobre *Os vestígios do dia* durante vinte anos. Vai ser preciso mais que vocês duas destilando poesias sobre amantes desafortunados para me fazer mudar de ideia.

Balancei a cabeça, sem temer o fogo em sua voz e o desafio em seus olhos. Aquele era o lado positivo — nada mais tinha o poder de me magoar. Minha filha fora embora de vez e seus pôsteres de cinco anos atrás eram a única coisa que eu ainda tinha para me apegar. Embora Cap tivesse dito que a mudança só seria dali a alguns dias, Bella deixara claro que já havíamos nos despedido. Fizera uma escolha, e não fora a mim que escolhera.

Nunca fora, só que eu tinha sido tonta demais para ver — ou simplesmente uma narradora *não confiável*.

Meu exemplar do livro se encontrava sobre minhas pernas desde que eu chegara. Eu o peguei e folheei até chegar ao fim. Não tinha um caderno de anotações, como Sloane mencionara, porém sabia exatamente onde estava o trecho que eu procurava.

— "O fato é, claro," — li em voz alta, surpresa com a força nela — "que dei o meu melhor a Lord Darlington. Dei-lhe o melhor que tinha a dar, e agora, bem, percebo que não tenho muito mais a oferecer."

Sloane assentiu em compreensão, os dedos ainda quentes contra minha pele.

— Ele amava o patrão. Não de um jeito *romântico*, não comece outra vez, Arthur. Do jeito que um filho ama o pai. É um amor fraternal.

— Não — eu disse, seca. — Não é isso também.

— Maisey, talvez a gente deva deixar isso para outro dia — Greg sugeriu. Não sabia quando ou como ele havia se agachado à minha frente, porém lá estava ele, segurando minhas mãos. As palmas de Greg eram tão grandes que eu nem conseguia ver a ponta dos meus dedos. — Eu te levo pra casa.

— Não.

Não arranquei as mãos das dele, porém tampouco me levantei. Gostava dali — daquela poltrona e daquela cadeira, mesmo que ficasse no caminho do olhar de irritação de Arthur. Era muito melhor do que aquilo que me esperava em casa.

Nada. O que me esperava em casa era um grande nada.

Era o que eu vinha evitando havia anos, o que Bella reconhecera assim que ficara velha o bastante para me ver de verdade. Uma mulher sem hobbies ou amigos, que passava o dia falando ao telefone com desconhecidos — não para ajudá-los com *seus* problemas, mas para poder ouvir a voz de outro ser humano. Por um tempo, pude ser a mãe de Bella, o que bastou para sustentar a promessa de que havia mais. Desde que me mantivesse ocupada com ela, ativa em *sua* vida, podia ignorar o fato de que não estava ocupada com a minha, de que não era ativa na minha.

— Vocês não entenderam o livro — afirmei, com um sorriso misterioso. — Não pra valer. Não como deveria ser compreendido.

— Escute aqui — Arthur começou a dizer.

— Deixe Maisey terminar — Sloane pediu.

— Maisey, você não precisa fazer isso — disse Greg, com a voz mais baixa e, portanto, mais potente de todas. Olhei em seus olhos e sorri para deixar claro que não pretendia causar mal.

— Preciso, sim — falei. Olhei por cima do ombro dele para onde Sloane e Arthur começavam a demonstrar sinais de maior preocupação. — Sei que não sou tão letrada quanto vocês dois, mas sei das coisas. *Vejo* as coisas.

Dei risada, uma rachadura na fachada que não tive como impedir.

— Pensando bem, não é verdade. Não vejo as coisas. Não as coisas que importam. Foi o que eu quis dizer quando falei que era uma história de amor trágica. Porque Stevens amava, *sim*, o patrão. Mais do que qualquer outra pessoa no mundo. Mais que qualquer pessoa devia amar outro ser humano.

Minha mão relaxou no livro, que foi ao chão com um baque. Não fiz menção de pegá-lo. Não precisava mais dele — nunca mais precisaria. Não fazia ideia de como Arthur conseguira apresentar as últimas páginas em sala de aula ao longo de décadas sem chegar ao fundo da história. Aquilo só provava que às vezes discussões profundas sobre livros podiam ser inúteis. Todos os dispositivos literários do mundo não serviriam de nada se a pessoa não soubesse como era amar alguém como o mordomo amava.

De maneira pura. Profunda. *Egoísta*.

Porque, no fim das contas, o amor era aquilo: egoísta. Stevens não amava o patrão por quem ele realmente era. Só *fingia* amar, com tanto afinco que se fechava para todo o restante, para todas as outras pessoas em sua vida.

Eu via a mesma coisa o tempo todo nos meus clientes. O sr. Davidson era um ótimo exemplo. *Sabia* que nunca encontraria o amor verdadeiro se não esquecesse os anos duvidando de si e se satisfazendo consigo mesmo; se não fizesse um esforço real para se transformar em alguém digno de amor. Mas já tinha ido longe demais. Admitir que precisava mudar, ir fundo e promover uma reviravolta em sua vida exigiria reconhecer que os cinquenta e três anos anteriores haviam sido desperdiçados. Ele era incapaz de fazer aquilo, tal qual Stevens, o mordomo.

Ou eu, que tampouco podia fazer aquilo.

Levei uma mão à bochecha e fiquei surpresa quando os dedos voltaram molhados.

— Maisey?

Sloane começava a parecer preocupada de verdade, por isso procurei sorrir e me explicar.

— Já faz anos que ela vem me deixando — confessei. O nome ficou preso na garganta, e me esforcei para botá-lo para fora. — Minha

Bella. Minha filha. Eu sabia que ia acontecer. Claro que sim. Mas eu precisava demais dela para admitir isso.

— Tenho certeza de que ela também precisa de você — Sloane falou. Agora ela estava ao lado de Greg no chão, com um lenço branco na mão. — Adolescentes são difíceis, mas você vai superar. As duas vão superar.

— Obrigada por dizer isso, mas é mentira. — Abri um sorriso misterioso para ela e aceitei o lenço. Suas iniciais tinham sido bordadas à mão em um canto, perto de uma rosa delicada. Era a flor preferida de Bella. Até onde eu sabia. Agora, podia muito bem ser dente-de-leão. — Coitada. Nunca a compreendi como ela gostaria. Só do jeito que *eu* gostaria de compreender minha filha. Isso faz sentido?

— Não — Sloane disse, porém vi Arthur me observando atentamente e movimentando a cabeça para cima e para baixo, devagar. Agarrei-me àquilo como se fosse uma boia salva-vidas. Como se *ele* fosse uma boia salva-vidas.

— Coloquei tanto de mim nela que nada resta agora. Só uma dona de casa desalinhada que fala demais e pensa de menos. A casca vazia de uma mulher que ninguém quer e de quem menos gente ainda precisa.

— Não devemos *fazer* algo, Greg? Ela está começando a tremer.

— Vamos deixar que ela termine.

— Não se preocupe — eu disse enquanto cutucava os pontos do bordado com a unha. A ponta da linha se revelou. Puxei sem piedade e a vi se transformar em um fio solto. — Vou ficar bem, assim como o mordomo do livro. Não feliz, claro, mas é esse o ponto.

— Do livro? — Sloane perguntou.

Assenti para confirmar que era aquilo.

— Dei a ela o melhor que tinha a oferecer, e agora...

Deixei que minha voz se dissipasse, incapaz de prosseguir, mas tudo bem. A melhor parte de ter amigos letrados era que eles já sabiam o que vinha a seguir.

Percebo que não tenho muito mais a oferecer.

CLUBE DE LEITURA DOS CORAÇÕES SOLITÁRIOS

título	
	nome
[1]	~~Sloane~~
[2]	~~Maisey~~
[3]	Mateo

16

— Se você não se apressar, vamos acabar nos atrasando, Mateo.

A cabeça de Lincoln surgiu à porta do quarto, onde eu me encontrava só de cueca e com três opções de roupa quase idênticas à minha frente na cama: calças, camisas e meias pretas — parecia que estava me arrumando para os três enterros dos ursos de *Cachinhos Dourados*.

O colarinho de uma era grande demais.

A cintura de outra ficava apertada demais.

E quanto a esta... Bem. Teria que servir. Como Lincoln dissera, íamos acabar nos atrasando.

— Não sei por que está tão preocupado. — Ele abraçou minha cintura por trás, apoiando a cabeça no meu ombro enquanto eu escolhia. — Ninguém vai ficar reparando em você. Já sabe o que acontece quando sua mãe sobe no palco.

Mudei de ideia no último segundo e peguei a peça que ficava justa na cintura. Passaria a noite toda desconfortável e havia cinquenta por cento de chance de estourar nas costuras, como se eu fosse o Hulk na Era do Jazz, porém o sofrimento era o preço da beleza.

Aquela era uma das frases preferidas da minha mãe, que tinha em casa quatro almofadas com essa máxima bordada.

— Uma escolha ousada — Lincoln disse baixo, parecendo aprovar, enquanto eu dava um jeito de entrar na calça. — Quem estamos tentando impressionar?

— Você — menti, prendendo o ar para o botão fechar. Então fiz uma pose brincalhona e me esforcei para não parecer uma linguiça prestes a escapar da tripa. — Está funcionando?

Ele sorriu daquela maneira que lhe rendia amigos e admiração por onde passava.

— Você está perfeito.

Não estava, porém era fofo que alguém que *de fato* estava perfeito dissesse aquilo. Por mais exagerado que possa parecer, Lincoln Jonas era a perfeição em pessoa. Com um metro e oitenta e oito, ele era alto — e não como certos caras de um e oitenta que se recusam a ficar lado a lado com qualquer pessoa que não seja baixinha para se aproveitar da perspectiva. Lincoln tinha aquela altura mesmo andando apenas de meias na sala de estar. Também tinha um corpo — e um coração — condizente. Acrescente-se a isso uma barba cheia, uma personalidade ao mesmo tempo doce e firme e uma tendência a usar camisa de flanela o tempo todo e eis meu namorado.

Meu amor. Meu companheiro. O centro gravitacional do meu universo.

— Está pronto? — Lincoln perguntou. —Prometi a sua mãe que chegaríamos cedo para pegar uma mesa na frente. Você sabe como ela gosta de poder ver a gente quando se apresenta.

— A grande Althea Sharpe? — indaguei, porque não consegui resistir ao impulso. — Que estranho. Não fazia ideia de que ela se importava.

Lincoln riu, o que fez seu peito amplo se sacudir enquanto ele me conduzia para sairmos e pegarmos o Uber Black que nos aguardava. Nas noites de estreia, minha mãe gostava do máximo de ostentação possível, ou seja, meu pobre Fiatzinho não servia — *muito menos* a moto parcialmente reformada de Lincoln.

— Toda a família Sharpe é conhecida pela tendência ao drama — Lincoln disse, entrando no carro depois de mim. O Jaguar preto era todo couro, refinamento e um aroma indefinível de compensação exagerada. — É meio o que amo neles. Não sei se você sabe, mas o drama atrai esse pessoal como as chamas flamejantes atraem mariposas.

Como sempre, aquela palavra — *amo* — escorregou da boca de Lincoln como manteiga derretendo na frigideira. A única coisa que ele amava mais do que o amor em si era expressar esse sentimento em voz alta. E em cartões comemorativos. E gritando de terraços.

Se o romance tinha um garoto-propaganda, era Lincoln Jonas.

Isso devia me deixar encantado — e deixava mesmo —, porém aquele era o problema de namorar um centro gravitacional. Não importava o que eu fizesse, a força de atração nunca oscilava.

— Não é isso que dizem — afirmei, sentindo que começava a relaxar. Principalmente depois que Lincoln começou a revirar os doces à disposição no veículo até encontrar Mentos de morango, minha bala preferida. — E os Sharpe não adoram drama. O drama é que adora a gente. É diferente.

***

A casa noturna onde minha mãe seria a atração principal era pequena, reservada e conhecida por todos que viviam em um raio de cento e cinquenta quilômetros de distância de Coeur d'Alene. O que havia começado como um estabelecimento secreto logo se tornara o lugar da moda para tomar drinques de vinte dólares e assistir a apresentações ao vivo, em grande parte graças à fama recente de nossa cidade à beira do lago.

Pouco tempo antes, Coeur d'Alene não passava de um resort moroso envolto pela maravilhosa floresta de Idaho e com uma população bastante conservadora. Em anos mais recentes, no entanto, a cidade fora descoberta pela elite hollywoodiana. Bastaram algumas fotos no Instagram de Kardashians em férias e de repente só queriam saber de nós. Era como se o Hotel California tivesse finalmente reaberto as portas e todo mundo corresse para bisbilhotar.

Não que eu estivesse reclamando. Bastava uma única olhada para minha mãe, as franjas do seu vestido se sacudindo enquanto cantava suas músicas preferidas da Édith Piaf, para que ficasse difícil se ressentir da fama recente de nossa cidade.

Nunca a tinha visto tão bonita... ou tão envolvente. Lincoln não era a única pessoa a atrair os holofotes no palco da minha vida.

— Nem consigo acreditar que estamos vendo Althea Sharpe ao vivo. — O casal da mesa ao lado tinha que gritar por conta do som alto da banda, porém não parecia ligar. — Com a voz que ela tem, achei que fosse uma mulher muito maior.

— Já falei que encontrei um disco velho dela em uma loja daqui? Original. Autografado e tudo. O dono disse que nem sabia da existência dele, ou teria vendido no eBay há anos.

Fiz questão de não olhar nos olhos de Lincoln, que acabou me dando um chute tão forte que minha contenção se tornou inútil. Ambos sabíamos que minha mãe e Eduardo, o dono da loja de discos, tinham um esquema. Vendiam mais vinis "originais" daquele jeito do que qualquer pessoa decente admitiria. Em um bom dia, meia dúzia de clientes encontrava um disco e desembolsava cem dólares pelo privilégio de levá-lo para casa.

— Esqueci de perguntar — Lincoln disse enquanto colocavam nossos martínis diante de nós. Peguei as azeitonas do seu no mesmo instante e as enfiei na boca. O gosto da salmoura era ótimo depois da bala de morango. — Como foi hoje com Sloane? Ela te convidou oficialmente para ser padrinho?

— Não.

— Não? — ele repetiu, virando a cabeça para me encarar. — Achei que tivesse dito que ela havia ligado do nada porque precisava de um favor.

— Pois é.

— E que o único favor que você imaginava ser capaz de fazer a ela era ser um dos padrinhos.

Ergui um dedo.

— Também falei que talvez ela fosse pedir o nome da minha designer de sobrancelhas. Não foi o caso, o que é uma pena. Genevieve teria adorado atender Sloane.

Lincoln riu daquele seu jeito especial, sem produzir som, com o corpo todo se sacudindo como a barriga do Papai Noel. Ele deixaria a conversa morrer ali — sempre sabia quando parar de insistir —, porém dava para ver que estava curioso.

— Na verdade... Sloane me convidou para participar de um clube do livro — contei.

— Ah. — Lincoln piscou, parecendo tão confuso com o convite quanto eu. — Que legal da parte dela.

— Na verdade, não. Parece que iam me deixar escolher o próximo livro, como incentivo, só que uma mulher do clube está tendo problemas com a filha adolescente, então decidiram ler *O clube da felicidade e da sorte*. Você sabe como me sinto em relação a esse título. — Revirei os olhos, apontando-os para o palco, onde minha mãe começava a sacudir o busto para o público animado. As honradas tradições familiares de nossos ancestrais filipinos não eram para mim, tampouco a história comovente de alguém da segunda geração de uma família de imigrantes se autodescobrindo. O que me restava era assistir a um show que beirava o burlesco e três azeitonas no palito. — E fica ainda pior.

— Pior que o livro adorado de uma das escritoras mais célebres dos Estados Unidos?

Dessa vez, foi para *ele* que revirei os olhos.

— Os encontros do clube do livro são na casa de Arthur McLachlan. Lembra o velho que mencionei? Que fez Sloane perder o emprego?

— Achei que você morresse de medo dele — Lincoln disse.

— E morro. Só que Sloane diz que é importante que eu participe. Parece que precisam da minha bagagem profissional para continuar.

Tenho que admitir que a última parte me fez estufar um pouco o peito. Embora fizesse mais de um ano que trabalhava como bibliotecário, não nascera para aquilo, diferentemente de Sloane. Na verdade, não nascera para fazer nada específico. Meu currículo parecia mais uma lista de personalidades fracassadas do que um documento formal.

A escola de enfermagem tinha sido meu destino inicial, porém logo eu descobrira que não gostava do cheiro de hospital. Em uma tentativa de abandonar as amarras do treinamento na área da saúde, em seguida tentei ser comissário de bordo. Quando percebi que a altura me fazia enjoar com facilidade, flertei com a ideia de ser personal trainer. *E* com um personal trainer. O que acabou tão bem quanto seria de imaginar, motivo pelo qual havia me tornado um estimado membro da equipe da biblioteca de Coeur d'Alene. Na verdade, tinha me embrenhado tanto no universo literário que inclusive estava tentando escrever um romance de fantasia.

Era um romance até que bom. Ou melhor, *seria*, se eu me concentrasse em me sentar para escrevê-lo.

— E você vai participar do clube do livro? — Lincoln perguntou.

Claro que eu ia.

— Está brincando? Não vou desperdiçar a chance de conhecer a casa de Arthur McLachlan. Aposto cinquenta dólares que ele dorme em um caixão debaixo das tábuas do piso.

Lincoln deu uma gargalhada audível. As pessoas que haviam pagado caro demais pelo disco da minha mãe fizeram "xiu" para a gente. O que, infelizmente, fez com que ela olhasse e me percebesse sentado ali. Acabara de cantar a última nota de "La vie en rose", de modo que nada a impedia de ceder aos impulsos teatrais.

Assim que seus olhos encontraram os meus, entendi o que pretendia tão claramente quanto se Amy Tan tivesse acabado de jogar seu best-seller na minha cara. Minha mãe estendeu-me uma mão, os anéis brilhantes em todos os dedos tão sedutores quanto o tesouro do Barba Negra.

— Ah, meus gatinhos... que surpresa temos reservada para esta noite — minha mãe disse. Sempre se referia aos fãs como "gatinhos", embora abominasse gatos de todos os tipos. E cachorros. E porquinhos-da-índia, hamsters ou qualquer outra criatura viva fofa que eu era louco para ter quando pequeno.

Tive um peixe certa vez, mas só durara três dias antes de morrer por overdose de bolinhos de chocolate. Eu provara sua comida e tinha feito o que achava ser uma boa ação ao complementar sua alimentação com o mesmo conteúdo da minha lancheira.

— Meu queridíssimo filho veio ver a mamãe brilhar. Não é mesmo, meu bem?

Aquela cena tinha se repetido tantas vezes que eu já estava calejado. Virei-me no assento, botei um sorriso no rosto e acenei como uma princesa acorrentada a um carro alegórico.

— Isso mesmo — ela declarou, mantendo o falsete, como uma mulher que atravessava os portais do tempo. — Meu pequeno Mateo.

Lincoln chutou meu pé por baixo da mesa, agora me instando a não reagir. O que fiz, claro, de maneira *visceral*. Havia meses que minha mãe não fazia aquilo, principalmente porque eu avisara que não iria mais a seus shows se continuasse me arrastando ao palco para me exibir. Pelo amor de Deus, eu era um homem de trinta e três anos. Pendurara os sapatos de sapateado muito antes do meu treinamento para ser comissário do bordo, da escola de enfermagem ou de qualquer outra das quinze carreiras a que eu havia me dedicado nas duas décadas anteriores.

— Como muitos de vocês devem saber, não é pouco que ele esteja conosco aqui hoje.

— Ai, meu Deus — gemi. — Lá vamos nós de novo.

— Vinte e cinco anos atrás, achei que o tivesse perdido para sempre.

— Continue sorrindo — Lincoln sussurrou.

— Sei que muitos de vocês participaram de tudo. Acompanharam comigo. Esperaram. Rezaram. — Ela soltou um soluço de choro. Eu *nunca* conseguira descobrir se minha mãe chorava de verdade ou não naquele ponto. A atuação era tão convincente, em grande parte pela autoconfiança dela, que ficava impossível saber ao certo. — Motivo pelo qual acho que devemos chamá-lo ao palco, não concordam? Para que ele possa agradecer a todos pela corrente que contribuiu para seu retorno em segurança.

Uma olhadela pelo clube revelou duas rotas de fuga viáveis: uma saída de emergência atrás do bar, que provavelmente daria início a uma preocupação geral com um possível incêndio, e o banheiro masculino, no outro extremo em relação ao palco. Estava estimando minhas chances de chegar até ele a salvo quando Lincoln se levantou e estendeu a mão para me ajudar.

— Não — sibilei, olhando feio para ele em um aviso para que se sentasse. Lincoln sorriu e sacudiu a cabeça de leve, parecendo pesaroso. *O que podemos fazer além de seguir o fluxo?*, seu sorriso dizia.

Eu era capaz de pensar em várias coisas. Poderia correr. Poderia me esconder. Poderia pular no poço mais próximo e esperar setenta e duas horas enquanto todos prendiam o fôlego e rezavam pelo meu resgate.

— Mateo, o milagre! — minha mãe anunciou.

Conforme esperado, uma onda de aplausos varreu a plateia. Metade das pessoas ali provavelmente nunca ouvira falar de mim, mas minha mãe tinha aquele poder. Quando dizia "aplausos", as pessoas aplaudiam. Quando gritava "viva!", as pessoas gritavam "viva!". E quando pedia que idolatrassem o filho tanto quanto ela, as pessoas não tinham escolha senão fazer aquilo.

— Não tenha vergonha, querido. Mostre pro pessoal como você está se saindo.

Antes que eu percebesse, Lincoln tinha pegado minha mão. Como também conhecia seu papel, conduziu-me pelos degraus até o palco enquanto a banda tocava minha música-tema: "Forever Young".

Um grunhido se formou na minha garganta e ficou ali, entalado. Se havia algo que eu odiava mais que *O clube da felicidade e da sorte* era aquela música idiota.

Ninguém no público percebia como a letra era irônica. A música talvez fizesse algum sentido para mim quando era mais novo e meu entusiasmo jovial ficava páreo a páreo com o da minha mãe enquanto abríamos caminho sapateando para o coração e a mente de pessoas que de outra maneira poderiam esquecer nossas setenta e duas horas de fama. No entanto, vinha me sentindo tão velho quanto o próprio Arthur McLachlan.

— Cante comigo — ela mandou, e eu cantei, porque *sempre* cantava. Todo mundo sentado às mesas na plateia cantou também, os lábios molhados de vermute. Até mesmo Lincoln se juntou ao coro, sua voz grave contribuindo de maneira incontestável.

Quando todos terminamos de prometer que diamantes durariam para sempre, comecei a sentir que a calça estava apertada demais na cintura. Suor se acumulava sobre meu lábio superior e nas axilas, o desconforto dando sinal.

— Mateo, o milagre! — minha mãe repetiu conforme a música diminuía, assim como minha voz falha e chiada, que nunca fora capaz de acompanhar a dela. — Meu precioso filho! Salvo pelas mãos de Deus e pelas preces caridosas de pessoas como vocês!

Assim que cambaleei para fora do palco, Lincoln me esperava, parecendo achar graça, a julgar por seus olhos, e com um sorriso devastador nos lábios.

— Pronto — ele murmurou enquanto minha mãe seguia para a próxima música, com uma energia inabalável. — Não foi tão ruim, foi?

Olhei feio para ele ao passar, incapaz de suportar o lugar intimista demais e quente demais por outro segundo que fosse.

— Você sabe que odeio que ela faça isso comigo.

De repente ele não pareceu mais achar graça, e o sorriso passou de *devastador* a *devastado*.

— Sua mãe só faz isso porque te ama, Mateo. E as vozes de vocês ficam ótimas juntas.

— Há maneiras muito mais simples de demonstrar afeto por alguém, e que não envolvem humilhação pública — eu disse, mordaz. Situações como aquela me deixavam mordaz. Era o único modo de garantir minha segurança. — Um bom brunch, por exemplo. Ou uma caneta Montblanc.

Os olhos de Lincoln se estreitaram, como se quisesse dizer algo, porém meu namorado era sábio o bastante para não falar nada. Não que eu precisasse ouvir o que ele estava pensando. Já escutara uma dezena de vezes. Tínhamos aquela discussão repetidamente, o que nos impedia de viver em um estado de puro êxtase romântico.

Assim que sente qualquer emoção real se aproximando, Mateo, você foge o mais rápido possível. É como se não suportasse ser amado por um segundo que seja.

— Vou lá fora tomar um ar — eu disse a ele com um sorriso, para sinalizar que sabia o que tinha em mente e entendia como se sentia e sua frustração com minha falta de inteligência emocional. Um dia, Lincoln ia acabar se cansando e me deixando. Eu sabia, ele sabia e até mesmo minha mãe já devia imaginar, porém tomávamos o cuidado de não discutir aquilo. Não havia necessidade de nomear aquele espectro até que se encontrasse à nossa porta.

Enquanto me dirigia à saída, algumas pessoas vieram me perguntar sobre o acidente no poço, no entanto baixei a cabeça e as ignorei.

Não me lembrava de muitos detalhes da queda, ocorrida um quarto de século antes. Tampouco me lembrava do desespero da equipe de resgate fazendo tudo o que podia para me tirar de lá, embora tivesse ouvido aquela história tantas vezes que seria capaz de repeti-la dormindo. A única coisa que ficara comigo era uma imagem do círculo azul lá no alto. Havia algo de bonito nele — não na forma ou na cor, nem mesmo na nuvem ocasional que passava de tempos em tempos e me lembrava de fumaça saindo de uma chaminé, mas na consciência de quão distante estava.

Sentia muita falta daquela sensação. De como era relaxante. *Libertadora*.

Até onde me lembrava, tinha sido a primeira vez que eu saíra da sombra da minha mãe e entrara na minha própria.

***

— É um hábito terrível, não acha?

Eu estava escondido no beco atrás da casa noturna, onde tudo cheirava a álcool semidigerido e casquinhas frescas da sorveteria ao lado, quando meu primeiro fã chegou. Ele segurava um cigarro fino entre o indicador e o dedo do meio, mas não me deixei enganar. Em noites como aquela, quando minha mãe estava com tudo, alguém quase sempre aparecia para me perguntar sobre minha experiência no acidente.

— Não fumo. — Ergui as mãos para mostrar que estavam vazias, a não ser pelo celular. Vídeos de filhotes de cachorro no TikTok eram a única coisa que me salvava em momentos como aquele. Precisava daquele apelo para que tudo voltasse ao seu lugar. — Desculpe.

— Se importa se eu fumar?

Balancei a cabeça em uma negativa e pensei em ir para o outro canto do beco, porém ali o cheiro seria mais de regurgitação do que de casquinha de sorvete, por isso me mantive onde estava.

— Meu médico diz que isso vai acabar me matando. — O homem soltou uma risadinha enquanto acendia o cigarro. Um leve sotaque britânico deixava sua voz mais nítida, o que era agradável. — Mas vamos todos morrer um dia. Alguns só mais cedo que outros. É melhor eu aproveitar enquanto posso.

Aquilo não exigia resposta, por isso fiquei calado. O que não o impediu de prosseguir.

— Foi uma bela atuação aquela. Você se saiu muitíssimo bem, mas não parecia estar gostando muito.

Como eu não podia ficar em silêncio para sempre, falei:

— Porque não estava mesmo.

— A história da queda no poço é verdadeira?

Soltei um suspiro.

— Olha, se quiser um autógrafo ou uma selfie, vamos ter que ir para a frente da casa, onde tem mais luz.

— Selfie? — Ele deu risada. — Pareço o tipo de homem que pede uma selfie?

Notei que se tratava de um cara muito mais velho do que eu pensava. Estava tão escuro ali no beco que eu não tinha como enxergar muito bem, porém, pelo que conseguia, calculei que ele devia ter uns setenta ou oitenta anos, com a pele escura marcada por rugas profundas dos dois lados da boca. Era magro demais, na opinião de um ex-profissional da saúde, e com os olhos amarelados demais, o que também devia ser efeito da nicotina. No entanto, estava muito bem-vestido.

Incapaz de resistir ao impulso, dei risada.

— Tá, talvez você não queira uma selfie. Mas ficaria surpreso com quantas pessoas me pedem uma. Tenho até uma hashtag própria: #MateoOMilagre. Fui parar nos trending topics uma vez.

— Não sei o que nenhuma dessas palavras significa — o homem confessou, e me vi simpatizando com ele. — Mas sua história me parece muito interessante. Quantos anos tinha quando aconteceu?

— Sete — falei, preparado para me lançar num discurso pronto.

Era a primeira coisa que eu decorara, muito antes da letra de "Forever Young" e das falas de Julieta na cena da sacada. Fazíamos Shakespeare como no original na escola católica só para meninos onde eu estudara — até porque não tínhamos escolha. Embora eu tivesse me saído muito bem como Julieta, minha melhor interpretação fora a de Ofélia. Meus pais sempre choravam na cena do afogamento.

— Estávamos visitando amigos da família — falei, com uma voz beirando a poesia. — Eles tinham uma fazenda enorme, e me afastei um pouco, na esperança de deparar com as cabras. Caí em um poço antigo e vazio, que fazia décadas que não era usado. Mesmo depois de anos, ninguém sabe por que estava aberto naquele fatídico dia, porém...

— Eu me lembro disso — ele interrompeu, embora eu ainda não tivesse chegado à parte boa. Então, parecendo genuinamente preocupado, perguntou: — Você sabe que seu nariz está sangrando?

— Ah, nossa. Está? — Procurei o pacote de lencinhos de papel que sempre tinha no bolso para ocasiões assim, então recordei que aquela calça estava justa demais para tal coisa. — Desculpa, acontece às vezes...

— Aqui. Use o meu. — Ele pôs o lenço na minha mão antes que eu pudesse recusar. E eu teria recusado, se me fosse possível. Aquele homem não tinha noção de quantos germes por centímetro quadrado lenços de pano continham? Eu sempre tentava convencer Sloane a parar de carregar um lenço de pano. Por mais que tivesse um bordado delicado, era nojento. — Você precisa se sentar?

— Não, estou bem. — Inclinei a cabeça para trás, em uma tentativa de conter o sangramento repentino. — É só estresse.

— Desculpa. Reviver o trauma faz isso com você? Não vou perguntar mais nada. — Ele cumpriu sua determinação de imediato, não apenas parando com as perguntas como deixando de lado toda a questão do poço. Aquilo acontecia tão raramente na minha vida que fiquei desorientado por um momento. Até que voltou a falar: — Ouvi você mencionando um clube do livro do qual faz parte?

— Hum... sim.

— Perdoe minha indiscrição. É que sou crítico literário, então qualquer coisa relacionada a literatura chama minha atenção, mesmo em uma casa noturna. — Ele abriu um sorriso que, estranhamente, fez com que me sentisse melhor em relação a manchar seu lenço de sangue. — Meu nome é Nigel Carthage. Talvez já tenha ouvido falar de mim.

— Desculpa — eu disse, dando de ombros. Sloane provavelmente seria capaz de dizer o nome de cada crítico literário do país e o veículo em que trabalhava, em ordem alfabética, porém eu nunca passara de um amador. — Não estou lembrado.

— Não importa. Só queria perguntar se vocês aceitam mais gente. Acabei de me mudar e descobri que a maior parte dos meus velhos amigos não se encontra mais aqui. — Ele pareceu achar graça. — Nesta região ou neste plano. Siga meu conselho e não envelheça. Não recomendo a ninguém.

— Ah. Bom, não sou eu quem coordeno o clube. — Fiz uma careta por trás do lenço. Dizer a um homem cujos amigos haviam morrido que a companhia dele era indesejada não era fácil. — Na verdade, ainda não participei de nenhuma reunião, então acho que não posso sair convidando.

A música que chegava de dentro da casa noturna ficou um pouco mais animada, o que significava que a parte do baile tinha começado — e que, se ninguém mais tivesse coragem de ser o primeiro, eu e meu Charleston nos fazíamos necessários.

— Bom, tenho que voltar lá pra dentro — eu disse, dando de ombros como quem pede desculpas. Pensei em devolver-lhe o lenço, mas concluí que seria melhor jogá-lo numa lareira. Ou no fundo do lago. — Desculpa por não poder ajudar, mas...

— Fique com meu cartão — o homem falou e, como um mágico, tirou do mesmo bolso do lenço um único cartão de visita. O nome Nigel Carthage estava escrito em letras grossas no centro, seguido de uma linha que o proclamava crítico literário nada mais, nada menos que da *New Yorker*. Eu não precisava ser Sloane para ficar impressionado com aquilo. — Se por acaso eles se demonstrarem abertos, adoraria dar uma passadinha para conversar. Você disse que vão ler *O clube da felicidade e da sorte*?

— Isso, mas... — comecei a dizer, sem muita convicção.

— Perfeito. — Ele sorriu para mim como se eu tivesse lhe entregue o bilhete premiado para visitar a fantástica fábrica de chocolate. — Imagino que você vá ter muitas contribuições interessantes a fazer. Com uma mãe como a sua, não poderia ser diferente.

17

Dois dias depois, estacionei diante da casa de Arthur McLachlan com meu exemplar de *O clube da felicidade e da sorte* no bolso e duas garrafas de vinho presas ao cinto de segurança do banco do passageiro. Lincoln tinha me garantido que uma única garrafa seria o bastante para uma reunião no meio da tarde, porém não conhecia Arthur, então eu havia ido discretamente à despensa e pegado o vinho tinto que Lincoln vinha guardando para o nosso aniversário de um ano de namoro. A tentação de abri-lo e bebê-lo sozinho antes de sair do carro era forte.

Assim que vi uma mulher sentada no meio da calçada com o que parecia ser uma travessa inteira de enchiladas esparramada em volta dela, como sangue esguichado de uma artéria aberta, soube que aquela segunda garrafa de vinho tinha sido uma boa ideia. E que eu *teria que dar um jeito* de incluir a metáfora da artéria no meu livro.

— Ah, nossa. Pelo cheiro, devia estar bom. — Aproximei-me dela com toda a suavidade possível para não a assustar enquanto estava debruçada sobre o molho grosso coberto de queijo. Pela descrição de Sloane, aquela devia ser a mulher que estava tendo problemas com a filha. — Eram enchiladas?

Assim que Maisey me viu, irrompeu em lágrimas. Não foi um choro do tipo resignado e discreto. Foi mais um lamento intenso e ranhoso, de partir o coração.

— Na verdade, ainda bem que você deixou cair — falei, voltando atrás o mais rápido possível. Como disse, não importava o que eu fizesse, o drama sempre encontrava um jeito de se infiltrar na minha vida. — Sou mortalmente alérgico a pimenta. Se a travessa tivesse chegado em segurança, nem sei o que teria acontecido.

— Sério? — Maisey me encarou por baixo dos cílios carregados de rímel. Rios pretos de tinta atravessavam suas bochechas. Combinavam com o agasalho de lã batida dela, que já seria questionável vinte anos atrás, quando estava na moda. Então deu uma olhada rápida e ansiosa para o outro lado da rua, onde um grupo de flamingos diante de um pequeno bangalô indicava que seu gosto questionável se estendia à decoração. — Eu não sabia. Talvez seja melhor eu ir para casa fazer uma salada de macarrão.

Ela pareceu falar sério, como se pudesse mesmo dar uma corridinha até em casa para cozinhar macarrão parafuso. Não consegui ir adiante.

— Não sou alérgico de verdade. Só achei que uma mentirinha pudesse fazer você se sentir melhor.

Maisey voltou a chorar na mesma hora. Ao enxugar as lágrimas com as mãos sujas de enchilada, ela acrescentava molho vermelho à bagunça que já estava sua maquiagem.

— Ah, poxa. — Olhei em volta à procura de ajuda, porém Sloane não estava por ali. *Típico*. Ela me atraía para seu clube do livro só para me abandonar antes mesmo que eu chegasse à porta de Arthur McLachlan. — Se faz você se sentir melhor, não tenho nenhum controle quando se trata de comida caseira. Acabaria comendo metade da travessa e passaria dias me sentindo péssimo depois. É melhor assim, juro.

— Você está f-falando só por f-falar. Só está t-tentando s-ser legal comigo.

— É verdade — admiti. — Olha, se eu abrir essa garrafa de vinho, você promete parar de chorar?

— N-não consigo!

— E dinheiro? Posso te dar dinheiro. — Fingi estar revirando os bolsos, porém o livro ocupava um inteiro. As únicas outras coisas neles eram o lenço recém-lavado de Nigel Carthage e um ingresso de cinema que entrara na máquina de lavar tantas vezes que se transformara em uma bolinha de papel. — Eu ofereceria um chiclete, mas você parece o tipo de mulher que aprendeu há muito tempo que não se deve aceitar doces de desconhecidos.

— B-Bella a-adorava d-doce — ela soluçou. — E agora s-se f-foi!

Dei um passo involuntário para trás, até meus dedos dos pés formigavam em alerta. Quando Sloane comentou que Maisey estava tendo problemas com a filha, imaginei que se tratasse da típica equação angústia adolescente mais drama de mulher branca. Não que a filha estivesse *morta*.

— Ah, nossa. Ah, meu Meus. Ah, merda.

Eu não falava palavrão diante de mães superprotetoras, porém a situação parecia permitir aquilo. Havia um motivo para eu sempre me esconder quando Arthur McLachlan entrava na biblioteca, além do fato de que não me pagavam para lidar com pessoas como ele.

O cara praticamente pulsava com emoções reprimidas. Tal qual Maisey.

Como não podia deixá-la sentada naquela poça de molho endurecendo rapidamente, agachei-me e ofereci o lenço de Nigel. Se notou as manchas cor de ferrugem que nem mesmo toda a cândida do mundo seria capaz de resolver, a mulher não demonstrou. Assoou o nariz com tanta força que quase me mandou para longe.

— Obrigada — Maisey disse, com a voz grossa. — Você é bonzinho. Aposto que sempre se lembra de ligar no Dia das Mães.

— Não tenho muita escolha — admiti. — Minha mãe é uma mulher difícil de esquecer.

— Você a trata bem? Leva-a para jantar? Surpreende-a com uma diária num spa de tempos em tempos?

— De vez em quando, acho. Mas nem preciso. Minha mãe faz massagem toda semana, e tenho certeza de que paga a cabeleireira para que fique de plantão. Ela é madrinha dos seis filhos da mulher.

Algo na minha confissão fez a mulher disparar a chorar outra vez. Com outro soluço, ela disse:

— Isso é m-muito f-fofo! Não sou m-madrinha de ninguém.

— Tenho certeza de que um dia vai ser. — Permaneci agachado à frente dela, com bastante desconforto, sem saber o que mais tinha a oferecer para reconfortá-la. Àquela altura, queria basicamente que a mulher se levantasse do molho, por isso tentei encontrar o ponto mais seco de seu agasalho para ajudá-la a ficar de pé. Estávamos na metade do caminho quando ouvimos uma voz masculina furiosa vinda de trás.

— O que está acontecendo aqui?

Terminei de me levantar e deparei com um homem alto e de ombros largos que não parecia nem um pouco satisfeito em me ver. Como eu sempre tivera um fraco por homens altos e de ombros largos — satisfeitos ou não comigo —, não fiquei preocupado.

— O que houve? Maisey, você está bem? — Ele se virou para mim como quem me acusava com os olhos. Eu não sabia explicar, porém algo neles me parecia familiar. — O que foi que você fez com ela?

— Nada, juro. Cheguei pro clube do livro e a encontrei assim.

— Pro clube do livro? — o homem repetiu antes que tudo se encaixasse e ele ficasse mais tranquilo. — Você é o Mateo, né?

Arrisquei uma continência de brincadeira.

— O próprio. E você é...?

— Este é Greg — Maisey disse, fungando. — Neto de Arthur. Também faz parte do clube.

Não ficaria mais surpreso nem mesmo se o homem tivesse me dito que era meu irmão havia muito perdido.

— Arthur tem um *neto*? — perguntei. Então, antes mesmo que ele tivesse tempo de absorver a questão, dei risada. — Deixa pra lá. Estou vendo agora. A semelhança é impressionante.

— Eu adoraria que as pessoas parassem de dizer isso — o cara murmurou antes de estender a mão para mim. — Desculpa se fui um pouco duro. As coisas andam meio tensas, mas vou dar um jeito. Sou o Greg.

Segurei sua mão e a apertei. Até já entendia por que Sloane não o mencionara. *Aquela safada.* Greg não poderia ser mais diferente do educado e certinho Brett Marcowitz nem se fosse personagem de algum livro de uma das irmãs Brontë.

— Quando Arthur McLachlan está envolvido, as coisas estão sempre tensas — garanti a ele.

— D-desculpa — pediu Maisey. Ela pareceu ter recuperado um pouco de sua cor, e os soluços agora estavam mais espaçados. — Não queria dar escândalo. É que desde que Bella...

Prendi o fôlego, certo de que as próximas palavras confirmariam meus piores medos. Felizmente, acabaram confirmando apenas meu quarto ou quinto pior medo.

— ... se mudou, ando um pouco... chorosa. Ela não ligou nem mandou mensagem dizendo que chegou bem. Só sei onde está porque se esqueceu de desativar a localização do celular.

Maisey tentou me devolver o lenço, no entanto decidi que não queria mais saber daquela abominação.

— Quantos anos tem? — perguntei. — Sua filha, digo.

— Dezesseis.

— Bom, isso explica.

— Explica o quê? — Maisey perguntou, ainda fungando.

Peguei meu exemplar de *O clube da felicidade e da sorte* e o brandi como se fosse a Bíblia e eles fossem minha congregação. Talvez as enchiladas não pudessem ser salvas, porém eu ainda tinha esperanças no que dizia respeito àquela pobre mulher. — Imagino que ainda não tenha terminado o livro.

— N-não. Não sou uma leitora muito rápida.

— Bom, vou te poupar do trabalho. As mães são dominadoras. Os pais, em sua maioria, ficam de fora. E as meninas adolescentes... bom, são simplesmente umas vacas.

A pura verdade caiu como uma bomba, fazendo Maisey arfar audivelmente. Greg pareceu que ia rir, porém conseguiu se conter no último minuto. Tomei aquilo como sinal de que não havia tanto de Arthur McLachlan nele quanto as aparências sugeriam.

— Estou falando sério. Você conhece adolescentes? Elas são horríveis. — Folheei o livro, como que para provar meu argumento. — Uma das meninas da história se recusa a jogar xadrez só para não deixar a mãe orgulhosa. Outra faz a mesma coisa com o piano. Uma delas literalmente assiste ao irmão mais novo morrer porque ficou brava de ter que cuidar dele.

— Tem certeza de que estamos lendo o mesmo livro? Não acho que seja isso que... — Greg começou a falar, mas eu o interrompi com um gesto. A tal da Maisey estava claramente começando a gostar de mim. Ser lógico e fazer uma análise literária fundamentada não a ajudaria a recuperar a compostura.

— Não, não estou dizendo que você é uma mãe dominadora — prossegui, embora aquilo estivesse escrito na cara dela. — Só acredito que sua filha te veja como uma. Porque todas veem. Até a última delas. As filhas precisam inventar algum tipo de trauma como parte do crescimento, e esse é o que cola mais facilmente. O livro tem até um trecho que fala sobre isso.

Como os dois permaneceram imóveis, esperando que eu encontrasse o tal trecho, folheei meu exemplar à procura.

— "Eu tinha parado de comer, não por causa de Arnold, que eu esquecera havia muito, e sim para ser elegantemente anoréxica, como todas as outras meninas de treze anos de idade, que faziam regime e encontravam outras maneiras de sofrer enquanto adolescentes." — Hesitei, porque até mesmo a mim aquilo parecia duro. — Longe de mim diminuir a importância de um distúrbio alimentar, mas vocês sabem do que ela está falando. As viborazinhas adoram um drama. Se alimentam disso. E, se não têm nenhum drama na vida, vasculham até o encontrar. Em geral, na forma da mãe.

— Está falando por experiência própria? — Greg perguntou, a enunciação farpada transmitindo ao mesmo tempo sarcasmo e educação.

Tive que dar uma gargalhada. Aquele homem não fazia ideia de quão perto chegara. Eu nunca fora uma menina adolescente, era verdade, e definitivamente não servia para ser pai, porém sabia uma ou duas coisas acerca de sobreviver a um encontro com uma figura maternal opressiva.

— Não exatamente — admiti. — Vamos apenas dizer que ainda estou tentando superar minha mãe.

177

Aquilo pareceu encerrar o assunto. Maisey respirou fundo, pegou as últimas enchiladas do chão e se preparou para encarar as provações que viriam.

— É melhor comermos o que der — ela disse. — Se ficarmos com fome, sempre podemos pedir uma pizza.

— Ah, com certeza vamos pedir uma pizza. — Greg sorriu. — Meu avô vai *odiar* isso. Talvez fique tão distraído que nem note Mateo tentando medir a pressão dele.

— Medir a pressão? — repeti, rindo. Só ia chegar perto daquele velho rabugento com o aparelho de pressão na minha mão se me pedissem para estrangulá-lo com ele.

— É. — A ansiedade pareceu tomar conta dos olhos de Maisey. — Sei que medir a pressão vai ser especialmente difícil, mas do restante você deve conseguir ter uma ideia, não? Dos batimentos cardíacos, da respiração, essas coisas.

— Hum, por que eu faria isso? Prefiro ir embora com os membros intactos, obrigado. Ainda preciso deles.

Maisey e Greg trocaram um olhar carregado de significado.

— Ah, não — ela falou. — Sloane não falou das suas obrigações?

— Minhas... obrigações? — repeti, sem gostar do rumo que a conversa tomava. — Li o livro. Não era só isso? Deveria ter preparado um monólogo? Sem querer ofender, mas ando tentando *evitar* os palcos.

— Não, não é isso. — Ela reduziu a voz a um cochicho conspirador. — Estou falando da parte da enfermagem.

Meu sexto sentido começou a entrar em cena — e com "sexto sentido" quero dizer um formigamento subindo e descendo pela minha coluna.

— Que parte da enfermagem?

Maisey cravou os dentes no lábio inferior.

— Sloane não te disse nada?

— Não — confirmei. Começava a concluir que Sloane tinha deixado muita coisa de fora. O medidor de pressão. As enchiladas. O jovem alto que não era seu noivo. Aquele estava se revelando um clube do livro *bastante* intrigante.

— Por favor, me digam que fui convidado a participar do clube porque sou inteligente e sagaz — pedi.

— Você foi! — Maisey foi rápida em garantir. — Tenho certeza. É só que... o Serviço de Proteção ao Adulto entrou em cena, e não sabemos mais o que fazer.

Inclinei a cabeça para trás e gemi. Eu ia *matar* Sloane por causa disso.

Greg pigarreou com delicadeza.

— Você não precisa fazer nada com que não esteja confortável, prometo. Só precisam que um profissional da saúde se responsabilize pelos cuidados do meu avô. Para garantir que esteja sendo bem cuidado. Sloane achou que talvez você toparia dar uma olhadinha discreta nele enquanto estivesse aqui.

Maisey entrelaçou as mãos à frente do corpo.

— Poderíamos pedir ao noivo de Sloane que fizesse isso, mas ele... bom... você sabe.

Ergui uma mão.

— Não precisam dizer mais nada. Estou dentro.

Os dois ficaram me olhando, compreensivelmente surpresos com a reviravolta.

— Espera — Greg disse. — Sério? Simples assim?

— Brett Marcowitz é uma bolota de argila bege e úmida — afirmei, como se servisse de explicação. — Se esse plano é algo que ele não aprovaria, vocês têm meu apoio total.

Em vez de achar aquilo estranho, Maisey deu uma risadinha.

— Então você também não gosta dele?

Não gostava. Vira o noivo de Sloane pouquíssimas vezes, porém a cada encontro ficava com uma sensação mais desagradável. Em se tratando de relacionamentos felizes e prósperos, eu não era uma autoridade, claro, no entanto sabia que não deveria me envolver com um cara como aquele. Brett era sem graça e condescendente, do tipo que usava colarinho levantado sem ser por ironia e que lia revistas de arquitetura.

Odiava que Sloane se contentasse com aquilo. E odiava ainda mais sentir uma leve pontada de ciúmes por ela conseguir fazer isso.

179

— Vamos apenas dizer que nós dois não temos muito em comum — resumi. — Sou divertido, e ele não. Levo alegria e luz para a vida das pessoas, e ele suga tudo o que há de bom nela.

Maisey levou uma mão à boca para se impedir de gargalhar. Sorrindo com ela, comecei a me preparar mentalmente para o desafio que enfrentaria. Podiam ter me enganado para me atrair ao clube do livro, e Sloane ia ficar me devendo uma, porém eu era muito bom em fingir que sabia o que estava fazendo.

Quando se era um Sharpe, havia uma única regra: o show sempre tinha que continuar.

18

Ter ficado cara a cara com a morte não havia melhorado Arthur McLachlan nem um pouco.

— Eu sei *mesmo* quem você é — ele resmungou no instante que botei o pé dentro da bagunça que era sua sala de estar. Era exatamente como eu achava que fosse: lotada de móveis e livros, tudo torto como se tivesse sido sacudido por um terremoto havia pouco. A maior parte dos móveis já passara do prazo de validade, no entanto havia um porta-guarda-chuva na entrada que cobicei com cada gota do meu ser. Era *lindo*, daquele tipo vitoriano bem antigo, feito com uma pata de elefante de verdade, oco e macabro. — Você é o bibliotecário que sempre tenta me convencer a me inscrever nas aulas de bordado enquanto retiro os livros. Nunca entendi o motivo da insistência. *Pareço* do tipo que faz aula de bordado?

Tudo dentro de mim me dizia para sair correndo atrás de proteção antes que a coisa começasse a ficar feia de verdade. Tudo com exceção do instinto que me fez fitar Sloane nos olhos. Notei brevemente seu rubor de culpa e súplica, e não tive escolha.

Me ajuda, dizia. *Me protege*.

E, nas entrelinhas, um muito determinado *"senão..."*.

— Tenho que perguntar a todo mundo que pega emprestado um livro se não quer entrar na turma de bordado — falei, dando de ombros. — A mulher que dá as aulas é uma das maiores doadoras da biblioteca. Precisamos fazer com que se sinta valorizada, porque ela vive ameaçando investir o dinheiro nas artes.

— Ham-ham — Arthur disse, à guisa de resposta. Tipo, literalmente. Ele enunciou as duas sílabas. *Ham-ham*, substantivo: uma maneira de velhos irritadiços que sabem que estão errados não admitirem isso.

— Por que não se senta aqui, ao lado de Arthur? — Maisey disse, conduzindo-me mais para dentro da casa. Reconheci aquilo como um artifício para me deixar perto do velho. Verificar a temperatura e a oxigenação sem que ele percebesse seria impossível, porém tudo de que precisava para ouvir a respiração era estar próximo dele. Fazia anos que eu não trabalhava como enfermeiro, e nunca me entusiasmara muito com a função, porém Arthur ainda parecia estar em forma para brigar. — Imagino que vocês dois precisem botar o assunto em dia.

— Não tenho nada a dizer a esse homem. — Arthur se ajeitou de modo a ocupar o dobro de espaço no sofá. — Ele pode se sentar no chão, ao lado de Sloane.

— Não seja ranzinza, Arthur. — Sloane pegou uma almofada e atirou nele. — Mateo está aqui como meu convidado, o que significa que vai ser tratado com o respeito que merece.

Ela sorriu para mim de um jeito que tornava minha fuga impossível. Gostando ou não — e eu não tinha certeza de que gostava —, agora eu estava oficialmente em conluio com os outros. Ainda mais considerando que Greg bloqueava a única saída.

— Depois de Octavia, não conheço ninguém que saiba tanto de literatura quanto Mateo — Sloane acrescentou. — Fora que agora você vai precisar puxar o saco dele se quiser que a biblioteca tenha bons livros. Mateo acabou de ser promovido ao conselho de aquisições.

Conforme me sentei no sofá, meu corpo todo ficou tenso, pronto para o ataque. Arthur revirou os olhos para Sloane.

— Isso é verdade? Estamos falando da mesma vaga que você não conseguiu e por isso acabou se demitindo?

— Arthur! — A voz de Maisey daquela vez saiu firme. — Ela foi demitida por *sua* causa, lembra?

Ele fungou.

— Me lembro do que ela disse. Mas ninguém pode achar que vale a pena perder o emprego por conta de um velho desgraçado como eu. Sloane só me usou de desculpa.

Não sei como ou onde encontrei coragem, porém estiquei o braço e peguei o pulso do sr. McLachlan. Com uma olhada rápida no relógio na cornija da lareira, contei por um tempo seus batimentos cardíacos, que se revelaram constantes e fortes, enquanto seu corpo todo se mantinha tenso como se esperasse uma resposta de Sloane.

— Foi um pouco mais… complicado que isso — ela acabou dizendo.

— Cálculo é complicado. Pedir demissão para cuidar de um velho inútil é no mínimo tolice.

Aquela discussão parecia um pouco mais franca do que as que eu presenciava entre os dois. Menos brincalhona e mais cheia de farpas, mais próxima do ataque pessoal que eu ouvira naquele último dia. Não que ele estivesse totalmente errado.

No entanto, parecia que os outros discordavam de mim.

— Ora, essa é a maior besteira que já ouvi na vida — Maisey comentou. — Depois de tudo o que ela sacrificou, seria merecido se Sloane saísse por aquela porta e nos levasse consigo, deixando você sozinho com seus livros, essa sua postura e seu, seu…

— Seu neto igualmente desgraçado — Greg completou, firme. — Acredite em mim, vô, quando digo que é a última coisa que tanto eu quanto você queremos que aconteça.

Parecia que tinham chegado a um impasse. Arthur resmungou e puxou o braço da minha mão.

— Me solta — murmurou, esfregando o pulso como se eu o tivesse machucado.

Eu estava satisfeito com o que descobrira. O puxão provara que ele ainda tinha tônus muscular, e consegui ver que suas pupilas estavam tão dilatadas quanto deveriam à luz da sala de estar. Podia não ter estudado tanto quanto, vamos dizer, Brett Marcowitz, porém sabia reconhecer um idoso saudável quando um se agitava do meu lado.

— Não sei por que estão todos se unindo contra mim — Arthur falou, obstinado. — É a *minha* casa e o *meu* clube do livro. Vocês só estão aqui porque eu permito.

Então ele se virou para mim, com o dedo erguido em alerta. Eu estava tão satisfeito com o fato de que não conseguia identificar tremor algum naquela mão firme e segura que não me dei conta de que Arthur estava direcionando toda a sua fúria a mim até ser tarde demais.

— Você. Rapaz do bordado.

Abaixei a cabeça.

— Hum, será que posso escolher outro apelido?

— Quanto a tal mulher doa? Aquela de quem você puxa o saco todo santo dia?

"Rapaz do bordado" já era ruim o bastante, mas agora ele estava indo longe demais.

— Está perguntando quanto ela doa à biblioteca? — Olhei para Sloane, em dúvida. Aquele tipo de coisa estava mais na alçada dela do que na minha. Pouca coisa acontecia na biblioteca sem que Sloane soubesse, planejasse e se envolvesse profundamente.

As palavras seguintes dela provavam isso:

— Não sei dizer a quantia *exata*, mas sei que está na casa dos cinco dígitos.

— Só isso? — Arthur voltou a pigarrear, daquela vez mais em triunfo que para se opor. — Ótimo. Diga à sua chefe amanhã que dobro a doação da mulher, desde que ninguém nunca mais me convide a participar daquelas aulas idiotas.

Arthur chegou mesmo a rir dos inevitáveis arquejos de ultraje que se seguiram.

— Se eu soubesse a facilidade com que vocês cedem às excentricidades dos ricos, teria feito isso há anos — ele comentou. — Posso fazer outras exigências também? Acho que todo mundo deveria usar gola alta às terças-feiras.

— Não é assim que funciona, Arthur... — Sloane começou a dizer.

— Golas altas fazem meu pescoço parecer curto demais — Maisey comentou.

— Você não pode estar falando sério — foi o protesto final, de Greg. Como eu imaginava que ele fosse o herdeiro daquele reino em particular, incluindo do aparador de guarda-chuvas feito de pata de elefante, sua objeção me pareceu a mais válida.

— Não estamos aceitando doações no momento — menti, em uma tentativa de acabar com a discussão. — Então não importa o tipo de exigência que gostaria de fazer. — Como eu duvidava que Arthur McLachlan já tivesse deixado que alguém abreviasse suas discussões, completei: — Mas se quiser muito, prometo que venho de gola alta a todas as reuniões do clube. Ao contrário de Maisey, me cai superbem.

***

— Tem certeza de que deveria tomar o vinho assim tão rápido?

Eu estava na cozinha de Arthur, debruçado sobre a pia, virando a taça de vinho tinto de que havia me servido para me acalmar. Fazia só uma hora que aquilo começara e eu já havia sido chamado de todos os xingamentos utilizados desde a Idade Média. Não importava o que dissessem sobre Arthur McLachlan, ele era um erudito. Nunca havia sido chamado de "úvula pestilenta de Deus", no entanto pretendia usar aquela expressão em todas as festas a que fosse pelo resto da minha vida.

— Sem querer ofender, mas acho que mereço — falei enquanto me servia de uma segunda taça bastante generosa. — Então você queria que eu entrasse para o seu clube do livro, é?

Sloane teve a decência de ficar vermelha.

— Não é tão ruim quanto parece. Eu ia contar sobre a parte da enfermagem. Só queria que conhecesse todo mundo primeiro.

— Ou seja, você queria que eu me apegasse a todo mundo primeiro — falei, apontando a taça para ela. — Você é tão mentirosa. Disse que queria que eu participasse por causa da minha bagagem profissional.

— É isso mesmo! Só que não da bagagem profissional de bibliotecário.

— Você me usou. Me fez inchar de importância e depois esvaziar como um cateter de balão.

— Só porque estávamos desesperados — Sloane disse, e me desarmou com um sorriso rápido e travesso. — Além do mais, acho você está curtindo. Fiquei de olho em você. Gostou da sensação de uma vez na vida levar a melhor sobre Arthur.

— Gosto de muitas coisas questionáveis — retruquei. — Incluindo você. Quem poderia imaginar que era uma conspiradora cruel sob a fachada de bibliotecária pacífica?

— Não sou nada disso! Nunca conspirei pra nada na vida. Só pareceu a solução mais fácil.

Olhei para ela, desconfiado e sem acreditar em nada do que dizia. A Sloane Parker com quem eu trabalhava talvez não fosse muito de conspirar, mas aquela mulher era. Em algum momento do mês anterior, ela devia ter criado confiança. Podia não ser muita ainda, talvez estivesse nos primórdios, mas a mudança era notável.

— Isso significa que você não vai assinar nem um formulariozinho pra mim? — Sloane perguntou, voltando os olhos pidões na minha direção. — E talvez dar uma conferida em como ele está durante as reuniões, só pra gente ter certeza de que houve melhora?

Nós dois sabíamos a resposta.

— Tá, mas você vai precisar trazer mais vinho na próxima reunião. *Bem mais*. Aquele homem é péssimo.

Ela pareceu dividida entre me abraçar e começar a cantar e dançar bem ali, no piso de linóleo. Como continuava sendo Sloane Parker, contentou-se com um sorriso.

— Obrigada, Mateo. Isso significa muito mais pra mim do que você imagina.

Dava para ver que um nó se formava em sua garganta, o que também faria um nó se formar na *minha*, por isso bati com meu quadril no dela.

— Da próxima vez que precisar de um favor, Parker, é só pedir. Fico sempre feliz em ajudar uma amiga.

Como aquilo só pareceu deixá-la com ainda mais vontade de chorar, peguei meu exemplar de *O clube da felicidade e da sorte* e voltei para a sala. Tínhamos parado na discussão sobre as ruas de São Francisco e precisávamos voltar a ela.

— Espera. Este exemplar não é seu. — Sloane apontou para o livro, que para todos os efeitos era idêntico ao que eu comprara na semana anterior. Ela o pegou de mim e o folheou até chegar a um trecho destacado em amarelo. — Viu? Você não destacou isso.

Olhei para o trecho em questão antes de lê-lo em voz alta.

— "Todas nós somos como escadas, com um degrau atrás do outro, subindo e descendo, sempre indo na mesma direção." — Franzi o nariz e voltei a olhar para o livro. Tinha até a etiqueta de preço da Well-Read Moose, uma livraria independente da cidade, de modo que só podia ser o meu. — Talvez alguém tenha devolvido depois de ler. Você sabe que algumas pessoas tratam bibliotecas e livrarias como se fossem a mesma coisa.

Ela balançou a cabeça.

— Não. Este exemplar é do Arthur. Todos os livros dele estão destacados assim. Todos *mesmo*. Faz semanas que estou aqui catalogando a coleção.

— Ei, Mateo, você viu meu... — Greg enfiou a cabeça na cozinha, mas se interrompeu assim que viu Sloane. Sem que sua expressão se alterasse, acenou com o queixo para a mão dela. — É o meu livro.

— Ah. Achei que fosse do seu avô.

— Não é.

Ele recuperou o livro tão depressa que tanto eu quanto Sloane ficamos nos sentindo meio rejeitados.

— Desculpa — ela murmurou. — Vi os trechos destacados e imaginei...

— Você *leu* os trechos?

— Li, mas só alguns. Você sabia que seu avô faz exatamente igual?

— Não mexa nas minhas coisas — Greg falou. Depois de um breve conflito interno, acrescentou: — Por favor.

— Nossa. O que foi que você fez com o coitado? — perguntei assim que a porta se fechou atrás dele. — Ele foi simpático comigo. Legal até.

A compressão dos lábios de Sloane indicava que não se tratava de um assunto que ela gostaria de abordar no momento. No entanto, conseguiu abri-los o bastante para falar na sequência:

— Greg não gosta muito de mim. A gente não se conheceu nas melhores circunstâncias. Ele acha que eu... — Ela deixou a frase se dissipar e balançou a cabeça. — Não sei o que acha, pra ser sincera. Mas não importa. Arthur precisa do neto mais do que está disposto a admitir. A última coisa que quero é ficar no caminho do que quer que os dois estejam tentando resolver.

Dizer e fazer aquilo — dar o sangue para reparar o relacionamento de outras pessoas — era tão a cara de Sloane que precisei suspirar. Se o *meu* problema era evitar qualquer tipo de envolvimento emocional, o dela era não resistir a emoção alguma. Na maior parte dos dias, mergulhava nelas como Isabel Báthory mergulharia em um novo tratamento de pele.

— A maioria das pessoas teria desistido de Arthur McLachlan há muito tempo — falei. — Não tenho certeza de que ele mereça tudo isso.

Quando ela respondeu, sua voz saiu mais baixa:
— Por que acha que estou tão determinada a cuidar dele?

19

— Mateo, seu bandido lindo. Por que não me avisou?

Eu estava debruçado sobre uma caixa de materiais de arte na Área 51, o depósito geral no porão da biblioteca, quando Octavia chegou. Deveria ter percebido que ela se aproximava, dado o barulho da seda contra o linho, porém fazia tanto tempo que estava procurando o estoque de papel machê que aquilo me passara despercebido.

— Por que não avisei você do quê? — perguntei, levantando-me. Aquela seria a última vez que ia me voluntariar para cobrir a oficina de Sloane chamada "Vamos fazer a capa de um livro!". Depois daquilo, precisaríamos voltar à contação de histórias, e nenhum argumento me convenceria do contrário. Vinte crianças agitadas fazendo perguntas sobre as escolhas de vida da Chapeuzinho Vermelho já era ruim o bastante; eu não precisava de uma quantidade absurda de papel e cola para piorar as coisas.

— Sobre a doação — Octavia disse, sorrindo para mim da porta. Ela não explicou mais, no entanto eu sabia do que estava falando. *Infelizmente.* — Não recebemos tanto dinheiro de um único doador há anos.

— Ah, não — soltei. — Ele fez isso mesmo? O velho avarento assinou um cheque?

— Não sei se dá para chamar o cara de avarento, mas sim. Entregou o cheque hoje de manhã e se desdobrou em elogios para *você* enquanto o fazia. Se eu já não tivesse te promovido, você seria o próximo da fila, sem dúvida.

Aquilo era estranho, porque Sloane merecia o crédito por tudo o que estava relacionado a Arthur. No entanto, eu é que não ia recusar aquela aprovação repentina.

— Isso significa que posso passar para Janell as atribuições do Cantinho dos Pequenos Leitores? — Abandonei a tentativa de encontrar os materiais e voltei a guardar a caixa na prateleira. — Porque parece uma troca justa pelo cheque de cinco dígitos de Arthur McLachlan. Espero que ele não tenha dito nada sobre gola alta, porque eu estava brincando. Mais ou menos.

Isso a fez hesitar por um instante.

— Arthur McLachlan? Gola alta? Do que está falando?

Minha hesitação foi só um pouco menos repentina.

— Depende. Do que *você* está falando?

— Se está sugerindo que foi Arthur quem fez a doação, errou feio. Não teve nada a ver com ele.

— Espera. — Observei-a perplexo. — Sério? Se não estamos falando de Arthur, quem fez a doação? E o que teve a ver comigo?

— Nigel Carthage. — Octavia me passou um pedaço de papel. Precisei de apenas dois segundos para identificar que era o recibo de uma doação de vinte mil dólares. — Eu não fazia ideia de que você conhecia um dos críticos da *New Yorker*, mas não posso dizer que fico surpresa. Sempre achei que você estava escondendo o jogo.

Queria dizer que não estava escondendo jogo nenhum, porém meu coração batia rápido demais.

— Nigel Carthage? — repeti, mais para mim mesmo do que para Octavia. — Um senhor com sotaque inglês? Meio magro? Mas com roupas ótimas?

— O próprio. — Octavia se sentou e cruzou os braços, satisfeita. Eles estalaram como se segurassem um saco de Doritos. — Onde foi que você conheceu um homem desses?

— No show da minha mãe — falei. Meu coração continuava batendo forte, todavia de maneira mais contínua e monótona agora. Aquilo começava a ficar *muito* esquisito. Nada que eu dissera para o homem justificava aquela consequência. Talvez uma ligação. Um encontro casual do lado de fora de outra casa noturna. Mas aquela quantia de dinheiro sem aviso para o meu local de trabalho? Era o começo perfeito para uma série documental de assassinato. Depois de um momento, acrescentei: — Ele me seguiu até a saída e pediu para entrar no meu clube do livro.

— Então, por favor, deixe o cara entrar — Octavia disse. — Você sabe o que esse nível de doação pode fazer pela biblioteca. Pela *comunidade*.

— É, é, eu sei — falei, mas sem muita convicção. Octavia podia ter usado um tom leve e animado, porém eu tinha certeza de que aquilo era uma ordem. Em seu mundo, um assassinato era um preço pequeno a pagar por fundos para a biblioteca. — Quando ele veio trazer o cheque, falou alguma coisa mais específica a meu respeito?

— Pra ser sincera, não prestei muita atenção. Por causa dos cifrões nos meus olhos. — Ela ficou em silêncio por uns minutos. — Por quê? Qual é o problema?

— Só estou pensando em voz alta. Mas se eu deixar o cara entrar no clube do livro e acabar sendo encontrado no fundo do lago, não se esqueça de relatar esta nossa conversa pra polícia, tá?

Ela deu risada para mostrar que achara graça na piada, contudo eu só estava brincando em parte. A verdade era que um homem na minha posição tinha muito pouco a oferecer a Nigel Carthage.

Ou, já que estou sendo sincero, muito pouco a oferecer para o mundo de modo geral.

***

A tentativa de assassinato ocorreu antes do esperado.

Eu estava atravessando o parque, no caminho da biblioteca até o carro, quando uma figura sombria saiu de trás das árvores e correu na minha direção. Tudo bem que eram só 17h, e o sol permanecia bem acima do lago. E àquela altura do verão todas as famílias num raio de noventa quilômetros saíam para dar uma volta naquele horário, o que garantia a presença de muitas testemunhas.

Só que a figura era grande. E rápida. Então entrei em pânico.

— Fico com mancha roxa fácil! — gritei, erguendo a mão para que servisse de escudo para os ossos delicados do meu rosto.

— É mesmo? — a figura perguntou, parando à minha frente. Depois de um momento, acrescentou: — Dizem que tomar vitamina C ajuda. Um enfermeiro não deveria saber disso?

Baixei a mão, reconhecendo a voz forte, porém simpática.

— Greg? O que está fazendo aqui?

— Vim correr um pouco — respondeu, como se fosse a coisa mais natural do mundo, o que, considerando o número de pessoas brincando por ali em roupas de academia, devia ser mesmo. O único corpo estranho ali era eu. — Maisey me disse que você estava no trabalho, então pensei em dar uma passada pra conversar. Espero que não tenha problema.

— Depende... É sobre seu avô? — Com minha segurança garantida por mais um dia, não via problema nenhum naquilo, a menos que ele pretendesse arrastar Arthur McLachlan chutando e gritando para a conversa. Acenei com a cabeça para que Greg fosse comigo até o carro. Ele enfiou as mãos o mais fundo possível no bolso e controlou as passadas para me acompanhar.

— Hum...

Ótimo. Era *mesmo* sobre Arthur.

Contive a vontade de suspirar.

— Antes que você me pergunte: não, não acho que ele vai desmaiar do nada e morrer de repente na próxima semana. Mas, se está preocupado, sugiro que dê um jeito de levá-lo a um *médico*. Não há muita coisa que eu possa fazer em uma reunião de clube do livro sem que ele perceba.

Greg balançou a cabeça.

— Não, não é isso. — Ele ficou ligeiramente corado e acrescentou. — Digo, é claro que é *bom* saber que ele não vai morrer agora. Obrigado por ter deixado isso claro. Mas o que eu queria era te perguntar sobre ela. A garota. A mulher.

Greg disse a última parte como se estivesse ao celular enquanto passa por um túnel. *Ela. A garota. A mulher.*

— Está falando de Sloane?

Ele curvou os ombros, como se numa tentativa de se adequar à minha estatura.

— Isso. Você a conhece bem, né?

Não tinha certeza do nível de detalhe que Greg esperava de mim — ou do nível de detalhe em que Sloane gostaria que eu entrasse —, por isso dei uma enrolada.

— Ela vai cuidar bem do seu avô — garanti —, se é essa a preocupação. Sei que Sloane não parece páreo para ele, mas os dois estão nessa coisa de cão e gato já faz tempo. Acho que gostam.

O grunhido de Greg indicava que já havia chegado a uma conclusão similar, por isso continuei falando.

— Até Arthur ficar mal, era divertido. Tínhamos até um placar secreto na sala de descanso, para acompanhar quem estava ganhando. Só que da última vez que ele apareceu na biblioteca... — Deixei a frase se dissipar e balancei a cabeça. Nunca vira Sloane tão abalada quanto depois do ataque de Arthur. — Vamos apenas dizer que seu avô falou coisas bem horríveis. Tipo, *cruéis* até.

Greg assentiu como se aquilo fizesse todo o sentido.

— Claro que sim.

— Claro que sim?

— Conhecendo meu avô, consigo imaginar. — De repente, os ombros de Greg pareceram menos largos, como se estivesse cansado de carregar tudo neles. — O dia que ele foi parar no hospital era o aniversário da morte da minha avó.

Assoviei devagar. Aquilo explicava muito do que eu testemunhara na biblioteca — não tinha se tratado apenas de um velho furioso explodindo, mas de um velho furioso *e triste* explodindo. Não era de admirar que tivéssemos todos nos encolhido de medo.

— Se ajuda, tenho certeza de que Sloane o perdoou.

O comentário não pareceu tranquilizá-lo.

— Sinto que ela deveria ser mais bem remunerada. Com todo o tempo que passa com ele, Sloane está fazendo umas cinquenta horas extras por semana. Será que ela não precisa de um emprego de verdade?

Dei risada. A única — única mesmo — coisa que tornava Brett Marcowitz aceitável como companheiro era sua conta bancária.

— Talvez em algum momento precise mesmo, mas não acho que você deva se preocupar com Sloane. O noivo dela é quiropraxista.

— O tal do Brett de quem todos vivem falando? — Greg perguntou, antes de balançar a cabeça e seguir em frente. — Deixa pra lá. Muito obrigado pela ajuda. Me sinto muito melhor sabendo que tem gente de olho nele. Seria mais fácil se meu avô me deixasse ficar na casa, mas...

— Você não mora por aqui?

Já tínhamos chegado ao carro, porém Greg não parecia ter pressa de ir embora. Fiquei com a sensação de que era porque ele não tinha mais aonde ir.

— Não. Sou de Seattle. Só estou aqui porque... — Ele deu de ombros. — É uma longa história. Fiquei um tempo em um Airbnb mal-assombrado, mas agora estou na casa de Maisey.

— Um Airbnb mal-assombrado?

— Nem queira saber.

— Bom, agora meio que *preciso* saber. — Sorri para demonstrar que não ia insistir, ainda que tivesse planos sérios de arrancar aquilo dele depois. — Olha, se você não conhece muita gente por aqui, quer ir jantar em casa? — Fui rápido em acrescentar: — Não que eu esteja dando em cima de você. É só que meu namorado deve estar preparando alguma coisa cheia de legumes. Se eu te levar e você comer metade, ele provavelmente não vai notar que nem toquei na minha parte.

Ele olhou para mim, querendo mais detalhes.

— Que tipo de legume?

— Coisas verdes em geral. — Estremeci. — Pode acreditar em mim: você estaria me fazendo um grande favor se viesse e o distraísse enquanto escondo os meus no aquário.

✼✼✼

Eu me arrependi do convite amistoso antes mesmo de estacionar.

— Ah, nossa. — Entrei com o carro na garagem com um pressentimento ruim e o pânico tomando conta de mim. Engatei depressa a ré e tentei sair antes que alguém me notasse, porém era tarde demais. Lincoln apareceu à porta com uma mulher usando um casaco de pele, embora estivesse fazendo quase trinta graus.

— Você não me disse que seria um jantar *formal* — Greg falou. Sua voz deixava tão claro que ele estava com vontade de rir que tive que reconhecer minha derrota completa. — Quem é ela?

— Althea Sharpe. — Puxei o freio de mão e me resignei ao meu destino. — Minha mãe. Ela é uma cantora importante na região. Se quiser cair nas boas graças da mulher, é melhor fingir que já ouviu falar nela. Caso contrário, ela é bem capaz de fazer um showzinho na sala de estar só para se exibir.

— Faz um tempão que não vou a um show... — Ele parecia ainda achar graça enquanto me olhava de soslaio. — Não sabia que você era famoso.

— Não sou famoso. — Controlei o impulso de pedir que Greg não me procurasse no Google e de avisar que as fotos granuladas de jornais de todo o país de décadas antes não eram exatamente lisonjeiras. Pela minha experiência, aquilo só encorajava as pessoas a fuçar ainda mais. — E não estava brincando quanto à possibilidade de minha mãe se apresentar. Lincoln está aprendendo a tocar algumas das músicas preferidas dela ao piano para acompanhá-la. Quando os dois começam, ninguém os segura. Peço desculpas antecipadas caso você acabe tendo que tocar o triângulo. Ou o bongô.

Suspirando, saí do Fiat. Só me restava esperar que os dois ainda não tivessem bebido drinques *demais*. Minha mãe funcionava à base de martínis, mas em geral Lincoln conseguia contê-la.

A surpresa do meu namorado ao deparar com um homem robusto daqueles no banco do passageiro do meu carro ficou evidente na maneira como suas sobrancelhas saltaram até quase encostar no cabelo, porém nenhum outro músculo de seu corpo se alterou. Minha mãe, por sua vez, não teve reação. Só ficaria surpresa se eu *não* aparecesse em casa numa noite em que ela não era esperada com uma plateia para aplaudi-la. Uma de suas máximas preferidas — além daquela sobre beleza envolver sofrimento — era: nunca esteja sem companhia.

— Mateo, querido. — Ela abriu os braços para um cumprimento quente demais e cheirando a mofo. Nem mesmo o galão de Chanel Nº5 que parecia ter despejado sobre si era o bastante para esconder o cheiro do casaco de pele de sessenta anos com as costuras esgarçadas. — Ainda bem que você chegou. Lincoln e eu estávamos quase começando sem você.

Ela se virou para Greg, com a mão estendida de uma maneira que reconheci como um pedido de beijo papal. Eu tentava decidir a melhor maneira de informar a Greg o que se esperava dele quando o cara pegou a mão da minha mãe e a apertou de maneira calorosa.

— Não consigo nem expressar a honra que é conhecer a senhora. Minha mãe tem todos os seus discos. Cresci ouvindo suas músicas.

Olhei para ele surpreso com todo aquele fervor, porém minha mãe recebeu aquilo como o mínimo.

— Espero que não tenha ouvido "Bonjour, Baby" tanto quanto as outras. Nunca gostei muito da maneira como os produtores insistiram em enfatizar meu vibrato.

— Achei que seu vibrato foi enfatizado na medida certa — Greg garantiu a ela antes de passar a Lincoln. Mais contido, porém ainda caloroso, disse: — Sou Greg McLachlan. Desculpa aparecer assim, mas Mateo está me ajudando com meu avô e disse que você não se importaria em ter companhia pro jantar.

— McLachlan... McLachlan... Então você é neto de Arthur? — As sobrancelhas de Lincoln recuaram um pouco, o que me deixou feliz. Ele não era ciumento, ou pelo menos não tanto quanto a maioria das pessoas era, porém não me faria nenhum bem exigir muito dele agora. Nosso aniversário de namoro estava chegando e ambos já sentíamos a pressão da data.

Lincoln, porque amava comemorações. Eu, porque nunca tivera um relacionamento tão duradouro. Estávamos desbravando terreno juntos, e, como eventos recentes tinham provado, não vinha sendo fácil.

— Então você também está no clube do livro? — Lincoln perguntou.

— Mais ou menos — Greg respondeu.

Minha mãe não suportava não ser o centro das atenções por muito tempo, então entrelaçou o braço de Greg e começou a puxá-lo para dentro.

— Não vejo sentido em livros, mas meu pequeno Mateo sempre foi um grande leitor. Dei um dicionário para ele quando completou cinco anos... Lembra, querido? Passou anos carregando o negócio pra todo lado, como se fosse uma boneca. Era tão bom com palavras que queriam adiantá-lo dois anos, mas não deixei. "O meu bebê, não", eu disse. "Ele precisa de uma infância tão normal quanto possível depois de tudo o que lhe aconteceu."

A única parte daquele comentário que era remotamente verdadeira era a do dicionário no meu aniversário, que recebi junto a uma edição com capa de couro azul de *O livro de mórmon*. Tínhamos ganhado ambos de uma dupla de missionários educados usando camisa de manga curta que haviam passado mais de três horas na cozinha do nosso apartamento pequeno, ouvindo enquanto minha mãe contava toda a sua vida. Ela chegara ao seu primeiro teste antes que os dois `na decisão de correr atrás de seus sonhos em Hollywood, contra todas as probabilidades e o desejo dos pais, ninguém conseguiria segurá-la.

Até hoje, não acho que eles tivessem a intenção de deixar o dicionário, porém ficaram tão gratos em sair do apartamento que não se arriscaram a olhar para trás.

— Ela tinha me dito que você era um gênio da *matemática* — Lincoln comentou enquanto observávamos Greg e minha mãe entrando em casa. — E que você carregava como uma boneca um transferidor, e não um dicionário.

— Não começa — pedi, suspirando. Quando minha mãe disparava a contar mentiras, era difícil manter o controle. — Quantos drinques ela tomou?

— Todos. Acabou com as bebidas que tínhamos. — Lincoln parou por um momento para me abraçar por muito mais tempo do que seria necessário em um cumprimento normal. Uma vez na vida, só daquela vez, relaxei e me permiti curtir aquilo. — Como foi o trabalho hoje?

— Interessante. — Como eu não podia contar tudo o acontecera naquele dia, já que tínhamos convidados, preferi me concentrar no pedido de desculpas. — Sinto muito por não ter avisado que ia trazer alguém pro jantar. Greg apareceu depois do trabalho para conversar sobre o avô, e me senti mal por ele. A vida de alguém que tem Arthur McLachlan como parente não pode ser fácil.

Lincoln não disse nada, e nem precisava. O que eu *não* dizia — que a vida de alguém que tinha Althea Sharpe como parente não era fácil — pairou alto e claro entre nós.

— Tudo bem. Tenho certeza de que ele é ótimo. É só colocar outro filé de peixe na churrasqueira.

Entrei na cozinha e encontrei minha mãe abrindo o sorriso mais deslumbrante para Greg.

— Interrompi você bem no momento que chegava à parte boa. Quantos anos tinha quando ouviu falar de mim pela primeira vez?

Pigarrei, preparando-me para socorrê-lo. Greg, no entanto, não pareceu ter nenhuma dificuldade em responder.

— Uns dez anos. Cresci aqui, então minha mãe e eu sempre víamos cartazes seus pela cidade.

A autenticidade daquela resposta me deixou encucado.

— Mas foi só alguns anos mais tarde, quando nos mudamos pra Seattle, que deparamos com um CD seu. Minha mãe te reconheceu na hora. Comprou o seu primeiro álbum e se apaixonou, então passou a adquirir tudo o que você fez depois.

— Espera. — Não consegui me controlar. — Você está falando sério? Conhece *mesmo* minha mãe?

Ela suspirou.

— Querido Mateo. Você nunca me valorizou como eu merecia.

Minha mãe seguiu para a mesa, que ficava no solário contíguo à cozinha, na verdade uma varanda que Lincoln transformou com algumas plantas e luzinhas. Ali estava uns bons cinco graus mais quente do que no restante da casa, motivo pelo qual finalmente tirou o casaco e o entregou a Greg.

Ele ficou segurando o casaco, desconfortável, até que Lincoln o tirou de suas mãos. Se meu namorado fosse esperto, jogaria aquilo na churrasqueira assim que terminasse de fazer o jantar.

— É pra isso que seu clube do livro serve, não é? — minha mãe prosseguiu, animada. — Pra todos aprenderem a valorizar mais a mãe?

— Mãe, *O clube da felicidade e da sorte* não é sobre isso. É sobre crianças e mães que precisam aprender a valorizar mais *uns aos outros*.

Ela dispensou aquilo com a indiferença de uma mulher que nunca tentara compreender o que quer que fosse ao meu respeito.

— Dá no mesmo. Quando você vai chegar à parte em que me leva pra viajar? Lembro que tem isso no livro.

Ergui as mãos para o alto, derrotado.

— A personagem vai pra China reencontrar os irmãos que perdeu muito tempo antes. Não faz um cruzeiro pelos sete mares com a mãe.

Ela mal piscou. Sua capacidade de alterar a história em torno dos pormenores de que se lembrava era simplesmente impressionante.

— E você, já fez um cruzeiro com *sua* mãe? — ela perguntou a Greg.

— Não — ele respondeu, baixo. — Sempre quis fazer, mas ela morreu.

Uma sensação de desconforto se instalou no mesmo instante. Minha mãe foi a primeira a reagir.

— Sinto muito por isso. — E pegou a mão de Greg, deixando de lado o tom ligeiramente cadenciado de cantora. — Todo menino precisa da mãe.

— Obrigado pela consideração.

Lincoln chegou com o jantar antes que eu também pudesse dar meus pêsames, o que provavelmente foi melhor. *Se não tem nada de bom a dizer, não diga nada.*

Aquilo não estava bordado em uma almofada, mas isso não fazia com que deixasse de ser verdade.

***

— Fala outra palavra para "borbulhar".

Dias depois, encontrava-me sentado diante do computador, com impressionantes cinco páginas a mais na tela do que algumas horas antes. Fazia um bom tempo que não entrava no fluxo, com as palavras saindo dos meus dedos tal qual café passando pelo coador.

— Esquece. "Efervescer" vai ficar melhor. — Terminei de escrever a frase e me recostei, satisfeito com o dia de trabalho. Deixara meu herói no meio de uma floresta para enfrentar um dragão rabugento com um avô dragão ainda mais rabugento, de modo que a coisa começava a ficar boa. — Acho que meu dicionário de infância acabou se provando útil depois de todos esses anos. Não conte à minha mãe. Ela nunca mais me deixaria em paz.

Como não recebi resposta, virei-me na escrivaninha. Na verdade, a mesa em que escrevia era apenas uma prancha de madeira pregada a um canto da sala de estar; no entanto, quando Lincoln pregava uma prancha, a coisa não se resumia a um martelo e um retângulo de madeira. Minha escrivaninha era de nogueira com bordas irregulares, apoiada em mãos-francesas ornamentadas e com um porta-copos embutido, para que eu não corresse o risco de derramar café.

Em vez de parecer orgulhoso do meu sucesso, Lincoln estava de braços cruzados à porta.

— Xi — brinquei. — Vou adivinhar. Perdemos nossa fortuna na Bolsa. Minha mãe decidiu vender o apartamento e se mudar pra cá. Estão precisando de um lenhador com urgência e você é o único disponível.

Nenhuma daquelas opções moveu um músculo que fosse do rosto de Lincoln. Ele nem sorriu.

— Você passou o dia todo escrevendo — meu namorado falou, em um tom tão vazio quanto sua expressão.

— Sim, e você não vai nem acreditar no quanto progredi. Quer ler as páginas novas? Não revisei nem nada, mas...

— Está indo bem? Seu livro?

— Sim. Não é esquisito? — Estava ficando com dor por me manter em um ângulo tão pouco natural, por isso virei a cadeira e me ajeitei, apoiando um tornozelo no joelho oposto. Não era a posição mais confortável do mundo, porém Sloane uma vez me dissera que me deixava parecido com James Dean, por isso eu a adotava sempre que possível. E às vezes também quando impossível. — O pobre Thaddeus continua preso naquela floresta idiota, mas agora encontrou um dragão feroz que faz parte de um clube do livro. Nem tirei os olhos da tela.

— Aposto que sim.

Não havia como ignorar a amargura em seu tom; mesmo assim, ignorei. Era o que precisava fazer para sair vivo daquela conversa. Podia ser covardia, porém a covardia era uma das poucas constantes na minha vida. Não importava quão difíceis as coisas ficassem ou quão carregadas de emoção prometessem se tornar, eu sempre dava um jeito de me esconder.

— Aliás, peguei um turno na biblioteca amanhã, então te encontro direto no restaurante pra comemorar nosso aniversário. — Até aos meus ouvidos o tom casual na minha voz pareceu falso, mas pelo menos eu tinha conseguido formar uma frase coerente. — Queria poder ficar em casa e aproveitar minha inspiração, mas entre o clube do livro e o trabalho mal tenho tempo livre. Octavia ainda não conseguiu substituir Sloane, então tudo segue aos trancos e barrancos. Acho que ninguém tinha noção de como a maior parte do trabalho pesado ficava com ela. Ou de quanto fluido corporal ela limpava.

— Mateo... — Lincoln começou a falar, então se interrompeu com um suspiro. — Achei que você odiasse o livro escolhido pelo clube de mentirinha.

Quase respondi que o clube em si não era de mentirinha, só a minha participação nele, porém tive a sensação de que aquilo não tinha a ver com aonde Lincoln queria chegar.

— E odeio. É sobre um grupo de mães chinesas que têm uma presença tão marcante na vida dos filhos que as coisas acabam se misturando. Você deve entender o que me incomoda.

— Mas você ama sua mãe.

Hesitei antes de responder:

— A-amo.

E essa hesitação foi minha ruína. Embora fosse verdade — eu *amava* minha mãe, e ela deixara *uma marca* na minha vida que eu nunca poderia apagar —, a batalha que se dava no coração de Lincoln não tinha nada a ver com ela e tudo a ver comigo. Ele abriu a boca, voltou a fechá-la, murmurou algo incoerente e acabou dando meia-volta.

— Então você não quer ler as páginas novas? — gritei para suas costas se afastando.

A única resposta que ele deu foi se virar para mim e me dirigir um longo e profundo olhar. Havia mil maneiras diferentes de interpretar tal ação, porém eu só precisava de uma. Lincoln tentava, com todas as forças, não me pressionar mais do que eu suportaria.

E falhava. Estávamos ambos falhando.

— Fique à vontade — falei. — Mais vai precisar da senha do meu computador se mudar de ideia. É Lincoln&MateoPraSempre, caso esteja se perguntando.

20

Na noite seguinte, cheguei ao Bardenay, um restaurante rústico-chique com vista para o lago, e descobri que duas outras pessoas estariam em nosso jantar de aniversário de namoro.

E não *quaisquer* duas outras pessoas. Fosse intencional ou coisa do destino, Sloane e Brett se encontravam sentados em frente à minha cara-metade, em nossa mesa de canto preferida. Em circunstâncias normais, a ideia de passar uma refeição inteira ouvindo Brett Marcowitz falar sobre os benefícios da técnica Gonstead acabaria com meu apetite — mas não se tratava de circunstâncias normais.

Para começar, Lincoln e eu ainda não tínhamos admitido o espectro não nomeado que chegara oficialmente à nossa porta. Para terminar, eu estava louco para contar a Sloane sobre a doação para a biblioteca. Aparentemente, o cheque fora descontado aquela manhã. Éramos praticamente os Rockefeller.

— Sloane, o que sabe sobre um homem chamado Nigel Carthage? — perguntei, em vez de cumprimentá-la. Então dei um beijo na bochecha de Lincoln. Seu cheiro amadeirado fez uma pontada de algo percorrer meu corpo; talvez de arrependimento, talvez de desejo. Talvez só de dor. — Em primeiro lugar: você reconhece o nome?

Sloane não pareceu achar minha pergunta nem um pouco estranha. Brett claramente estava incomodado em ser ignorado de maneira tão casual, mas não me importava. Algumas coisas eram mais importantes do que os sentimentos dele.

Tá, literalmente tudo era mais importante do que os sentimentos de Brett. Só que eu não podia dizer aquilo na cara dele.

— Nigel Carthage? — Sloane repetiu, franzindo o nariz. — Por que esse nome me parece familiar?

— É o que quero saber. — Apoiei o queixo nas mãos e pisquei algumas vezes para ela, esperando. — Leve todo o tempo que precisar. É importante.

— Espera. É um crítico literário, não é? — Ela acertou muito mais rapidamente do que eu esperava, e sem ter que recorrer ao celular. — Que faz resenhas de livros importantes para publicações importantes?

— Nossa, Sloane. Acho que não tem muita coisa rolando na sua vida.

Ela ficou vermelha e começou a mexer no broche roxo cafona no colarinho. Notara que Sloane estava com ele no clube, e mesmo agora não o achava mais bonito. Lojas temporárias de produtos para o Halloween vendiam coisas de melhor qualidade.

— Não é tão patético quanto imagina. O nome dele aparece nas publicações literárias da biblioteca o tempo todo. Algo que você saberia se de vez em quando pegasse uma. Ele morava aqui, sabia?

— Ainda mora. — Deixei que a notícia se assentasse antes de chegar à parte *boa*. — Conheci o cara no show da minha mãe outro dia.

Lincoln pigarreou.

— Você não disse que conheceu um crítico literário.

— Não só *um* crítico literário — Sloane o corrigiu. — *O* crítico literário. Uma boa resenha dele pode fazer uma carreira inteira.

— Bom, ele doou vinte mil dólares pra biblioteca. E saca só: ainda mencionou meu nome quando fez isso.

Dizia muito sobre Sloane enquanto ser humano e minha amiga que sua expressão não demonstrasse nada além de encanto com aquela fofoquinha relacionada à biblioteca. Que nenhuma inveja surgisse em seus olhos arregalados, nenhuma tristeza por não ser o nome dela no bilhete premiado. Sloane era a única pessoa que eu conhecia que era capaz de sentir uma alegria genuína e sem ironia com o triunfo dos outros.

— Mateo, isso é fantástico. — Ela parou de brincar com o broche para pegar minhas mãos. — Você vai poder opinar sobre como gastar o dinheiro? Porque tem aquela loja de carros usados que me prometeu dar desconto em duas vans se a gente comprasse antes do fim do ano. Seria perfeito para expandir o programa de bibliotecas móveis. Posso dar uma passada lá e...

Foi a vez de Brett pigarrear — embora ele o tenha feito com muito menos finesse.

— Sloane, meu bem, você não trabalha mais lá, lembra? Agora cabe a Mateo lidar com esse tipo de coisa.

Ela voltou a se recostar, com o rosto corado e os olhos baixos.

— Não quis me intrometer. Só pensei em apresentar Mateo ao meu contato na loja. Eu odiaria que a biblioteca perdesse um bom negócio só porque preferi sair de lá.

Um garçom se aproximou da mesa antes que qualquer um de nós pudesse tentar dissipar a tensão repentina. Fiquei orgulhoso de Lincoln por passar um pano em tudo e pedir uma jarra de sangria e patê de truta defumada para todos. O mundo podia estar ruindo à sua volta que ele ainda se lembraria das boas maneiras.

— Duvido que Octavia vá me deixar chegar perto do dinheiro, então não importa — eu disse, assim que o garçom desapareceu de vista. — Além do mais, o melhor da história nem é isso.

— Talvez a gente deva deixar para falar sobre trabalho em outro momento — Sloane acrescentou, com uma olhada rápida e ansiosa para o noivo. Dei uma espiada ansiosa no meu próprio acompanhante e percebi que ele me observava com uma intensidade que parecia um pouco exagerada, dadas as circunstâncias.

— Na verdade, gostaria de ouvir isso — Lincoln falou, tomando o cuidado de manter a voz neutra. — Como essa história melhora?

Ignorei o modo como minhas veias pulsavam em alerta e respondi:

— Tenho quase certeza de que os vinte mil dólares são uma espécie de suborno.

Sloane franziu a testa.

— Como assim? Nada na biblioteca vale tanto.

— Ele quer entrar no nosso clube.

205

A notícia não foi recebida com a emoção que eu esperava. Em vez de reações explosivas à intriga e ao drama, só ouvi risadas — muitas risadas.

— Estou falando sério. Sei que parece ridículo, mas tenho provas. Olha. — Peguei o cartão de visita que ele deixara comigo e mostrei ao meu público incrédulo. — Ele me deu isso e disse para ligar se houvesse chance. O cara deve adorar *O clube da felicidade e da sorte*.

Lincoln foi o primeiro a se recuperar.

— Ninguém gosta tanto de um livro a ponto de gastar uma quantia dessas só para participar de uma discussão a respeito dele com um grupo de desconhecidos.

— Um bilionário talvez gastasse. Isso pra eles é tipo vinte dólares.

— Nigel Carthage não é um bilionário — Sloane apontou. — Acho que não deve ser nem milionário.

O garçom chegou com as bebidas e a entrada. Grato pela distração, peguei a maior fatia de pão que encontrei e coloquei uma bela colherada de patê em cima.

— Você não tem como saber a situação financeira do cara — falei, com a boca cheia de comida. — Ele pode estar sentado em uma montanha de dinheiro. E que outra explicação haveria? O cara me encurralou em um beco escuro. Praticamente implorou para deixar que entrasse no clube. E depois que falei que não dava, apareceu no meu trabalho com um cheque. Acho que a gente devia deixar o cara entrar. Para ver o que acontece.

Sloane balançou a cabeça.

— Já foi difícil convencer Arthur a te deixar entrar. Nunca funcionaria.

— Concordo com Sloane — Brett disse. Fiquei olhando enquanto ele montava um prato para ela e o colocava à sua frente antes de se servir. Era um gesto fofo, embora desconfortável e paternal. — Vocês já ocuparam a casa e tomaram conta da vida do pobre coitado. Acho que chegou a hora de dar um fim ao clube.

— Vocês não estão ignorando a explicação mais óbvia? — Lincoln perguntou.

— Que ele pode estar atrás da minha mãe? — Balancei a cabeça.
— Pensei a respeito, mas, se for o caso, o cara devia ter feito o cheque pra ela. Acho que Althea nunca colocou os pés na biblioteca.

— Não, não sua mãe — Lincoln disse, com a expressão espelhando a severidade de Brett. — Talvez ele não estivesse interessado nela nem no clube, e sim... em você.

Foi a *minha* vez de dar risada — uma risada tão audível e tão longa que o restaurante todo pareceu prestar atenção.

— Lincoln, ele tem oitenta anos.

— E daí? Quando foi que isso impediu alguém? A mansão de Hugh Hefner continuou a toda até os noventa anos dele.

Aquilo só tornava tudo ainda mais engraçado. Em alguns minutos, Lincoln estaria me acusando de um interlúdio romântico com o próprio Arthur.

— Pensa melhor no que você está dizendo. Vi o cara uma vez. Estava suado e usando aquela calça apertada demais. Tinha acabado de descer do palco depois de uma apresentação ridícula com minha mãe. Ninguém fica em estado de euforia ao ver um bibliotecário malvestido de trinta e poucos anos sapateando ao som de "Forever Young". Juro.

— *Eu* fico.

Aquilo interrompeu minha risada na hora. Meu peito arfou com uma pontada aguda e profunda. Era como eu sempre imaginara que seria se encontrar no vácuo — um vazio repentino e terrível.

— Lincoln — falei, mas a maneira como ele me olhou a seguir, em expectativa, evidenciou que seria necessário algo mais. Um pedido de desculpas, talvez? Uma prova de amor e afeto? Uma reafirmação de que, numa disputa entre seu apoio emocional e seu carinho genuíno e literalmente qualquer outro ser humano, ele sempre sairia vencedor?

— Mateo — Lincoln disse, e continuou aguardando.

De repente, não parecia mais importar que Sloane e Brett estivessem em nosso jantar de aniversário de namoro. Nem todos os acompanhantes do mundo seriam capazes de nos salvar agora. De uma maneira ou de outra, a batida à porta teria que ser atendida.

— Você sabe como me sinto em relação a cantar — falei, com os olhos fixos no prato. Devia estar resmungando, embora não tivesse certeza absoluta.

— Não sei, não — ele disse. — Sei como você *diz* que se sente. Você diz que odeia e que preferiria fazer qualquer outra coisa. Que preferiria ser comissário de bordo, personal trainer, bibliotecário ou qualquer outra a cantar.

Fitei-o confuso, sem saber de onde vinha aquele envolvimento todo com minha carreira. Nossos problemas eram emocionais, e não profissionais.

— E daí? São só trabalhos. Algo temporário. Não significam nada.

Lincoln se levantou tão rápido que até *eu* fiquei tonto.

— Desculpa, gente — ele falou. Então jogou o guardanapo de pano na mesa e tirou uma nota de cem dólares da carteira, que esvoaçou até pousar. — O jantar é por minha conta hoje, aproveitem. Não estou mais com fome.

— Não faça isso, por favor — implorei, embora fosse inútil. Lincoln já seguia na direção da porta a passadas largas. Quando me virei de volta para a mesa, dei com Brett parecendo tão desconfortável quanto eu me sentia.

O que... afe. Era a *cara* dele.

— Ah, não precisa ficar preocupado — falei, enquanto jogava meu próprio guardanapo na mesa. De repente, estava cansado de ser conivente com um cara que eu mal conhecia, mas de quem não gostava. — Drama no relacionamento não é algo contagioso. Você e Sloane não vão começar a gritar um com o outro por cima da entrada. Duvido que vocês saibam como fazer isso, aliás.

21

Em vez de deparar com meu namorado desprezado olhando de cara feia para a água ou socando as paredes ao sair do restaurante, eu o encontrei de joelhos, trocando o pneu de alguém que não conhecia no estacionamento.

— O estepe não vai levar vocês muito longe, então é melhor ir direto pra oficina — Lincoln disse ao grupo de jovens em idade universitária que o assistiam sem fazer nada. Terminou de apertar as porcas e se afastou para observar seu trabalho. — Por ora deve bastar.

Os jovens agradeceram, e uma menina chegou a lhe oferecer uma nota de vinte ou o número do seu celular — à distância, eu não podia ter certeza — pela ajuda. Lincoln recusou e ficou de olho para confirmar se o pneu aguentava enquanto todos subiam no veículo e iam embora.

— O último paladino do mundo — eu disse, com a voz carregada. — Sempre indo ao auxílio dos fracos e oprimidos.

Lincoln não se virou para mim.

— Eles não sabiam o que fazer. Que alternativa eu tinha?

— Chamar um Uber? Sugerir que ligassem pra mamãe e pro papai? Esperar que dessem um jeito? — Desisti, com um suspiro. Lincoln não podia ignorar um motorista aflito tanto quanto não podia deixar de ajudar crianças a atravessarem a rua ou de dar uma bronca em alguém sendo grosseiro com um atendente de telemarketing. — Vai me contar o que foi que aconteceu lá dentro? Brett parecia pronto para acionar o alarme de incêndio a fim de fazer

209

as pessoas pararem de olhar. Acho que ele não está acostumado a chamar atenção.

Lincoln deu risada, mas não relaxou o bastante a ponto de sorrir para mim.

— Sei que você acha que ele é meio objetivo demais, mas em comparação com você *todo mundo* é. Não achei que fosse se importar se eu convidasse os dois a se juntarem a nós.

— E não me importei — garanti, sentindo o coração voltando a se recuperar. Aquilo não era exatamente um elogio, no entanto era melhor do que nada. — Sério, Lincoln. Você acabou de me acusar de dar bola para um crítico literário de oitenta anos com quem falei por dez minutos. O que está acontecendo?

Ele suspirou e olhou à distância, parecendo tanto com um modelo do Instagram que eu poderia lhe dar um chute. Ou um beijo. Talvez ambos.

— Queria que você me dissesse por que odeia tanto *O clube da felicidade e da sorte* — Lincoln falou.

Era um pedido tão estranho que não pude evitar insistir um pouco.

— Essa é sua maneira de dizer que também quer participar do clube do livro? Porque estamos cobrando uma taxa de vinte mil dólares. Não acho que você possa pagar.

Aquilo tampouco me rendeu um sorriso. Desisti.

— Olha... o que quer que eu diga? — Um estacionamento aberto ao público era um lugar estranho para se ter aquela conversa, mas se Lincoln queria que fosse ali eu não tinha escolha. — É só um livro.

— Isso soa meio estranho vindo da boca de um aspirante a escritor.

Ele disse as últimas duas palavras — "aspirante a escritor" — como se precisasse cortá-las fisicamente da língua para que saíssem.

— Você está... bravo com a minha escrita?

Lincoln tomou o cuidado de não me encarar, preferindo manter os olhos fixos em um copo de papel amassado e repleto de formigas.

— Não estou bravo. Só estou tentando me adiantar a esse lance, só isso.

Não fazia ideia de a que "lance" ele se referia — ou por que o estava incomodando tanto —, porém algo em sua postura tensa indicou que eu devia pegar leve.

— É bem óbvio por que aquele livro me irrita. — Fiquei olhando para as formigas, que descobriram um trecho de resíduo açucarado e começaram a se atropelar para chegar até ele. — Sei que é o maior clichê do mundo que um filipino filhinho da mamãe se veja descrito tão claramente naquelas páginas, mas aí está.

Lincoln me encarou, sobressaltado. Nunca havia me ouvido falar sobre mim mesmo de maneira tão amargurada, porque nunca tocara naquela ferida em particular. Não de maneira visível, pelo menos.

— "Ah, sua força! Sua fraqueza! Ambas me destroçam" — eu disse, com uma careta irônica. A citação me veio fácil, como aquela que usara com Maisey no outro dia. Passara mais tempo no mundo complicado de Tan do que gostaria de admitir.

— É um trecho do livro?

— Uma vez perguntei a minha mãe o que teria acontecido com a gente se eu não tivesse caído em um poço aos sete anos — falei, em vez de responder. — Acredita nisso? Simplesmente disparei, à queima-roupa. Se eu não tivesse ganhado fama com a minha queda, o que teríamos feito? O que teríamos nos tornado?

— E o que ela respondeu?

Dei risada. Foi uma risada desprovida de humor, e senti uma náusea vindo de algum lugar profundo, mas não tinha mais como impedir. Lincoln perguntara e receberia uma resposta.

— Ela me perguntou se eu não me lembrava.

— Como assim? De ter caído no poço?

Ri daquilo.

— Claro que não. Ela queria que eu recuperasse a minha *história*. Que me esforçasse para lembrar o que havia realmente acontecido.

Nunca dissera aquilo em voz alta, embora fizesse um longo tempo que pensava a respeito.

— Mateo...

— Durante anos, achei que ela talvez tivesse feito de propósito, sabe? — Era uma pergunta retórica, porque é claro que Lincoln sabia.

Ele sabia de tudo. Ou *saberia* de tudo dali a dois minutos. — Achei que pudesse ter fabricado o acidente, em um esquema de marketing, para ser catapultada à fama que perseguia desesperadamente.

— Mateo — Lincoln repetiu, mais determinado agora. — Althea não faria isso. Ela venera o chão em que você pisa.

Ergui uma mão para impedi-lo. Precisava terminar, ou não saberia se conseguiria mais tarde.

— Por favor. Você sabe tão bem quanto eu que o único solo sagrado na nossa família é onde quer que *ela* pise. — Fiz uma pausa, querendo me reservar um momento para organizar meus pensamentos, embora tivesse medo do que Lincoln pudesse vir a dizer caso lhe desse espaço para tal. — Sei que é um motivo idiota para odiar um livro, mas não consigo evitar. Sempre que o abro, não posso deixar de evitar pensar em como minha vida seria mais fácil se minha mãe fosse um pouco menos...

Lincoln ofereceu algumas possíveis conclusões.

— Glamorosa? Divertida? — A última saiu com dificuldade: — *Amorosa?*

— Fui eu — falei, forçando-me a fitar seus olhos. O que vi neles me assustou mais do que qualquer outra coisa no mundo, inclusive os três dias que passei no fundo do poço.

Em especial os três dias que passei no fundo do poço.

— Fui eu — repeti, agora com mais determinação. — Fui eu quem fabricou tudo, e não ela. Eu precisava de distância, e naquela idade o único lugar em que consegui encontrar foi a sete palmos de profundidade.

Como Lincoln não se manifestou, libertei-me de qualquer amarra que me segurasse e prossegui, com a voz mais baixa.

— Que tipo de criança faz isso? — perguntei. — Que tipo de pessoa? Passei *três dias* lá embaixo, Lincoln. Poderia ter morrido. E tudo em que pensava era como era bonito olhar para cima e avistar o céu.

Por um longo tempo, ele se manteve calado. Ficamos ambos ali, olhando para as formigas famintas marchando, ainda que sem vê-las de verdade.

— Sou eu, não é? — ele perguntou, tão subitamente que me contraí todo. — Sou eu o motivo pelo qual de repente você está mergulhado na escrita desse livro. — Ao ler minha reação de maneira errônea como culpa em vez de surpresa, acrescentou depressa: — Prefiro ouvir isso agora que daqui a alguns meses. Você não me deve nada, mas preciso saber. Para me proteger.

— Não sei do que você está falando — respondi, ainda que fosse mentira. Eu sabia. Sabia exatamente do que ele estava falando.

— Você está seguindo em frente — Lincoln prosseguiu. — Está atrás de uma nova carreira, fazendo novos amigos e fechando a porta da sua antiga vida antes que ela te oprima demais. A única coisa que posso fazer é me afastar e assistir a isso acontecendo.

As coisas que Lincoln dizia me magoavam apenas porque eram muito mais verdadeiras do que ele imaginava. Toda carreira em que eu já tinha me empenhado se devia à busca de uma coisa — qualquer coisa — diferente daquilo que eu realmente desejava. A enfermagem? Fora uma ótima maneira de me manter em forma e conhecer médicos bonitões. O trabalho de comissário de bordo? Qual poderia ser o problema em voar com a promessa de um estilo de vida eternamente farrista? O período como personal trainer, o esquema de venda de roupas masculinas que mais parecia um culto, até mesmo as semanas bizarras como mascote de um parque temático na adolescência — tudo aquilo tinha a ver com evitar aquilo que estava bem na minha frente.

Eu havia ido parar no fundo de um poço para me esconder da influência opressora da mulher que me dera à luz. Que me criara. Que me amava tanto que eu tinha medo do que aconteceria se permitisse a mim mesmo retribuir o amor.

E vinha me escondendo desde aquele dia.

— Você poderia ser um escritor incrível, Mateo. Não tenho nenhuma dúvida disso. — Lincoln sorriu para mim, embora sua expressão estivesse desprovida de calor. — Você pode ser incrível em qualquer coisa a que se dedicar. Só gostaria que estivesse disposto a se dedicar a mim.

Naquele momento, parado no estacionamento com um homem que eu adorava, com meu mundo se expandindo e contraindo como uma respiração incessante, não via com clareza o que estava acontecendo. Lincoln estava terminando? Dando uma bronca? *Implorando*?

Queria acreditar que estava prestes a me puxar para seus braços e declarar sua devoção eterna, a prometer que da próxima vez que eu precisasse de um descanso das cores fortes demais do meu mundo ele iria até o fundo do poço comigo, no entanto meu namorado só parecia exausto. Sua expressão piorou ainda mais quando Sloane chegou correndo do restaurante, com Brett em seu encalço.

Só de olhar para sua cara aflita, soube que algo terrível acontecera.

— Arthur? — perguntei, com o que restava do meu coração batendo descontrolado.

— Temos que ir. Maisey disse que o encontrou desmaiado na sala. Estou com medo de que seja tarde demais.

CLUBE DE LEITURA DOS CORAÇÕES SOLITÁRIOS

título	
	nome
[1]	~~Sloane~~
[2]	~~Maisey~~
[3]	~~Mateo~~
[4]	Greg

22

Era uma vez um menino que amava muito a mãe. Seu amor era tamanho que, no leito de morte dela, agarrando a mão do filho com toda a força que restava no corpo destroçado, a mulher conseguiu arrancar-lhe uma promessa.

— Resolva tudo — ela disse, com a voz surpreendentemente forte. Os enfermeiros tinham avisado sobre aquilo, sobre uma possível explosão final de energia antes que entrasse em um coma que acabaria por levá-la, porém eu presumira que fosse pedir um hambúrguer ou me lembrar de desligar o forno, e não que fosse me mandar consertar um relacionamento que ela própria rompera muito tempo antes. — Ele é tudo o que te resta. Você tem que tentar. Deve isso a ele. E a você.

O amor do menino pela mãe era tão grande que ele obedeceu. Não de imediato, e não com algo que se aproximasse de entusiasmo, e sim quando o destino não lhe deixou escolha.

Merda. Que confusão aquilo criara.

— Rá! Eu sabia. É uma armadilha. Era uma armadilha desde o começo.

Sentei-me do outro lado da sala de estar do meu avô, balançando os pés na beira do leito de hospital onde ele se recusava a dormir. Era parecido com o modelo que eu havia alugado para a minha mãe quando ela recebera cuidados paliativos em casa. Ignorando o fato de que o colchão de plástico enrugava e fazia barulho sempre que a pessoa se mexia, era até confortável.

— Que tipo de bibliotecário tem um estetoscópio no porta-malas do carro? — meu avô perguntou assim que Mateo ficou de cócoras para ouvir as batidas de um coração que anos antes parara de fazer qualquer coisa além do básico: contrair e relaxar, para manter o corpo vivo.

Porém nunca, sob nenhuma circunstância, condescender.

— Não vai funcionar com você gritando o tempo todo — Mateo disse, já passando para o próximo item de um checklist. Já medira a temperatura e a pressão do meu avô, que estavam ambas normais, e agora passava à respiração. — Preciso escutar seus pulmões, mas pra fazer isso primeiro você tem que se acalmar.

Levantei-me da cama. Por experiência própria, raras vezes mandar alguém — especialmente um homem de pavio tão curto quanto aquele — se acalmar resultava em algo além do aumento das hostilidades. Tomei o cuidado de me colocar atrás de Mateo, cruzei os braços e olhei feio para meu avô. Havia herdado dele aquela expressão, portanto sabia que aquela atitude poderia ser bastante eficaz. Ele abriu a boca, me viu ali e voltou a fechá-la.

Meu avô podia ser o maior cretino do mundo, mas não tinha nada de bobo.

— Está bem — ele resmungou. — Pode ouvir minha respiração, se isso vai te deixar feliz. Mas de jeito nenhum vou deixar você continuar no meu clube do livro depois disso.

— *Seu* clube do livro? — Sloane perguntou. Ela chegara com Mateo, porém até ali não havia feito nada além de segurar a mão de Maisey e dar tapinhas tranquilizadores nela. — Você não queria nem participar do clube, lembra?

Como Mateo estava concentrado em ouvir a respiração do meu avô, ninguém se deu ao trabalho de responder. Depois de trabalhar com a eficiência de alguém experiente, Mateo se sentou e pendurou o estetoscópio em volta do pescoço.

— Bom, não encontrei nada de errado com ele. Só tem um pouco de chiado ao respirar, mas isso é esperado de alguém se recuperando de um edema. — Mateo olhou em volta. — Onde foi que ele caiu?

— Eu não caí. Tropecei no aparador de guarda-chuvas. Alguém deve ter tirado a porcaria do lugar.

— É um aparador de guarda-chuvas? — Maisey perguntou, olhando para a monstruosidade em questão. Como a maior parte dos artigos na casa do meu avô, a pata de elefante era velha, grotesca e provavelmente fora comprada só para perturbar os outros. — Achei que fosse um vaso. Ia colocar nele as dálias que trouxe do meu jardim.

Era difícil dizer o que incomodava mais meu avô: se a ideia de flores frescas ou a de alguém colocando a mão em suas coisas velhas e decrépitas sem permissão. No entanto, não importava. De jeito nenhum deixaria que ele descontasse na pobre Maisey. As coisas já estavam complicadas para ela mesmo sem aquilo.

— É horroroso e vamos nos livrar dele — eu disse, em um tom que não deixava margem para discussão. — Já tem lixo demais nesta casa. Tenho certeza de que, se anunciarmos na internet, alguém leva isso embora por alguns dólares.

— Não ouse — meu avô e Mateo disseram ao mesmo tempo. A explosão do primeiro era previsível, mas a do segundo me pegou de surpresa. Pela expressão em seu rosto, tinha pegado o próprio Mateo de surpresa.

— Vou ficar com ele, como pagamento pelos meus serviços — Mateo declarou. — Se tenho que largar tudo e vir correndo sempre que Arthur sente uma palpitação, espero ser compensado de acordo.

— *Palpitação?*

Mateo assentiu.

— Foi só isso. Se você passasse menos tempo batendo os pés pela casa, como um gigante no alto de um pé de feijão, talvez se recuperasse mais rápido. Enquanto isso, sugiro ingerir mais líquido e medir a pressão todo dia.

A intensidade do alívio coletivo trazido por aquela explicação teria me deixado embasbacado um mês antes. Quando eu chegara a Coeur d'Alene, deparara com meu avô mandando embora um cuidador atrás do outro e recusando todas as tentativas de oferecer assistência ou — Deus nos livre — simpatia. Eu sabia que bancara o covarde, escondendo-me no carro enquanto outros eram forçados a tolerar o temperamento dele, mas que escolha tinha? Quase um mês tinha se passado desde então, e eu *ainda* não podia entrar na casa a menos que Sloane estivesse lá, para servir de amortecedor. Se estava ali agora mesmo era apenas porque meu avô não queria passar uma má impressão a sua nova amiga.

No entanto, *por que* se preocupava tanto com a opinião de Sloane continuava sendo um mistério. Em nenhuma hipótese poderia perguntar isso ao meu avô. Tinha uma relação mais próxima com a dentista onde fazia limpeza a cada seis meses do que com ele.

— Então ele vai ficar bem? — Sloane questionou, a boca envolta em rugas de ansiedade. — Foi só... um acidente?

Meu avô deu uma risada irônica.

— Não foi um acidente, minha jovem. Foi como descobri a verdade. Sabia que tinha algo estranho no convite ao Mateo. A coisa toda não estava me cheirando bem.

Não consegui conter uma risada. Rir não era um hábito meu, por isso não foi surpresa quando todos se viraram para olhar.

— Desculpa — falei, embora não estivesse arrependido. — Você quer que a gente acredite que tropeçou em uma pata de elefante como parte de um plano para confirmar que, na verdade, Mateo era um enfermeiro trazido aqui para acompanhar sua saúde contra sua vontade?

O maxilar do meu avô endureceu.

— Ninguém perguntou nada a você.

— Não, você não me perguntou nada mesmo — concordei, com a voz branda e moderada que eu aprendera a usar fazia muito tempo. Meu estado natural era tão exagerado e desagradável quanto o do meu avô, como as tensões recentes faziam o seu melhor para provar. Minha mãe, por sua vez, tomara o cuidado de me imbuir de certo autocontrole.

"Você é um pitbull, filho", ela me dissera quando eu percebera pela primeira vez que ser grande e meio bruto significava jamais poder bancar o valentão. Eu devia ter uns treze anos na época. Meus braços e pernas ainda estavam crescendo, e não me importava no que esbarrariam.

Tá. Meus braços acabaram esbarrando no rosto de outro menino, mas, em minha defesa, ele mereceu. Passara o ano todo aterrorizando os alunos mais novos no ponto de ônibus da esquina. Eu não tinha noção da minha própria força — ou pelo menos do que aquela força podia fazer quando aliada à fúria de ver outro menino de sete anos com o rosto no cascalho e sem almoço para comer naquele dia.

"Não é justo, mas pitbulls precisam ser supercuidadosos com tudo na vida. Cachorros menores e mais fofinhos podem rosnar e mostrar os dentes. Cachorros elegantes e arrumadinhos podem acabar com os móveis sem sofrer grandes consequências. Mas você precisa prestar atenção em tudo o que diz e faz, ou o mundo vai te derrubar sem pensar duas vezes."

Depois, eu me dera conta de que sofrera apenas uma fração do que homens do mesmo tamanho com a pele mais escura sofriam, mas o alerta fora efetivo de qualquer maneira. Assim como as aulas de boxe em que minha mãe havia me colocado na mesma hora. Segundo a lógica dela, era melhor ser treinado para usar as armas em vez de andar por aí com elas cerradas em punho ao lado do corpo, descontrolado e com raiva de tudo.

Meu avô, nem preciso dizer, vivia descontrolado e com raiva de tudo.

— Isso significa que posso ficar com o aparador de guarda-chuvas? — Mateo perguntou.

Meu avô voltou a cerrar o maxilar.

— De jeito nenhum.

— Tá. Então vou cobrar quinhentos dólares por hora desde a minha primeira visita. Mando a nota assim que ficar satisfeito com sua condição geral.

Assim como a ideia de que meu avô tropeçara de propósito, aquilo era mentira, porém ninguém se deu ao trabalho de pontuá-lo. Duas coisas ficavam escancaradas ali: uma era que, contra todas as probabilidades, meu avô caíra nas mãos de um grupo de pessoas boas, carinhosas e solidárias, que ele não merecia nem um pouco; e a outra era que, cada vez mais, começava a parecer que eu teria que me tornar uma delas.

— Não sei por que todos estão contra mim — meu avô disse, o rosto fechado como o de uma criança prestes a dar um chilique.

Quando ninguém se deu ao trabalho de explicar, ele cedeu. — Está bem. Pode levar. Espero que você e a pata de elefante sejam muito felizes juntos.

Um sorriso satisfeito passou pelo rosto de Mateo.

— Obrigado. Vamos ser, sim. Sei exatamente onde vou colocar. — Seu sorriso vacilou. — Ou pelo menos *acho* que sei.

Se meu avô notou o lampejo de emoção no rosto de outro ser humano, estava determinado a não permitir que o incomodasse. Não posso dizer o mesmo sobre mim. Muitas coisas naquela situação me incomodavam, inclusive o fato de que Mateo deveria estar sendo pago por seu tempo. Sem mencionar Maisey e Sloane, embora essa última tivesse jurado que anotava fielmente suas horas de trabalho.

Apesar das aparências e da mesquinhez que parecia estar impregnada nos ossos, não faltava dinheiro ao meu avô. Nem a mim, porém, sempre que eu me oferecia para pagar um almoço que fosse a qualquer pessoa dali, ele recebia aquilo como uma ofensa pessoal.

— Então está decidido? — Sloane perguntou, olhando em volta. — Mateo pode continuar acompanhando Arthur como o enfermeiro oficial dele em troca de um artefato que tenho certeza de que é amaldiçoado. E o clube do livro vai continuar.

Tomei o cuidado de não olhar diretamente para a expressão autoritária de Sloane — em uma atitude ainda mais leão covarde do que passar dias seguidos no carro do lado externo da casa do meu avô. O que posso dizer? Não queria que aquela mulher soubesse o quanto me assustava.

A ironia não me passava despercebida. No dia em que nos conhecemos, quando eu estava envolto em preocupações relacionadas ao meu avô e à melhor maneira de abordá-lo, fora *ela* quem ficara com medo de mim. Em minha defesa, tinha algo de muito errado com os pais de Sloane, e eu não podia saber do truque do elevador. Não que isso sirva de desculpa.

Eu era um pitbull. Um leão — covarde ou não. Um homem que passava a impressão de uma independência feroz e estoica, mesmo que na maior parte dos dias tudo o que queria fosse um abraço.

— Sou facinho — Mateo disse, embora dedicasse apenas metade de sua atenção a nós.

— Sim, *por favor* — Maisey falou. — Não sei o que eu faria sem o clube do livro para me animar. Vocês são tudo o que tenho.

— Que seja — meu avô grunhiu. Como eu, ele tomou o cuidado de não olhar nos olhos de Sloane. — Não é como se qualquer um de vocês me ouvisse mesmo.

Todos se viraram na minha direção. Não fazia ideia de quando havia me tornado um membro oficial daquele clube do livro/grupo de apoio de enjeitados, porém parecia que meu voto era necessário para encerrar o assunto.

Encorajado pela sensação de que era necessário — de que era *querido* —, aproveitei para impor uma condição:

— Eu concordo se puder ficar aqui com você.

Minhas palavras encontraram uma sala em silêncio que se tornou ainda mais silenciosa quando meu avô estreitou os olhos. Todos já havíamos passado tempo o suficiente com ele para reconhecer os sinais da tempestade vindo.

— E onde diabos acha que dormiria?

— Calma — Mateo murmurou. — Lembra de respirar.

Meu avô seguiu o comando, mas com as narinas tão dilatadas que eu duvidava que estivesse seguindo o primeiro também.

— Tem um leito hospitalar em perfeitas condições bem aqui — eu disse, apontando.

A expressão dele passou a perigosa.

— Se acha que vou subir por vontade própria nessa tortura tirada da mente de Orwell, está...

Não consegui evitar rir da eloquência do meu avô mesmo em seu pior momento. Minha mãe sempre dizia que ele empunhava o intelecto tal qual um escudo, como uma maneira de se manter acima — e portanto distante — dos outros. Começava a achar que ela tinha razão.

— O que quero dizer é que *eu* posso dormir no leito — falei. — Vou ter que abandonar Maisey, mas...

Ela assentiu para mim, com um sorriso melancólico no rosto.

— Você tem razão. É melhor assim. Uma hora, vou ter que me acostumar a morar sozinha. Prefiro fazer isso enquanto tenho amigos do outro lado da rua.

— Isso. — Sloane apertou a mão de Maisey. — Se Greg vai ficar aqui, talvez eu possa passar algumas noites na sua casa para te fazer companhia quando você precisar. Ou quando *eu* precisar.

Maisey parecia prestes a irromper em lágrimas, assim provavelmente foi bom que meu avô tenha dado uma olhada na cena sincera e comovente que se desenrolava diante dele e soltado um grunhido de aversão.

— Se eu soubesse que minha casa ia ser transformada no cenário de um romance da Jojo Moyes, teria deixado que me colocassem em uma casa de repouso — ele resmungou.

Sloane nem piscou.

— Ora, ora, Arthur, então quer dizer que você é leitor da Jojo Moyes? Qual é seu preferido? Sei que *Como eu era antes de você* é o mais popular, mas sou da opinião de que seu livro anterior, *O navio das noivas...*

Meu avô se levantou com um sobressalto tão súbito que não deixava margem para interpretação. Assim como seu monossílabo em despedida:

— *Pff!*

23

Precisei de três minutos para juntar tudo o que eu tinha no mundo e guardar em uma mochila antes de rumar para a casa do meu avô, do outro lado da rua.

Para ser justo, tinha muito mais coisas em um depósito em Seattle, porém era cada vez mais difícil lembrar por que havia me dado ao trabalho de guardá-las. Um colchão, grande demais e caro demais, comprado por conta de um anúncio sedutor no Instagram. Muito mais sapatos do que qualquer homem precisava ter, também grandes demais e caros demais, e na maioria comprados por conta de anúncios sedutores no Instagram. A lista prosseguia, embora tudo fosse mais do mesmo.

Minha vida agora se reduzia a uma única mochila contendo algumas blusas e cuecas limpas, um exemplar recém-comprado de *O clube da felicidade e da sorte* e um pedaço de papel com o endereço do meu avô anotado. Não precisava do endereço, já que ele morara a vida toda naquela casa, porém gostava que minha mãe houvesse tido o cuidado de anotá-lo para mim. Ela sabia que eu não seria capaz de jogá-lo fora, que ficaria esvoaçando na porta da geladeira vazia, como um fio solto na gola.

— Vou sentir sua falta — Maisey disse, parada à porta do quarto da filha, estranhamente relutante em ultrapassar a fita-crepe grudada no chão. — Isso é patético?

— Se for, então somos os dois patéticos, porque também vou sentir sua falta. — Dei uma batidinha no pé da cama para que Maisey se juntasse a mim, porém ela continuou imóvel. Estava louca para entrar e revirar os poucos pertences de sua filha que haviam sido deixados, mesmo que provavelmente nunca fosse fazê-lo. Ou pelo menos não enquanto a dor ainda fosse recente. — Nenhuma notícia de Bella?

— Não. Mas Cap entrou em contato e me atualizou. — Ela suspirou e cutucou a fita-crepe com a ponta do tênis. — Acha que o comentário de Mateo no outro dia é verdadeiro? Sobre adolescentes serem... como foi que ele falou? Umas vacas?

Maisey disse a última parte como se Bella talvez pudesse ouvir, como se a filha estivesse tão embrenhada no quarto que uma parte dela houvesse permanecido. Respondi com o mesmo cuidado. Por mais que valorizasse a tentativa de Mateo de reconfortá-la, não me parecia que ele compreendesse a profundidade do desespero de Maisey.

— Não acho que todas as adolescentes sejam assim. Mas se você quer saber se acho que Bella tem dentro de si o potencial de ser meio vaca... — Hesitei. Ouvira o bastante da conversa entre as duas para que mentir se tornasse impossível. — Talvez. Você merecia uma despedida melhor do que aquela.

Maisey adotou a voz que todos nós usávamos ao citar um trecho do livro que estávamos lendo em uma reunião do clube.

— "Me envergonha que ela sinta vergonha. Porque é minha filha e me orgulho dela, porém sou sua mãe e ela não se orgulha de mim." — Maisey suspirou e se recostou no batente. — Terminei de ler entre as ligações da manhã, caso não tenha percebido. Talvez Bella seja como Jing-Mei e passe a me amar depois que eu morrer.

De repente, ao se lembrar de com quem conversava, Maisey levou uma mão à boca.

— Ah, meu Deus. Desculpa, Greg. Eu não quis...

— Tudo bem — falei depressa.

Não estava tudo bem, claro, porque eu meio que desejava que houvesse outro participante do grupo ali para ajudar. Mateo diria algo irreverente e cáustico. Sloane encontraria um sentido mais profundo e emotivo no texto. Até mesmo meu avô talvez fosse capaz de colocar tudo em um contexto acadêmico.

A única coisa que eu conseguira tirar da leitura era que as mães eram um puta presente do mundo, que a gente simplesmente desperdiçava.

— Minha mãe e eu nos dávamos superbem — falei, porque parecia que eu precisava dizer algo para desviar a atenção dela. — Bem *demais*, diriam os estudiosos de Freud, mas ela sempre disse que tivera um ótimo modelo em quem se inspirar. A mãe dela. Minha avó.

— É mesmo? — Maisey deu um passo para dentro do quarto e seus dedos dos pés ultrapassaram a fita-crepe. — Arthur nunca fala sobre o assunto.

Fiz uma careta.

— Pois é.

Maisey gesticulou para que eu prosseguisse. Era tão bom falar sobre minha mãe com *qualquer pessoa* que eu duvidava que conseguisse parar mesmo se um trem irrompesse no quarto.

— Minha avó morreu jovem. Jovem demais, algumas semanas depois de minha mãe fazer doze anos. — De câncer de mama, porém aquela parte eu não queria contar. Mulheres demais na minha família tinham sido levadas pela doença. — Seria trágico para *qualquer* menina, só que minha mãe ficou sozinha com Arthur. Foram seis anos só os dois naquela casa, enfrentando o luto.

Deixei as palavras no ar por um momento, sentindo o peso real delas pela primeira vez. Sempre soubera que meu avô era um homem difícil, desde criança, quando a única coisa complexa que eu precisava fazer era me lembrar de arrumar a cama todo dia. Nas poucas vezes em que o encontrara, ele sempre me parecera mais um ogro do que uma pessoa, o bruxo malvado dos contos de fada que minha mãe me contava antes de dormir. Na verdade, ela retratava-o exatamente assim, como uma criatura a ser subjugada por quem quer que tivesse a coragem de tentar.

Agora que eu o conhecia menos como um ser mítico e mais como um duro tirano que só permitia aproximação no campo intelectual, compreendia o que minha mãe devia ter suportado. Não o mal tal qual os livros o retratavam — um vilão de bigode que trama a ruína do herói —, e sim a dor de milhares de cortes imperceptíveis.

De portas fechadas e refeições pesadas, de um sofrimento com que ela era obrigada a lidar sozinha.

Eu sabia daquilo porque lidava com o mesmo sofrimento. Fazia cinco longos meses.

— Coitada da sua mãe. — As palavras saíram de Maisey em uma rajada de ar. Ela adentrou um pouco mais o quarto. — E coitado do Arthur. Alguns homens ficam assim, sabe? Quando perdem a pessoa que mais amam. Recebo várias ligações desse tipo. Experimentam um emaranhado de emoções: raiva, tristeza, um desespero profundo e esmagador. A única pessoa com quem dividiam suas emoções se foi. É muito triste. O que você pode fazer quando seu coração está enterrado a sete palmos?

— Você pode fingir — Sloane disse, aparecendo do nada atrás dela. Não era possível saber há quanto tempo ela se encontrava no corredor, ouvindo. A julgar pela maneira comedida como falara, tempo o bastante. — Você lida com as emoções da melhor maneira possível, sabendo, lá no fundo, que só vai viver metade da vida que te prometeram.

— Ah, que bom. — Mateo também apareceu antes que pudéssemos dizer o que quer que fosse. Claramente não ouvira nada do diálogo, porque esfregou as mãos e nos dirigiu um olhar que parecia nos laçar e prender. — Você estão aqui. Precisamos conversar.

Não sabia se ficava ou não aliviado pela interrupção da conversa, e não tive chance de decidir. Mateo derrubou todas as barreiras ao atravessar a linha de fita-crepe no chão e se dirigir à cama de Bella.

— Tem alguém tentando se infiltrar no clube do livro, e preciso que me ajudem a descobrir o motivo.

***

— De acordo com o Google, Nigel Carthage é um premiado estudioso de Shakespeare. Nunca se casou, tem críticas publicadas em vários veículos e não se sabe de nenhuma controvérsia que envolva seu nome. Só uma troca bastante acalorada de tuítes com Stephen King.

Sloane virou a tela do notebook na nossa direção, fazendo com que o rosto sombrio do escritor de terror mais amado dos Estados

Unidos nos olhasse, reunidos na sala de Maisey. De alguma maneira, Maisey tirara um prato de sanduichinhos do nada, no entanto ninguém estava comendo muito.

— Aparentemente os dois discordam sobre a onda recente de adaptações dos livros de Shirley Jackson para a televisão — Sloane disse. — É meio engraçado, na verdade.

— Afe, Sloane. Você é péssima nisso. — Mateo arrancou o notebook dela e começou a digitar furiosamente. Ou pelo menos tão furiosamente quanto possível para alguém que usava a técnica de catar milho. Cada tecla apertada estalava alto e com determinação. — Se o intuito é descobrir o que esse cara quer, não podemos nos concentrar na parte positiva da internet. Temos que ir atrás da parte feia.

— O *Twitter* é a parte feia — Sloane protestou. — As pessoas são bem maldosas lá.

Mateo a ignorou e olhou mais de perto para a tela.

— Hum. Ele é fluente em francês. Seu nome do meio é Bernard. Ah, eca. Ele está precisando de uma boa podologia. E por apenas 19,99 dólares podemos encomendar uma pesquisa de antecedentes completa. Caso alguém não se importe de oferecer o cartão de crédito.

Ninguém ofereceu. Maisey soltou um longo suspiro e estendeu a mão.

— Me passa o notebook.

Mateo trouxe o computador para ainda mais perto do corpo.

— Hã, sem querer ofender, Maisey, mas duvido que você vá encontrar o que quer que seja além de micose nas unhas do cara.

Maisey não disse nada: só movimentou os dedos.

— Tá, mas não diga que eu não avisei — Mateo falou, entregando o notebook a ela. — Noventa por cento dos resultados são resenhas de livros.

Ficamos todos ali enquanto Maisey encarava a tela do computador, com os lábios franzidos, os olhos apertados e a expressão concentrada. O que quer que estivesse procurando, parecia que levaria um tempo, por isso aproveitei para deixar a mochila à porta, tomando o cuidado de dobrar o papel com o endereço do meu avô e guardá-lo no bolso da frente.

Em vez de fazer perguntas, o que sentia que tanto Mateo quanto Sloane queriam, os dois começaram a conversar sobre Nigel Carthage.

— Acho que você está exagerando, Mateo — Sloane disse. — As pessoas fazem doações a bibliotecas o tempo todo sem segundas intenções. Se o cara é louco por livros, parece perfeitamente normal que queira participar de um clube do livro.

— Você está brincando? — Mateo retrucou. — Ele acabou com o Jonathan Franzen durante uma premiação, *cara a cara*. Por que um homem desses imploraria pela chance de discutir *O clube da felicidade e da sorte* com um bando de zés-ninguém do norte de Idaho?

Como aquela pergunta não tinha resposta, Sloane voltou a ficar quieta. Eu queria poder acrescentar algo de útil à conversa, mas não sabia o que dizer, então peguei um sanduichinho de pepino e comi. Mastigar pelo menos mantinha minha boca ocupada.

— Ah, nossa. — Maisey se recostou no sofá. — Essa era uma reviravolta que eu não imaginava.

— O que foi? — perguntei.

— O que você encontrou? — Sloane perguntou quase ao mesmo tempo.

Mateo foi o único que não acreditou.

— Ah, é? Rápido assim? Como foi que ficou tão rápida em pesquisa na internet?

Maisey escolheu responder à pergunta de Mateo primeiro.

— Faço pesquisa o tempo todo no trabalho. — Um sorriso tímido surgiu em seus lábios. — Não deveria investigar os clientes, claro, mas ajuda a dar conselhos mais personalizados. Não procuro coisas como nome de animais de estimação, parentes mortos nem nada do tipo. Nunca faria isso. Só coisas pequenas. Pelo que se interessam e como interagem com o mundo. Assim posso ajudá-los a se entenderem melhor.

Mateo assentiu.

— Adoro uma safadeza.

— Não é safadeza. — Fui rápido em defender Maisey. Passara tempo o bastante com a mulher para saber que não havia nem uma gota de safadeza nela. Ninguém amava como Maisey Phillips amava: sem nenhuma vergonha ou ironia. — É *simpático* da parte dela. Ela só quer ajudar as pessoas.

— Procurando no Google?

— Não. — Cerrei o maxilar. — Dedicando tempo e se importando.

Sloane pigarreou.

— Hã, odeio interromper, mas sou a única que está louca pra saber o que ela descobriu?

Maisey virou a tela para que pudéssemos ver. Não parecia ser muita coisa — só um currículo tão velho que precisara ser escaneado e carregado manualmente —, porém ao vê-lo Sloane arfou.

— Isso significa o que acho que significa? — Ela arregalou os olhos cor de avelã, que ficaram quase verdes ao refletir a luz da tela. — Sério mesmo? Ele lecionou na North Idaho College nos anos 1970?

— Isso quer dizer algo? — Mateo perguntou. — Eu perdi alguma coisa?

Pela primeira vez, meu interesse pelo tal Nigel Carthage foi despertado — e não só porque ele me dava uma desculpa concreta para conversar com Sloane.

— Meu avô deu aula de literatura inglesa lá quase a vida toda. — Então respondi à pergunta que sabia que viria em seguida. — A partir dos anos 1970.

Vozes empolgadas se fizeram ouvir à minha volta. A mais triunfante de todas, e portanto a mais alta, era a de Mateo.

— Eu *sabia* que tinha algo de estranho. Nigel ouviu minha conversa aquela noite no clube, e tenho certeza de que mencionei o nome de Arthur. Na verdade, Nigel admitiu que estava se sentindo solitário porque todos que conhecia na cidade tinham morrido ou se mudado. Também deve ter me escutado falar do clube e pensado que seria uma boa oportunidade de retomar o contato com Arthur.

— Então por que não disse isso? — Maisey perguntou. — Tenho certeza de que Arthur adoraria reencontrar um velho amigo.

Uma gargalhada me escapou.

— Bom, *talvez* ele gostasse de encontrar. — Os cantos dos olhos de Maisey se enrugaram em uma expressão constrangida. — Todo mundo gosta de falar sobre a juventude. A nostalgia é uma parte importante do meu trabalho.

Sloane puxou a manga de minha roupa com delicadeza.

— Você já ouviu seu avô falar dele?

Não percebera quão perto de mim ela estava. A surpresa deixou meus músculos tensos e tornou minha voz mais áspera que o normal.

— Meu avô e eu devemos ter conversado um total de vinte minutos ao longo da vida. Infelizmente, nesse tempo ele não mencionou nenhum colega de trabalho dos anos 1970.

Ela deixou a mão cair, e me xinguei por minha falta de jeito. Não tivera a intenção de soar tão na defensiva, só que, bom, eu estava na defensiva. Todos naquele cômodo sabiam mais sobre meu avô do que eu, embora ele fosse meu único parente vivo. Eu era filho único, meu pai não aparecia nem na minha certidão de nascimento e nenhum outro familiar entrara em contato depois da morte da minha mãe. Não era à toa que eu tinha sido um pouco ríspido.

— Desculpa — falei, porque minha solidão não era culpa de Sloane. — Queria poder ajudar, mas ele é um desconhecido para mim tanto quanto é para você. Provavelmente até *mais*. Você teve mais de três meses para conhecê-lo. Até agora eu tive três semanas.

— E não foram três semanas muito boas, né? — Provavelmente era uma pergunta retórica, porque ela fez um *tsc-tsc* solidário antes de se virar para se dirigir aos outros. — Bom, odeio encerrar o encontro, mas acho que já é hora de ir embora. Está ficando tarde, e se Greg vai dormir no Arthur hoje...

Ela parou de falar e me olhou. Abaixei a cabeça em confirmação. Por mais que a ideia de dividir o teto com aquele homem me desagradasse, era melhor que um familiar o fizesse, em vez de qualquer um daqueles três. Pelo menos ele não ia me matar durante o sono.

Ou, se tentasse, não ia conseguir.

Sloane assentiu.

— Então é melhor você arrumar suas coisas antes que chegue a hora de botar Arthur na cama. Ele não vai gostar, já aviso. Nunca gosta. É melhor não oferecer nada além dos remédios. Nem uma bolsa de água quente. Nem um chá. E *definitivamente* não se ofereça para contar uma história.

Não consegui evitar rir da última parte.

— Você não fez isso.

Um leve rubor coloriu as bochechas dela.

— Não é o que parece. Achei que ele pudesse querer ler o livro do clube junto. Mas... me enganei.

Mateo fechou o notebook e o passou a Sloane antes de começar a arregaçar as mangas.

— Como não é mais segredo que sou o enfermeiro de Arthur, posso colocá-lo pra dormir.

— Você não precisa fazer isso — fui rápido em dizer. Olhei para Sloane em busca de confirmação. — Ele não precisa de nada, precisa? Só de alguém presente caso haja uma emergência, certo?

— O melhor seria ele dormir sentado, ou pelo menos apoiado em alguns travesseiros, pra manter os pulmões livres. Se Arthur acorda e ainda está escuro, às vezes fica um pouco desorientado, mas logo passa. Você só precisa garantir que ele não suba ou desça a escada sozinho. — Sloane apertou os lábios, alheia aos sentimentos aterrorizantes que despertava em mim. Eu não tinha ideia de que as coisas estavam *tão* ruins. E o fardo recaíra sobre seus ombros durante todo aquele tempo.

Mateo assentiu como se o que ela dissera fizesse todo o sentido.

— Até que recupere totalmente as forças, o que pode levar semanas, Arthur pode ter dificuldade de realizar tarefas simples do dia a dia. A boa notícia é que não vai durar pra sempre. Logo mais ele estará morando sozinho outra vez e criando encrenca com desconhecidos.

Aquele pensamento era tão deprimente que a sala toda ficou em silêncio. Não a parte de criar encrenca com desconhecidos, que era até esperada. O que doera fora a parte de Arthur voltar a morar sozinho. Era um lembrete nítido de que aquilo que fazíamos juntos tinha prazo de validade — de que logo todos voltaríamos para a programação normal das nossas vidas.

Para a programação normal das nossas vidas separadas.

Para a programação normal das nossas vidas isoladas.

Quem quebrou o silêncio foi Mateo.

233

— Vamos — ele disse, suspirando e se levantando do sofá. — Vou te mostrar um truque para conter fisicamente um paciente que é um perigo a si mesmo. Depois que a gente pega o jeito fica fácil.

Achei um pouco de graça naquilo.

— O que te faz pensar que não sou capaz de conter alguém fisicamente?

Mateo se reservou um momento para me olhar de alto a baixo. Seus lábios se curvaram enquanto ele absorvia toda a minha altura e largura.

— Certo. Então vou te mostrar como conter uma pessoa fisicamente sem quebrar os ossos dela. O que acha?

— Você nunca se ofereceu para me ensinar isso — Sloane comentou.

— Nem a mim — Maisey acrescentou. — Sempre quis aprender técnicas de autodefesa.

— Se uma de vocês algum dia deparar com um homem como Arthur McLachlan no modo fúria total, meu conselho é correr — Mateo disse.

Maisey pensou a respeito por um momento.

— E o que aconselha se algum dia depararmos com um homem como Greg no modo fúria total?

— Isso é fácil. — Mateo deu uma piscadela. — Correr ainda mais rápido.

***

— Queria que você me deixasse te pagar.

Eu estava na varanda da frente da casa do meu avô, falando com Mateo em voz baixa para não ser ouvido pelo homem deitado no quarto no andar de cima, com doze travesseiros e uma grande pilha de livros. Apesar das súplicas para que dormisse, meu avô estava determinado a terminar de ler as obras completas de Oscar Wilde antes da manhã seguinte.

— Está brincando comigo? — Mateo retrucou. — Nem consigo lembrar a última vez que me diverti tanto. Você viu como desviei rápido daquele exemplar de *O retrato de Dorian Gray*?

Eu tinha visto. E estava certo de que meu avô não quisera acertá-lo de verdade. Embora ele nunca fosse admitir, eu tinha quase certeza de que se sentia melhor sabendo que havia um enfermeiro à disposição — um enfermeiro que ele conhecia e em quem confiava, um enfermeiro de quem até *gostava*. Eu compartilhava daquele sentimento. Mateo era um tufão, um homem vibrante que tinha mais energia do que qualquer outra pessoa que eu já tivesse conhecido, e eu valorizava aquilo nele. Como alguém que era o exato oposto — que demorava para pensar e agir, e demorava ainda mais para encantar —, eu entendia por que as pessoas gostavam tanto dele.

— Não é certo você ter que abrir mão do seu tempo livre assim — insisti. — Você e Sloane nem conseguiram terminar o encontro duplo de vocês.

Ele diminuiu a importância daquilo com a mesma facilidade com que diminuíra a importância de todo o restante. Movimentando as sobrancelhas de um jeito brincalhão, Mateo disse:

— Por favor... Adoro uma intriga. Estou até pensando em chamar Nigel pra tomar um café.

— Por quê?

— Pra ver o que descubro, claro. Tem algum mistério rolando, algo que envolve ele e seu avô, e quero descobrir tudo. Talvez possa me tornar investigador particular. Não precisa de diploma, precisa?

— Em Idaho? — Dei risada. — Duvido. Aqui todo mundo pode fazer o que quiser. Já vi um monte de motoqueiros sem capacete.

— Mateo Sharpe, investigador particular. — Ele tocou a aba de um chapéu fedora imaginário. — Gostei de como soa.

Antes que eu pudesse perguntar quantas carreiras ele pretendia ter ao longo da vida, o toque do celular dele cortou a noite. Tentei entrar na casa para deixá-lo a sós, porém Mateo ergueu uma mão para me impedir.

— É o Lincoln. Só vai levar um segundo.

A última coisa que eu queria fazer era ouvir sua conversa com o namorado. No entanto, dentro daquela casa só me esperavam um leito de hospital com lençóis enrugados e a indiferença do meu próprio avô, portanto obedeci.

235

— Estou só terminando aqui com Arthur e já vou pra casa. Ele está bem, sim. Foi alarme falso. — Mateo ficou em silêncio por um momento, então a tensão se tornou visível em torno de sua boca. — Greg está aqui comigo, na verdade. Estamos planejando ir atrás de Nigel Carthage.

Não me lembrava de ter me voluntariado para ir atrás de quem quer que fosse. Mateo soltou um suspiro carregado antes de dizer:

— Se é mesmo necessário... — Ele me ofereceu o celular. — Aqui. Lincoln quer falar com você.

— Comigo?

Ele sacudiu o celular.

— As coisas andam meio estranhas entre nós, então acho que é melhor você concordar. Enquanto conversam, posso colocar meu novo aparador de guarda-chuvas no carro.

— Alô? — falei, acompanhando com o olhar a dificuldade de Mateo para erguer a pata de elefante e carregá-la até o carro.

— Greg. Oi. Obrigado. — Cada uma de suas palavras foi pronunciada como uma frase completa, embora eu não conseguisse entendê-las. — Quais os planos pra amanhã à noite? Você está livre?

— Hum, acho que sim. Por quê? O que está rolando?

— Althea vai se apresentar na Lofthouse, e pensei em te convidar pra ir com a gente. Mateo disse que você não conhece muita gente na cidade, e como parece ser fã da música dela...

Eu já recebera convites mais entusiasmados para funerais.

— Valeu, mas acho que preciso ficar aqui, caso meu avô precise de mim.

Depois de um longo intervalo, Lincoln voltou a falar.

— Olha, eu não insistiria se não fosse importante. Mateo está... — Ele suspirou. Quando voltou a falar, sua voz soou mais animada. — Mateo parece estar muito interessado no que quer que esteja acontecendo entre você e seu avô. E sei que ele vai se divertir mais caso esteja lá, para diminuir a pressão. Significaria muito pra mim... pra nós dois... se você fosse.

Eu tinha certeza de que todas as regras sociais prescreviam um "não" firme e resoluto em uma situação daquelas, porém Mateo voltara e ouvira o bastante para juntar as peças sozinho. Fez sinal de positivo com as duas mãos para deixar sua aprovação clara para mim.

— Tá bom. Parece divertido. Vejo você amanhã.

Lincoln me passou os detalhes antes de desligar. Devolvi o celular a Mateo erguendo uma sobrancelha em questionamento.

— É complicado demais pra explicar. — Contrariando seu comentário, ele tentou explicar. — Lincoln está com medo de que eu o largue para me tornar um escritor famoso.

— Achei que você fosse começar a trabalhar como investigador particular.

Embora Mateo tenha dado de ombros, ficou claro — pelo menos para mim — que se tratava de uma indiferença fingida. Aquela era uma das coisas que ninguém falava sobre perder alguém que se amava. Eu sempre achara que o luto fazia a pessoa se voltar para dentro, que a forçava a usar suas lembranças como uma capa de chuva para se proteger da tempestade, no entanto o oposto era verdade. Assim que os olhos de minha mãe se fecharam pela última vez, foi como se eu tivesse sido lançado na vasta rede do sofrimento alheio.

— Não quero ser investigador particular — Mateo falou. — Ou escritor. Ou bibliotecário. Esse é o problema.

— Já tentou falar com um orientador vocacional?

Ele soltou uma risada curta e aguda.

— Não, mas vou colocar isso no topo da minha lista de afazeres. Tem certeza de que não se importa de ir amanhã? Posso inventar uma desculpa, se preferir evitar o drama da minha vida pessoal.

Balancei a cabeça com um desespero que mal reconhecia em mim mesmo. Verdade fosse dita: ter sido lançado naquela rede era o que me fazia seguir em frente no momento. A sensação de participar ativamente das coisas era boa, ainda que tudo o que eu fizesse fosse comer a comida de Maisey e ouvir canções melancólicas dos anos 1940 com Mateo e o namorado.

— Não me importo — falei. — Vou curtir ver a grande Althea Sharpe se apresentando. É uma das coisas que minha mãe não conseguiu riscar de sua lista.

237

— Tá, mas não diga que não avisei. E se minha mãe te convidar para se juntar a ela no palco, sugiro que não ceda, ou nunca mais vai suportar a luz de um holofote.

24

— Aonde acha que vai?

Parei no meio do processo de abotoar a camisa — uma das cinco blusas que eu vinha alternando, cortesia do enxuto guarda-roupa que trouxera comigo. Às terças, usava minha henley. Às quartas, era a vez da minha camiseta preferida, com dois tiranossauros lutando boxe. Como era quinta, restava-me apenas uma blusa de lã desbotada e quente demais para qualquer clima que não o de Seattle.

— Hum... vou sair? — Fazia um bom tempo que não me pediam para explicar minhas atividades noturnas, portanto não sabia ao certo qual era o protocolo. Incluí alguns detalhes. — A mãe do Mateo vai se apresentar em uma casa noturna hoje à noite, e o namorado dele me convidou pra ir junto.

Meu avô ficou olhando enquanto eu enfiava a blusa de lã pela cabeça e a ajeitava.

— Que foi? — perguntei, mais preocupado do que gostaria de admitir. Seus olhos em mim eram como raios laser apontados para o meu peito, o que já estava me fazendo suar sob a trama pesada. — Acha que é melhor eu me trocar?

— Eu não poderia me importar menos com o que você usa. — Ele ficou em silêncio por um momento. — Espere aqui.

Obedeci, principalmente porque ainda tinha alguns minutos antes de sair. A noite já seria desconfortável o bastante, não precisava chegar cedo e aumentar as chances de problemas.

Infelizmente, parecia que os problemas surgiriam independentemente das chances.

— Se eu tiver que passar mais um minuto que seja nesta casa vou começar a arrancar o papel de parede. — Meu avô me lançou um olhar malévolo. — É uma referência literária, caso esteja se perguntando.

Não falei nada sobre o fato de eu ser formado em uma universidade que ostentava vários cursos de excelência em artes liberais e que fora criado por uma mulher que havia aprendido desde cedo que os livros eram a única maneira de se comunicar com o pai. Meu avô decidira que eu era exatamente como o cretino que havia engravidado sua única filha e em seguida se mandara, e eu duvidava que qualquer coisa que eu dissesse ou fizesse seria capaz de mudar aquilo.

— Não precisa arrancar o papel de parede por minha causa — falei, parecendo pensar a respeito. — Se estiver cansado dele, é só tirar com um borrifador e um raspador.

A repulsa o fez estremecer enquanto ele tentava entrar em uma malha com cotoveleiras de couro enormes.

— Ah, não — falei, erguendo as mãos como se para afastá-lo. — Você não vai comigo.

— Por que não? É um lugar público, não? Tenho o direito de ir tanto quanto qualquer outra pessoa.

Seu tom me fez pensar por um momento. Não se tratava de um homem determinado a se fazer presente onde não era querido; tratava-se de um homem que quase — *quase* — implorava para que abrissem a porta a fim de deixá-lo entrar.

— O lugar deve ser escuro — apontei. — E barulhento. E vai estar cheio de gente meio bêbada que não pega um livro há anos.

— Ótimo — meu avô disse, só para me contrariar, o que eu deveria ter previsto. — Parece perfeito.

Tentei pensar em uma desculpa para deixá-lo em casa, porém aquele era um homem acostumado a ter a última palavra — e a não mudar de ideia. Pigarreando em triunfo, pegou a bengala e seguiu para a porta.

***

Eu não estava preparado para o tratamento majestoso que receberíamos ao chegar à porta da Lofthouse.

— Podem vir por aqui — a recepcionista falou, permitindo que ultrapassássemos a fila de pessoas à espera para entrar. — Estão esperando vocês.

Como eu previra, o lugar era mal iluminado e estava cheio de gente bebendo martíni como se fosse Gatorade, porém nem uma coisa nem outra parecia impedir meu avô de abrir caminho aos empurrões e cutucões por entre as mesas espalhadas. Ele parecia tão deslocado quanto eu me sentia em minha blusa de lã grossa. Quando chegamos a uma mesa perto do palco, Mateo se levantou para nos cumprimentar.

— Você veio! Eu não sabia se viria mesmo. — Ele ficou surpreso ao ver meu avô. — E trouxe... companhia.

— Você sempre age como se eu estivesse prestes a bater as botas — meu avô resmungou, parecendo pronto para a batalha. — Deveria ficar feliz de me ver na rua.

— Bom, talvez tivesse sido melhor começar com uma visita à farmácia para medir a pressão, mas isso serve também. — Mateo ofereceu uma cadeira a ele, então fez um aceno com a cabeça na direção de Lincoln, que nos avaliava com cuidado. — Este é meu namorado, Lincoln. Lincoln, este é o paciente de quem falei, avô de Greg. Foi ele que deu o aparador de guarda-chuvas pra gente.

Eu meio que esperava que ele fosse nos repreender e mandar embora por conta daquele crime, no entanto Lincoln relaxou a ponto de abrir um sorriso.

— Obrigado. É uma peça e tanto.

Meu avô estreitou os olhos, desconfiado.

— Se não gostou, azar o seu. Já concordamos com o pagamento.

— Se Mateo está feliz, eu estou feliz — Lincoln disse. Ele tomou o cuidado de não olhar para o namorado enquanto falava. — Vamos pedir bebidas?

Fiquei surpreso ao ver meu avô avaliar ansioso o cardápio de bebidas, e ainda mais surpreso ao vê-lo escolher uma bebida sem álcool com uma flor decorativa.

— O que foi? — ele perguntou, enganchando a bengala na própria cadeira e se ajeitando confortavelmente no assento. Estava tão perto dos alto-falantes que eu tinha certeza de que ele acabaria estourando um tímpano. — Mateo disse que não posso tomar nada mais forte que chá até parar com aqueles remédios inúteis.

— Não falei nada.

— Você me olhou. Foi o bastante. — Meu avô se virou para Mateo em busca de confirmação. — A menos que tenha mudado de opinião.

— De jeito nenhum — Mateo insistiu. — Nada além de suco e água com gás pra você. São as ordens do seu enfermeiro.

— Viu? — Meu avô se recostou, triunfante. — Você não vai me matar com tanta facilidade assim. Se quer me ver morto, vai ter que contratar um assassino de aluguel, como qualquer outra pessoa.

Lincoln ficou perplexo com a direção inesperada que aquela conversa tomara — e com o fato de que levávamos tudo na esportiva.

— Hum, muita gente contrata assassinos de aluguel para matar o senhor?

Tive que me controlar para não rir. Aquela ideia devia ter ocorrido a quase todo mundo que conhecia meu avô.

— Discutimos essa possibilidade num momento de calmaria na biblioteca — Mateo falou. — Você tinha acabado de dizer a uma funcionária nova que a visão dela sobre Kierkegaard lembrava uma criança descobrindo os próprios pés. Octavia precisou se utilizar de todo o seu poder de persuasão para impedir que ela se demitisse na mesma hora.

Daquela vez, não consegui conter a risada.

— Consideramos assassinato, a contratação de um profissional, dar uma bronca em você e bani-lo da biblioteca.

A lembrança fez Mateo sorrir.

— E então? — meu avô perguntou. A única coisa naquela história que parecia ofendê-lo era o tempo que Mateo levava para contá-la.

— E então o quê? — Mateo deu de ombros. — Você continua aqui, não é? Sloane convenceu todos do contrário. Ela sempre teve uma quedinha por você, embora por nada neste mundo eu consiga entender o motivo.

    Compartilhara daquele sentimento tantas vezes que me vi querendo ouvir o que meu avô achava. Fazia tempo que descartara a teoria de que Sloane o estava usando por dinheiro, porém qual outro motivo a mantinha ao lado dele? Ela era uma mulher estudada. Tinha um noivo. Não exigia nada de ninguém, não pedia nada para si mesma. Graças a seu sistema de catalogação metódico e meticuloso, a casa do meu avô começava a parecer um lar. Até onde eu sabia, ele nunca havia lhe agradecido por nada daquilo.

    Eu não soube o que meu avô achava. As luzes piscaram antes de se apagarem de vez e a banda assumir o palco. De modo surpreendente, eu me vi perdendo o fôlego enquanto Althea entrava.

— Você vai adorar. — Lincoln se debruçou por cima da mesa para falar comigo, porém sua voz saiu tão alta que todos o ouviram. — Já viu um show dela?

— Não, mas minha mãe era muito fã. Tinha sempre alguma coisa triste e francesa tocando ao fundo quando eu era pequeno.

    Como a banda começava a tocar, imaginei que a conversa tivesse chegado ao fim. Meu avô, no entanto, falou:

— Ela puxou à sua avó.

    Foi difícil distinguir suas palavras em meio à cacofonia de meia dúzia de instrumentos de percussão ganhando vida, embora talvez fosse apenas o som do meu próprio sangue correndo a encobrir sua voz. Aos olhos da minha mãe, minha avó fora uma santa, uma mulher boa demais para aquele planeta e para as pessoas com quem escolhia compartilhá-lo — o exato oposto do homem com quem havia se casado. Eu nunca tinha ouvido meu avô se referir a ela, nem de passagem.

— Sua avó amava esse tipo de música — ele acrescentou. — Não havia um dia em que o tom não fosse dado pela melancolia do fastio.

    Em vez demonstrar a própria melancolia ou o próprio fastio com aquilo, meu avô sorriu. Sorriu *de verdade*. Foi uma pequena compressão satisfeita dos lábios, que parecia carregar um significado secreto.

— É tudo baboseira sentimental — ele acrescentou, olhando feio para a mesa, para que nenhum de nós tivesse a impressão errada.

No entanto, era tarde demais. Minha impressão se manteve intacta, e naquele momento tive certeza de que ela acertara na mosca.

***

Mateo me avisara que havia uma boa chance de que ele fosse puxado para o palco e forçado a se apresentar, como um macaco de circo, porém eu imaginara que fosse brincadeira.

— Puta merda.

Várias pessoas se viraram para me olhar feio diante da minha explosão, por isso fiz o meu melhor para encolher os ombros e desaparecer. Também baixei a voz, embora não houvesse necessidade. Enquanto Mateo e Althea cantavam juntos "Forever Young", eu poderia gritar a plenos pulmões sem diminuir nem um pouquinho o fascínio que exercem.

— Eu sei. — Lincoln suspirou, parecendo triste demais para um homem que namorava o Frank Sinatra reencarnado. — Ele é demais.

Eu não fazia ideia de que um homem tão pequeno e magro pudesse ter um barítono tão poderoso, porém não havia como negar que Mateo tinha talento. Talento *e* presença, a julgar pelo modo como conseguia prender a atenção do público.

— Só não dê os parabéns a ele depois — Lincoln continuou. — Ele odeia que lhe digam como ele é bom. Odeia tudo relacionado ao palco, na verdade.

Meu avô bufou, irritado.

— Não tenho paciência para falsa modéstia.

— Achei que não tivesse paciência com *nada*.

Ele me ignorou.

— Que diabos Mateo está fazendo trabalhando como bibliotecário? — meu avô perguntou a Lincoln. — Ou enfermeiro, que seja. Se eu tivesse essas cordas vocais, aproveitaria toda chance que tivesse de usá-las.

Uma expressão sofrida passou pelo rosto de Lincoln.

— É complicado.

— Até parece — meu avô disse. Aquilo era tão inadequado, e ao mesmo tempo tão certeiro, que me vi ecoando o sentimento.

Nossa atenção retornou ao palco para ver e ouvir os dois terminarem a música. Uma tristeza inexprimível tomou conta de mim ao ver aquilo — o som rico da voz de Mateo, o orgulho óbvio que a mãe tinha dele, a maneira como o público manifestava sua admiração —, seguida quase imediatamente por raiva. Eu não era do tipo invejoso, porém agora sentia muita inveja.

Minha mãe e eu nunca tínhamos sido uma sensação da música, claro, e o estranho discurso de Althea sobre Mateo ter caído em um poço me intrigava, porém eu daria tudo o que tinha para estar no lugar dele. Já ouvira de bastante gente que minha mãe ainda estava comigo — para sempre no meu coração, observando-me lá do alto, esse tipo de coisa —, porém não havia fé que substituísse o calor humano.

— Desculpa por antes — Lincoln disse antes que eu pudesse mergulhar fundo demais em autopiedade. Fiquei mais grato pela interrupção do que era capaz de expressar. Essa sensação sempre parecera uma manta jogada sobre a minha cabeça, que não chegava ao ponto de me sufocar, mas me deixava desconfortavelmente consciente de cada respiração.

— Antes? — repeti.

Ele fez um gesto como que para abarcar tudo o que já tínhamos dito ou feito.

— No jantar na minha casa, naquele dia.

— Não notei nada de estranho — falei. — Na verdade, eu que deveria pedir desculpas por ter aparecido do nada.

Lincoln balançou a cabeça e franziu mais a testa.

— Costumo me comportar melhor que aquilo. Você é novo na cidade, não conhece muita gente, e eu deveria ter me esforçado mais. Principalmente se vai passar um tempo aqui. — Ele olhou para mim. — É o que pretende? Passar um tempo aqui?

Meu avô se manteve tão imóvel e silencioso ao meu lado que eu soube que esperava para ouvir minha resposta. Aquilo me irritou de uma maneira que eu não conseguiria explicar. Não me fizera nada que chegasse perto de um convite — nem chegara a indicar que queria que eu passasse mais um tempo ali. Nem uma vez me perguntara sobre a morte da minha mãe, como eu me sustentava ou se tinha um lar para onde voltar.

Nem uma vez me perguntara se eu estava me virando bem.

Eu pensava em uma maneira de responder quando Mateo voltou trotando para nossa mesa, recusando todos os pedidos de bis. Seu nariz estava sangrando, como logo notei.

— Ah, nossa. De novo, não. — Mateo inclinou a cabeça para trás com um gemido, porém era tarde demais. O sangramento já tinha começado. — Depressa. Será que alguém tem...

Tirei um lenço de pano do bolso e o passei a ele. Mateo fez uma careta de aversão ao vê-lo, mas não era em seu rosto que eu prestava atenção.

— Onde conseguiu isso? — Meu avô arrancou o lenço de pano da mão de Mateo antes que ele pudesse usá-lo para estancar o sangue. Lincoln foi forçado a amassar um punhado de guardanapos de papel molhados para passar ao namorado.

— É do Mateo — eu disse, perplexo. — Maisey ficou com ele quando derrubou uma travessa de enchiladas e pediu que eu devolvesse. Ela fez todo um lance com água oxigenada e o que só posso imaginar que fosse água benta para tirar as manchas.

— Por que Mateo tem um lenço de pano com as iniciais NC bordadas?

— Mateo não tem lenços de pano. Mateo acha que são nojentos e que não deveriam ser usado por pessoas educadas. Esse lenço é de... — Ele se interrompeu antes de me lançar um olhar tão significativo que eu soube que estávamos diante de algo importante. — De um cara que conheci aqui mesmo.

Mateo não precisou dizer o restante. Não éramos investigadores particulares, porém aquilo não significava que íamos deixar passar uma pista como aquela: *um cara que atendia pelo nome de Nigel Carthage.*

25

Eu estava parado na frente da biblioteca da North Idaho College carregando uma bandeja com quatro cafés, tentando não parecer deslocado ali.

Teoricamente, não tinha mais motivos para parecer deslocado do que qualquer outra pessoa passando pela antiga construção ou jogando frisbee no gramado do outro lado da rua. Não se tratava de uma instituição de ensino superacadêmica que exigia que em seu interior todo mundo falasse baixo e tudo fosse de mármore. A média de idade dos alunos devia estar na faixa dos vinte e poucos anos, e a maioria dos formandos acabava ocupando cargos administrativos. Ninguém chamaria seus corredores de sagrados.

Em contrapartida, a maior parte das pessoas ali não estava prestes a iniciar uma investigação do passado perdido do próprio avô em conjunto com um grupo de pessoas que conhecia fazia apenas um mês. Pelo menos a bandeja mantinha minhas mãos ocupadas.

— Ah. Você também trouxe café.

Virei-me ao ouvir a voz de Sloane, que tinha um copo de papel em cada mão. A visão daqueles dois copos — só dois — me encheu de um pavor que despertou o pitbull em mim.

— Cadê a Maisey? — perguntei, em uma voz que fazia até *eu mesmo* estremecer. — E o Mateo? Eles não iam vir com você?

Para meu alívio, meu tom de voz áspero pareceu fazer Sloane relaxar. Ela até sorriu, embora aquele fosse o sorriso de quando meu avô se comportava da pior maneira — com os lábios curvados de uma maneira empática que fazia os McLachlan parecerem os cretinos que eram.

— Desculpa, mas sou só eu hoje. Os dois precisavam trabalhar agora de manhã. Maisey não conseguiu que ninguém a cobrisse, e Mateo... — A frase ficou suspensa no ar. Seu sorriso deixou de ser empático e ficou mais parecido com o do gato de *Alice no País das Maravilhas*, o que parecia apropriado, considerando que Sloane usava um vestido azul com o que aparentavam ser guardanapos no lugar da gola.

Não que aquilo fosse ruim. Sloane estava... fofa. Como se desse para confiar nela para guardar um lugar na fila ou contar os segredos do fundo do coração, dependendo da situação.

— Mateo disse que estão tendo dificuldade de me substituir. — Ela tomou um gole satisfeito do menor dos dois cafés que carregava. — É muito péssimo isso me deixar feliz? Até dei risada quando ele me mandou uma mensagem dizendo que tinha sido escalado para trabalhar no último minuto. Acho que estou começando a ficar parecida com seu avô.

— Não acho que isso seja possível — eu disse, com toda a sinceridade. Meu avô não tinha nada de bom a dizer sobre ninguém, enquanto Sloane sempre se desfazia em elogios. Era como comparar alhos com... alhos podres. — Você voltaria a trabalhar lá, caso te chamassem?

— Na mesma hora. Aquela biblioteca é o único lugar onde eu sentia que me encaixava de verdade.

Frases prontas de conforto brotaram na minha língua, colocadas ali por todas as empresas de cartões comemorativos que já haviam existido.

— Tenho certeza de que não é verdade.

A expressão de Sloane deixava claro o que ela achava da minha tentativa fraca.

— Olha — comecei a dizer —, sei que você vive dizendo que não quer ser paga pra cuidar do meu avô, mas...

Ela me cortou com um *tsc-tsc* irritado.

— Sei que você tem boas intenções, Greg, mas precisa parar de oferecer dinheiro a todo mundo.

Sloane foi até uma lata de lixo próxima e jogou o outro café fora. Quase gritei, porque queria saber o que ela comprara para mim: se algo escuro e amargo ou leve e doce. Então tomei um gole do meu próprio café para me dar coragem. Eu tinha me comprado um latte com abóbora e especiarias, que, embora não fosse outono e tivesse um pouco de especiarias demais, não deixava de ser reconfortante.

— Não consigo evitar — falei, sentindo a canela e o cravo atacarem minhas papilas gustativas. — Não sei outra maneira de demonstrar que sou grato.

Seguimos para a biblioteca ombro a ombro, nossos corpos tomando o cuidado de não se tocar ao passar pela porta. Ofereci a bandeja com os outros cafés à mulher que estava no balcão, algo que fez Sloane me olhar de soslaio.

— O que foi? — perguntei, desconfortável. — Não queria ter que jogar fora.

— Você é bem diferente do seu avô — ela disse, de tal maneira que contrariá-la não parecia uma opção.

Meu desconforto só aumentou.

— Claro que sou. Mal conheço o cara. Não entendo por que todos esperam que eu tenha uma compreensão melhor do seu modo de pensar ou dessa história toda com Nigel Carthage. Meu avô me vê como um qualquer a quem a filha dele deu à luz e que de repente encontrou uma maneira de se enfiar em sua vida.

Embora estivéssemos em uma biblioteca e quando criança eu tivesse sido condicionado a sussurrar e pisar leve naquele tipo de lugar, Sloane parecia perfeitamente à vontade. O que fazia sentido, considerando quanto tempo passara dentro de uma biblioteca.

— Sabe como o deixei hoje de manhã?

Imaginava que mais ou menos da mesma maneira que eu deixara — escapulindo pela porta assim que a barra e sua consciência estivessem limpas. No entanto, Sloane me olhava daquela sua maneira tranquila que me assustava bastante. Se ela trabalhasse na biblioteca aonde eu ia na infância, provavelmente eu teria desistido da leitura e partido para o crime, porque pareceria mais seguro.

— Na casa de Maisey — Sloane revelou. — Ele vai passar o dia com ela.

— Espera. — Fitei-a, confuso. — É sério? Achei que você tivesse dito que ela precisava trabalhar.

— E precisa. Mas seu avô queria, nas palavras dele, "ver uma charlatã em ação".

Não tinha intenção de rir naquele local de reverência e olhares severos, mas não resisti.

— Coitada da Maisey.

Ela respondeu com um sorriso, no qual havia algo em que eu não confiava. No caso, ironia — ironia dirigida a mim. Que tinha *a mim* como alvo.

— Está brincando? — Sloane perguntou. — Foi ideia dela. Maisey achou que seria bom seu avô ver alguém sendo gentil. Algumas horas a escutando ajudar os clientes a resolver problemas, com toda a paciência e gentileza, vão fazer bastante bem a ele.

— Hum...

— Ele vai discutir, claro, e provavelmente vai insultá-la, mas não consigo pensar em nada melhor para ela no momento. Maisey vai ter que se defender e dar comida ao seu avô. Com sorte, vai conseguir não pensar na filha o dia todo.

Aquela ideia era tão terrivelmente inocente que precisei pensar um pouco a respeito.

— Acha mesmo?

— Tenho *certeza* disso. — Sloane pegou minha mão livre e a apertou. Era a primeira vez que ela me tocava, a primeira vez que cruzava a barreira da minha agressividade, o que não me passou despercebido. Nem a ela, a julgar pela rapidez com que baixou os dedos. Um pouco mais corada, acrescentou: — Sei que parece não fazer sentido, trancar os dois juntos e torcer pelo melhor. Só que Maisey *gosta* de ficar com seu avô. E, por mais estranho que pareça, Arthur também gosta de ficar com ela.

Desconfiava que, na verdade, o que os dois gostavam era de agradar Sloane, porém não me manifestei. Era melhor começar logo nossa pesquisa se queríamos descobrir o que quer que fosse a respeito de meu avô e Nigel Carthage. Fora que eu não estava a fim de me sentar com aquela mulher e explicar como alguém com olhos suaves e um coração mole era capaz de melhorar todos à sua volta — não porque quisessem impressioná-la ou porque secretamente temessem que estivesse tirando vantagem de um velho irascível, mas porque ela era a única coisa que impedia o mundo todo de se despedaçar.

— Bom — falei, respirando fundo e passando os olhos pelas infinitas estantes de livros que tínhamos à frente. — A especialista é você. Por onde começamos?

Diante de todo aquele esplendor literário e enciclopédico, Sloane sorriu.

— Pelos bibliotecários, claro. Ninguém neste planeta sabe mais do que eles.

***

Eu poderia passar três dias dentro da biblioteca da North Idaho College, debruçado sobre os registros dos ex-alunos e grades horárias de aulas das últimas cinco décadas, sem descobrir uma fração das informações que Sloane conseguiu com os bibliotecários em meia hora.

— Não consigo acreditar que você é neto do professor McLachlan — um deles disse. Nós o tínhamos abordado no intervalo, porém aquilo não parecia incomodá-lo. Na verdade, ele parecia encantado em me conhecer. — Repeti três vezes a disciplina de teoria literária que ele dava. *Três*. Foi o melhor professor que já tive.

— Isso não depõe muito a favor dele enquanto professor. Sinto que eu deveria reembolsar você por essas aulas.

Sloane empurrou os óculos de leitura para o topo da cabeça. Estávamos sentados em uma mesa de reuniões, com pilhas de documentos dos anos 1970 à nossa frente. Ela não poderia estar mais feliz com aquilo. Ratos de biblioteca eram bem estranhos.

— Não dê ouvidos a Greg. Ele está sempre tentando pagar as pessoas para compensar a personalidade horrorosa do avô.

— Deve sair bem caro — disse uma bibliotecária carregando uma porção de anuários com a encadernação em couro amarelada e craquelando de tão antiga. Ela os depositou à minha frente, com certa reverência. — Quanto você pagaria se eu lhe dissesse que uma vez ele me chamou de "tíbio desperdício de espaço"?

Suspirei. Parecia exatamente o tipo de coisa que meu avô diria, no mínimo porque eu não sabia muito bem o que "tíbio" significava.

— Não sei. Cinquenta dólares parece justo?

Os três — Sloane e seus dois novos amigos — deram risada.

— Então é melhor você ser um Jeff Bezos da vida — o bibliotecário comentou, com um sorriso. — Seu avô passou mais de quarenta anos lecionando aqui. Vai precisar de um valor de partida mais baixo.

— Ei. — Sloane pôs a mão sobre a minha e a apertou rapidamente, em solidariedade. — Está tudo bem. Você não precisa se desculpar por ele. Meus pais são igualmente desagradáveis, e não me lembro de ter te reembolsado pela estadia naquele Airbnb.

Meus dedos ficaram tensos sob os dela. Tínhamos um acordo tácito de nunca mencionar nosso primeiro encontro — seu silêncio no elevador, quão pequena, assustada e *triste* ela parecera durante a visita ao porão.

— Não — falei devagar, como se outra vez me escondesse em um canto para evitar assustá-la. — Agora que mencionou, *de fato* paguei para ficar o mês inteiro.

Ela puxou a mão de volta, com um sorriso que não me deixava escolha a não ser retribuir. Por semanas, morrera de medo do que aconteceria caso me visse a sós com Sloane outra vez, mas aquilo era bom. Melhor do que bom até.

Estávamos sendo simpáticos um com o outro. Estávamos agindo como *amigos*.

A bibliotecária bateu na pilha de documentos com a ponta da caneta.

— Bom, tudo aqui é papelada administrativa. Lista de alunos, plano de ensino, esse tipo de coisa. E ali — ela tocou os anuários — vocês vão encontrar tudo de extracurricular, clubes etc. Enquanto isso, estamos indo atrás da pesquisa acadêmica dele e de suas publicações, o que pode levar um pouco mais de tempo.

— O que esperamos encontrar? — o bibliotecário perguntou, com uma avidez que pareceu injustificada, dado o tema tedioso.

— Ainda não sabemos — Sloane disse, mergulhando na papelada. — Mas avisaremos quando encontrarmos.

Cinco minutos depois, encontramos.

Foi um pouco decepcionante, para ser sincero. Não que eu tivesse sido capaz de resolver aquele mistério tão depressa, mas que as respostas estivessem tão prontamente disponíveis... meu latte nem teve tempo de esfriar. Não estava pronto para me despedir daquela versão divertida e brincalhona de Sloane. Ou, mais ainda, daquela versão divertida e brincalhona de *mim mesmo*.

Fazia um longo tempo que eu não via aquele Greg e sentira saudade dele.

— Olha só isso. — Com as mãos firmes, virei o anuário de 1973 para Sloane. Havia uma foto em branco e preto de um jantar do corpo docente no meio. Meu avô, parecendo robusto e feliz, de cachecol xadrez e calça larga, encontrava-se ao lado de um homem negro de óculos usando uma calça de largura igualmente alarmante. A legenda embaixo os identificava tão claramente quanto se os dois estivessem ali conosco: Arthur McLachlan e Nigel Carthage.

Beleza, isso não era a coisa mais esclarecedora do mundo. Estava claro que os dois se conheciam, e que tinham se conhecido ali. No entanto, o fato de que ambos abraçavam uma mulher mignon e bonita de bata e de que ambos sorriam para ela como se fosse a única pessoa na foto, no salão, no *mundo*, falava por si só.

Principalmente quando a reconheci na mesma hora. Nunca a conhecera e nunca a conheceria, porém identificava aquele nariz arrebitado e aquela testa larga como se fossem meus.

Porque eram mesmo.

— Ah, que foto linda do seu avô — Sloane disse, ainda sem se dar conta de que o mundo se abria abaixo de nós. — Ele parece tão feliz. Nigel também. Isso prova que devem ter sido amigos no passado... mas não estou entendendo. Quem é essa mulher? Por que o nome dela não aparece na legenda?

253

— Essa é... *era*... Eugenia Pittsfield.

Sloane provavelmente percebeu a emoção na minha voz, porque sua expressão se atenuou na mesma hora. Não sei o que nela fazia o entorpecimento nas minhas veias ecoar tão facilmente, no entanto Sloane pareceu saber por instinto que meu sangue gelara.

— Era? — ela repetiu.
— Minha avó.

26

— É um triângulo amoroso! Eu *sabia* que era um triângulo amoroso. — Maisey levou a mão ao peito, tão enlevada que caiu estirada no sofá do meu avô. — Adoro triângulos amorosos!

— Calma aí. — Mateo ergueu os pés de Maisey e se acomodou ao lado dela. Nenhum dos dois parecia achar que havia algo de estranho naquela posição familiar e relaxada. — É só uma foto, não uma confissão por escrito. Até onde sabemos, Arthur e Nigel poderiam perfeitamente estar olhando daquele jeito para um bolo. Ou um para o outro.

Maisey ergueu a cabeça apenas por tempo o bastante para olhar feio a ele.

— Não estrague tudo. É o mais perto que chego de um romance de verdade em anos.

— Os dois se olhando *ainda* seria algo romântico. Talvez Nigel tenha vindo atrás de Arthur depois de todos esses anos.

Sloane interveio antes que a discussão fosse mais longe.

— O que quer que seja, podemos por favor falar baixo? Arthur vai acordar da soneca a qualquer minuto, e a última coisa que queremos é que ele saiba disso.

— É mesmo? — perguntei, sem conseguir me segurar. Eu não tinha culpa. O lance todo com minha avó estava mexendo com a minha cabeça. — O que aconteceria se a gente simplesmente perguntasse sobre Nigel? Na pior das hipóteses? Ele xingaria a gente? Mandaria embora? Acabaria com o clube do livro de uma vez por todas?

Considerando que ele já fizera e/ou ameaçara fazer todas essas coisas em várias ocasiões, eu estava bastante determinado a mandar a cautela — e meu avô — para as cucuias. Até, claro, ele dizer:

— O que tem o Nigel?

Todos na sala se viraram para meu avô, que estava a poucos passos de distância, segurando-se ao batente com tanta força que daria para contar cada veia da topografia marmorizada de sua mão.

— Arthur! — Sloane exclamou. Ela fez menção de ajudá-lo, porém pareceu mudar de ideia no último segundo. — Achamos que estivesse dormindo.

— Desculpe. Querem que eu vá embora para que possam ficar sentados aqui falando de mim como se eu fosse um velho insignificante? Para tramar e conspirar contra mim?

O discurso pareceu um pouco dramático demais, até mesmo para um homem capaz de causar alvoroço com relação à entrega diária do *Coeur d'Alene Press*.

— Ninguém está conspirando contra você — falei. — Só discutíamos a possibilidade de expandir o clube do livro. Quem é Nigel Carthage?

Todo o calor pareceu deixar a sala de uma vez só, o que era estranho, considerando o quanto meu avô se inflamou. Em um instante, passou de um ranheta ligeiramente indignado e sonolento ao próprio demo. As narinas se abriram e o rosto corou. Quase dava para ver seu sangue fervilhando. Mesmo antes que começasse a falar, todo mundo se encolheu diante do que estava por vir.

Aquele era o homem de quem minha mãe fugira. *Aquele* era o homem para quem ela implorara que eu retornasse.

— Não ouse mencionar esse nome outra vez — meu avô disse.

Eu ousei. Afinal de contas, eu e ele éramos feitos da mesma matéria áspera.

— Nigel Carthage? Por quê? O que você fez com ele?

— Esse homem nunca mais deve ser mencionado dentro desta casa, entendeu? — Meu avô ergueu um dedo e apontou ao redor da sala, como uma bruxa amaldiçoando um reino. — Tolerei os quatro tomando conta deste lugar e das minhas estantes, ouvi darem opiniões equivocadas sobre literatura e choramingarem sem parar por conta de problemas pessoais, mas estou estabelecendo um limite aqui. Um limite permanente. Não quero ouvir nem mais uma sílaba a respeito, entenderam?

Não concordava com quase nada de que meu avô acabara de nos acusar, porém sabia reconhecer uma reprimenda quando a ouvia. Aparentemente, todos sabíamos.

— Sinto muito, Arthur. — Maisey tirou as pernas do colo de Mateo e ficou sentada com a cabeça baixa, em penitência. — Não sabíamos que se tratava de um assunto delicado.

O pedido de desculpas imediato fez pouco para aliviar a ira do meu avô.

— Não se trata de um assunto delicado, e sim de um homem que deve continuar enterrado no passado, onde o deixei. Você gostaria que eu mencionasse como você estragou o relacionamento com sua filha?

— Não sei do que está falando — Maisey disse, corada.

Embora *claramente* soubesse e só quisesse encerrar aquela conversa da maneira mais educada possível, mas meu avô continuou falando.

— Pelo amor de Deus, mulher. Você se considera uma vidente, mas é a mulher mais obtusa que já conheci. Até um dente-de-leão seria mais introspectivo.

O rosto dela se contorceu em uma expressão sofrida.

— Não é verdade.

— Qualquer idiota veria que a garota precisava de *espaço*, e não de uma mãe superprotetora, dominadora e sem vida própria. Não é de admirar que ela tenha se mudado de estado só para se livrar de você. De que outra maneira escaparia de sua tagarelice sem fim?

— Olha aqui... — comecei a dizer, mas meu avô só se virou para Sloane.

— E você? — Ele soltou uma risada tão insensível que pareceu estranha até mesmo para ele. — Gostaria que eu mencionasse o fato de que sua chefe preferiu promover Mateo a você, embora seja muito mais qualificada?

— Ei! Sou tão qualificado quanto Sloane — Mateo protestou. No entanto, meu avô ainda não terminara. Estava só começando a ser cruel.

— Vocês dois andam por aí tagarelando sobre livros como se *significassem* alguma coisa, embora seja óbvio que nunca aprenderam nada com eles. Se tivessem aprendido, não desperdiçariam tempo seguindo os sonhos de outras pessoas. Sloane se casando com um homem que vai fazer com que morra de tédio em seis meses. Mateo passando de uma carreira a outra sem se importar com nenhuma. — Meu avô abriu a boca e soltou uma risada sem som. — E por quê? Porque estão morrendo de medo de fazer algo que realmente importe? Porque temem tanto o fracasso que estão dispostos a largar tudo antes mesmo de tentar? Achei que finalmente estávamos chegando a algum lugar, mas vejo que me enganei.

— Já está bom... — tentei falar, mas não adiantou. Fui a próxima vítima do meu avô. Mesmo antes que ele falasse, sabia o que viria. Senti que recuava, curvando o corpo em um esforço para impedir os golpes de atingirem órgãos vitais.

— E você. Meu neto. Meu legado. — Ele praticamente cuspiu a última palavra na minha direção. — Bastaram seis meses sem sua mãe para você voltar rastejando.

Cinco. Fazia cinco meses.

O lábio superior dele se curvou.

— Hannah teria vergonha de ver você encolhido no leito hospitalar, implorando por qualquer migalha de atenção que eu decida te dar. Graças a Deus ela não pode te ver. No dia que foi embora, sua mãe jurou que nunca mais entraria por aquela porta, nem por todo o dinheiro do mundo, nem mesmo se eu implorasse de joelhos. E ela se manteve fiel a sua palavra até o fim. Você pode ter o dobro do tamanho dela, mas nunca vai ter metade do valor dela.

Não havia manobras defensivas para aquele tipo de ataque — ou pelo menos nenhuma que eu tivesse aprendido. Podia me esforçar para me esquivar e escapar, porém não havia nada que pudesse fazer para impedir aquelas palavras de me atingirem lá no fundo e com tudo.

— O que ela diria se pudesse vê-lo agora? — meu avô perguntou.
— O que pensaria se soubesse quão rápido se entregou?

Não fazia ideia de quando os outros tinham começado a se mover, mas, quando finalmente consegui respirar, percebi que Maisey, Sloane e Mateo formavam um arco à minha frente, para me proteger.

— Não ouse dizer mais uma palavra que seja — Sloane disse, em uma voz tão dura e distante que parecia ter saído de outra pessoa. — Não interessa se a casa é *sua*. Você não tem o direito de falar assim com outro ser humano.

Meu avô abriu a boca para retrucar, porém Maisey falou antes que ele pudesse fazê-lo.

— Você devia ter vergonha, Arthur — ela falou. — Tem ideia do que eu daria para que minha filha estivesse no mesmo estado que eu? Imagine só no mesmo cômodo! Esse jovem deixou a própria vida pra trás e atravessou o estado para cuidar de você, que não está valorizando isso. É um desperdício.

— Eu sempre soube que você era um velho malvado e infeliz — Mateo disse com uma voz cortante, como uma agulha entrando no mesmo buraco repetidamente. — Mas não sabia *quão* malvado e *quão* infeliz até agora.

Então foram embora. Não em fileira ou um por vez, mas em grupo, sem nunca desfazer a posição à minha volta. Perplexo, não tive escolha a não ser permanecer nesse casulo protetor, sendo empurrado e conduzido na direção da porta para depois me encontrar no sol incongruentemente agradável de agosto. Piscando, tentei recuperar o controle dos meus sentidos e me situar, porém não houve necessidade. Pela primeira vez em cinco longos meses — e, pensando bem, também nos seis meses bastante dolorosos que os antecederam — não estavam pedindo que eu carregasse nada.

— Bom — Maisey disse, com um suspiro profundo. — O tal do Nigel Carthage parece ter pisado com força no calo dele.

Sloane soltou uma risada trêmula e tirou o cabelo da frente do rosto. Estava começando a recuperar a cor, ainda que parecesse tão abalada quanto eu me sentia.

— E como. O que será que aconteceu entre eles para deixar Arthur tão brutal? — Ela se virou para mim e pegou meu braço com uma força surpreendente. — Você sabe que foi isso que aconteceu lá dentro, né? Não teve nada a ver com você ou sua mãe. Seu avô só atacou como um animal ferido para proteger a si mesmo da única maneira que conhece. Ele não falou sério.

— Não é verdade — eu afirmei, voltando a me situar. — Ele falou bem sério.

E estava certo, a questão era aquela. Eu *não* valia metade do que minha mãe valia, e nunca valeria. A parte em que meu avô se equivocara fora o motivo. Não era fraco porque tinha ido à casa dele; era fraco porque, agora que estava ali, não achava que fosse conseguir partir. Aquela era a casa que forjara a melhor mulher que eu conheceria na vida, aquele era o único lugar onde podia acessar lembranças que existiam fora do meu próprio coração. Aquela casa — tal qual o homem dentro dela — estava velha e decrépita, e era mantida em pé por uma massa de emoções que haviam passado tempo demais sem ser reconhecidas, porém não importava.

Ainda era a coisa mais próxima que eu tinha de um lar.

Mateo soltou uma risada repentina que ecoou em um *staccato* que chamou nossa atenção.

— O que foi? — Maisey perguntou.

— Nada — ele falou. — Só acho que todos sabemos o que precisa acontecer agora. Só há uma maneira de fazer Arthur pagar por essa explosão.

O que ele queria dizer com aquilo não ficou claro por um momento, então Maisey arfou e Sloane levou uma mão surpresa à boca.

— Vocês sabem que estou certo — Mateo falou. — É a única maneira de mostrar àquele babaca que ele não tem a palavra final.

— Espera. — Engoli em seco. — Está falando de...?

— Está mais do que na hora de o clube do livro Correndo na Chuva apresentar formalmente seu mais novo e ilustre participante. — Mateo esfregou uma mão na outra de maneira ávida e bem-vinda. — Arthur McLachlan não é o *único* aqui que sabe colocar o dedo na ferida.

27

— Sei que dissemos que não tinha pressa, mas mentimos. A coisa está começando a ficar desesperadora. Estamos naufragando sem você.

Ajeitei-me na cama, fazendo o colchão chiar e crepitar sob meu peso. O barulho parecia alto de um jeito sobrenatural no silêncio estabelecido que preenchia a sala de estar. Assim como a voz que prosseguiu do outro lado da linha.

— Temos que lançar o site em dois meses, e o cara novo não aguenta a pressão. Em que pé está o lance com seu avô?

Em circunstâncias normais, eu teria saído para atender a ligação, para que minha voz não atrapalhasse meu avô, que se encontrava no sofá e tentava ler. Nas circunstâncias *atuais*, eu não estava nem aí. Fazia mais de vinte e quatro horas desde o seu chilique, e ele ainda não me dissera uma única palavra. Nem "oi", nem "O que vamos comer no café?", nem "Desculpe pelas coisas horríveis que eu falei".

Fiz o colchão chiar e crepitar ainda mais alto.

— Ele está péssimo — falei, permitindo que minha voz viajasse até o outro canto da sala. Meu avô não tirou os olhos do livro, porém seu corpo congelou de um jeito que indicava que ele prestava atenção à conversa. — Estamos começando a desconfiar que a saúde mental está decaindo também.

— Ah. *Ah*. Que merda, Greg. Sinto muito. — Wayne, o cara do outro lado da linha, era meu gerente de projetos e um amigo de longa data. Ele soltou um *tsc-tsc* solidário. — Depois de tudo o que você passou com sua mãe, estava torcendo para que as coisas ficassem mais fáceis.

— Eu também — falei, sério. — Estou pensando em desistir e apelar para uma casa de repouso. Tem umas bens legais por aqui, com bingo à noite e excursões para ver peças infantis.

Meu avô não teve mais como ficar quieto.

— Bingo? — ele repetiu. E depois, num tom mais alto e mais irascível, completou: — Peças infantis?

— Não queria ter que fazer isso, mas prometi a minha mãe que cuidaria dele. Mesmo com tudo o que ela sofreu, nunca deixou de amar o cara. — Suspirei. — Mas, voltando ao site, se querem que fique pronto a tempo...

— Queremos — Wayne disse. — Mas parece que você já tem bastante com o que lidar. Quer saber? Esquece que eu liguei. O problema é nosso, e não seu.

Senti uma pontada de culpa com aquela encenação toda. Era *verdade* que meu avô se encontrava pior do que eu esperara, porém não no sentido de que sua saúde estava se deteriorando, e mais no de "como alguém pode ser assim horrível?".

— Retire o que disse — ele falou. Tinha se levantado com a ajuda da bengala e vinha mancando na minha direção. — Diga a quem quer que seja ao telefone que não chego nem perto de uma peça infantil. Prefiro que me acorrentem e me prendam atrás de uma parede de tijolos no porão.

— É ele? — Wayne perguntou. — Ele não parece bem mesmo. Acha que vão acorrentá-lo e prendê-lo?

Não consegui reprimir uma risada. Wayne podia não ter entendido a referência a Poe, mas eu tinha.

— Não se preocupe. Ele vai sobreviver. — Olhei nos olhos do meu avô, que eram iguais aos olhos da minha mãe, com o mesmo tom de cinza e o mesmo brilho determinado, embora sem uma fração do calor dos dela. — Disso pelo menos vou me assegurar, mesmo que não consiga mais nada aqui.

Wayne não tinha como saber do que eu estava falando, porém entendia o bastante sobre minha situação para levar essas palavras a sério. Sentia-me um cretino por deixá-lo na mão, mas àquela altura ele já estava acostumado. Os anos anteriores haviam sido bastante incertos em termos de trabalho. Quando minha mãe ficara doente, eu passara a trabalhar meio período, tinha ido morar com ela e assumido tanto quanto possível os seus cuidados. Perto do fim, eu tirara uma licença. Depois demorara para voltar ao ritmo.

E então... aquilo. A ligação do hospital, tarde da noite. A promessa que fizera a minha mãe pesando sobre meus ombros. E um grupo de desconhecidos inesperadamente amistosos se oferecendo para dividi-la comigo.

— E então? — meu avô indagou, enquanto eu desligava o celular e o enfiava no bolso. — Vai me dizer o que foi isso?

— Depende. Vai se desculpar pelo que disse ontem?

Ele cerrou a mandíbula.

— Não preciso me explicar para você. Hannah já era minha filha muito antes de se tornar sua mãe.

Como meu avô já abrira um buraco no meu peito, suas palavras não tiveram nem de perto o impacto que ele esperava.

— Sim, e ambos sabemos o quanto você aproveitou o tempo que tiveram juntos. — Fiquei orgulhoso de mim mesmo por minha voz não ter falhado. — Mas eu não estava falando de se desculpar comigo, e sim *com eles.*

Meu avô não podia fingir que não me entendia.

— Eu não disse nada que não fosse verdade.

Mantive a boca fechada.

— Droga, Greg. Já faz bastante tempo que você está aqui. Viu aqueles três. Sabe que estou certo.

Era verdade. Eu sabia. No entanto, a diferença entre nós dois era que eu nunca usaria meu conhecimento para magoar alguém.

Ele puxou o ar, irritado, e continuou falando.

— Mantenho cada palavra do que eu disse, entendeu? Cada palavra. Maisey está sofrendo da síndrome do ninho vazio que todas as mães sofrem nessa idade, só que é tão sozinha e tem uma vida tão tediosa que não consegue sair disso. Mateo fica pulando de carreira em carreira sem se importar com nenhuma, tudo isso porque não quer dar à mãe a satisfação de vê-lo seguindo seus passos. E Sloane...

263

Não fiz nenhum movimento, nem mesmo respirando. A julgar pela maneira como a voz do meu avô começou a vibrar, sabia que tínhamos chegado ao cerne da questão — e à questão do coração.

— Ela só vai se casar com aquele homem porque ele é uma saída fácil. Tem dinheiro, casa e uma família, o que garante que ela não vai precisar fazer por merecer nada disso.

Pareciam motivos perfeitamente razoáveis (ainda que um pouco cínicos) para se casar com alguém, no entanto meu avô parecia pensar diferente.

— Ela não conhece seu próprio valor. Não acha que pode se sair melhor na vida. — Ele jogou longe seu exemplar de *O clube da felicidade e da sorte*, que atingiu a parede oposta com um baque. — Mas ela pode, claro que pode. Pode *e vai*.

Para minha surpresa, meu avô começou a cair. Levantei de um pulo da cama e o peguei em meus braços antes que qualquer um de nós entendesse o que estava acontecendo. O fato de que não demonstrou resistência já era ruim o bastante, mas ele ainda soltou um ruído que parecia um soluço de choro. Percebi que era muito mais frágil do que seu tamanho sugeria, como se seu corpo fosse apenas uma projeção para desviar a atenção do homem de verdade dentro.

Estava em dúvida se ligava para Mateo ou para a emergência quando meu avô tirou essa decisão das minhas mãos.

— Ela pediu mesmo que você viesse? — ele perguntou, tão baixo que quase tive que levar a orelha a seus lábios para ouvi-lo. — Foi ideia dela?

— Sim — respondi, e minha voz também saiu baixa e tensa. Não precisei pedir que ele se explicasse. Sabia muito bem que não estávamos mais falando de Sloane. — Só vim e estou aqui por isso. Se dependesse de mim, teria enterrado você ao lado dela.

Achei que uma série de perguntas fossem se seguir, no entanto meu avô só assentiu e fechou os olhos enquanto permitia que seu corpo caísse no sofá.

— Você precisa de alguma coisa? — perguntei, examinando seu rosto em busca de qualquer um dos sinais para os quais Mateo me preparara. Não identifiquei nada que fosse motivo de alarme. Seus lábios estavam tão rosados quanto de costume, apesar da palidez do rosto, e a pele não estava suada nem gelada. — Um copo de água ou...

— Estou bem.

Foi tudo o que ele disse — aquelas duas palavras, com poucas sílabas. Porém, bastou para que eu pudesse deixar meus medos de lado por enquanto. Ele estava bem. Eu estava bem. Não estávamos felizes, não nos sentíamos completos, mas estávamos aguentando.

Por enquanto.

***

Alguns dias depois, eu andava de um lado a outro da cozinha do meu avô, meus longos passos devorando o piso de linóleo e o cuspindo de volta.

Um-dois-três-quatro. Via-me diante da janela que dava para o quintal, onde uma enorme extensão de mato morto oferecia risco de incêndio para toda a vizinhança. Maisey andava passando bastante tempo ali fora, e seus esforços começavam a ter efeito. Havia uma faixa de terra revirada recentemente, pronta para receber mudas do quintal dela.

Quatro-três-dois-um. Via-me de volta à despensa, onde tínhamos armazenado tanta comida que garantiria a sobrevivência do meu avô durante o apocalipse e mais. E não só feijão e caixas de ovos em pó. Havia muita coisa boa. Nunca ouvira falar de metade do que havia ali. O que se fazia com palmito, por exemplo?

Um-dois-três-quatro. Estava de volta à janela do quintal, só que...

— O que você tem hoje? — Meu avô enfiou a cabeça na cozinha, com os óculos de leitura na ponta do nariz. — Parece que tem um rebanho em fuga aqui.

— Desculpa — falei, no automático.

— Está com fome? — ele perguntou. — Porque o clube do livro é daqui a uma hora. E você sabe que aquela mulher infernal nunca aparece sem uma refeição com cinco pratos. É só aguentar até lá.

— Não estou com fome — respondi, sem força.

Ele tentou de novo:

— Está entediado? Porque tem um pedaço mofado no drywall do banheiro em que você poderia dar um jeito, se não encontrar mais nada pra fazer.

Como eu já substituíra e pintara aquela parte do drywall, sua oferta não serviu para nada.

— Não estou entediado.

— Bom, o que quer que esteja acontecendo, se controle. Não consigo me concentrar na leitura com você batendo os pés aqui.

Com essas palavras, meu avô saiu. Isso foi bom, porque, se tivesse permanecido na cozinha durante mais alguns segundos, talvez eu tivesse lhe contado o motivo do meu incômodo.

Eu estava nervoso.

Houvera apenas um punhado de vezes na vida em que eu me deixara vencer pela ansiedade. Uma delas fora no meu primeiro encontro: um baile no ensino médio com a menina que se sentava ao meu lado na aula de matemática. A profundidade da minha devoção e o fato de que eu conseguira programar nossas calculadoras gráficas de modo que fornecessem todas as respostas das provas tinham lhe rendido nota máxima. Duvidava que em outras circunstâncias ela teria me dado bola, no entanto minhas habilidades técnicas e minha moral questionável a tinham conquistado. Meus membros desengonçados e o excesso de desodorante que eu passara antes de ir para o baile, contudo, tinham feito seu interesse se dissipar, mas essa é outra história — uma história que terminou com minha mãe indo me buscar mais cedo e passando em três McDonald's diferentes até encontrarmos um com uma máquina de sorvete funcionando para afogarmos as mágoas juntos até praticamente flutuarmos em uma nuvem de McFlurry.

A ansiedade também se fizera presente quando eu recebera meu frágil diploma em ciências da computação. Aquele pedaço de papel era meu ingresso para um futuro maior e mais brilhante — porém também fora acompanhado pelo primeiro diagnóstico de câncer de mama que minha mãe recebeu. Ela vencera aquela batalha, e eu arranjara um emprego que pagasse bem o bastante para sustentar nós dois enquanto ela fazia o tratamento, porém minha vida tomara um caminho irreversível naquele dia. Todos os outros marcos do início da vida adulta — namorar, morar com alguém, viajar para o exterior e passar o fim de semana em Las Vegas — tiveram que ser adiados.

Era difícil construir uma vida para si mesmo quando se tentava desesperadamente ajudar a mãe a se agarrar ao que restava dela.

— Psiu. Ele já chegou?

Minha ansiedade só aumentou quando ouvi aquela voz feminina suave à porta dos fundos, que dava para o quintal mencionado. Se Maisey ou mesmo Mateo aparecessem daquele jeito, eu talvez ficasse bem, porém a conversa com meu avô continuava ocupando minha mente.

Ele não queria que Sloane se casasse — tanto que isso superava todas as suas outras emoções e fazia com que a aceitasse com uma disposição que nunca havia demonstrado com nenhum outro ser humano. E eu *ainda* não entendia o motivo.

— Ainda não. Você é a primeira a chegar. — Fiz sinal para que entrasse. Com uma olhada rápida para me certificar de que estava sozinha, fechei a porta em seguida. A hora da verdade chegara.

— Está tudo certo? — perguntei. — Nigel vai vir?

— Ah, ele vai vir. — Sloane não precisava ter baixado a voz para não ser ouvida, mas o sussurro lhe veio naturalmente. — Já faz uma hora que Mateo mandou mensagem dizendo que estava na casa de Nigel. Os dois vão passear de carro pela cidade até o horário do clube.

— Que bom. Não queremos assustar meu avô cedo demais. — Hesitei, de repente tomado pela dúvida. — Será que é melhor Mateo preparar Nigel para como meu avô provavelmente vai reagir? Parece crueldade largar o cara na toca do leão sem algum tipo de aviso.

Sloane pensou a respeito por um momento. Eu já havia notado que ela fazia aquilo — demorava um pouco para reagir, ponderando com cuidado tudo o que lhe perguntavam —, e gostava cada vez mais dessa atitude. Tal qualidade poderia fazer com que parecesse deslocada em uma sociedade que estava sempre querendo mais, porém fazia sentido nela. Tinha a sensação de que Sloane não dizia — ou fazia — nada em que não acreditasse de todo o coração.

— Acho que ele já sabe — ela acabou dizendo. — O fato de ter abordado Mateo e recorrido ao suborno em vez de simplesmente ligar para Arthur diz muito.

— Diz que ele está morrendo de medo? — sugeri.

Ela deu risada.

— "Diz que ele está sendo cauteloso" seria minha primeira opção, mas a sua funciona também. Está claro que *algo* aconteceu entre os dois, e está claro, pelo menos para Nigel, que ele não pode aparecer aqui do nada, sem ser anunciado. Seu avô o expulsaria antes mesmo que passasse pela porta. — O sorriso deixou seus lábios, e senti o clima se alterando, o que as palavras seguintes confirmaram. — Sinto muito pela sua mãe, Greg. Pela morte dela e pela maneira como seu avô a tratou.

Comecei a encolher os ombros, tentando me reduzir a uma versão menor de mim mesmo, porém Sloane me impediu de fazê-lo.

— Não precisa fazer isso. — Ela tinha um sorrisinho triste nos lábios. — Não tenho mais medo de ficar presa com você em um cômodo apertado e prometo que você tampouco tem motivo pra isso.

Não endireitei minha postura totalmente. Ainda não tinha certeza de que concordava com a última parte.

— Quer me contar sobre ela? — Sloane se sentou na bancada. Sua saia florida esvoaçou na altura dos tornozelos quando ela cruzou as pernas. Eu não sabia como aquela mulher podia fazer o ato de se sentar sobre fórmica parecer uma aula de decoro, mas era um fato. — Se não dor doloroso demais, claro.

— Sobre minha mãe?

Sloane assentiu, e de maneira tão afável e sincera que eu soube que não estava pedindo por pura formalidade. As pessoas faziam aquilo o tempo todo — murmuravam condolências e prometiam de maneira vaga me ajudar. Com Sloane, no entanto, era diferente. Quando seus olhos grandes e sábios focavam em mim, eu sabia que ela estava me vendo *de verdade*.

— Eu nem saberia por onde começar — falei, recostando-me na bancada oposta e me permitindo relaxar.

— Por que não começa pela voz dela? — Sloane sugeriu.

Era um conselho tão incomum que o aceitei. Não tive tempo de filtrar o que diria ou de me impor qualquer tipo de bloqueio emocional. Em um segundo, eu estava sozinho na cozinha, com uma mulher que me fazia sentir cada centímetro da minha pele. No outro, minha mãe estava ali conosco, e eu sentia que estava tudo bem.

— Na maior parte, era uma voz normal. Mais grave que a da maioria das mulheres. Rouca quando estava cansada e quase um rosnado quando se irritava. — Sorri, recordando a frequência com que ela voltara aquele rosnado para mim na minha adolescência. Ser mãe solo de um filho como eu não deve ter sido fácil. — A risada dela, em contrapartida, não era *nem um pouco* normal. Era como se sempre a pegasse de surpresa, como um grito que saía de repente dela, deixando todo mundo surpreso também. Cara, como sinto falta daquele som.

— Foi câncer?

Confirmei com a cabeça.

— Ela teve duas vezes: logo depois que me formei na faculdade e de novo no ano passado. De certa maneira, esse intervalo foi uma sorte. Assim demos mais valor ao pouco que nos restava.

— Você associa sua mãe a algum cheiro?

Hum. Outra pergunta incomum. Ainda que simpática.

— De café — falei, a primeira coisa que me veio à mente. — Calda de panqueca. E... algodão?

— Lembrança preferida?

— Hã... é patético eu responder "uma visita ao zoológico quando eu era pequeno"? Sinto que essa é a lembrança de infância preferida de todo mundo.

— Não é uma prova, Greg. Nenhuma resposta é errada.

A velocidade com que ela fazia perguntas era *idêntica* à de uma prova, mas eu não disse nada. Tinha medo de que ela parasse de indagar caso eu o fizesse.

— O que você diria à sua mãe se ela estivesse aqui agora? Se estivessem só vocês dois aqui?

Minha visão embaçou. Se minha mãe estivesse ali, na cozinha da casa onde ela crescera, onde a raiva do meu avô havia sugado

269

toda a felicidade a que ela fora capaz de se agarrar, eu não diria nada. Preferiria levá-la para o mais longe possível daquele lugar.

— "Sinto muito que você teve que morar aqui" — falei, o mais próximo que eu podia chegar. — "Sinto muito que tenha precisado ir embora. E desculpa por não saber como ajudá-lo."

Sloane não disse nada, só ficou ali comigo enquanto eu absorvia a enormidade do momento. Era estranho. Por alguns minutos, sentira como se minha mãe estivesse viva outra vez, as lembranças trazidas de volta por perguntas simples e respostas igualmente simples. Nos cinco meses desde que eu a perdera, ninguém havia feito nada como aquilo. Era como se Sloane soubesse que eu precisava de mais que apoio e solidariedade, mais que todas as condolências do mundo: precisava era de uma chance de falar com ela.

Estava prestes a agradecer por aquilo quando me lembrei de algo que Sloane dissera no outro dia, quando Maisey e eu estávamos no quarto da filha dela, falando sobre a morte da minha mãe. Sloane falara algo sobre um coração enterrado a sete palmos. Sentira na hora que ela conhecia a perda, o buraco que restava quando alguém que você amava era cortado de sua vida.

Agora eu tinha *certeza* daquilo.

— Quem foi que você perdeu? — perguntei.

Ela me fitou perplexa, assustada com a mudança repentina, mas um susto diferente daquele de quando nos conhecemos.

— Minha irmã, mas já faz bastante tempo. Uma vida.

Assenti para demonstrar que compreendia. De muitas maneiras, a morte ocorria sempre em outra vida. Havia um antes e um depois, e a única coisa que os ligava era um fiapo de memória que parecia esvanecer a cada dia.

— Como era a voz dela? — perguntei, porque parecia a única maneira de retribuir.

Um sorriso rápido de compreensão passou pelo rosto de Sloane.

— Faz vinte anos, então mal consigo lembrar. Vamos ver... Acho que era parecida com a minha, só que mais firme. Mais confiante. Ela era minha irmã mais velha, e nunca me deixava esquecer disso.

— Cheiros que associa a ela?

— Pipoca. Chiclete. — O sorriso dela sumiu. — Álcool em gel. No fim, a gente tinha que ser supercuidadoso com germes. O sistema imunológico dela não dava conta.

Cada parte de mim queria envolvê-la e puxá-la para um abraço — não de um jeito romântico, apenas porque eu nunca vira ninguém precisar tanto de um.

— Ela tinha uma cardiopatia congênita — Sloane acrescentou antes que eu pudesse perguntar. — Nasceu com prazo de validade curto.

De repente, a fúria de seus pais, que pareciam tirados de *A casa da colina*, fazia muito mais sentido.

— Lembrança preferida? — perguntei.

Provavelmente imaginando essa pergunta, na mesma hora tocou o broche de aparência vitoriana que sempre usava.

— Ela fez isso pra mim. É do nosso livro preferido. Quando as coisas ficaram ruins, meio que paramos de sair de casa, e ler juntas acabou virando nossa única forma de contato com o mundo. Mesmo confinadas, fomos a muitos lugares juntas, vivemos uma porção de aventuras. E depois que ela se foi, bom... — A voz de Sloane se dissipou. Ela olhou pela janela, para o quintal que eu mesmo examinara pouco tempo antes. Quando voltou a me encarar, foi com uma expressão tão autodepreciativa que formou uma covinha que eu nunca vira nela. — Sou uma ex-bibliotecária em desgraça tão desesperada para sentir isso de novo que obriguei um idoso a participar de um clube do livro contra a própria vontade. Está na cara que não mudei muito.

Era a resposta que eu buscava desde que Sloane entrara na casa do meu avô. O que estava fazendo ali e por quê — como uma mulher com um noivo e uma vida própria podia passar tantas horas cuidando de um homem que não merecia aquilo. No entanto, não senti nem uma fração da satisfação que esperava.

— O que você diria a sua irmã? — perguntei, tão previsível quanto antes. — Se ela estivesse com a gente aqui?

Eu nunca saberia a resposta. Sloane respirou fundo e se preparou para aliviar o coração, então ouvimos o barulho de um carro estacionando na garagem, que dava para os fundos. Ela desceu da bancada e correu até a janela. Ambos vimos Mateo sair do carro e correr a fim de abrir a porta para um senhor bem-vestido. Reconheci-o imediatamente como o homem da foto do anuário.

— Nem consigo acreditar que vamos mesmo fazer isso — Sloane disse, procurando minha mão com a sua. Reconheci sua pegada suada e tenaz como o que era, um gesto de uma amiga que queria acalmar e ser acalmada. No entanto, aquilo não impediu a reviravolta no meu estômago. Gostei de como ela era quente, de como parecia *real*. — Será que é mesmo uma boa ideia?

— Nem um pouco — falei, sem ousar me mexer antes dela. — Mas não temos como voltar atrás agora.

CLUBE DE LEITURA DOS CORAÇÕES SOLITÁRIOS

título	
	nome
[1]	~~Sloane~~
[3] [3]	~~Mateo~~
[2]	~~Maisey~~
[4]	~~Greg~~
[5]	Arthur

28

A maior parte dos livros que li na vida começava com uma história de origem. As pessoas adoravam aquele tipo de baboseira quando olhavam para os escombros da própria vida, para os anos desperdiçados e a dor sofrida, as oportunidades que deixavam passar porque estavam com medo demais para estender a mão e agarrá-las.

Então, que seja. Esta é a minha.

Nasci em Coeur d'Alene, Idaho, quando a época gloriosa da mineração começava a passar e antes que a cidade se tornasse uma armadilha para turistas que não tinham dinheiro ou vigor para ir mais longe. Ninguém mais se lembrava daquele período, o que era típico. A memória era curta em se tratando de coisas desagradáveis, e os dias duros e periclitantes de turbulência não tinham sido agradáveis para ninguém além dos proprietários de minas.

Quanto à minha infância torpe, bem, não se deve chorar sobre o leite derramado. De que adiantaria culpar minha mãe pelas decisões que tomara setenta anos antes? Era uma época diferente. Mais árdua. Mais estéril. Era como uma lâmina tão fina e afiada que era impossível tocá-la sem se ferir.

Aquilo era algo que, não importava o quanto tentasse, não conseguia fazer os outros entenderem sobre *O clube da felicidade e da sorte*. Ou *Os vestígios do dia*. Claro que havia o abismo geracional — o abismo entre o passado e o presente, quem éramos muito tempo atrás e quem somos agora.

Histórias de vida eram escritas a tinta, não a lápis. E, depois de escritas, a única coisa que nos restava a fazer era virar a página.

— Ah, Sloane. Aí está você.

Levantei-me quando ela veio da cozinha, com meu neto seguindo-a obstinadamente. Ele vinha fazendo aquilo com frequência, acompanhando-a aonde quer que fosse, sem nunca tirar os olhos do rosto dela por muito tempo. Passaria um sermão nele se não fosse culpado do mesmo crime.

Era patético, na verdade. Fazia quase trinta anos que eu morava sozinho naquela casa, e havia me saído muito bem ao longo deles. Tinha uma rotina que afastava o tédio, e os livros para manter a mente ativa. Já passara dias seguidos sem precisar falar uma palavra que fosse a qualquer outra pessoa, e não me arrependia nem um pouco.

Tudo mudara no dia em que eu deparara com Sloane Parker empurrando o carrinho por um corredor da seção de ficção da biblioteca. Ela fizera uma brincadeira com os títulos dos livros e sugerira com toda a doçura a lista de leitura mais básica possível, e eu caíra naquele papo. Eu, um professor de literatura. Eu, um homem que vinha lendo Dumas no original em francês por mais tempo do que ela tinha de vida. A partir dali, fora como uma bola de neve rolando colina abaixo, sua presença em minha vida crescendo até que eu não tivesse mais como escapar dela.

— Quero falar com você sobre o próximo livro do clube — declarei antes que ela pudesse mandar que eu me sentasse, tomasse um chá ou agisse de qualquer outra maneira como o velho que eu não tinha a menor intenção de ser. — Tem um novo tratado sobre princípios matemáticos que eu gostaria de...

— Tratado matemático? — Sloane deu risada e dispensou minha proposta sem sequer me dar a chance de terminá-la, embora fosse excelente. Precisávamos de algo baseado na lógica e no raciocínio, algo em que tivéssemos que cravar os dentes para não soltar mais. — Desculpa, Arthur, mas de jeito nenhum Maisey e Mateo vão concordar com isso.

— Então Dumas — falei, porque não ia desistir sem lutar. — Ou até mesmo Vikram Seth. Um contexto cultural mais rico poderia...

— Talvez você devesse se sentar. — Agora era Greg quem me interrompia, sem abrandar aquilo com uma risada. Cruzou os braços como se estivesse prestes a me acompanhar até a saída. Da minha própria casa. *Aquele* era o nível de respeito que eu vinha inspirando ultimamente. — Mateo já está vindo.

— Estou pouco me lixando para o que Mateo está fazendo. Quero falar sobre o próximo livro. É minha vez de escolher, e acho que devemos ir mais fundo. Chega de leveza. Prefiro algo mais substancioso.

Não mencionei que também queria um livro que não pudesse ser terminado em uma ou duas noites. *Um rapaz adequado* tinha umas boas quinhentas páginas. *O conde de Monte Cristo* devia ter umas cinquenta páginas a menos. Se escolhêssemos algo do tipo, levaríamos meses para ler e discutir, principalmente se deixássemos Maisey ditar o ritmo.

Eles não poderiam ir embora no meio de um livro. Não fariam aquilo. Não importava o quanto eu provocasse.

Ou quão terrível fosse.

Alguém bateu à porta. Mesmo que Greg e Sloane não tivessem trocado um olhar rápido e significativo, isso por si só já teria me feito subir a guarda. Nenhum deles batia. Entravam e saíam da minha casa como se fossem os proprietários; dormiam, comiam e rearranjavam as coisas a seu agrado. Porcos selvagens teriam modos melhores.

— O que foi? — perguntei. — Quem é?

— Já dissemos — Sloane falou. — Vimos Mateo chegar. Ele trouxe um convidado.

— Não é aquela mãe dele, é? — perguntei, embora aquilo não me deixasse nem de longe tão incomodado como eu fazia parecer. Althea Sharpe fora agraciada com uma bela voz, e seu filho também. Genie adorava aqueles clássicos franceses. Tinha uma voz terrível, porém aquilo não a impedia de cantar com todo o coração. Eu ainda era capaz de ouvi-la à pia enquanto lavava a louça, assassinando metade da letra de "La Bohème" e se esquecendo de todo o restante.

Como era sempre o caso quando eu permitia que Genie ocupasse minha mente, senti-me endurecendo.

— Ela pode participar hoje, mas depois chega. — Bati a bengala no chão para enfatizar meu ponto. No passado, minha voz e minhas palavras eram o bastante para atrair a atenção, porém aqueles dias tinham passado. Começava a entender o que Teddy Roosevelt via em seu porrete. — Estou cansado de ver minha casa transformada no parquinho de vocês. Se querem dar festas, vou começar a cobrar aluguel.

Respirei fundo e aguardei as inevitáveis réplicas. Até esperei por elas. Na minha época de professor, nenhum dos alunos teria ousado falar comigo daquela maneira, todos tão preocupados em acertar a resposta que nunca se permitiam desfrutar do processo profundamente satisfatório de estar errado.

Sloane estava errada o tempo todo. Maisey também. Mateo e Greg não expressavam opinião com muita frequência, porém eu tinha certeza de que nenhum deles sustentaria uma boa teoria literária.

No entanto, que fosse tudo às favas se eu não gostasse deles justamente por aquele motivo, por se comprometerem com os erros e insistirem neles na minha frente, por se interessarem o bastante a ponto de *tentar*. Não me sentia tão bem discutindo com outras pessoas havia décadas. Desde que...

— Agora vão abrir a porta e deixar que eles entrem ou tenho que fazer tudo por aqui? — Segui em frente e girei a maçaneta antes de ir longe demais naquela linha de pensamento. Ficar de pé ali, chafurdando no passado, não ia me ajudar em nada: nem a parte do ficar em pé, e *definitivamente* nem a parte do chafurdar. — Podem se juntar a nós desta vez, mas não haverá cantoria até depois que tenhamos escolhido o próximo livro do clube. É minha palavra final.

Só consegui entreabrir a porta antes que acontecesse de novo — a sensação de afogamento, de ser puxado para o fundo do mar por uma âncora amarrada ao peito. Quando acordei, no entanto, não me encontrava sozinho. Havia outras pessoas ali — pessoas demais, apertando-se à minha volta.

— Eu sabia que era uma péssima ideia.
— Vamos deixar você confortável, Arthur.
— Ele não está com uma aparência boa.

— Vocês não avisaram que eu viria? Achei que tivessem dito que ele me esperava.

— Vamos dar espaço para Arthur respirar. Ele vai ficar bem em um segundo.

Quem falou a última parte, de longe a minha preferida, foi Mateo. Todos os outros enfermeiros que haviam sido mandados eram mais como anjos da morte do que profissionais da área da saúde. Só sabiam listar as maneiras e os meios da minha inevitável partida deste plano.

Faça isso ou vai sofrer uma morte fria e miserável.

Coma isto ou vai entrar em coma e sofrer uma morte fria e miserável.

Meça o quanto está urinando ou vou ter que fazer isso por você, então os dois sofreremos uma morte fria e miserável.

Mateo não fazia nada daquilo. Podia ter má vontade, mas era eficiente. Vivia mais preocupado com a própria vida do que com o que quer que acontecesse na minha. Ou pelo menos era o que eu presumia. Quando pisquei e arrisquei novamente olhar para o homem ao seu lado, a boa impressão que tinha dele se foi.

— Tirem esse homem daqui — ralhei, e minha voz soou como se eu estivesse a vinte mil léguas submarinas. — O que quer que pensem que estão fazendo é um erro. É tudo um erro.

— Vamos, Arthur — disse a voz suave e harmoniosa de Nigel Carthage. Os anos não haviam mudado em nada sua aparência insuportavelmente certinha. Ah, ele estava mais velho, claro. Todos estávamos. No entanto, nem o tempo nem a vida fizeram com ele o que haviam feito comigo. Sua gravata estava apertada demais e aquele cinto fora escolhido porque combinava perfeitamente com os sapatos. — Isso é maneira de receber um velho amigo?

— Você não é meu amigo — eu falei, enquanto Mateo me fazia sentar no sofá e pegava o medidor de pressão. Enquanto ele abria o velcro e o fechava no meu braço sem qualquer cerimônia, acrescentei: — Ninguém aqui é meu amigo. Me arrependo do dia em que concordei com isso.

Por algum motivo, isso fez meu neto rir.

— Você não concordou com absolutamente nada desde que estou aqui. Caso não tenha notado, isso não nos impediu.

Tentei olhar feio para ele, porém não funcionou. Depois que eu havia fraquejado e perguntado sobre sua mãe, implorado que me dissesse se ela realmente o mandara me procurar, se não havia me esquecido nos últimos momentos, tinha perdido o poder.

E a distância. Acima de tudo, tinha perdido a distância que conseguira abrir.

***

Nigel Carthage nascera em uma família rica, que tinha uma biblioteca inteira só relacionada a Shakespeare. Além de uma herança e uma propriedade em Surrey que quase nunca visitava, Nigel tinha acesso a um amigo da família tão importante no mercado editorial que podia colocá-lo em contato com quem quisesse.

— Você parece mal — Nigel disse, sentando-se na poltrona à minha frente. Mesmo em meu estado confuso e com os olhos semicerrados, notei que ele não olhava em volta enquanto puxava a calça para cima. No entanto, ele sabia, e eu sabia que ele sabia. As pilhas de livros empoeirados caindo, o leito hospitalar, as cortinas sem cor, o tapete estampado que eu não tinha coragem de trocar.

Ah, a decadência.

— Quem está acusando de estar mal? — resmunguei. Claro que eu parecia mal. Eu *me sentia* mal. Diferente de Nigel, a vida não tinha me colocado em um pedestal de mármore e me deixado ali. — E por que estão todos me olhando como se eu estivesse prestes a morrer? Se o choque de deparar com meu arqui-inimigo vindo sem ser convidado à minha casa não me matou, então nada vai. Sou imortal.

Cruzei os braços e me recostei, satisfeito em ter a palavra final. Infelizmente, ninguém parecia achar o mesmo.

— Claro que você é imortal, Arthur — Sloane disse.

Maisey deu uma piscadela para mim.

— Como seus vampiros byronianos.

— Tenho certeza de que vai viver mais do que todos nós — Mateo falou, assentindo.

Greg foi o único a se manter em silêncio, observando-me com uma expressão tão parecida com a de Hannah que tive que me manter sentado. Sua cara de reprovação era como uma faca no meu coração titubeante e *nada* imortal.

Eu não falei sério, tive vontade de dizer. *Tudo o que falei, tudo o que não falei. Por favor, não me abandone como ela me abandonou.*

— Peço desculpas por ter aparecido sem avisar, mas gostaria de me juntar ao seu clube do livro — Nigel disse, como se não houvesse nada de estranho naquilo. — Faz um século que não tenho uma boa discussão literária com amigos.

Sim, porque ele passara as cinco décadas anteriores no castelo de vidro, expedindo decretos literários de lá de cima. Decretos terríveis, em sua maioria. Nigel sempre tivera medo de qualquer coisa que soasse a progresso, preferindo se ater aos clássicos e a tudo o que reforçava o *status quo*. Era incapaz de relaxar um pouco os padrões a ponto de desfrutar *A arte de correr na chuva*.

Pronto. Aí está. Aquele livro era um verdadeiro deleite para a alma.

— Pois chegou na hora certa — Sloane disse, com aquele seu sorriso doce e suave que já me fizera pegar uma série de livros contra minha vontade e meu melhor julgamento. — Estamos prestes a escolher o próximo.

— Vai ser *O conde de Monte Cristo* — falei.

Mateo gemeu.

— Será que desta vez podemos escolher algo do século XXI? Nem todos nós continuamos gostando de duelos depois de entrar na vida adulta.

Nigel soltou um ruído que ecoou o grunhido que brotava do fundo das minhas estranhas.

— Cuidado, meu jovem. *Monte Cristo* é um clássico.

— Não é um dos livros que Sloane colocou na porta do banheiro lá de cima, pra impedir que bata? — Maisey perguntou, retorcendo as mãos de nervoso. — Porque parece... longo.

— É longo demais — Sloane concordou, mantendo a animação.

Seu bom humor teve o efeito que sempre tinha em mim: fez com que eu me opusesse tanto quanto humanamente possível. Era

281

verdade que a oposição me vinha naturalmente, porém Sloane de alguma maneira trazia o pior de mim à tona.

E o melhor de mim. Ela não conseguia ver aquilo — e eu não conseguia fazê-la entender.

— Que pena. Porque é a minha vez e gosto de uma boa história de vingança. E ainda mais de uma que termina com a vitória do injustiçado — eu disse, olhando diretamente para Nigel.

— Concordo — ele falou, sem tirar os olhos dos meus. — Ninguém compreende as reviravoltas do destino melhor do que Dumas.

Assenti.

— Inimigos que retornam do túmulo.

— Décadas de negação em nome de um momento de triunfo — Nigel completou, assentindo com mais vigor.

— Um homem que sabe que é capaz dos piores pecados.

— Uma mulher que perde tudo porque se recusa a ver tais pecados pelo que realmente são.

Senti que estávamos chegando a algum lugar, Nigel e eu, porém Sloane deu uma risadinha e disse:

— Bom... não. Não vamos fazer isso. Acho que devíamos ler *Anne de Green Gables*.

E, simples assim, o ar deixou meus pulmões. Não por conta do edema que dera início a tudo aquilo, o aumento de líquido no pulmão que eu ignorara por tempo demais, da mesma maneira que vinha ignorando qualquer outra condição — física ou não. Foi mais como um soco no peito, tão forte que fez meu coração parar.

Sloane talvez tenha percebido o que suas palavras fizeram comigo, porém não o demonstrou. Apenas sorriu para seu público.

— Sei que parece um pouco infantil, mas agradaria a todos. É um clássico, então corresponde à experiência literária de Nigel. Não é um livro difícil, e acho que Maisey vai gostar do sentimento de comunidade que vai se desenvolvendo. Mateo sabe que se trata de um livro que todos os bibliotecários precisam ler. E Greg... bom... — Ela olhou para o meu neto, aquele rapaz brusco, durão e carrancudo que não caíra longe do pé, e deu risada. — Desculpa, Greg. Não consigo pensar em nada nele de que você vai gostar. Mas talvez possa se sacrificar por nós.

Ele retribuiu a risada dela com outra.

— Claro. Era um dos livros preferidos da minha mãe. Vou adorar ler com você. — Greg ficou vermelho até as pontas das orelhas e acrescentou depressa: — Com *vocês*, digo.

— Escolha outro — eu disse. Teria gritado, mas meus pulmões continuavam curiosamente contraídos. — Qualquer outro. Não vou ler esse livro nem morto.

Quando aquilo não provocou nada além de uma série de olhares de compreensão, dobrei minha aposta.

— Você mencionou todo mundo, menos eu. — Cruzei os braços e fiz minha melhor imitação de um homem que se recusava a ser vencido. Pela vida. Pela bondade. *Pelo que quer que fosse.* — Se quer que eu concorde com essa baboseira antiquada e melosa, escrita para menininhas, precisa me incluir na sua argumentação. O que eu ganho com essa leitura?

Quando Sloane se virou para mim sem que seu sorriso se alterasse, percebi meu erro. Dera àquela garota carta branca para mexer nos meus livros, para passar tantas horas quanto quisesse na minha casa. E ela passara *muitas*. Em inúmeras manhãs, ao descer, deparara com ela no sofá, com uma das minhas estimadas primeiras edições abertas sobre o peito. Para uma mulher que dedicava a vida ao cuidado com os livros e à sua manutenção, Sloane era assustadoramente negligente no modo como tratava os meus.

Havia apenas uma outra mulher que ousara tratá-los daquela maneira, pegando-os nos braços com uma risada nos lábios e o brilho da batalha nos olhos. Sloane não parecia nem um pouco com minha Genie, mas a alma das duas fora forjada no mesmo fogo líquido. E era a única coisa que penetrava o exoesqueleto que me protegia.

— Isso é fácil — Sloane disse. — Entre todos os livros da sua biblioteca, esse é o que tem mais trechos destacados. Então é claro que significa algo para você. Que é importante.

Foi então que me dei conta de que eu estava acabado. Se Sloane vira os destaques, se folheara as páginas e juntara as palavras, ela sabia.

Infelizmente, não era a única. Nigel soltou uma risada triunfante e deu um tapa no próprio joelho.

— O segredo foi revelado — ele declarou, fazendo meu exoesqueleto voltar a se fechar para sempre. — Essa baboseira antiquada e melosa, escrita para menininhas, é o livro preferido dele.

***

— Desculpe se peguei você de surpresa, meu velho. — Nigel me encurralou na saída do banheiro, o único lugar onde eu conseguia ficar sozinho. Nem mesmo Mateo fazendo as vezes de enfermeiro tinha coragem de tentar entrar lá comigo. — Mas eu sabia que, de outra maneira, você não concordaria em me ver.

— Você não me pegou de surpresa — resmunguei. — Tem ideia de como aquelas crianças são transparentes? Faz semanas que estão agindo furtivamente, usando seus lenços velhos e sujos, fingindo que tenho um problema de audição. Sabia que era questão de tempo até te trazerem aqui.

Nigel sorriu de uma maneira que me levou de volta no tempo e quase me fez ir ao chão. Aquele sorriso fora motivo de extremo ciúme quando eu tinha vinte e poucos anos. Para a maior parte deles, eu fechava a cara, porém Nigel era gracioso demais para aquilo. Todo afetado e desdenhoso, era o James Bond como Ian Fleming o imaginara.

— Vinte mil dólares para uma biblioteca local, Nigel? — grunhi, para deixar claro o que achava daquela tática. — Não acha que foi um pouco exagerado?

— Chamou sua atenção, não foi?

— Andar pelado pela Sherman Avenue também chamaria, e dificultaria muito menos seus planos de aposentadoria.

Ele teve a audácia de rir daquilo. Ou de mim. Eu não tinha como saber.

— Não estou em tamanho aperto que não possa dedicar um pouco de minhas economias a uma boa causa.

Nigel olhou para o corredor escuro, que vinha ficando cada vez mais escuro graças às pilhas de livros forrando as paredes. Sloane estava progredindo com minha biblioteca, mas sua abordagem organizacional parecia um tanto... errática.

— Posso fazer um cheque para você também, se quiser.

— Não preciso da sua caridade — falei. Para garantir que ele não ficasse com a impressão errada, acrescentei: — Nem de seus comentários profundos sobre *Anne de Green Gables*, por isso nem se dê ao trabalho de voltar. Este clube do livro não está aceitando novos participantes no momento.

— Por favor, Arthur — Nigel pediu, daquela vez sem qualquer traço de Bond nele. — Sei que não nos afastamos nos melhores termos... — Ele parou ao me ouvir pigarrear alto, porém tentou outra vez logo em seguida: — Mas significaria muito para mim.

Eu não sabia ao certo o que fazer com aquilo. Sinceridade não era algo que marcara minha relação com Nigel no passado. Competitividade, sim. Antipatia, com certeza. Era como a academia funcionava, mesmo naquela época. Havia só algumas vagas no topo, e tanto Nigel quanto eu estávamos determinados a conquistar uma.

— A propósito, fiquei triste quando soube da morte de Eugenia — ele prosseguiu. Ele falou aquilo como se acabasse de lhe ocorrer, mas, pela escolha das palavras, soube ser algo premeditado. Fazia mais de trinta e três anos que Genie morrera. Tratava-se de um ataque calculado, ainda que eu não entendesse o motivo.

Eu não tinha nada que aquele homem pudesse querer. Não mais.

— Hannah também — ele acrescentou. — Ela era tão jovem. As duas eram.

Não deixaria que a coisa fosse mais longe que aquilo. Preso no corredor ou não, de jeito nenhum eu ia ficar ali, ouvindo-o listar todas as pessoas que eu perdera.

— Pois é — eu disse, endireitando a coluna até ficar quase totalmente ereto. — Você venceu. Estou sozinho no mundo agora. T. S. Eliot sempre foi um de seus escritores preferidos, não? "O inferno é o eu. O inferno é a solidão." São as palavras mais verdadeiras que já foram escritas.

Vozes risonhas e animadas chegavam até nós da sala, junto ao aroma da *focaccia* de alecrim que Maisey fizera aquela manhã.

— Talvez não *totalmente* sozinho — Nigel disse, baixo.

Eu poderia xingar o clube por ter escolhido aquele momento para se refestelar com hilaridade. E *de fato* xinguei, embora Nigel tivesse ouvido aquelas palavras tantas vezes que elas não chegavam a ter muito peso.

— Essa é sua maneira de dizer que posso ficar? — Nigel perguntou. Por algum motivo, de repente parecia vinte anos mais novo. — Odeio implorar, mas é importante para mim. Não leio *Anne de Green Gables* há anos. Desde que...

Ergui uma mão, porque não queria que ele desse nem mais um passo na direção do abismo — muito menos que me arrastasse consigo.

— Está bem. Se insiste. Não se chuta cachorro morto.

— Nem mesmo se o cachorro em questão for eu?

Aquilo arrancou um sorriso relutante de mim.

— Sempre tive um fraco por vira-latas velhos e sarnentos.

— E por mulheres de fala mansa que usam palavras difíceis e têm ideias grandiosas?

Hesitei, pensando na garota sentada na sala de estar, com um broche roxo no pescoço e o mundo todo a seus pés.

— Eu já disse que você pode ficar. Não force a barra.

29

Sempre soube que não era fácil gostar de mim. Como o protagonista de *Memórias do subsolo*, de Dostoiévski, era maldisposto e rancoroso, e essas duas características constituíam tanto da minha personalidade que não havia como matá-las sem matar o homem a que pertenciam. Era uma companhia desagradável, incapaz de mudar e — ao contrário de Maisey — um narrador absolutamente confiável.

Mas, ah, como eu gostaria de ser diferente. De fechar os olhos para meus erros, de passar a vida velejando em um mar de ignorância. Seria uma bênção. Quem não era inclinado à introspecção não tinha ideia de sua sorte.

— Gostaria de ver a enfermeira que botei para fora de casa — falei enquanto entrava mancando pela porta da empresa de home care listada ao fim da papelada que eu recebera ao sair do hospital.

A mulher atrás do balcão fitou-me confusa e me pediu para repetir, o que não surpreendia.

— Perdão, senhor?

— Você me ouviu perfeitamente bem — resmunguei. Então, lembrando-me da minha missão, respirei fundo e tentei de novo: — Não recordo o nome, mas ela gostava de Doris Day. Da jovem Doris Day. E não tinha ideia de quem era Virginia Woolf, embora eu tenha explicado três vezes.

Ouvi uma tosse forçada atrás de mim.

— O que quero dizer é — voltei a falar, fazendo o meu melhor para moderar o tom, como Maisey me instruíra — que eu ficaria grato se você pudesse puxar meu registro e me dizer o nome dos enfermeiros destacados para me ajudar. Sendo que uma era fã de Doris Day.

A mulher estourou uma bola de chiclete.

— Claro, meu bem. O senhor disse que botou essa enfermeira para fora?

Dessa vez, ouvi atrás de mim uma risada.

— O nome dele é Arthur McLachlan — Maisey disse, com toda a eficiência de uma mulher acostumada a interagir com desconhecidos. — Ele contratou home care em junho, quando saiu do hospital, contrariando a recomendação médica. Vocês foram ótimos e continuaram mandando enfermeiros enquanto Arthur se esforçava ao máximo para botar todos para correr.

— Aaaah. Eu me lembro do senhor. — A mulher estreitou os olhos para mim. — Não posso fornecer as informações pessoais deles ao senhor. Já é difícil o bastante manter enfermeiros qualificados sem isso.

Como eu já esperava — e, sim, *merecia* — aquilo, suspirei e cedi.

— Tudo bem. Não vou gritar com ninguém. Quero pedir desculpas.

— Pedir desculpas?

— Fazer as pazes.

— Fazer as pazes?

Virei-me para Maisey, sentindo minha frustração crescer. Ela começou a erguer e abaixar as mãos, como se imitasse as ondas do oceano.

— Inspira e expira. Lembra o que falamos. Coloca tudo em palavras.

Respirei. Lembrei. Coloquei.

— Também estou aqui para recompensar os enfermeiros pelo trabalho perdido. Não foi justo da minha parte dispensá-los antes do fim do turno. Tenho certeza de que dependem do dinheiro para pagar as contas. Gostaria de garantir que meus modos não lhes causem danos.

— Ah. Hum. Nossa. — Os olhos da mulher voltaram ao tamanho normal. — Isso nunca aconteceu. Tem certeza?

— Claro que tenho certeza. Viria até aqui se não fosse o caso?

Aquilo fez Maisey soltar um suspiro. Fiquei tentado a me juntar a ela, porém sabia que não encontraria nenhuma solidariedade.

Agira com aqueles enfermeiros como o homem furioso, irritado e *assustado* que era, e agora precisava pagar o preço. Literalmente.

Devia aquilo a Greg. A Greg e a Maisey, embora apenas ela soubesse o que eu fazia. Por algum motivo, meu neto parecia pensar que cabia a *ele* o fardo de cobrir os custos dos meus erros. Já o ouvira oferecendo dinheiro a Mateo, Maisey e Sloane tantas vezes que estava ficando cansativo. Eu estava ali apenas como uma medida preventiva. A última coisa de que precisava era que ele se endividasse porque me faltava a habilidade de dizer o que realmente queria dizer.

— Desculpe — falei. — Não sou muito bom nisso.

— Jura? — a mulher sussurrou.

— Como não vai me passar o nome deles, poderia pelo menos garantir que recebam o pagamento e o pedido de desculpas? — Fiz questão de ignorar a expressão depois que lhe ofereci os quatro cheques. — Minha emergência médica me pegou desprevenido, e não reagi tão bem quanto deveria.

A mulher não fez qualquer menção de pegá-los, o que não me surpreendeu. Maisey havia me preparado para as dificuldades à frente. Havia me preparado para várias coisas, inclusive a possibilidade de me mandarem embora e/ou de um policial me escoltar até a saída.

"Você nunca vai ser o tipo de homem para quem fazem desfiles", Maisey dissera, e eu podia jurar que seus olhos até brilhavam. "Mas você não vai morrer se for a alguns só pra ver qual é o motivo de tanto rebuliço."

Era o mais perto de uma leitura que eu conseguira dela. Não que eu tivesse lhe oferecido minha palma nem nada assim místico. Só deixara que Maisey sondasse um pouco os recantos do meu cérebro. Em nome da pesquisa. Só para ter certeza de que aqueles pobres tolos não desperdiçavam dinheiro quando ligavam para ela e lhe passavam o número do cartão de crédito.

Eu avisara antes que não veria problema em fazer uma reclamação formal nos serviços de proteção ao cliente se considerasse que havia algo de suspeito na leitura da minha personalidade, porém não fora tão ruim quanto eu receara. Exceto aquela história do desfile, tudo o que ela arrancara de mim tinha sido a receita da minha sobremesa preferida de infância e a admissão relutante de que eu devia um pedido de desculpas àqueles enfermeiros. E mesmo *isso* não foi tão ruim, porque ela prometeu me levar pessoalmente. Ninguém mais precisaria saber.

— Tem certeza, meu bem? — Depois de um tempo, a mulher aceitou os cheques, ainda que nem de longe com a avidez que eu esperava. — Agradecemos o dinheiro, mas não é necessário. Acontece com muito mais frequência do que imagina.

— O quê? — Não soltei os cheques na hora, mas só porque achava que, se o fizesse, ia tombar. — Outras pessoas botam enfermeiros para correr?

— Bem, não *para correr*, mas observamos reações bem fortes. Não é fácil abrir a casa para um perfeito desconhecido e permitir o mais íntimo nível de cuidado. Muito menos de uma hora para a outra, como no seu caso. Afinal, o senhor é humano.

Desisti da batalha pelos cheques e cambaleei para trás. Sentia a presença de Maisey atrás de mim, mas pelo menos uma vez na vida a mulher estava em silêncio, o que era uma bênção.

— "O homem é a única criatura que se recusa a ser o que é" — a mulher acrescentou, depois fez *tsc-tsc*. — Não se preocupe. Vou garantir que os cheques cheguem às pessoas certas.

Fitei-a, surpreso, sem acreditar no que ouvira.

— Desculpe. Você acabou de citar Camus?

— Não sei. Há um quadro com isso na parede da terapia. E outro com "Seja a mudança que você quer ver no mundo". Nem sei de qual das duas frases gosto mais. — Ela sorriu para mim como se não tivesse acabado de cometer um sacrilégio da mais alta ordem. — Só para saber, quem acabou cuidando do senhor? Preenchi os formulários do atendimento para o hospital, mas não reconheci o nome. Não era um enfermeiro daqui.

— Está falando de Mateo Sharpe? — Maisey perguntou.

A mulher estalou os dedos em reconhecimento.

— Isso. Deu tudo certo? O senhor ficou feliz com o tratamento que recebeu?

— Ele me manteve vivo, não foi? — respondi, com aquele meu jeito, embora sem muita vontade. Então suspirei e acrescentei: — É um bom rapaz. Um pouco perdido, mas quem não é nessa idade? Gosto dele.

Aquilo despertou seu interesse.

— É mesmo? Acha que ele teria interesse em trabalhar com a gente? Somos superflexíveis com horários. É muito difícil encontrar enfermeiros qualificados. — Ela sorriu para mim de um jeito em que eu não confiava e que não me agradava. — Principalmente quando nossos pacientes fazem de tudo para assustá-los.

Cabia a mim colocar aquela mulher em seu devido lugar, mas eu tampouco tinha vontade de fazer aquilo. Nunca me dera conta do esforço que minha bazófia exigia — brigar com tudo e com todos, tratar cada pedacinho da calçada como um campo de batalha. Se a aparência de Nigel Carthage dizia algo sobre a minha, era que eu deveria investir energia em coisas melhores.

E em pessoas muito melhores.

— Vá em frente — declarei, movimentando os dedos. — Me passe uma ficha. Vou entregar para ele, mas já aviso: Mateo é bom demais para este trabalho. Fui ouvir o garoto cantar em uma casa noturna na semana passada e me senti levado para outra época.

Maisey tirou a ficha da mão da mulher antes que eu pudesse pegá-la.

— Arthur, seu coração mole. Você não me contou que tinha visto Mateo cantar.

— Eu precisava sair de casa — falei.

Torci para que meu comentário a calasse, mas nem devia ter me dado ao trabalho. Fechar a porta para Maisey de qualquer lugar onde ela quisesse adentrar era um exercício inútil, e "não há punição mais terrível do que trabalho infrutífero e sem perspectiva".

Aquilo também era Camus.

— Conta tudo — ela falou, enquanto enlaçava meu braço e me puxava para a porta. — O que ele estava usando? E a mãe dele? Ah, Lincoln ficou em êxtase quando ele subiu no palco?

***

— O que acha que está fazendo? — perguntei a Maisey quando ela entrou com a perua em uma rua que não reconheci. Deveríamos estar indo para casa, só que Maisey dirigia da mesma maneira que falava: sem controle nem direção. Portanto, não era de admirar que tivéssemos ido parar do outro lado da cidade. — Sua tola. Esqueceu o caminho de casa. E acham que sou *eu* que estou em decadência.

— Relaxa — Maisey disse, desligando o rádio ao parar diante de um cemitério que provavelmente já tivera dias melhores. — É um pequeno desvio.

— Um pequeno desvio na direção do quê? Do túmulo? Obrigado, mas prefiro ficar deste lado da grama, se não se importa.

Ela apontou para o outro lado da rua.

— Não. É ali que nós vamos.

Meus olhos acompanharam seu dedo e depararam com uma abominação arquitetônica, uma caixa branca com painéis que pareciam muito tecnológicos e uma cerca que parecia feita de plástico. A única decoração na fachada era uma palmeira em um vaso que, apesar de ter boa aparência *naquele período*, com quase toda a certeza morreria assim que o inverno amargo de Idaho chegasse. Estava prestes a dar a Maisey minhas impressões sobre quem acharia aceitável morar num lugar daqueles quando percebi que não havia necessidade.

Porque percebi quem morava ali, e porque Maisey já sabia como eu me sentia a respeito dele.

— Você perdeu a cabeça? Não quero visitar Nigel. Quero me manter tão longe daquele homem quanto possível.

— Não vamos visitar Nigel. Viemos só dar uma olhadinha pra conferir se ele está bem.

— E por que não estaria? — perguntei, mas nem esperei pela resposta para voltar a falar: — Além disso, que tipo de tola pueril estaciona o carro bem na frente da casa que vamos espionar? É a primeira vez que faz isso?

Maisey teve a audácia de rir enquanto dava a partida no carro e avançava mais algumas casas para não levantar suspeitas. *Ela* não corria nenhum risco ao ser pega do lado de fora da casa do meu maior adversário, mas o que eu ia fazer se Nigel saísse e me pegasse no pulo? Alegar uma curiosidade vulgar? Com relação *a ele*?

— O que aconteceu entre vocês? — Maisey perguntou quando estávamos os dois encolhidos no banco, vendo Nigel ir de um lado a outro da sala de estar para regar plantas que pareciam tão incongruentes quanto a palmeira na área externa da casa. — Se não se importa com a pergunta.

— É claro que me importo. Não é da sua conta. Que tipo de pergunta é essa?

Em vez de se ofender ou mesmo se acovardar, como a Maisey do mês anterior teria feito, ela deu de ombros.

— Achei que não custava tentar. Uma vez Greg me disse que preferia que eu perguntasse diretamente a ele sobre seu passado em vez de bisbilhotar. Imaginei que você talvez se sentisse da mesma maneira, considerando que são parentes e tudo o mais.

— Greg disse isso?

Em vez de me responder, Maisey abriu o porta-luvas e pegou um binóculo.

— Ele parece um pouco solitário lá dentro, não acha? — Maisey levou o binóculo aos olhos. — Sozinho nessa casa enorme e feia. Aposto que tem uma daquelas privadas falantes. Sempre quis uma. É como ter uma amiga segurando sua mão enquanto você faz xixi.

— Maisey! — Se minha bengala não estivesse guardada no porta-malas, eu a teria usado para bater nos nós dos dedos dela. — Sei o que está fazendo, e não vai funcionar. Não me importo com o estado de Nigel ou com quem segura a mão dele ao usar o banheiro. Volte a falar sobre Greg. Você perguntou o que ele está fazendo aqui? E ele contou?

— Sim. E ele me disse algo que me faz achar que contaria tudo a você também, se tivesse coragem de perguntar. — Ela deu um pulinho animado no banco. — Ahá! Olha! Nigel está pegando um livro... Não é fofo? *Anne de Green Gables*. Deve estar se preparando pro clube.

293

— Me dá isso. — Tirei o binóculo da mão dela. De fato, a imagem borrada de Nigel virando as páginas do livro preencheu as lentes. — Rá! Ele parece ainda mais velho e mais cansado quando não está tentando me impressionar. Acho que nunca escondeu seu retrato no porão.

— Que retrato? — Maisey perguntou, com uma ignorância que não era imprevista. Com menos previsibilidade e mais da intuição que eu vinha me dando conta de que não era um embuste, ela acrescentou: — Ah. É outra referência literária, não é? Sabe quem provavelmente daria mais valor a isso do que eu...

Baixei o binóculo e apontei para ela.

— Não comece. Já dei a porcaria do dinheiro aos enfermeiros só por sua causa.

— Só estou dizendo que parece que ele gostaria de companhia.

Incapaz de resistir, voltei a olhar pelo binóculo. Nigel se encontrava na mesma posição de antes, com o livro aberto sobre as pernas, mas sem virar as páginas. Não fazia muito além de olhar à distância, enquanto seus ombros se sacudiam ligeiramente.

Baixei o binóculo outra vez e o enfiei no porta-luvas antes que Maisey tivesse chance de dar outra olhada.

— Já estou farto disso. Vamos embora.

— Espera. Não quer nem dar um oi antes...?

— Estou falando sério — insisti, mantendo os olhos fixos à frente. — Quero ir para casa agora. Estou cansado.

Usar minha suposta fragilidade como desculpa era um truque juvenil, porém não me arrependi disso enquanto Maisey dava a partida e saía com a perua, sem discutir. Nada no mundo nem no submundo jamais me faria bater à porta de Nigel, e a última coisa que eu queria era beber café instantâneo enquanto conversávamos sobre o passado, no entanto eu não era um monstro.

Podia pelo menos lhe dar privacidade enquanto chorava sentado na sala de estar.

30

Não fazia ideia de como tinham me convencido a ir àquele jantar. Mesmo no esplendor e na efervescência da juventude, nunca me saí muito bem em jantares. Havia sempre convidados demais, como se um lugar vazio à mesa fosse um sinal de fracasso pessoal. Ou pior: fraqueza. Todo anfitrião que eu conhecera sempre movia mundos e fundos para impedir tal calamidade, o que significava juntar todas as pessoas erradas, levando a uma cacofonia de opiniões ruins e personalidades ainda piores. Tudo isso só para impedir o maior dos horrores: uma pausa na conversa.

— Francine, este é meu querido amigo Arthur McLachlan. — Sloane passou o braço no meu e praticamente me arrastou por um tapete de estampa geométrica horroroso que parecia meu maior pesadelo cubista. — Ele foi professor da North Idaho College e participa do clube do livro de que eu estava falando. Arthur, esta é minha futura sogra.

A mulher me estendeu uma mão como se me oferecesse um peixe morto.

— O senhor é bastante velho.

— E a senhora não é nenhuma franguinha. — Peguei o peixe morto e o apertei. — Mas eu não pretendia tocar no assunto.

Minha recaída no que se referia às boas maneiras valeu a pena só de ver a risada entalada na garganta de Sloane. Meu Deus, eu ia mesmo ter que enfrentar um assado e duas horas daquilo? Esperava que me colocassem para sentar ao lado de Sloane, pelo menos.

As narinas da tal da Francine se reduziram a dois buracos de alfinete.

— Só quis dizer que o senhor parece um pouco vivido demais para conviver com um bando de jovens de vinte e poucos anos.

— Mateo tem trinta e poucos — Sloane disse. — E Maisey tem quarenta e quatro, mas é uma alma velha, então está mais para setenta e quatro.

Uma risada de desdém me escapou.

— A alma de Maisey é tão velha quanto um platelminto.

Sloane balançou a cabeça, mais relutante do que nunca.

— De jeito nenhum. É impossível ter aquela compreensão dos outros sem que haja algum tipo de força mística em jogo.

Fomos interrompidos pela chegada de Brett: o quiropraxista, o noivo, o homem que eu desprezava com todas as fibras do meu ser. Ele deu um beijo casto na bochecha de Sloane e sorriu para ela com uma expressão que eu arrancaria de seu rosto com as próprias mãos se fosse vinte anos mais novo.

— E a *minha* alma, quão velha é? — o noivo perguntou. — Ou não vou querer saber?

— A sua é novinha em folha — Sloane respondeu, tão rapidamente que eu soube que já pensara a respeito. — Como a de toda a sua família. É disso que mais gosto em vocês.

— Em mim? — Francine perguntou, parecendo prestes a se ofender. Até o momento, ela não tinha certeza se aquilo era um insulto e pretendia não se comprometer antes.

— Sim, você também. *Todos* vocês. — Sloane passou os olhos pelo cômodo. Eu ainda não fora apresentado ao restante da família, mas não havia necessidade. Minha alma era velha o bastante para que eu soubesse exatamente para quê olhava. Pompa e arrogância para todo lado. Todos bem-vestidos e satisfeitos demais consigo mesmos, considerando que os únicos livros nas estantes eram coleções da *Reader's Digest*. — Vocês nunca agem de maneira diferente da anunciada.

As narinas da mulher se fecharam ainda mais.

— E que maneira é essa?

Sloane abriu um sorriso brando para o noivo.

— Acolhedora. Descomplicada. Gentil.

Cada uma daquelas palavras me cortou como uma foice. Aqueles eram os três piores termos que eu usaria para descrever quem quer que fosse, sem mencionar o homem com quem Sloane estava a alguns breves meses de se acorrentar para sempre. Eu não era um vidente que atendia por telefone, porém sabia muito bem o que o destino lhe reservava.

Uma vida cheia de acolhimento, descomplicação e gentileza, certamente. Mas também uma vida que não valia a pena viver.

— *Argh!* — soltei, porque não conseguia encontrar palavras para expressar o que realmente sentia. Maisey teria vergonha de mim, porém não se tratava de pedir desculpas a um punhado de enfermeiros por meu mau comportamento. *Aquilo* tinha se resumido a juntar as sílabas certas e forçá-las a sair. *Isto* era algo completamente diferente, algo que eu nunca conseguira fazer.

Aquela era a verdade, e precisava ser dita. Eu, Arthur McLachlan, não encontrava as palavras certas. Havia lido milhares de livros, absorvido o engenho e a sabedoria de milhares de escritores, porém nunca seria capaz de fazer o que faziam. Sangrar sobre a página, como Hemingway supostamente disse, pegar uma parte de mim e expô-la a todos.

Eu *precisava* daquele sangue. *Precisava* daquela parte de mim mesmo. Já perdera o bastante.

Diante da minha reação, um dos membros daquela família bem-vestida e arrogante deu risada. De todos eles, ela parecia a menos detestável. Tinha o mesmo brilho nos olhos que chamara minha atenção em Sloane.

— Eu não teria dito melhor — ela falou, aproximando-se com a mão estendida. — Sou a Rachel, aliás. Ainda não fomos apresentados.

Não apertei a mão dela. Encorajar proximidade com aquele grupo só faria com que me convidassem outra vez. Infelizmente, minha recusa só a fez rir ainda mais.

— Nossa. Você é tão insolente quanto Sloane descreveu.

— Rachel, eu não... Eu disse que ele era... difícil, nada mais.

— Não precisa se desculpar por minha causa — falei. — *Sou* mesmo insolente. E difícil. É a melhor maneira de evitar jantares como este.

A garota — Rachel — passou o braço no meu e deu uma batidinha amistosa na minha mão. Aquela abertura me pegou tão de surpresa que me esqueci de resistir até ser tarde demais. Ela já me enlaçara, como uma amazona.

— É oficial — Rachel disse. — Vou adotar você quando Sloane for embora. Meus amigos vão te achar muito divertido.

Ignorei a sugestão de que eu era um cão sem dono que precisava ser tirado da rua e me concentrei na parte mais importante do que dissera.

— Embora? Como assim, embora? Aonde Sloane vai?

— Ah! — A pegada de amazona afrouxou o bastante para que eu conseguisse recuperar o braço. — Sloane não contou? Ela e Brett vão...

— Rachel, *não* — Sloane disse, com a mesma severidade que usara na minha casa na outra noite, quando eu sentira que o chão me era tirado e atacara cada um deles. De novo, a mesma sensação, de estar caindo. Só que agora eu não tinha o que atacar.

— Espera. Você ainda não contou a ele? — o noivo perguntou, com uma severidade que lhe caía como uma luva e uma presunção de poder que não estava relacionada a mérito, e sim às circunstâncias. — Achei que estivesse tudo decidido, amor. Quanto antes, melhor. É do interesse de todos os envolvidos.

— Isso é tão a sua cara, Sloane. — Francine fez *tsc-tsc*. — Você esqueceria a própria cabeça se não estivesse presa ao pescoço. Vive com ela nas nuvens.

Cada parte daquele discurso me ofendeu, porém eu não tinha tempo ou energia para lidar com alguém que apresentava uma ideia tão equivocada de Sloane. Ela não vivia com a cabeça nas nuvens; mantinha sempre a cabeça baixa, recusando-se a ver qualquer coisa além do que havia em seu caminho direto.

— Se precisa saber, sr. McLachlan, Brett recebeu uma oferta incrível para se mudar para a Costa Leste. — Francine se virou para mim, inflando de tanto orgulho maternal que parecia um balão de ar quente. — Alguns amigos da faculdade querem abrir um centro de saúde e bem-estar, mas precisam de um doutor da estirpe dele para ter credibilidade. Brett é um profissional muito requisitado.

Ficou claro para mim que aquela baboseira exigia resposta.

— Um doutor? Achei que ele fosse quiropraxista.

O balão de ar quente começou a superaquecer.

— E *é*.

— Por favor. Daria no mesmo se ele fosse um vidente que atende por telefone. Pelo menos Maisey tem meu respeito por não fingir ser o que não é.

Rachel deu risada outra vez, mas eu já estava me cansando de sua irreverência. Em qualquer outro dia, uma jovem pronta para ver o absurdo no mundo à sua volta me agradaria — Jane Austen e eu tínhamos isso em comum —, porém aquilo era importante demais. Sloane ia se mudar para o outro lado do país? Ela ia embora?

O cômodo começou a girar e meus pulmões se contraíram de tal maneira que parecia que um anel de metal fora fechado em torno do meu peito.

Antes que eu pudesse escapar da jaula, uma almofada apareceu sob mim. Quando olhei em volta, fiquei surpreso ao me ver no sofá, com Sloane ao meu lado, sua mão quente traçando círculos nas minhas costas.

— Inspira e expira — ela falou. — Com calma. Vai ficar tudo bem.

Não ia ficar tudo bem. Estava tudo errado, e não apenas porque eu queria minha cama e meu tanque de oxigênio.

— Do. Que. Eles. Estão. Falando? — consegui perguntar. Sloane tentou me manter em silêncio, porém reuni as forças que me restavam para prosseguir: — Aonde. Você. Vai?

Em vez de responder, Sloane lançou um olhar de acusação ao redor. Sua mão continuava em minhas costas, reconfortando-me como se eu fosse uma criança e um pesadelo horrível tivesse me acordado. Ignorei o instinto de afastá-la. Era gostoso sentir a pressão daquela mão, receber o conforto de um toque solidário. Uma das coisas que ninguém falava sobre envelhecer sozinho era quão desesperado você ficava por aquele simples direito humano — ou como você se agarrava a ele caso o reencontrasse.

— Eu disse que queria contar a Arthur do meu jeito. Avisei que ele ainda não estava totalmente recuperado. — O rosto de Sloane apareceu diante de mim, as rugas de preocupação visíveis na testa. — Nada está decidido ainda, Arthur. Ainda estamos discutindo a possibilidade, está bem?

— Ainda estão discutindo? — ouvi a voz de Francine perguntar. — Brett, querido, isso é verdade?

— Deixe as crianças em paz, Francine — disse o homem que tinham me apresentado como pai do noivo. — Eles que sabem da própria vida.

O noivo tossiu.

— Estamos resolvendo alguns detalhes, só isso. — Ele apareceu ao lado de Sloane. Eu nunca odiara tanto a visão de um rosto. Como se arrastar Sloane até os confins estreitos do altar não bastasse, agora aquele homem pretendia levá-la embora contra a sua vontade. — Arthur me parece bem. Só um pouco cansado, o que é esperado. Lembra o que eu te disse no outro dia?

Como ela não respondeu, eu me forcei a voltar a falar. Fiquei satisfeito em descobrir que minha respiração e minha voz vieram um pouco mais fácil daquela vez.

— O que ele te disse?

— Viu? — o noivo falou. — Arthur já está voltando ao normal.

— O que ele te disse? — perguntei outra vez, enquanto meus olhos procuravam qualquer sinal de angústia no rosto de Sloane. Na maior parte dos dias, eram fáceis de notar; seu rosto pálido e fino era tão fácil de ler quanto um livro. De fato, os cílios começaram a tremular como uma vítima de sequestro tentando chamar atenção de longe. — Conte, Sloane, ou vou ter um ataque cardíaco aqui mesmo.

O noivo voltou a tossir, agora de maneira enfática.

— Não foi nada de mais, Arthur — Sloane disse, com uma voz que, pelo menos para mim, indicava que fora algo de mais, sim. — Brett acha que você pode estar exagerando alguns dos sintomas para me manter por perto durante mais tempo, só isso.

Havia tantos equívocos naquilo que senti como se mil pregos flamejantes me forçassem a me levantar. Aquilo depunha a favor das alegações do noivo, admito, mas eu não me importava.

— Minha saúde não tem nada a ver com isso — falei, virando-me para ele. — Sloane está organizando minha biblioteca, lembra? Ela está *trabalhando*.

O noivo resfolegou como um cavalo prestes a fugir da baia.

— Você não pagou nem um centavo a ela.

— O cheque está no correio — menti.

— Você está se aproveitando da generosidade de Sloane, e sabe disso. Ela é uma *boa* pessoa. Melhor do que qualquer outra que eu conheça. Alguns homens talvez aguentassem ficar só observando enquanto o mundo tenta acabar com ela, mas não sou um deles. Sloane se colocou em minhas mãos, e pretendo me certificar de que seja bem cuidada pelo tempo que permanecer nelas.

O lábio inferior de Sloane tremeu.

— Brett?

— O que foi, Sloane? Você sabe como me sinto a seu respeito.

Duas coisas aconteceram nos sessenta segundos que se seguiram à declaração. A primeira foi a completa transformação da expressão de Sloane. Sua boca se abrandou e seus olhos se endureceram de tal maneira que pensei que estava imaginando coisas, tamanha a incompatibilidade daquilo. A segunda foi o retorno do aperto do anel de metal em meu peito, que se recusou a parar até começar a comprimir meu coração.

— Acho que preciso me deitar — murmurei, porém minha voz saiu tão fraca que as palavras talvez só existiram de fato na minha cabeça.

Eu não tinha como saber quanto tempo havia se passado entre meu desmaio e minha partida nada cerimoniosa da casa grande demais e ostensiva demais da família grande demais e ostensiva demais para a qual Sloane pretendia entrar mediante o casamento. Pareceram horas, porém eu desconfiava que tivesse sido carregado para o carro de Sloane em questão de minutos. As pessoas sempre ficavam felizes ao me ver indo embora, mas nunca daquele jeito — como se eu fosse um fardo que não estivessem dispostas a carregar, como se minha existência fosse uma afronta a elas.

Mesmo depois das despedidas e dos pedidos de desculpas feitos em meu nome, meu coração continuava apertado. E ficou ainda

301

mais quando Sloane não deu a partida de imediato. Suas mãos tamborilaram o volante, em um ritmo aleatório que parecia criado para me irritar.

— Que foi? — perguntei, enquanto fechava os olhos e seguia as instruções que Mateo me dera dias antes. Respirar devagar e profundamente. Concentrar-se na expansão e na contração dos pulmões. Parecia bastante com meditação, todavia o garoto devia saber do que estava falando, porque ajudava. — Achei que fôssemos embora.

— E vamos. Quer ir ao hospital?

— É claro que não quero ir ao hospital.

— Devo te levar ao hospital mesmo assim?

— Fique à vontade para tentar.

Senti seus olhos em mim enquanto dava a partida e saía devagar. A saída da garagem era um caminho longo e circular, que não dava em lugar algum, então Sloane teve tempo o bastante para procurar sinais de alarme em mim. Como não havia nenhum — eu estava *ótimo* —, acabou desistindo e voltando a dirigir em velocidade normal.

Permanecemos assim por muito mais tempo do que seria confortável, o que era estranho, considerando que não deviam ter sido mais de dez minutos. Sloane e eu muitas vezes passávamos horas em silêncio — em geral quando eu lia ou fingia dormir enquanto ela organizava meus livros —, e aquilo nunca parecera desconfortável. Era uma das coisas de que eu mais gostava nela: nem sempre sentia necessidade de romper o silêncio, o que a tornava uma companhia muito apropriada para um homem que havia muito se acostumara a viver sozinho.

— Não vai dizer nada? — perguntei quando vi que não suportaria o peso interminável do silêncio por mais um segundo que fosse.

Ela continuou olhando para a frente.

— Sobre o quê?

A resposta não poderia ser mais clara nem se ele estivesse sentado no banco de trás.

— Você não ama aquele homem.

Ela se sobressaltou de tal maneira que o volante virou sob suas mãos. Tive que esticar o braço para segurá-lo, e mesmo assim quase atropelamos um esquilo ansioso que atravessava a rua.

Achei que Sloane fosse se defender — ou pelo menos me ignorar e continuar dirigindo sem dizer nada. No entanto, só suspirou e disse duas palavras que gelaram minhas veias:

— Isso importa?

Firmei o pé contra o chão do carro, como se pisasse em um freio imaginário para fazer tudo parar. No entanto, além de não ter acesso ao freio, tampouco tinha algum poder.

— Como assim? É claro que importa! É a única coisa no mundo que importa.

Então ela me olhou, virando a cabeça de uma maneira que parecia exigir cada grama de força que tinha.

— A oferta de trabalho é muito boa. É um lugar bem perto de Boston. Sempre quis visitar os pontos turísticos da região. A Casa das Sete Torres, a casa de Louisa May Alcott... Sei que vou adorar.

— Então visite — falei. — Passe algumas semanas lá. Um mês.

— A vida toda? — ela sugeriu, de maneira tão delicada que não consegui mais brigar. Fazia tempo demais que brigava. Mais precisamente, três décadas. Sentia o peso de cada um daqueles anos como se fosse um século.

— Quando?

Foi a única palavra que consegui dizer, ainda que rouca, diante do súbito fechamento da minha garganta.

— Logo. Depois do casamento. Brett não quer perder tempo.

— Mas você disse que não se decidira. Que ainda estavam discutindo.

Ela riu, e o som me pareceu tão frágil quanto meu coração.

— Brett não discute nada. Ele decreta. A princípio, não estava certa de que era o que eu queria, mas... — A voz de Sloane embargou. Senti minha própria resposta embargada, sufocando-me por dentro. — Qual é o sentido de resistir? Não tenho mais o trabalho na biblioteca. Meus pais não estão nem aí se vou ou se fico. E você ouviu Brett lá dentro. Ele se importa comigo, *cuida* de mim. Quan-

303

tas pessoas podem passar a vida com alguém que quer protegê-las de todo mal? Como posso recusar algo que a maioria das mulheres mataria para ter?

Eu não tinha uma resposta para ela. Tudo naquela situação me era tão familiar — reconhecível de maneira dolorosa e inalterável — que eu começava a perder a noção do tempo. Minha própria Genie fizera a mesma pergunta tantos anos antes que às vezes me perguntava se não imaginara tudo — nosso amor e nossa vida, a filha que ela amava e a filha com quem eu falhara.

— Acho que quero ir para casa agora — falei.

— Arthur...

Recostei-me no banco do carro e fechei os olhos, apertando-os tanto que nenhuma luz passava.

— Estou cansado — disse, e estava mesmo. Cansado de seguir o fluxo, cansado de fingir que não havia algo terrível acontecendo com meu coração desde que eu fora parar no hospital. Fisicamente, ele era o mesmo de sempre — consistente e forte, um órgão robusto em que eu poderia confiar pelos anos vindouros.

Emocionalmente, no entanto, eu estava destroçado. Estava assim já havia um bom tempo, e fazia o meu melhor para me certificar de que todos à minha volta ficassem destroçados também.

— Fiz tantas coisas horríveis — confessei. — E disse coisas mais horríveis ainda.

Não achava que Sloane tivesse me ouvido, mas tudo bem. Uma vez na vida, palavras não eram o suficiente.

31

— Achei que tivesse me chamado para uma reunião de emergência do clube do livro.

Abri a porta da frente e instei Nigel a entrar com uma pressa indecorosa. Eu havia dito àquele narcisista que era melhor que entrasse pelos fundos, caso Maisey estivesse de olho, porém claro que ele me ignorara. Nigel *nunca* me ouvia, embora fosse sempre eu o ganhador do prêmio de melhor aluno da pós-graduação.

— Você não tem juízo? — perguntei. — Se aquela mulher infernal nos vir, vai aparecer com bolinhos e um plano para superarmos nossas diferenças.

— Gosto de bolinhos — Nigel disse, sem se abalar. Deu uma olhada rápida na bagunça da sala, até parar no único canto arrumado: o de Greg. O leito hospitalar estava tão bem ajeitado que parecia esperar o próximo paciente, e a pequena estante que meu neto ocupara estava organizada com todos os cinco itens que ele parecia ter trazido consigo.

Eles me lembravam muito de quando Hannah se mudara, depois de uma briga feia sobre seus planos para o futuro. Queria que ela morasse em casa, com o bebê que ainda não havia nascido, para que ele fosse criado no único lar que tanto eu quanto ela conhecíamos, no entanto minha filha dera risada. Dera risada e fora embora, com pouco mais que as roupas do corpo. Eu passara seis meses doente depois de sua partida, o corpo devastado pela culpa e pela preocupação com relação ao que seria dela.

Maisey conhecia um pouco daquela dor. Motivo pelo qual eu agora deixava a porta destrancada o tempo todo. Não era muito de abraços, e Maisey não precisava dos meus conselhos, mas até que aquela filha dela entrasse em contato, as coisas seriam difíceis.

No entanto, ela sobreviveria. Todos sobrevivíamos.

— Estamos sozinhos? — Nigel perguntou, com a atenção retornando a mim. — Não tem mais ninguém aqui?

— Está com medo de ficar preso comigo sem testemunhas? — desdenhei. — Não se preocupe. Não tenho mais energia para matar você.

— Quem é que tem? — Nigel riu, e aquele maldito som me levou de volta ao passado. — Hoje em dia mal tenho energia para amarrar os sapatos. Mocassins são uma bênção divina.

Lutei contra a vontade de concordar com aquilo — e com outras armadilhas que ele pudesse estar disposto a lançar na conversa com o intuito de vencer aquele round. Não o tinha chamado para uma conversa amigável sobre os caprichos da idade, e sim porque precisava de ajuda. E Nigel, por mais convencido e hipócrita que fosse, era a pessoa certa para aquilo.

— Sente-se e pare de fingir que está aqui por qualquer outro motivo que não para me contrariar — falei, enquanto me sentava em minha poltrona preferida. A lombada de um livro fino encadernado em couro, que imaginava ser *Fernão Capelo Gaivota*, cutucou minhas costas, porém não me importava. Na verdade, achava até bom. Quanto menos confortável eu ficasse na companhia daquele homem, melhor. — Estou em meio a uma crise existencial e preciso que você a resolva.

Nigel não se sentou. Tampouco piscou ou deu qualquer outro sinal de vida — algo que poderia ter me assustado alguns meses antes, mas eu agora tinha experiência. Homens como nós eram muito mais difíceis de matar do que parecíamos. Muito depois que o mundo tivesse acabado, quando não restasse nada além de concreto e desespero, ainda estaríamos ali, lutando, como as baratas nucleares que éramos.

— E pare de me olhar assim. Não pediria se não estivesse desesperado. — Senti uma pontada aguda e repentina no coração. — E *es-*

tou mesmo desesperado, Nigel. Ela vai embora. Precisei de trinta anos para reencontrá-la, e agora ela vai embora.

Mesmo assim, por um longuíssimo momento, Nigel pareceu prestes a partir. Sua respiração acelerou, o corpo se arqueou na direção da porta, os olhos foram tomados por um pânico que eu reconhecia bem. Era o pânico do sentimento alheio, o pânico de se ver trancafiado com a dor emocional de outra pessoa sem que houvesse qualquer esperança de alívio.

No entanto, sentou-se. Antes, ajeitou a calça, sempre cuidadoso, independentemente das circunstâncias. Aquilo dizia algo.

Dizia muito.

— Está falando da garota? — ele perguntou.

Confirmei com a cabeça.

— Sloane. Sloane Parker. Até alguns meses atrás, era a única amiga que eu tinha no mundo. — Não consegui evitar sorrir diante do quanto eu decaíra desde... bem, desde a minha queda. — Como você mesmo notou, agora há pessoas em casa saindo pelo ladrão, mas esse não é o ponto. Foi ela quem trouxe todos. Foi ela quem fez isso. E agora é minha hora de retribuir o favor.

— Aonde ela vai? — Nigel perguntou. Com uma demonstração de sapiência que eu dispensava, acrescentou: — Ou devo perguntar *com quem* ela vai?

Ah, velhos amigos. Uma bênção e uma maldição. Uma dádiva e uma cruz. Ninguém compreendia minha dor tanto quanto aquele homem, e eu o odiava por aquilo. Porém também me salvava de ter que dar uma longa explicação para a qual eu não tinha paciência.

Muitos anos atrás, quando eu era tão jovem e inocente quanto Sloane, vira-me no mesmíssimo lugar, encarando o mesmíssimo dilema — e com o mesmíssimo homem. Ainda podia sentir a agonia daqueles dias, quando o amor da minha vida, minha preciosa Genie, colocara tudo o que tinha em uma mala e seguira Nigel até Nova York para começarem a vida juntos. Não havia solidão no mundo igual à de saber que sua vida — sua *alma* — estava bem estabelecida do outro lado do país, fora de alcance, porém sempre em sua mente.

— Ela vai embora com um *quiropraxista* — disse, colocando todo o meu desprezo na última palavra.

— Minha nossa. — Ele riu. — É ruim assim?

— Ria o quanto quiser, mas estou falando sério. Ele vai levar Sloane para Boston, o berço da literatura estadunidense. Como posso competir com isso? O que tenho a oferecer em contrapartida?

Nigel se recostou no sofá enquanto os olhos vasculhavam meu rosto. Era um leitor rápido, sempre fora; mesmo com todos os anos nas costas, os músculos extraoculares continuavam em grande forma.

— Você ama Sloane?

Cortei-o com uma mão impaciente.

— Não assim. Não da maneira que está pensando. Não é uma questão de romance, e sim de...

A frase ficou suspensa no ar, porque não sabia bem como terminá-la.

O que estivera prestes a dizer era que eu morrera no mesmo dia que Genie, que meu coração murchou e ficou encolhido até que Sloane o trouxe de volta à vida, mas aquilo não era verdade. Eu *não* morrera ao enterrar Genie, embora provavelmente devesse ter morrido. Hannah teria ficado muito melhor órfã do que vivendo com a casca de um homem repleto de dor e fúria. Pelo menos teria lhe restado uma chance de ser feliz.

Nigel esperava, com toda a paciência, que eu continuasse. Respirei profunda e dolorosamente e tentei de novo:

— "Almas afins não são tão raras como eu pensava" — citei. Era patético um homem adulto ter dificuldade de dizer algo que estava na ponta da língua de garotinhas havia mais de um século, porém Sloane escolhera *Anne de Green Gables* como a próxima obra do nosso clube do livro por um bom motivo. Aquela menina era mais sábia do que imaginava.

Assim como Nigel. Ele assentiu e completou:

— "É esplêndido descobrir que há tantas delas no mundo."

Fez-se silêncio por um longo momento. O que o interrompeu foi o som da porta da cozinha batendo e dos passos pesados do meu neto. Nigel arriscou uma olhada rápida para mim, esperando que lhe indicasse como agir, porém tudo o que sentia era gratidão — gratidão por aquele jovem desconhecido acampado no canto da minha sala de estar, gratidão por minha filha tê-lo mandado bem quando eu mais precisava.

— Oi, vô — Greg disse, como se o termo familiar viesse sendo usado por ele havia décadas, em vez de meses. Ficou surpreso ao ver Nigel, o que não o impediu de assentir com educação e agir como se não houvesse nada de estranho no fato de eu estar reunido com meu arqui-inimigo. — E Nigel. Fico feliz em ver os dois sentados e respirando.

Uma risada me escapou. Aquele jovem tinha uma sutileza toda sua, aquilo era certo. Hannah era o oposto, ardente, puro fogo — parecida comigo, sempre pronta para reagir. Não éramos do tipo que oferecia a outra face; arreganhávamos os dentes e brigávamos, mesmo que acabássemos cada qual a um canto, lambendo as próprias feridas.

Eu preferia a abordagem dele.

— Vou deixar vocês dois... conversarem.

Greg baixou a cabeça e fez menção de voltar para a cozinha.

— Não. Volte. — Ergui uma mão e a mantive assim, sentindo que era estranho, porém me recusando a deixá-la cair outra vez. — Talvez você possa ajudar.

— Eu?

— Sim. É de Sloane que estamos falando.

Ele hesitou. Sentindo que era agora ou nunca, defendi meu lado.

— Ela vai embora, Greg. Não amanhã nem nada, não precisa se assustar assim, mas em breve. Em alguns meses. Vai se casar com aquele noivo e partir para a Costa Leste para levar uma vida longa e feliz, cheia de livros e conversas sobre tensão muscular.

— Que bom pra ela — Greg grunhiu.

— Não, não é bom para ela! É terrível para ela, e Sloane sabe. Só que se recusa a fazer algo a respeito porque está com medo, porque é sozinha, porque ninguém nunca lhe deu motivo para ficar.

— E você quer que... *eu* seja esse motivo? — Greg deu de ombros, desconfortável. — Desculpa, mas...

— É claro que não quero que você seja o motivo. — Sinceramente, aqueles dois nunca ouviram falar em amor de amigo? — Quero que ela fique por mim. E por Maisey. E por Mateo e talvez um pouco por você. Mas, acima de tudo, quero que Sloane fique *por ela*.

Nigel pigarreou tão suavemente que precisei controlar a respiração para ouvir o que ele diria em seguida, embora aquilo não me fosse fácil.

— Acho que você deve contar a ele — Nigel falou.

— De jeito nenhum.

Greg finalmente relaxou e se sentou ao lado de Nigel, que estremeceu com o sofá afundando de repente. Aquilo não o impediu de insistir, no entanto:

— Ele não pode te ajudar se não souber de toda a história, Arthur.

Um homem comum provavelmente receberia meu silêncio como a negativa forte e visceral que era, porém Nigel não era um homem comum.

— Sua avó fez a mesma coisa uma vez e quase partiu o coração do seu avô. Ele está morrendo de medo de como vai ser se deixar que isso aconteça de novo.

Bati o pé no chão.

— Nigel! Se vai contar a ele, deveria pelo menos contar direito.

— *Estou* contando direito. Você não ficou parado vendo Genie aceitar meu pedido de casamento?

— Eu não estava lá, então não. Na verdade, só fiquei sabendo a respeito no dia seguinte. De como você agiu pelas minhas costas e seduziu a mulher que eu amava. De como a roubou debaixo do meu nariz.

— Até onde me lembro, ela ficou feliz em aceitar. — Nigel virou para Greg com um sorrisinho. — Dei a ela a aliança da minha mãe. Era pequena demais para o dedo de sua avó, então ela tinha que usar no dedinho. Uma pérola tão doce quanto Genie.

Greg estava interessado no assunto, ainda que pelos motivos errados.

— Não o ouça, Greg, pelo amor de Deus! Ela não queria Nigel, está me ouvindo? Não queria nem saber dele. Como poderia? Ele era todo afetado. Nem parecia uma pessoa viva e respirando!

— Ah, por favor, não precisa se segurar por *minha* causa — Nigel murmurou.

— O que eu disse que não é verdade? — Bufei com todo o desprezo de que era capaz e com uma dose extra de irritação, só para garantir. — Greg, você devia ler o trabalho dele sobre James Joyce. O único autor da história com uma opinião mais elevada de si mesmo do que Nigel.

— Então você leu, é? — Nigel contra-atacou. — Tinha certeza de que leria.

— Claro que sim. Li todas as suas supostas revisões por pares e contribuições. — Comecei a listar aquelas que me vinham à mente, embora fossem tantas que duvidava que ele próprio se lembrasse de todas. — *The Cambridge Quarterly. The Review of English Studies. Journal of the English Association... Pff!* Quando foi que você teve uma opinião que não fosse roubada de alguém com mais originalidade? Você não conseguiu nem se apaixonar por uma mulher por conta própria. Teve que se apaixonar pela minha.

Tinha certeza de que aquilo ia atingir Nigel, porém tudo o que ele fez foi assentir e dizer:

— Eu sei.

— Espera aí — Greg disse antes que eu pudesse me recuperar. — Então a vó foi embora com Nigel?

— Sim, mas não a culpe por isso. Ela não teve escolha. Fui tolo e teimoso demais para...

Nigel tossiu.

— Acho que você está esquecendo algo.

Se houvesse uma maneira de arruinar um homem apenas com um olhar, nós três encontraríamos nosso fim naquele instante. Como não havia, tive que concordar.

—Muito bem — eu disse. — Fui tolo, teimoso e, sim, medroso demais para dizer a verdade a ela.

— A verdade? — Greg repetiu.

— Que eu a amava. Que queria passar o restante da vida com ela. Que, embora não viesse de berço de ouro nem tivesse uma fração do charme bajulador britânico de Nigel, podia fazê-la feliz. — Culpei os pulmões fracos pelo modo como minha voz falhou, porém ambos sabiam. Greg sabia porque era sangue do meu sangue, e Nigel, porque sempre soubera. — E fiz. Sou um homem terrível e fui um pai ainda pior, porém Genie e eu fomos felizes juntos. Sua mãe nunca deve ter lhe contado isso, Greg. Fiz muitas coisas erradas com relação a Hannah, muitas coisas, que foram se acumulando até que sua mãe não teve escolha além de fugir para evitar o desastre, mas houve uma época em que éramos uma família.

Eu quase arfava quando terminei, a adrenalina fazendo meu coração pulsar muito mais rápido do que Mateo gostaria, mas pelo menos tinha conseguido contar a história e sobrevivido.

Até que a resposta de Greg veio.

— Ela me contou, sim. Sobre o antes... e o depois. Sempre dizia que você dera cada gota do seu amor para a vovó, de modo que, quando ela morreu, não restava nada para minha mãe.

Aquilo pareceu soltar algo descontrolado dentro de mim, porém Nigel levou uma mão à minha, segurando-a.

— Conte o restante, Arthur. Sobre como reconquistou Genie, sobre como finalmente abriu o coração de modo que ela pudesse fazer sua escolha de verdade.

Não sabia que bem aquilo faria. O fardo do passado começava a se tornar excessivo, pesando sobre minha alma até ela ficar tão achatada como meu coração.

— Não vejo como isso possa ajudar — resmunguei. — Não é tão simples como entregar a Sloane minha biblioteca para que a folheie. Ela já viu os livros. Já os conhece. Isso não provaria nada.

Greg se levantou do sofá, assustando outra vez o pobre Nigel. Uma das piores coisas naqueles malditos jovens era a falta de solidariedade por articulações que haviam perdido toda a elasticidade de antes.

— Está falando das passagens destacadas? — Greg perguntou, tirando um livro aleatório da estante acima de sua cabeça. Tive o impulso de direcioná-lo para qualquer outra da casa, uma vez que Sloane liberara aquela em específico para que ele guardasse os pertences ali, mas o exemplar que ele pegou não era meu. Era a cópia dele de *O clube da felicidade e da sorte*. Sabia daquilo porque preferiria morrer a ser visto com um livro cuja capa era o pôster da versão para o cinema. Greg me passou o livro, que abriu em uma página com um trecho destacado no fim.

Eu o li em voz alta antes de me dar conta do que se tratava.

— "Então, aquela manhã, enquanto minha mãe morria, eu sonhava."

Eu lera sobre o rosto das pessoas perdendo a cor tantas vezes que perdera a conta, porém aquele foi o primeiro momento em que *senti* isso acontecendo.

— Greg.

O livro tremia na minha mão, no entanto não sabia o que dizer além de "*Greg*".

Ele abriu um sorriso pesaroso e pegou o livro de volta.

— Até eu chegar aqui, não fazia ideia de que era um lance familiar. Mas deveria saber. Minha mãe sempre me incentivou, embora nunca tivesse me explicado o motivo. Só disse que, quando eu não conseguisse encontrar as palavras para dizer o que tinha no coração, quando o nó na garganta fosse grande demais e tudo o que eu quisesse fosse explodir, sempre podia me reencontrar em um livro.

— Seu avô fazia exatamente assim — Nigel disse. — E foi o que reconquistou sua avó, devo dizer. Nem percebi o que estava acontecendo até ver um exemplar de *Anne de Green Gables* na mão dela. O exemplar *do seu avô*, todo destacado e colorido, como uma Bíblia para crianças.

Ainda tinha aquele exemplar, embora o tempo não o houvesse tratado bem. Folheara tantas vezes aquelas páginas que elas agora quase se desintegravam ao toque.

— Enviei por correio expresso. Me custou cinquenta dólares. Na época, era muito dinheiro. — Aquelas não eram as palavras certas. Nunca conseguira encontrá-las, mesmo depois de tanto tempo. Respirei fundo e tentei de novo. — Assim que Genie o recebeu, compreendeu o que eu tentava dizer. Que seu lugar era comigo, *em casa*. Depois daquilo, ela nunca mais exigiu de mim nenhum tipo de declaração de amor. Sabia que, se quisesse entender o que

313

se passava no meu coração, tudo o que precisava fazer era pegar o que eu estivesse lendo na época e dar uma olhada.

Genie estava em todos os livros que eu lera, em todas as histórias que haviam tocado meu coração. Ficção e não ficção, memórias e contos: não importava o que eu lesse, sempre a encontrava. Motivo pelo qual vinha lendo tantos suspenses e livros de filosofia alemã nos anos recentes, embora Sloane se esforçasse ao máximo para me afastar daquilo.

Em alguns dias, precisava dela perto de mim. Na maioria, não suportava a dor.

— Bom, então é isso. — Greg revirou seu exemplar de *O clube da felicidade e da sorte* com uma reverência que não exigia explicações. Se aquele era um livro em que sua mãe, minha filha, persistia, entendia exatamente a importância que tinha para ele. — Você sabe o que fazer.

— Não vou dar a Sloane meu exemplar de *Anne de Green Gables* — falei. — Desculpe, Greg, mas não posso. É valioso demais.

— Vamos comprar um novo para ela — Greg falou, em um tom autoritário que não reconheci. — Eu e você vamos reler frase por frase e escolher aquelas que dizem o que você precisa que digam. Ela vai entender a mensagem. É inteligente demais para não entender.

— Mas e se não funcionar? — perguntei. — E se ela for embora mesmo assim?

Tomei o cuidado de não olhar para Nigel. Ele não sabia, porém os três dias que o livro demorara para chegar a Genie e retornar a mim tinham sido os mais longos da minha vida. Em uma época sem celulares e redes sociais, tudo o que podia fazer era esperar. E torcer.

Fazia um longo tempo que não torcia por nada parecido.

As mãos de Greg me pegaram com tanta força que quase exclamei — não de dor, mas com a pressão repentina e reconfortante.

— Então daremos um jeito, vô. Sei que ela é importante para você, mas não é tudo o que você tem neste mundo.

Ele abriu um sorriso trêmulo. Dava para ver que queria dizer mais, porém não havia necessidade. Nem de dizer com palavras, nem por meio das frases de um livro.

Não mais.

32

— Pouco me importam as frases que você destaca, desde que não inclua aquela sobre outubro — falei. — *Odeio* a frase sobre outubro.

Greg estava sentado à ponta da mesa da sala de jantar, com um marca-texto azul na mão e um exemplar novinho em folha e com capa dura de *Anne de Green Gables* à sua frente. Além de um copo de uísque, que esvaziava depressa e que Nigel discretamente voltava a encher. *Para dar uma animada*, dissera.

— Qual é o problema com a frase sobre outubro? — Greg perguntou.

— Outubro é um mês úmido, frio e maldito, e qualquer pessoa que finja que algumas folhas apodrecendo compensam isso é uma idiota.

Nigel deu risada.

— Não é esse o ponto? A beleza na decadência? A última chama ardente antes do torpor?

Desdenhei daquilo com um gesto. O homem começava a me dar nos nervos. Nem Greg nem eu o tínhamos convidado a participar do meu último esforço de me agarrar à *única* coisa realmente bela que me restava no mundo, porém ele aparecera, como Rumpelstichen saído de um monte de palha.

— Mudanças de estação não têm nada a ver com meus sentimentos por Sloane. — Endureci o maxilar. — Então voltem a procurar.

— Que tal "Minha vida é um cemitério perfeito de esperanças sepultadas"? — Nigel sugeriu.

— Ou "É muito mais fácil ser bondoso usando roupas bonitas"? — Greg ofereceu, sorrindo. — Estamos *brincando*, vô. Não se esqueça de respirar.

Não faço ideia do que teria acontecido se Maisey não houvesse escolhido aquele momento para irromper pela porta da frente, com uma energia que excedia o limite costumeiro. Devia ser a primeira vez desde que ela começara a aparecer em casa que não trazia nenhuma comida consigo.

— Adivinhem o que acabou de acontecer — ela disse, sem sequer piscar para a cena à sua frente e aceitando Nigel com a mesma facilidade que todos naquele maldito grupo haviam aceitado: sem questionar ou se importar com os erros passados. Na verdade, aquilo me deixava mais esperançoso do que eles seriam capazes de imaginar. — Esqueçam. Vocês nunca adivinhariam. Recebi uma ligação.

— Alertem as autoridades — falei. — É uma questão de segurança nacional. Ou talvez seja melhor chamar alguém da *Enquirer*. Provavelmente vão tirar um anúncio de página inteira para...

Maisey levou as mãos ao peito e sorriu, ignorando cada palavra que saíra dos meus lábios.

— Era Bella. Ela teve a maior briga com o pai e quer voltar pra casa.

Calei o bico antes de tampar meu marca-texto e deixá-lo de lado. Aquela mulher podia me deixar louco em noventa por cento de nossas interações, porém fazia semanas que esperava por aquilo. Eu é que não ia atrapalhar.

— Maisey, isso é fantástico. — Greg se pôs de pé e a ergueu em um abraço de urso em menos tempo do que a maioria das pessoas demoraria para piscar. — Não a briga com o pai, claro, mas ter recorrido a você. Precisa de ajuda pra comprar a passagem de volta?

Ela balançou a cabeça.

— Não, e já te disse um milhão de vezes para parar de tentar me dar dinheiro. Ela não vai voltar.

— Espera. — Greg piscou. — Por que não? Você acabou de dizer...

— Que ela *queria* voltar, mas não que vou deixar. Passamos meia hora conversando. Trinta minutos inteiros, Greg. Nem consigo lembrar a última vez que uma conversa nossa tinha durado tanto.

Maisey se virou para mim com um orgulho simples, e quando digo isso não é com a intenção de insultá-la. Nunca seria uma mulher complexa, e diante do paradoxo de Shrödinger abriria a caixa na mesma hora para enfiar uma lata de atum lá dentro, porém eu começava a valorizar essa característica dela. *Alguém* precisava se lembrar de alimentar o maldito gato.

— Ela disse que dava pra ver por que as pessoas pagavam 3,99 dólares pra falar comigo — Maisey acrescentou. — Porque eu ajudei. Fui sábia.

Greg e eu assentimos, embora só ele tenha falado em seguida.

— Aposto que você sabia exatamente o que dizer a ela.

— Sabia mesmo. — Sem esperar ser convidada, Maisey se sentou em uma das cadeiras da sala de jantar. — Foi a coisa mais difícil que já fiz na vida, mas tenho bastante prática. Só tive que fingir que se tratava de um cliente. Tenho sempre que me esforçar para não dizer o que realmente penso. E, acreditem em mim, alguns deles precisam *desesperadamente* disso. Mas as pessoas não ligam atrás da verdade. Ligam porque precisam de alguém que as escute.

— Então foi isso que você fez? — As sobrancelhas de Nigel se ergueram em um interesse genuíno. — Escutou?

Maisey sorriu tal qual um golden retriever elogiado por um bom comportamento.

— Isso. Deixei que Bella botasse tudo pra fora. Os dois brigaram por causa do horário em que ela precisa chegar em casa, mas na verdade isso é parte de um problema muito maior. Ela não está conseguindo fazer amigos com tanta facilidade quanto pensava que faria. Está se sentindo sozinha, coitada. E tem saudade da antiga vida.

Ficamos em silêncio. Solidão era algo que todos ali entendiam bem.

— Bella vai se inscrever em algumas atividades na escola pra ver se isso ajuda. Sugeri vôlei e teatro. Vai fazer um teste de duas semanas e depois me ligar para contar como está sendo. — Maisey piscou para Greg. — Viu? Aprendi com você. Deixei um gancho. Uma abertura que não lhe dá escolha a não ser retornar.

— Greg sugeriu isso? — perguntei.

— Não sou só um rostinho bonito, vovô.

Grunhi para demonstrar o que achava daquela maneira de se referir a mim, porém não disse nada. Só fiz algo que já devia ter feito havia um bom tempo. Se eu ia lutar por Sloane, então precisava lutar pelo restante do grupo também.

Afinal, eles vinham lutando por mim desde o começo.

Pigarreei.

— Desculpe pelo que eu disse no outro dia, Maisey.

Ela ficou totalmente imóvel, com a mão suspensa no ar como uma estátua prestes a despejar a água de um jarro.

— Que parte especificamente?

— É, vô — Greg concordou. — Você pode pedir desculpas por *muitas* coisas.

— Pelo menos uma dúzia só que eu tenha ouvido — Nigel completou.

Eu podia ter feito grandes avanços na minha vida pessoal, porém não tanto que estivesse disposto a aguentar *aquele* tipo de coisa.

— Maisey sabe muito bem do que estou falando, então não comecem. Nenhum de vocês.

Preferiria fazer aquilo sem público, no entanto fora cruel com Maisey na frente dos outros, então estava recebendo o que merecia. A justiça sempre exige pagamento integral, e, como me havia sido pontuado tantas vezes em tempos recentes, eu estava em dívida.

— Você é uma ótima mãe — falei. — Uma mãe melhor do que aquela menina merece, com certeza.

Greg tossiu, em um alerta para mim, o que me fez engolir em seco e mudar de tática. Embora eu estivesse certo.

— Sei que você acha que vivi trancado nesta casa como um eremita todos esses anos, mas não é verdade. É impossível morar em uma rua como esta e ficar alheio ao que acontece ao redor. Vi você trazendo a bebê para casa. Vi vocês fazendo bonecos de neve tortos e ouvi vocês batendo em panelas e frigideiras *bem depois da meia-noite* no Ano-Novo. Passei de carro por vocês enquanto tiravam as rodinhas da bicicleta dela e quase chamei uma ambulância no dia que ela bateu contra a caixa de correio, o que qualquer idiota podia ver que estava fadado a acontecer.

Maisey ficou branca e depois vermelha.

— Arthur.

— Me deixe terminar — ladrei.

Ela fez sinal de que fechava a boca com zíper, no entanto eu sabia o quanto aquilo lhe custava.

— Criar um filho é difícil. Criar um filho sozinho é ainda mais. — Senti o peso do olhar de Greg em mim e soube exatamente o que se passava em sua mente. Eu não era nem um pouco responsável pela mulher que se tornara mãe dele. Tudo de bom que ela viera a apresentar se devera à influência de Genie, e só. — Acredite em mim: se alguém conhece a cara do fracasso, sou eu. Afastei minha filha porque não demonstrei amor o suficiente. Você afastou a sua porque demonstrou amor demais.

— Arthur — ela repetiu, de maneira mais branda agora.

— Não tenho a menor dúvida de que, ao final, isso vai tornar sua filha uma pessoa melhor — falei, ignorando Maisey. Se não prosseguisse, havia uma boa chance de que eu nunca conseguiria botar tudo aquilo para fora. — Bella está testando os limites dela agora, e sei que dói, mas ela vai ficar bem. Acima de tudo, as crianças precisam saber que têm um terreno fofo onde cair. Bella sabe disso. E vai saber até o dia em que morrer.

Deveria ter previsto o que viria a seguir. *Claro* que Maisey era uma mulher que abraçava, e que abraçava com toda a força que Deus dera a um elefante. Senti o ar deixando o meu corpo, mas não era a sensação de desmaio. Não com Maisey me segurando.

— Obrigada, Arthur — ela disse. — Isso significa muito vindo de você.

E então, graças a Deus, Maisey me soltou. Ah, vi seus olhos embaçando e soube que queria dizer mais, porém a mulher sabia que eu chegara ao meu limite. Talvez Sloane tivesse um pouco de razão quando dissera que ela era uma *alma velha*, no fim das contas.

Os olhos sábios e experientes de Maisey percorreram a sala. Ela mudou de assunto na mesma hora.

— Espera. É uma reunião secreta do clube? Sem mim?

Como eu não podia mandá-la embora depois que havíamos tido o que só podia ser chamado de "um momento", fiz sinal para que se juntasse a nós.

— Não exatamente — Greg disse. — É... um projeto do meu vô.

— Um projeto? — Os olhos de Maisey quase saltaram das órbitas. — De artesanato? Não acredito!

Nigel deu risada e lhe mostrou o exemplar de *Anne de Green Gables*.

— Estamos procurando frases deste livro que representem o que Arthur tem no coração.

Ela ficou confusa.

— Bom, isso é fácil. Até já tenho uma. — Maisey pegou o livro e o folheou, passando uma unha prateada pelas linhas até encontrar o que procurava. — "Não consigo me animar. Não *quero* me animar. É melhor ser infeliz!"

Fiz o meu melhor para não sorrir, porém meu melhor não era páreo para as risadas que ressoaram pelo cômodo. Pela reação deles, seria de imaginar que eu nunca fora alvo de uma piada.

— Está bem — resmunguei, sentido as orelhas queimarem. Elas sempre faziam aquilo, por mais que eu achasse que já fazia décadas que não tinha motivo para corar. — Você me pegou, mas isso é sério. É por Sloane. Imagino que saiba que o noivo dela planeja levá-la para o outro lado do país depois do casamento.

Maisey ficou melancólica no mesmo instante, de modo que só pude concluir que já ouvira falar daquela história — e sentia o mesmo que eu.

— É... Ela me contou.

— E então? — perguntei.

— E então o quê? Já tentei ler a palma dela. Você viu como foi. — Maisey me abriu um sorriso tão triste que não tive escolha a não ser pegar a mão que me oferecia. Seus dedos apertaram os meus. — Talvez a gente tenha que deixá-la partir, Arthur. Se é a vida que Sloane quer para si mesma, então não é da nossa conta, por mais que a gente queira que seja.

— Eu sei — falei. — Mas tem algo que eu quero... não, que eu preciso fazer primeiro. E gostaria que você ajudasse.

A surpresa de Maisey ao ouvir meu plano só não superou seu ultraje por não ter sido incluída desde o início.

— Amo Sloane tanto quanto você, seu bode velho e miserável. Por que não me deixariam ajudar?

— Isso quer dizer que você está dentro? — Greg perguntou avidamente.

— Estou, mas com uma condição.

— Está bem. — Soltei um suspiro e peguei o telefone. — Eu peço uma pizza, mas só se desta vez puder ser de aliche.

Ela tirou o telefone da minha mão antes que eu discasse.

— Não estou falando de pizza. Se vamos fazer isso direito, precisamos de Mateo.

***

Assim que Mateo chegou, a reuniãozinha em volta da mesa da sala de jantar se tornou uma festa.

A última festa que aquela casa vira fora uma fraca tentativa de comemorar o aniversário de treze anos de Hannah. Quando Genie estava viva, os aniversários sob aquele teto eram eventos importantes, que garantiam uma semana inteira de guloseimas e sem hora de ir para a cama, duas coisas que eu só tolerava nessas circunstâncias. Genie e Hannah me venciam pelo cansaço — sempre venciam naquela época, quando minha voz era apenas uma em três e minha severidade natural era compensada por tudo de bom e alegre que as duas tinham a oferecer.

O bolo comprado e a pilha de fitas de vídeo que eu alugara para reproduzir a experiência anterior não tinham funcionado. A morte de Genie ainda era recente e as feridas continuavam em carne viva. Teria sido melhor não fazer esforço nenhum do que chamar a atenção para o divisor de águas que marcara nossas vidas.

Era exatamente como Greg dissera. Havia um antes... e um depois. Luz e trevas. A mãe e a ausência.

— Tá, então já cobrimos a questão das almas afins. E aquela história de que risadas fazem a vida valer a pena — Mateo disse, virando as páginas do livro tão depressa que nem conseguíamos acompanhá-lo. Para um homem que alegava nunca ter lido *Anne de Green Gables*, parecia ter feito bastante progresso na semana anterior. — Também gosto desta aqui: "Ela me obriga a amá-la, e gosto de pessoas que me obrigam a amá-las. Me poupa do trabalho de ter que me obrigar eu mesma a amá-las".

— Essa é boa, mas... — Maisey franziu o nariz enquanto examinava as páginas. — Nesse ritmo, vamos acabar destacando o livro inteiro. Não fica meio sem sentido?

Mateo deu risada.

— Maisey, Sloane usa aquela imitação horrorosa do broche de ametista todo santo dia. Não vai se importar. Tenho certeza de que já é fã.

Greg levantou os olhos dos aperitivos que dispunha em uma travessa. Não era nenhuma Maisey em se tratando de cozinha, porém insistira em fazer tudo. Como ninguém aceitava seu dinheiro, parecia achar que aquilo era o mínimo.

— O broche era da irmã dela — ele explicou. — É por isso que Sloane o usa.

— Espera. Quê? — Mateo se virou para olhar Greg. — Do que está falando? Sloane não tem irmã. Faz anos que eu a conheço, e ela nunca tocou no assunto. Não é possível.

Não apenas era possível como fazia todo o sentido. Poderia ter me xingado por não haver percebido antes. E *de fato* me xinguei, embora em silêncio, para variar. Lembrava-me de Sloane ter mencionado uma irmã certa vez — a Elinor de sua Marianne — e também de como eu reagira àquilo. Dizendo algo cáustico e insensível, *como sempre*.

— A irmã morreu quando as duas eram crianças — Greg disse, o que fazia de mim o pior tipo de homem possível. — Acho que elas liam *Anne de Green Gables* juntas. Foi por isso que ela o escolheu pro clube. Deve ser sua última chance antes de ir embora.

Greg não falou mais, porém todos sentimos uma mudança no clima. Até mesmo Nigel, que só vira Sloane uma vez, pareceu saber que aquilo que estávamos fazendo não se resumia mais a implorar a uma amiga para ficar. Ainda que não soubesse até aquele exato momento o que acontecera no passado de Sloane para fechá-la a tudo com exceção dos livros, eu entendia muito bem aquilo.

Ah, como entendia.

O mundo era um lugar horrível. Oferecia outros a quem amar e depois os levava embora antes que a pessoa deixasse de amá-los.

Tornava-a ruim e cruel com aqueles que mais precisavam dela, tratava-a tão mal que ela aprendia a fazer isso para sobreviver.

E, acima de tudo, o mundo convencia a pessoa de que ela estava sozinha em seu sofrimento.

Todos na minha sala de jantar haviam acreditado em tal mentira, porém eu não toleraria mais aquilo. Nem por um segundo que fosse.

— Mateo! — ladrei. — Venha comigo. Agora.

— Afe, quase tive um troço — ele disse, no entanto levantou-se e me seguiu até o corredor. Sabia que todos nos observavam e não duvidei nem por um segundo que fariam de tudo para ouvir assim que eu não os estivesse vendo mais. — Desculpa por eu não saber da irmã de Sloane, se é por isso que vai gritar comigo. Ela não é exatamente aberta em relação a sua vida pessoal.

— Isso não é sobre Sloane. É sobre as coisas que eu disse a você no outro dia.

Os olhos dele se iluminaram e uma alegria profana tomou conta de seu rosto.

— É a minha vez de receber um pedido de desculpas? Como o de Maisey? Porque Greg me contou a respeito e tenho algumas ideias...

Ergui uma mão enquanto sentia algo quente borbulhando na boca do meu estômago. Não se tratava da queimação da raiva por extravasar que me acompanhara nas três décadas anteriores. A menos que eu estivesse muito enganado, era vontade de rir.

— Deus me livre desse bando de *millennials* irreverentes — murmurei antes de retornar ao que pretendia dizer. — Sim, é a sua vez, e não, seu pedido de desculpas não vai ser como o de Maisey.

— Não é justo. Você foi tão maldoso comigo quanto com ela. Mereço um igualmente rastejante.

— Azar o seu. — Enfiei a mão no bolso e peguei a ficha da empresa de home care. — O seu pedido vem na forma de um presente. Peguei isso pra você. Estão procurando enfermeiros.

Mateo aceitou o papel e passou os olhos por ele. Sua expressão se tornou cômica.

— Seu pedido de desculpas é uma *ficha de candidatura a um emprego*? — Mateo tentou devolvê-la. — Então não. Não aceito.

323

— Pelo amor de Deus, só pegue isso! Preencha ou não, arranje outro emprego ou não, largue seu namorado ou não. Não me importo.

À menção do namorado, toda a irreverência se foi.

— O que Lincoln tem a ver com a história?

— Como vou saber? — retruquei. — Sua vida pessoal não me interessa nem um pouco. O que *me interessa* é que fazia tempo que não via um artista tão bom quanto você. Talvez *nunca* tenha visto, mas não estou pronto para dar o veredito final.

— Hum. Então por que você quer que eu me candidate a uma vaga de enfermeiro?

— Porque você é um enfermeiro perfeitamente razoável, e a recepcionista disse que eles são flexíveis com horário. Tenho que explicar *tudo* para você?

— Arthur, não é assim que um pedido de desculpas funciona. Tem certeza de que não quer recomeçar?

Apertei a ponte do nariz e invoquei todo o poder da influência benevolente que Genie teve sobre mim. Podia senti-la se fortalecendo a cada dia que Greg passava sob aquele teto.

— Seu problema, além de uma tendência à inconstância, é que você se recusa a deixar tudo que há de bom em sua vida evoluir para *ótimo* — falei. — E não me olhe com essa cara de ultraje. Você não está enganando ninguém com ela. No outro dia, disse que seu problema é ter medo do fracasso, e, embora pudesse ter me expressado melhor, eu não estava errado. Você tem *mesmo* medo. Ou melhor, tem medo do que vai acontecer se *não* fracassar. Você tem medo do sucesso.

— Arthur — Mateo disse, agora mais devagar. — Isso é um elogio?

— Claro que é um elogio. — Percebi que eu ia ter que entregar aquilo de mão beijada para ele. — Você passou toda a sua vida adulta, e imagino que boa parte da juventude, fazendo todo o possível para se dissociar da sua mãe. O que não consigo entender é *por quê*. Althea Sharpe é uma cantora fantástica, não há a menor dúvida. Mas se você acha que essa é a maior realização da vida dela, então é tão cabeça-oca quanto finge ser. Qualquer um pode ver o orgulho que ela tem de você quando o chama ao palco. Não porque você seja ótimo ali, embora seja, mas porque aquela mulher fica feliz em tê-lo ao lado dela. E parece que seu namorado concorda.

Ele ficou me olhando boquiaberto, tal qual um peixe fora d'água.

— Pelo amor de Deus, Mateo. Pare de se esconder e deixe as pessoas amarem você. Acredite em um homem que aprendeu isso da pior maneira: a vida é muito melhor assim.

Fiquei um pouco sem fôlego depois de um discurso que acabou sendo muito mais longo do que pretendia, no entanto um raio de esperança começava a surgir. Pelo menos ele fechara a boca.

— Isso significa que você aceita? — perguntei.

— Aceito o quê? — Mateo baixou os olhos para a folha em sua mão. — Ah, o suposto presente?

Confirmei com a cabeça. Não mentira antes — não queria saber se Mateo ia se tornar cantor, tal qual a mãe, mas ele precisava ao menos dar a si mesmo permissão para tentar. Os olhos de Mateo ficaram se alternando entre mim e a ficha por muito mais tempo do que a situação exigia — tanto que *eu* acabei me perdendo um pouco.

— Você quer que eu aceite esta ficha porque sou um enfermeiro perfeitamente razoável? — ele perguntou.

Era possível que o rapaz não tivesse ouvido nada do que eu acabara de dizer?

— Quero que você aceite porque deveria considerar suas opções.

— Porque sou razoável nesse lance de enfermagem — ele insistiu. — Porque você está satisfeito com meus serviços.

Sinceramente, a necessidade de validação externa daquela geração ia ser sua ruína.

— Sim, Mateo, porque estou satisfeito com seus serviços. Pronto. Falei. Agora está feliz ou precisa que eu escreva?

— Não preciso que escreva. — Ele hesitou. — Só precisava ouvir que você me respeita como profissional da saúde antes de dizer o que tenho a dizer.

Começava a me sentir desconfortável com o rumo que a conversa tomava.

— Por quê? Vai me dizer que mentiu esse tempo todo e estou prestes a morrer? Porque, se for o caso, pode guardar sua opinião para si. Não tenho a menor intenção de me entregar assim com tanta facilidade. Não quando estou começando a...

Interrompi-me antes que pudesse terminar, antes que ficasse claro demais do que falava. *Quando estou começando a conhecer Greg. Quando estou começando a me interessar pela vida de novo*. Não só não havia necessidade de dizer aquilo em voz alta, como algo no leve movimento que Mateo fez sugeria que o que ele estava prestes a dizer não tinha nada a ver comigo.

— Não tenho nenhuma confirmação disso e não ousaria dizer nada se você não tivesse... — Ele respirou fundo e seus olhos lacrimejaram. — Se você não tivesse dito todas aquelas coisas sobre me permitir ser amado. Mas você tem razão. *Preciso* parar de me esconder do que é mais importante. E não sou o único.

— Não... — comecei a pedir, mas era tarde demais. Suas palavras já chegavam a mim como se do fim de um longo túnel.

Se eu fosse capaz de correr, teria fugido sem pensar duas vezes. Minha vontade era levar as mãos aos ouvidos, enfiar a cabeça na areia, fechar os olhos para o que viria. No entanto, havia entregado minha verdade a Mateo sem nenhum verniz, e ele parecia determinado a se vingar.

— A menos que eu esteja muito enganado, seu amigo Nigel não está bem.

— Do que está falando? Ele está ótimo.

Mateo balançou a cabeça, com a expressão tão séria que era como olhar em um espelho.

— Não acho que ele tenha vindo até aqui para conversar sobre livros e te deixar aborrecido em relação ao passado, Arthur. Acho que Nigel veio se despedir.

Alguém tossiu suavemente atrás de mim, e foi então que eu soube que estava encrencado. Não porque Nigel era um cretino intrometido e bisbilhoteiro, mas porque ele não protestou. E ele *sempre* protestava. Era sua marca registrada.

— Não é como eu pretendia dar a notícia, mas vai ter que bastar. Ele ia acabar descobrindo, de uma maneira ou de outra.

— Nigel. — Com dificuldade, olhei em seus olhos. Então percebi a mão da morte em seu ombro, a resignação naquele par de olhos que no passado me oferecera gentileza e, sim, até mesmo amizade. — Diga a ele que não é verdade. Diga que você só está aqui para infernizar minha vida.

— É verdade, sim — Nigel confirmou, com um sorriso triste. — Mas se ainda quiser que eu infernize sua vida, tudo o que precisa fazer é dizer. Eu topo, se você topar.

Não disse nada, nem uma palavra. Eu queria ter dito, mas não consegui. Com minha cabeça girando e meus joelhos começando a ceder, senti outra vez o mundo se fechar à minha volta.

E dessa vez, que Deus me ajudasse, deixei-me levar.

CLUBE DE LEITURA DOS CORAÇÕES SOLITÁRIOS

título	
	nome
[1]	~~Sloane~~
[2]	~~Maisey~~
[3]	~~Mateo~~
[4]	~~Greg~~
[5]	~~Arthur~~
[6]	Sloane

33

— Você vai amar o local que encontrei pra gente em Cambridge.
Brett virou a tela do notebook para mim.
— Olha só. Tem estantes embutidas dos dois lados da lareira. Uma pra você e uma pra mim. O site diz que fica a poucos quarteirões do lugar onde Henry Wadsworth Longfellow morava.

Tirei os olhos do meu próprio notebook, que até então vinha utilizando em silêncio. Assim como Brett, eu procurava lugares na região de Boston — só que bibliotecas em vez de casas. Havia vinte e quatro bibliotecas ali, sem contar as universitárias. As oportunidades de emprego eram tantas que eu ficava tonta só de pensar.

— Estava pesquisando poetas pra mim? — perguntei, estranhamente comovida.

Ele ignorou aquilo e olhou em volta. Era raro que ficássemos ali juntos, no meu apartamento, porque Brett preferia o dele, que ficava no centro e estava sempre limpo e organizado. No entanto, eu morava mais perto de Arthur e precisava de acesso rápido a ele.

— Você vai ter que reduzir sua biblioteca antes de começarmos a encaixotar as coisas — Brett disse. — Ou melhor ainda: vou te comprar um e-reader. Se começarmos a converter tudo para o digital, talvez dê pra jogar toda a sua coleção fora.

Franzi o nariz.

— Você quer se livrar de todos os meus livros?

Brett deu risada de um jeito que pareceu um ataque pessoal.

— Podemos doar pra biblioteca, se preferir. Ou minha irmã pode fazer isso. Você não disse que precisou tirar alguns livros de Arthur

McLachlan da casa escondido, ou ele não teria deixado? Pense em mim como seu bibliotecário pessoal.

— É diferente — protestei, embora não parecesse que ele me ouviu. Sua atenção já havia retornado ao notebook.

— Na verdade, se migrarmos para o digital, podemos até esquecer o apartamento das estantes e escolher esse com vista para o rio. É muito bonito. Vou mandar um e-mail pro cara e confirmar se continua disponível.

Ele começou a digitar alegremente, tão concentrado na tarefa que quase — *quase* — se esqueceu da minha presença. No entanto, antes de enviar, Brett se lembrou de me olhar e sorrir.

— Você não se importa, não é? Esse outro fica bem mais perto do trabalho. Podemos vender seu carro e você fica com o Tesla.

O que mais eu podia dizer? Ele estava tão animado e cheio de planos, sentindo-se totalmente confortável em encaixar as peças do nosso futuro.

— Isso parece...

Meu celular vibrou antes que eu pudesse terminar a frase. Dei uma olhada na tela e vi que era um número desconhecido ligando.

— Alô?

— Alô. — A voz do outro lado foi direta e profissional. — Estou falando com Sloane Parker?

— Hum. Sim. Posso ajudar?

— Aqui é do hospital Kootenai Health. Você é o contato de emergência de Arthur McLachlan.

Meu coração pulou para a garganta. Quase derrubei o telefone na pressa de segurá-lo com a mão suada.

— Sou? O que aconteceu? Quando foi que ele me incluiu como contato? Do que ele precisa?

Em vez de ficar confusa com minha sequência de perguntas, a mulher respondeu com uma risadinha tranquilizadora.

— Só liguei para avisar que ele está estável no momento.

— *No momento?* — repeti. Olhei para Brett e vi que ele me observava, ainda com o dedo pairando sobre o teclado. — O que aconteceu com ele?

— Não estou autorizada a fornecer mais informações por telefone. Só posso dizer que o sr. McLachlan deu entrada e está recebendo tratamento.

Ela desligou antes que eu pudesse fazer mais perguntas. Não que importasse. Eu já estava a meio caminho da porta, meu corpo inteiro tremendo com a adrenalina repentina. Todavia, antes de sair, um par de mãos me segurou pelos ombros.

— Calma, Sloane. Respira. — A voz baixa de Brett imediatamente teve o efeito de desacelerar meus batimentos cardíacos. — O que está acontecendo?

— É o Arthur — falei. — Ele está no hospital. Tenho que ir.

Em vez de me soltar ou ir comigo ao resgate de Arthur, Brett começou a me conduzir para o sofá. Na direção *contrária* da porta.

— O que está fazendo? — Soltei-me com uma força que nunca usara antes. — Não ouviu nada do que eu disse? Tem algo de errado. Sou o contato de emergência dele. Se Arthur atualizou esse contato foi porque estava desesperado.

— Tenho certeza de que é só um erro administrativo — Brett procurou me tranquilizar. Suas mãos continuavam erguidas, como se não soubessem para onde ir agora que eu as dispensara. — Ele pediu que chamassem você, especificamente?

— Não, mas...

— Não se esqueça de que agora ele tem Greg. Sem mencionar Mateo, seu enfermeiro particular. Arthur vai ter que aprender a se virar sem você uma hora. Por que não começar agora?

— Tá, mas...

— Se Arthur está no hospital, alguém o levou até lá, ou então ele chamou uma ambulância. Então já deve ter companhia. Não há necessidade de histeria. — A voz de Brett não vacilou, nem mesmo quando gemi em frustração ao ouvir a menção a "histeria", uma palavra que eu sempre odiara. — Vamos nos sentar e conversar a respeito antes de você ir correndo para lá.

— Não há nada pra conversar — falei. — Ele é meu amigo e foi parar no hospital. Estou indo pra lá.

Brett me olhou perplexo. Eu achava que estava falando em um tom moderado, porém talvez eu tivesse gritado um pouco na última parte.

— Sloane?

Ele parecia intrigado. Eu não sabia por quê, mas sua testa levemente franzida e sua surpresa diante da minha reação puseram um fim ao que me restava de contenção.

— Eu não estava pedindo permissão, Brett. Estava informando minhas intenções.

Agora tinha certeza de que gritava, porém não conseguia me controlar. Perguntei-me se era aquilo que acontecia com meus pais, um abandono de toda a contenção, uma determinação a dizer o que precisava ser dito, independentemente do custo. Talvez, depois de um tempo, você se acostumasse com aquilo.

Talvez, depois de um tempo, você gostasse de ser ouvido.

— Fique à vontade pra vir comigo se quiser, mas eu vou. Quando um amigo seu está no hospital, você simplesmente vai. Quando as pessoas com quem você se importa estão sofrendo, você cuida delas. Você não aguarda até ter certeza de que estão se afogando no rio para entrar.

Voltei a me dirigir à porta, e daquela vez Brett não me impediu. Estava ocupado demais me encarando com uma expressão que eu nunca vira nele. Foi como se a cortina tivesse se aberto entre nós e só agora Brett me visse — me visse de verdade.

— Claro, Sloane — ele disse, com a voz soando distante. — Se é o que quer, vamos pra lá agora mesmo. Mas no meu carro. Você não está em condições de dirigir.

34

Hospitais estavam entre os piores lugares do mundo.

Assim que Brett parou diante do prédio branco e baixo cercado de comércios de rua, comecei a sentir que afundava. Minha mente, meu corpo e a maior parte da minha alma começaram a tremer diante daquela visão.

Outra grande mentira da literatura era que as pessoas deviam se manter atentas aos perigos da areia movediça. Sherlock Holmes me avisara para não atravessar o grande charco de Grimpen sem um companheiro para me salvar; Nancy Drew me ensinara a ficar atenta nas florestas de Blackwood Hall. Naquele momento, eu só podia torcer por um destino daqueles. Em se tratando de ser puxada e ficar presa, hospitais pareciam uma ameaça muito maior.

— Tem certeza disso, Sloane? — Brett me perguntou diante da entrada principal do hospital, dentro do Tesla imóvel como o modelo silencioso e elegante que era.

— Tenho. — Como não fiz nem menção de sair do carro, minhas palavras não tiveram grande peso. A viagem toda, eu torcera para que Brett fosse mais rápido, se arriscasse mais, fizesse *alguma coisa* para diminuir minha preocupação. Agora que estava ali, no entanto, as velhas dúvidas voltavam. — Sei que ele provavelmente não me quer aqui, mas nunca deixei que isso me impedisse. Não posso abandonar Arthur agora. Você sabe como ele se sente em relação a hospitais. Fico esperando que ele saia correndo por aquela porta ainda com o acesso no braço.

Brett não riu da minha tentativa de fazer piada, o que não me surpreendeu. O que me surpreendeu foi ele se virar para mim e pegar minhas mãos. Seu dedão roçou minha aliança de noivado gigantesca. Era grande demais e imponente demais para uma mão como a minha, tal qual o próprio Brett.

— Não, meu amor — ele falou, com a voz séria como nunca. — Tem certeza *disso*?

Sobressaltei-me e tentei me soltar, porém as mãos de um quiropraxista tinham que ser fortes. Provavelmente seriam capazes de me livrar da areia movediça em um segundo, portanto com certeza eram capazes de me segurar em minha crise repentina de medo.

— Do que está falando? — perguntei, em um tom que soava muito mais como o do irascível Arthur McLachlan do que com o da mulher discreta e temperada com que Brett estava acostumado.

— Você sabe do quê — ele respondeu, ainda melancólico, ainda sério, ainda tão *bondoso* que tive a impressão de que meu coração não aguentaria. Desde que eu fugira do jantar na casa da família dele, e de seu afeto generoso e da constatação de que eu nunca estaria à sua altura, meu coração estava no limite.

As palavras que Brett me dissera aquela noite me assombravam como os fantasmas do passado nunca poderiam. *Você sabe como me sinto a seu respeito.*

Você sabe. Você sabe.

Era verdade. Sabia. Também sabia que aceitar o que ele me oferecia seria imperdoável, considerando que eu não podia retribuir, já que a única coisa que tinha para lhe dar em troca era metade da vida que tinha sido prometida a ele próprio. Aquela meia-vida não seria justa para ninguém, muito menos para alguém com quem eu me importava tanto como Brett. Agora eu compreendia. Havia mais de uma única maneira de ter o coração partido.

E havia mais de uma maneira de remendá-lo.

Minhas mãos cederem nas dele, e eu me aproveitei do aperto de repente frouxo para escapar. Era um truque que Greg ensinara a mim e a Maisey, como parte do curso improvisado de autodefesa que tínhamos exigido depois que ele e Mateo haviam feito todo aquele escarcéu sobre como subjugar um homem fisicamente. Eu nunca imaginaria que um clube do livro pudesse se transformar em um clube da luta... ou que ficaria feliz em participar daquilo.

Na verdade, muita coisa relacionada àquele clube do livro em particular fora inesperada. Incluindo a conversa em curso naquele exato momento.

— Sei que não sou uma companhia muito empolgante — Brett disse enquanto apoiava as mãos sobre as pernas, mantendo os olhos fixos na extravagância cintilante da minha aliança. — Não, não diga nada, Sloane, por favor. Não sou um idiota. Vi o que aconteceu com você nos últimos meses.

— Como assim? — perguntei. — Não achei que eu estivesse diferente com você.

Um sorrisinho irônico se formou em seus lábios.

— E não está. Esse é o ponto. Quando você está comigo, é a mesma Sloane Parker por quem me apaixonei. Quieta e reservada. Insegura. Previsível.

Tais palavras não pareciam elogios, porém não chegavam a me ofender. Eu era assim com Brett porque era como eu *queria* ser com ele. Desde que havíamos nos conhecido, equilibrava-me na corda bamba, fazendo todo o possível para não cair.

— Você acha que sou previsível? — perguntei.

— Não — Brett falou, então levou um dedo à minha bochecha, mas não fez contato, parando um pouco antes. Mais eletricidade se passou naquele não toque do que eu me lembrava de ter sentido em todo o nosso relacionamento. — Acho que você *era*. Sabe o que mais gosto em você? — Brett balançou a cabeça antes que eu pudesse responder. — Esquece. Claro que você não sabe. O que mais gosto é que sempre que entro em um cômodo onde você se encontra sei exatamente o que esperar. Tudo no mundo se move depressa, mas não você. Não quero usar a palavra "careta", mas... — Ele deu de ombros como quem pedia desculpas. — É a verdade. Eu gostava disso em você. *Amava* isso em você. Você era a única coisa que eu sabia que ficaria igual, não importava o caos em volta.

A eletricidade passou, deixando-nos a sós no carro, eu com a sensação de que imaginara tudo aquilo.

335

— Só que não foi o caso, foi? — Brett indagou. — Você mudou. Com Arthur. *Por* Arthur.

Dei uma olhada rápida e nervosa para o hospital, como se a seriedade da conversa lhe desse pernas para ir embora. No entanto, era só uma fantasia e Brett odiava fantasias.

— Eu não — falei, percebendo apenas quando as palavras deixaram meus lábios. — *Gosto* de fantasias.

— É mesmo? — ele perguntou, com um sorriso irônico outra vez. — Não sabia disso. Estou começando a achar que não sei muita coisa a seu respeito.

Minha garganta começou a doer com tudo o que eu queria dizer àquele homem — não apenas naquele momento, mas ao longo dos muitos anos que haviam levado até ali.

— Se subir, ele vai gritar e ameaçar jogar a comadre em você, não vai? — Brett perguntou.

— Demos uma melhorada nas ameaças de violência, mas sim. Provavelmente.

— E você quer isso, não quer? Gritar de volta até tê-lo na palma da mão para então conversar sobre livros por horas até... o quê, exatamente?

— Não sei — falei. Uma resposta tão vaga não era justa com Brett, que estava sendo aberto comigo provavelmente pela primeira vez em todo o nosso relacionamento, mas era a verdade. Quando estava com Arthur, não sabia o que ia acontecer. Às vezes, conseguia ser tão branda quanto Brett gostava, permanecendo na mesma posição por horas e sem fazer muita coisa. Às vezes, discutíamos sobre sistemas de classificação ou comíamos as sobras requentadas do que quer que Maisey tivesse preparado. E sempre havia a chance de que alguém aparecesse ou de que Arthur fosse precisar ser convencido a fazer algo ao qual era absolutamente contrário. E sempre, sempre havia livros.

Era a mesma coisa que me fazia amar trabalhar na biblioteca. Por fora, parecia um lugar de sussurros e imobilidade. Por dentro, ah... havia profundezas maravilhosas a explorar.

— Arthur me lembra muito a minha irmã — falei. Brett sabia o mínimo sobre meu passado, porém pareceu sentir a importância do que eu estava prestes a dizer. — Sei que parece esquisito, considerando que ele é um professor aposentado de setenta e tantos anos e minha irmã morreu aos doze, mas não consigo explicar de outra maneira. Nossa vida juntas era pequena. Precisava ser. Nunca fizemos nada empolgante ou grandioso, nunca fomos mais longe que a alguns quarteirões de casa. Na verdade, passávamos a maior parte do tempo debaixo de um forte feito de cobertor. No entanto, tive mais vida nos oito anos que passei com ela do que em todo o tempo desde então.

Brett ficou em silêncio por um momento.

— Porque você a amava.

De repente, meus olhos se encherem de lágrimas.

— Sim.

— E você também ama Arthur.

Confirmei com a cabeça, sem confiar em mim mesma para falar mais que uma sílaba. Temia que, se o nó na minha garganta vencesse, tudo o que tinha dentro de mim fosse extravasar.

— Mas não me ama.

— Brett — soltei. — Desculpa. Sinto muito.

Suas mãos pegaram as minhas, um bolso quente se fechando sobre meus punhos enquanto eu chorava. Não tinha como saber pelo que chorava — se por ele ou por mim, se pela garotinha que só agora começava a perceber o que perdera —, mas não importava. Brett deixou as lágrimas rolarem e recebeu meus soluços incoerentes enquanto tirava a aliança gentilmente do meu dedo. No momento que a senti sair, foi como se um enorme peso tivesse sido tirado dos meus ombros e de repente eu fosse capaz de me levantar outra vez.

— Acho que é melhor você subir lá — Brett disse, com um sorriso. Enquanto eu me debulhava em lágrimas e soluços, ele parecia totalmente controlado. — Nem que seja para dar uma folga para os pobres enfermeiros. Acredite em mim: eles trabalham mais duro que qualquer outro profissional da saúde. Vão gostar da sua intervenção.

— Mas o que você vai fazer? — perguntei enquanto pegava o lenço para assoar o nariz. Maisey tirara a flor bordada no canto, porém os buracos onde a agulha havia entrado continuavam ali. — Com sua família, digo. E Boston, e o casamento e...

— Eu cuido de tudo, Sloane. Posso não ser capaz de fazê-la feliz, mas o restante posso fazer. — E voltou a aproximar o dedo da minha bochecha e daquela vez me tocou. Enxugou uma lágrima e olhou para a ponta do dedo, como se ficasse surpreso em vê-la molhada. — Quanto ao restante, bom... não tem muito mais, tem? Imagino que você vá sair da minha vida tão facilmente quanto entrou.

Era verdade. Além da escova de dente e de alguns prendedores de cabelo, tinha pouquíssima coisa minha em seu apartamento. Nunca quis me intrometer em uma casa — ou uma vida — que nunca parecera ser minha, para começo de conversa.

Saí do carro antes que Brett pudesse dizer algo simpático. Meu coração e meus ombros recém-aliviados não suportariam. Não tinha nenhuma dúvida de que ele teria ficado sentado ali comigo durante horas caso eu pedisse, acalmando-me com sua abordagem branda e direta até que eu encarasse o futuro com os olhos desimpedidos e o coração mais ainda; no entanto, eu não podia aceitar aquilo. Um caminho suave e ininterrupto não era mais o que eu buscava.

Respirei decidida e segui na direção do hospital. Ali, encontraria raiva e paixão, irritabilidade e ira. Ali, encontraria meu amigo.

Ali, voltaria a encontrar a mim mesma.

35

Sabia que havia um problema assim que cheguei à porta do quarto 418. Nenhum dos enfermeiros soube me falar sobre o estado de saúde de Arthur, porém eu sabia que ele ficaria em observação por vinte e quatro horas. Era muito mais do que sua última passagem por lá durara, e não tinha dúvida de que ele reagiria de maneira igualmente difícil.

E esse era o motivo pelo qual o silêncio sem precedentes do outro lado da porta me assustou.

— Pode entrar, meu bem. — Uma mulher simpática gritou para mim do posto de enfermagem, fazendo sinal. — Os outros já estão aí. Tenho certeza de que não se importam.

— Os outros? — repeti, apoiando a mão espalmada sobre a porta. Continuava não ouvindo nada, mas a vibração na madeira indicava que havia *algo* acontecendo lá dentro.

— Já tive que pedir que baixassem o volume três vezes. Eles dizem que risadas são o melhor remédio, mas estamos em um hospital. — Ela deu uma piscadela. — Talvez você consiga controlá-los.

Uma vez que repetir sem expressão tudo o que ela dizia não ia me render respostas, empurrei a porta. Diferentemente do que eu esperava, Arthur não estava fazendo uma escada de lençóis para escapar, e sim rolando de rir na cama, com os outros participantes do clube do livro sentados à sua volta, de livro na mão, em uma discussão animada sobre *Anne de Green Gables*.

Por mais terrível que fosse admitir aquilo, o choque de vê-los tão felizes sem mim me magoou mais do que o rompimento do noivado com o melhor homem que já conhecera.

— Sloane? — Greg foi o primeiro a notar minha presença. Levantou-se com tanta rapidez que seu exemplar do livro caiu no chão. — O que está fazendo aqui?

— Ah, não — Maisey lamentou. — Não era pra ela saber antes.

Mateo inclinou a cabeça para trás com um gemido.

— Afe, Sloane, você é péssima. Não devia estar procurando apartamento com Brett ou coisa do tipo?

Até mesmo Nigel, um homem que Arthur dizia odiar, fora convidado. Estava sentado em uma cadeira a um canto. Ao me ver, ergueu as sobrancelhas em uma leve surpresa.

— Ah, não. Isso não é bom. Não mesmo.

Eu tinha palavras fortes para dirigir a cada um deles, no entanto me virei para Arthur, que de repente se via como receptor da minha onda súbita e avassaladora de emoção. Depois de tudo pelo que tínhamos passado, todo o avanço que havíamos feito, ia terminar daquele jeito? Comigo sendo chutada do próprio clube do livro, com a mesma facilidade com que Octavia me mandara embora da biblioteca?

— Arthur, como pôde? — perguntei, em um volume que eu tinha certeza de que a enfermeira lá fora não ia gostar. — Quando ouvi que você estava outra vez no hospital, larguei tudo e vim. *Tudo mesmo.*

— Sloane... — ele começou a falar, mas eu o cortei.

— Estava determinada a não permitir que você ficasse sozinho desta vez. Mesmo que tivesse que usar todo o meu poder de coerção, ia ficar aqui, ao seu lado, até você receber alta. Porque é isso que amigos fazem. Vêm correndo. Se *importam*. — Olhei em volta, para os rostos chocados dos meus supostos amigos e comecei a desmoronar. — Mas você não precisa de mim, não é? Ligou pra todos aqui, menos pra mim.

Antes mesmo que eu terminasse, Greg passou uma mãozorra pela minha cintura e tentou me conduzir até a cadeira.

— Acho que você devia se sentar, Sloane. Isso não...

— Não é da minha conta? — perguntei, soltando-me dele. Não ia me sentar coisíssima nenhuma. — Não é problema meu?

— Sei o que parece, mas não é uma reunião do clube. Estamos trabalhando em um projeto especial.

Aquilo foi ainda pior. Eu adorava projetos especiais. *Amava* projetos especiais. E se alguém naquele quarto se importasse um pouco com a minha pessoa, saberia.

— Não consigo acreditar que fizeram isso comigo depois de tudo pelo que passamos. Vocês sabem que amo o clube. Amo quão pouco avançamos a cada reunião, amo como Maisey fica brava quando descobre que tem uma adaptação para cinema do livro e ninguém a avisou. Amo como convencemos Mateo a ler o que ele não quer e amo que ele desfrute secretamente de cada minuto. Amo como Greg passa a maior parte do tempo consertando as coisas na casa em vez de participando da discussão.

Aquela palavra — *amo* — saía da minha boca com uma facilidade que eu nunca vira. Fazia vinte anos que lutava contra minha própria natureza para evitá-la. Agora que estava de volta, ela parecia querer compensar o tempo perdido.

E eu também, aparentemente.

— E, mais que tudo, amo como você se abriu a ponto de deixar seu arqui-inimigo entrar no clube. Não porque quisesse, mas porque livros são a coisa mais importante do mundo pra você. Nada pode ficar no caminho disso. Você não negaria um livro a um homem da mesma maneira que não negaria água. É o ponto fraco que você nunca foi capaz de esconder, o único lugar onde todos os seus sentimentos podem prosperar. — Eu estava emotiva e minha voz subira a uma oitava que eu não reconhecia, porém não tinha como parar. As comportas tinham se aberto, e eu não estava mais no comando da maré. — Vi os livros da sua casa, Arthur. Todos eles. Sei o que significam. Sei o que tentam dizer.

— E o que é? — ele perguntou, com uma frieza enlouquecedora. Aquele homem praticamente *cuspia* fogo; era demais que demonstrasse reserva na única vez que eu tinha algo real a lhe dizer. — O que os livros dizem?

— O que está no seu coração. O que sua esposa te fez sentir. O que ela *ainda* te faz sentir, mesmo depois de todos esses anos. Você finge viver entediado e furioso, no entanto tem tanto deslumbre e alegria dentro de si quanto o restante de nós. E não ouse negar, pois posso trazer todos os livros da sua biblioteca pra cá, se for preciso, para provar. Você ama este livro e ama as pessoas nele. Sei disso.

Em vez de parecer culpado, Arthur abriu um sorriso para mim. Um sorriso gentil e brando, de um tipo que eu nunca vira em seu rosto. Considerando todos os fios que saíam dele naquele momento, não conseguia imaginar a causa.

Até que Arthur falou.

— *Aí* está ela — murmurou. — Sabia que você tinha uma chama ardente em algum lugar aí dentro.

Tivesse eu ou não, minha gana de brigar se foi. Senti-me oca enquanto permitia que Greg me conduzisse até a cadeira. Sentou-me com tamanha ternura — e tinha um sorriso tão parecido com aquele estampado no rosto de Arthur — que tive que baixar a guarda totalmente.

— Não estou entendendo — falei, olhando em volta com perplexidade. — Se não se trata de um motim no clube do livro, então o que é?

— Uma intervenção do clube do livro — Mateo disse, com uma risada. — Mas do jeito que você falou parece mais legal.

Greg ficou atrás de mim, sua presença tão reconfortante que eu a sentia pulsando contra a cadeira.

— Acho que é melhor entregar a ela, vô.

— Mas ainda não terminamos — Maisey protestou.

— Não importa — Arthur disse, pegando o livro que tinha sobre as pernas e o estendendo a mim. — Vai ter que ser o suficiente. E se não for... bom. Depois de uma explosão dessas, acho que Sloane vai ficar bem de uma maneira ou de outra.

A mão em que Arthur segurava o livro tinha um acesso, suas veias uma rede protuberante na pele. Apesar das agulhas e dos esparadrapos, no entanto, mantinha-se firme.

— Vamos — Arthur insistiu. — É um presente nosso. De *todos* nós.

Minha própria mão tremia bastante quando peguei o livro e o abri. Era um belo exemplar de *Anne de Green Gables*, de capa dura e com relevo, a primeira página apenas com meu nome em um canto, como uma Bíblia nova aguardando o esplendor de uma nova geração.

— É lindo, mas... — Cortei-me assim que comecei a passar as páginas. As duas primeiras não tinham nada de extraordinário, porém havia um trecho destacado em amarelo na terceira. Como todos no quarto pareciam prender o fôlego, li em voz alta: — "Amizade existia e sempre existira entre Marilla Cuthbert e a sra. Rachel, apesar, ou talvez por causa, de suas diferenças."

Olhei para Arthur na mesma hora, porém ele só sorriu e assentiu para que eu prosseguisse. Os destaques no livro apareciam com muito mais frequência do que nos outros livros de sua biblioteca, e em uma variedade de cores que parecia indicar mais de um leitor.

— O marca-texto rosa sou eu — Maisey disse, confirmando minha suspeita.

Mateo assentiu.

— O meu é o verde, porque foi o único que sobrou.

— Meu vô é o amarelo — Greg acrescentou — e eu sou o azul.

Até mesmo Nigel fez sua contribuição:

— Eu sou o laranja, mas como estamos apenas começando a nos conhecer, não destaquei tanta coisa quanto gostaria. Espero que não tenha problema.

Minha cabeça girava enquanto eu passava pelas páginas, as cores e as palavras se misturando de tal maneira que eu me sentia diante de um arco-íris em neon. Cada trecho destacado falava de amizade e afeto, esperança e otimismo. Sozinhas, pareciam pequenas pérolas que agradavam aos olhos. Juntas, tornavam-se algo completamente diferente.

Uma carta de amor, composta de palavras e sentimentos. Uma carta de amor endereçada a mim.

— Vocês fizeram isso? — Pisquei para afastar as lágrimas enquanto vasculhava inutilmente os rostos em busca de sarcasmo. Para onde quer que eu olhasse, só via honestidade e amor. Acima de tudo, amor. — Por mim?

— Foi ideia de Arthur — Maisey disse, colocando-me de pé. Ela me deu um abraço tão forte que pensei que meus ossos fossem quebrar. Era o abraço de uma mãe e de uma amiga, e senti que podia descansar ali por horas. — Arthur queria garantir que você soubesse os sentimentos dele antes que fosse embora. E todos nos sentimos do mesmo jeito. Desde o momento que você apareceu na frente da minha casa, com seu carrinho e seu gorro de espiã, minha vida se tornou tudo o que eu sonhava. Meu relacionamento com Bella está a caminho da recuperação, nunca tive tantas bocas gratas para alimentar e mal posso esperar para ler o que quer que venha a seguir. Obrigada por me dar tudo isso.

Ela me soltou tão de repente que achei que eu fosse chorar, porém Mateo estava lá para substituí-la.

— Lincoln me passou instruções estritas de acrescentar as palavras dele às minhas, por isso falo pelos dois quando digo que vamos morrer de saudade de você. A biblioteca não é mais a mesma desde que você saiu, então imagino que minha decisão de sair também seja acertada.

— Espera. Você vai sair? Pra fazer o quê?

— Oficialmente, trabalhar como enfermeiro em meio período para a empresa de home care que Arthur contratou. Não oficialmente... — Ele abriu um sorriso quase tímido. — Minha mãe e eu estamos montando um show juntos. Um show pequeno. Pra ver se gostamos. Vou usar chapéu fedora. Foi ideia de Arthur.

— Não foi nada. Nenhum homem com menos de sessenta anos deveria usar chapéu fedora.

Mateo sorriu.

— Você não pode voltar atrás agora, velhote. Já reservei uma mesa na frente pra você. — Ele piscou para mim antes de se afastar. — Octavia está ficando louca. Se quiser seu trabalho de volta, é um bom momento para pedir. Ela provavelmente dedicaria uma ala inteira a você. Ou pelo menos te daria controle total sobre as duas vans que acabou de comprar com um belo desconto.

— Ah, não — soltei. — Ela comprou as vans?

— Pois é. E ficou falando sobre como seria ótimo poder entregá-las a uma bibliotecária capacitada, se soubesse onde encontrar uma. Alguém que pudesse escolher os livros do acervo e as comunidades a visitar, alguém que conheça esta cidade e seus hábitos de leitura como a palma de sua mão...

Não tinha como entender errado o que ele queria dizer — e estava louca para pegar o telefone e ligar para Octavia. Bem quando senti que o quarto começava a girar à minha volta, Greg se aproximou. Não me abraçou, porém seu sorriso peculiar e que já me era familiar me transmitiu tanto conforto quanto um abraço físico. Na verdade, quando rugas começaram a se formar lentamente em torno de seus olhos com o aprofundamento de seu sorriso, os pelinhos da minha nuca se arrepiaram.

— Sei que não fui com a sua cara no começo, mas estou sendo sincero quando digo que nossa casa não será mais a mesma sem você.

— Nossa casa? — repeti. — Então...?

Ele confirmou com um aceno tímido de cabeça.

— O meu vô me pediu pra passar um tempo com ele. Meu chefe concordou em testar o trabalho remoto por enquanto, e com o estado de saúde dele...

— Estou bem — Arthur o cortou. — Foi só uma palpitação, nada mais.

Mateo riu.

— Ah, é. *Agora* foi uma palpitação.

— Você ouviu o que os médicos disseram. Foi o choque. Vinte e quatro horas recebendo fluidos e vou estar novo em folha. — Arthur bufou, mas depois sorriu de uma maneira que negava qualquer rabugice. — A verdade é que *preciso* de Greg em casa. Não para cuidar de mim, mas porque ainda tenho muitos pedidos de desculpas a fazer. Infelizmente, vai ser preciso mais do que alguns discursos ou trechos de livros para reparar o mal que causei à mãe dele. E Greg está me fazendo o favor de ficar mais tempo por perto para que eu possa tentar.

O rubor que era característico de Greg tingiu suas orelhas.

— Acho que vai fazer bem a nós dois ter companhia no momento.

— Espera. Então é isso? — O livro começava a pesar na minha mão. Todos aqueles belos discursos, todas aquelas belas despedidas... e era o fim? Todos tinham conseguido seu "felizes para sempre", menos eu?

— Ainda não. — Nigel deu um passo à frente, com um sorriso que parecia tão triste quanto eu me sentia. — O que eles não disseram, o que acho que estão com medo de colocar em palavras... é que adorariam que você ficasse aqui.

— Droga, Nigel. Já vamos chegar a essa parte.

— Como sempre, você está demorando demais — ele falou, com um olhar de desafio por cima do ombro. — Você sabe o que aconteceu quando Genie abriu o exemplar de *Anne de Green Gables* que mandou para ela tantos anos atrás?

— Claro que sei o que aconteceu. Ela fez as malas e deixou você. Voltou para casa, para onde era o seu lugar.

Nigel me ofereceu uma piscadela antes de se virar para o amigo — pois eu tinha certeza de que os dois eram amigos.

— Não exatamente. A verdade é que ela ficou tão chocada quanto esta pobre criatura bem aqui. Perdida e à beira das lágrimas, sem saber como retribuir.

Como Arthur não fez nada além de encará-lo com raiva, Nigel deu risada.

— Seu tolo. Quem acha que comprou a passagem de avião? Quem acha que fez as malas dela e explicou que você era um idiota apaixonado?

— Nigel! — Os monitores a que Arthur estava ligado começaram a produzir uma cacofonia de apitos. — Você não fez isso. Genie voltou pra casa por causa dos trechos. Entendeu como eu me sentia com relação a ela e me perdoou por não ter dito nada antes.

— Bem, sim — Nigel admitiu, rindo sozinho. — Mas ela teve medo de ferir meus sentimentos. De nós três, era a que tinha o melhor coração.

Arthur grunhiu e afundou no travesseiro.

— Não se atormenta um homem em um leito de hospital, Nigel. Não é correto.

Nigel suspirou com uma gravidade fingida.

— Eu sei. Mas vou compensá-lo. — E virou-se para mim com um olhar que prometia travessura, esperança e muito mais. — Fique, Sloane. Não se case com esse homem de quem nenhum deles parece gostar. Acredite em alguém que escolheu o caminho do sucesso e viveu tempo o bastante para se arrepender. Você nunca vai encontrar nada melhor do que há neste quarto agora mesmo. É a única coisa que posso garantir.

— Eu sei — falei, mostrando a mão sem a aliança. — Por isso terminei com Brett antes de subir.

Assim que o que eu dissera foi absorvido, o clube do livro inteiro irrompeu em gritos de incredulidade e alegria — uma alegria tão poderosa que me abalou, uma alegria tão plena que senti que fosse explodir. Torcia para que Brett nunca ficasse sabendo daquilo. Ele não merecia a antipatia dos outros. Naquele momento, no entanto, com a enfermeira aparecendo para pedir silêncio, finalmente sentia que merecia aquela felicidade.

— Já chega — a enfermeira disse enquanto nos guiava pelo corredor para longe dos quartos onde a batalha da vida e da morte era travada a sós. — Fico feliz que estejam tão animados, mas podem fazer isso em um lugar onde outras pessoas não estejam tentando dormir.

Mateo e Maisey receberam bem a bronca, porém finquei o pé antes que me arrastassem para muito longe.

— Não deveríamos trazer Nigel conosco? — perguntei, olhando nervosa para trás. Algo na cena que havíamos deixado para trás parecia errado, como se aquele fosse um final alternativo que não deveríamos ter visto. — Não podemos deixar o cara com Arthur. Vai ser devorado vivo.

Greg riu.

— Acho que é melhor deixarmos os dois botarem tudo pra fora. Nigel prefere assim. Prefere ser devorado vivo em uma batalha amarga com seu amigo mais antigo a suportar a paz e a tranquilidade da vida anterior. — Ele ficou em silêncio por um momento. — Para ser sincero, não posso dizer que não entendo. Brigar com meu avô deve ser uma maneira divertida de ir embora.

— Ir embora? — repeti. De repente, a hilaridade de antes começou a parecer deslocada. — Do que está falando?

— Exatamente do que parece — Mateo respondeu por ele. — Desconfiei desde o princípio. Os olhos amarelados, a magreza, o fato de ele sair distribuindo dinheiro por aí. É uma doença terminal no fígado. Nigel só tem mais alguns meses. Ele confirmou no caminho pra cá.

Minha boca formou um *O* silencioso.

— Por isso meu avô foi internado — Greg acrescentou. — Seus batimentos cardíacos dispararam com o choque da notícia.

— Não — sussurrei. Muitos de nós tínhamos perdido pessoas importantes em nossa vida; que Nigel nos deixasse antes mesmo que chegássemos a conhecê-lo direito parecia o ápice da crueldade. — Você deve ter se enganado. Não pode ser terminal. Não deveria terminar assim.

Cada parte minha queria voltar uma página, recomeçar e abrandar aquele epílogo. Tudo o que fiz, no entanto, foi abrir o livro que eles tinham me dado — aquele presente lindo e pesado, que eu nunca seria capaz de retribuir. Lera aquela história tantas vezes que encontrei o que procurava em questão de segundos.

Capítulo trinta e sete, "O ceifador cujo nome é Morte". O fim que acabava se revelando um começo.

Ali, em laranja, se encontravam as palavras que eu nunca tivera tempo de valorizar: aquelas que prometiam que a vida continuava, que ainda havia alegria no mundo. Eram as palavras que minha irmã tentara com afinco instilar em mim tantos anos antes; as palavras que eu esquecera porque era pequena demais e estava triste demais. Foram necessários vinte anos e um desconhecido com um marca-texto laranja para que seu significado finalmente me impactasse.

> Ela sentiu algo entre vergonha e remorso quando descobriu que o nascer do sol por trás dos abetos e o desabrochar dos botões rosa-claro no jardim ainda lhe proporcionavam a antiga onda de alegria, que as visitas de Diana continuavam sendo agradáveis e que as palavras e os modos alegres dela a faziam sorrir e até rir — que, em resumo, o belo mundo de flores, amor e amizade não havia perdido nem um pouco o poder de agradar sua imaginação e comover seu coração, que a vida ainda a chamava com muitas vozes insistentes.

Levei o livro junto ao peito, com uma tristeza repentina e devastadora. Não por causa das pessoas que eu perdera e continuaria a perder, mas porque, mesmo com a perda sempre no horizonte, a vida ainda me chamava.

Sua voz assumia a forma de um velho irascível que frequentava a biblioteca e se recusava a deixar que sua paixão fosse aquietada, mesmo quando tal sentimento ardia até queimar. Falava tal qual uma vizinha simpática, que sempre tinha um sorriso e biscoitos prontos. Era o som de um colega de trabalho que aguardava pacientemente que eu notasse sua oferta generosa e constante de amizade. Era perceptível até mesmo no ronco baixo da voz de um jovem que parecia furioso e, no entanto, talvez fosse a pessoa menos furiosa que eu já conhecera.

A vida me chamava e vinha chamando fazia anos, no entanto precisara daquele grupo aleatório e maravilhoso de pessoas para me dar conta de como agir.

Era hora de atender ao chamado.

GUIA DE LEITURA

1

Livros ajudam os personagens do *Clube de leitura dos corações solitários* de diferentes maneiras. A abordagem de leitura de qual personagem mais se assemelha à sua?

2

Os romances escolhidos pelo clube do livro espelham o que acontece na vida dos personagens. Que livro melhor representa sua vida e sua perspectiva?

3

No passado, Arthur destacou trechos de um livro para revelar seus sentimentos à mulher que amava. Se você tivesse que escolher uma obra para representar seu amor por alguém, qual seria e por quê?

4

Clube de leitura dos corações solitários tem um vilão? Se for o caso, quem?

5

Sloane provoca Arthur com um desafio das redes sociais que envolve combinar dois títulos de livros para criar uma frase única (como o exemplo de humor ácido *Tempo de matar Poliana*). Em que outras boas combinações você consegue pensar?

6

O relacionamento entre mães e filhos é um dos temas centrais do livro. Como cada personagem é moldado pelos pais e/ou pelos filhos?

7

Sloane se descreve como uma pessoa tranquila, branda e mediana em todos os sentidos — até conhecer Arthur. Qual característica dele você acha que despertou algo nela?

8

O relacionamento entre Arthur e Sloane é a espinha dorsal do romance. O que você acha que há de especial em amizades intergeracionais? Que outras amizades desse tipo vistas em livros e filmes poderia citar entre suas preferidas?

9

Na sua opinião, o fim do livro é mais triste ou feliz? Que lição tira dele enquanto leitor ou leitora?

Fontes GT WALSHEIM, TIEMPOS
Papel PÓLEN BOLD 70 g/m²
Impressão IMPRENSA DA FÉ